诗词名家讲

叶嘉莹 主编

陈 斐 执行主编

楚辞新注

聂石樵

校 注

中国出版集团

東方出版中心

图书在版编目（CIP）数据

楚辞新注 / 聂石樵注释. －上海：东方出版中心，2020.8

ISBN 978-7-5473-1636-8

Ⅰ. ①楚… Ⅱ. ①聂… Ⅲ. ①楚辞－注释 Ⅳ. ①I222.3

中国版本图书馆CIP数据核字（2020）第064711号

丛书主编　叶嘉莹
执行主编　陈　斐
出版统筹　梁　惠
责任编辑　朱宝元
封面设计　今亮后声 HOPESOUND pankouyugu@163.com

楚辞新注

聂石樵　校注

出版发行　东方出版中心
地　　址　上海市仙霞路345号
邮政编码　200336
电　　话　021-62417400
印 刷 者　上海中华商务联合印刷有限公司

开　　本　890mm × 1240mm　1/32
印　　张　11.125
字　　数　320千字
版　　次　2020年8月第1版
印　　次　2020年8月第1次印刷
定　　价　58.00元

“诗词名家讲”丛书总序

叶嘉莹

中国是一个诗的国度。孔子说:“不学诗,无以言。”读诗不仅可以雅化言辞,而且能够美化心灵。我之喜爱和研读古典诗词,本不出于追求学问、知识的用心,而是出于古典诗词中所蕴涵的一种感发生命对我的感召和召唤。在我看来,兴发感动的力量与作用,正是中国古典诗歌所具含的一种极可宝贵的质素。中国传统诗论早就对此做过深入阐发。《诗大序》述及诗歌创作时,即曾提出“诗者,志之所之也”及“情动于中而形于言”的说法,可见内心情志之有所兴起感发的活动,实在乃是诗歌创作的一种基本动力。真正伟大的诗人,不仅用生命来写作诗篇,而且用生活来实践诗篇。优秀的诗篇,往往蓄积了古代伟大之诗人的所有心灵、智慧、品格、襟抱和修养。所以,中国有着源远流长的“诗教”传统,非常重视读者读诗时兴发感动、变化气质的作用。孔门说诗,就一直重视诗之“兴”的作用,既说“兴于诗”,又说“诗可以兴”。在中国文化之传统中,诗歌最可宝贵的价值和意义,就正在于它可以从作者到读者之间,不断传达出一种生生不已的感发的生命,让人葆有一颗关怀宇宙万物与社会人生的不死的心灵。

而我们讲诗的人所要做的，就正是要引导读者体认诗歌中兴发感动的作用，使诗人的心魂得到又一次再生的机会。不过诗人的品质各不相同，写作能力也高下各异，因而一个优秀的说诗人，就不仅应具有能体认诗歌中之兴发感动之生命的能力而已，还需要有一种能分辨出其作品中之感发生命之品质与其写作艺术之高下的修养，并且能加以传述、说明，使聆讲者也能有此种感发与分辨，如此才可以说完成了一种对诗歌中感发生命之传承的责任与使命。

现在喜欢诗词的朋友越来越多，但市面上真正能够引导人领会诗篇所蕴涵的感发之生命的读物却极为罕见。有鉴于此，我们经过详细调查、反复斟酌，编选了这套"诗词名家讲"丛书，按专题分辑推出。所选书籍，大都是夏承焘、程千帆、钱仲联、霍松林等 20 世纪国学根底深厚、研究和创作兼擅的名家泰斗为大众撰写的诗词普及读物。这些读物，往往言简意赅，深入浅出，既能传达古典诗词的神髓，又可切合现代读者的需求。而且，它们已经经过时间的检验和淘洗，具备了和中华优秀诗词一样的"经典"属性。通过阅读它们，读者朋友们不仅可以了解关于诗词的基本知识，领略鉴赏和创作诗词的主要法门，而且可以"尚友古人"，与千百年来的诗人做朋友，感受那一颗颗关怀宇宙万物与社会人生的不死的心灵，让自己的心灵也得到陶冶、净化。

读诗的好处，就在于可以培养我们拥有一颗美好的活泼不死的心灵。我们作为一个现代人，虽然不一定要再学习写作旧诗，但是如果能学会欣赏诗歌，则对于提升我们的性情品质，实在可以起到相当的作用。孔子与他的学生子夏讨论"巧笑倩兮，美目盼兮，素以为绚兮"的诗句，可以使子夏联系到"礼后乎"的修养。王国维也从晏殊、欧阳修等人的相思怨别之词，联想到“古今之成大事业、大学问者”的三种境界。凡此种种都说明，在中国的诗词中，确实存在有一条绵延不已的、感发之生命的长流。希望这套“诗词名家讲”丛书，能够引领广大的读者朋友们，不仅可以体认到这条生命的长流，在兴发感动中获得生命的享受与快乐，而且可以汇入到这条绵延数千年的生命长流中来，为之推波助澜，使之永不枯竭！

前　言

“楚辞”是继《诗经》之后出现的一种新的诗歌体裁。它的出现为我国古典诗歌开拓了新的领域，标志着我国古典诗歌发展到一个新的阶段。后人往往“风”“骚”并称，把《诗经》和《楚辞》作为自己创作的榜样，作为吸取创作经验的丰富源泉。

“楚辞”被编辑成集，是比较晚的。但是作为一种在南方流行的民歌，则是很早就产生了，只是没有像北方的民歌那样被人们较早地搜集整理成书而已。据《吕氏春秋·音初》篇记载，涂山氏之女等候禹于涂山之阳，作歌曰：“候人兮猗！”这便是南音的起源。到了周代，《诗经》中的《周南》、《召南》都是江汉流域的歌曲。《周南》之《汉广》、《螽斯》，《召南》之《摽有梅》，句尾或用“思”字，或用“兮”字，和“楚辞”的句式很接近。春秋战国之际，这种歌曲逐渐发达，越人的“今夕”歌（见《说苑·善说》），徐地的“带剑”咏（见《新序·节士》），吴地的“庚癸”谣（见《左传·哀公十三年》），楚地的“沧浪”曲（见《孟子·离娄》）和“接舆”讴（见《论语·微子》）等，句法都参差错落，托体兮猗，“楚辞”的形式已臻于成熟。最能体现由南方的民歌演变为

"楚辞"的是《九歌》。《九歌》本来是古代楚国广泛流传的民间祭歌，经过屈原的修润、加工，正式形成为"楚辞"。可见，"楚辞"是在这些楚国民歌的基础之上形成的。

把楚人的诗歌称为"楚辞"，最早见于西汉初年的记载。朱买臣以善言"楚词"为汉武帝所宠幸（见《汉书·朱买臣传》），九江被公以能诵读"楚辞"为汉宣帝所欣赏（见《汉书·王褒传》）。到汉成帝时，刘向典校经书，把屈原、宋玉、东方朔、庄忌、淮南小山、王褒以及他自己的作品，编辑在一起，称为《楚辞》。这是最早出现的《楚辞》专集。什么叫"楚辞"呢？最合理的是宋人黄伯思在其《翼骚序》中的说法："屈宋诸骚皆书楚语，作楚声，纪楚地，名楚物，故可谓之'楚辞'。"（见陈振孙《直斋书录解题》引）他道出了"楚辞"的实质和地方特色。

屈原是"楚辞"的奠基人，是"楚辞"的最高成就者。据《史记·屈原贾生列传》记载，他出身于楚国的贵族，"博闻强志"，"娴于辞令"，怀王时曾做左徒的官，很受信任。怀王让他"造为宪令"，草稿未成，上官大夫靳尚要夺去看，他不给，上官大夫便向怀王进谗言，怀王因此大怒，把他放逐到汉北。后来顷襄王即位，以子兰为令尹。屈原痛恨子兰劝怀王入秦而致死，子兰使上官大夫向顷襄王进谗言，顷襄王又把他放逐到江南去了。屈原在江南到处漂泊，忧心愁悴，最后投汨罗江而死。

屈原约生于公元前三三九年（楚威王元年），卒于公元前二八五年（顷襄王一四年），共经历了威王、怀王、顷襄王三个王朝。他的主要政治活动和创作活动，是在怀王和顷襄王时期。这个时期就战国的形势讲，是从奴隶主所有制转变到地主所有制、从奴隶社会转变为封建社会的大转变时期。就楚国的形势讲，是楚国贵族政权由盛转衰的时期。屈原就生活在这一历史的转变关头，生活在这新旧交替的时代。屈原的作品，据《汉书·艺文志》“诗赋略”记载，共二十五篇。这二十五篇比较完整地保存到现在。其中有些篇目的真伪问题，虽然学术界还有争论，但《九歌》十一篇，《九章》九篇以及《离骚》、《天问》、《招魂》等篇一般公认为屈原所作。这些作品真实深刻地反映了他那个时代，反映了楚国当时的社会现实。

屈原是站在进步的立场上，向守旧的腐朽的贵族统治集团进行斗争的。他一生为坚持自己的政治主张而斗争，为实现自己的政治理想而献身。他的全部作品，就是他一生斗争生活的实录。

屈原在《离骚》的结尾说：

既莫足与为美政兮，吾将从彭咸之所居。

他的所谓“美政”，即他的政治理想。因为理想不能实现，竟至于自杀，可见他对自己的政治理想多么坚贞、执着！他的“美政”理想是什么呢？具体说，应包括以民为本、举贤授能和修明法度三个基本内容。他在《离骚》中说：

皇天无私阿兮，览民德焉错辅。夫唯圣哲以茂行兮，苟得用此下土。

这种民本思想是春秋以来的一种时代思潮，如《左传·僖公五年》记载宫之奇一段话说：“鬼神非人实亲，唯德是依。故《周书》曰：‘皇天无亲，唯德是辅。’又曰：‘黍稷非馨，明德唯馨。’又曰：‘民不易物，唯德繄物。’如是，则非德，民不和，神不享矣。”其中虽然杂有一些神权观念，但是，很明显地包含一种“德政”思想和对“民”的地位的重视。到春秋战国时期，这种思想更盛行起来，在诸子的著作中记载得很多。屈原的思想正是这种进步的时代思潮的反映。基于这种思想，屈原特别关心人民、同情人民，尤其是当他看到人民灾难深重的时候，这种思想就表现得更深沉诚挚：

长太息以掩涕兮，哀民生之多艰。

——《离骚》

怨灵修之浩荡兮，终不察夫民心。……瞻前而顾后兮，相观民之计极。

——《离骚》

皇天之不纯命兮，何百姓之震愆！民离散而相失兮，方仲春而东迁。

——《哀郢》

他为人民的苦难而叹息流涕，愤怒地揭露了人民苦难的根源，揭露了昏庸腐败的贵族统治集团是人民苦难生活的制造者。

“举贤授能”，是屈原政治理想的重要方面。他在《离骚》中说：

汤禹俨而祗敬兮，周论道而莫差。举贤而授能兮，循绳墨而不颇。

这种主张，虽然是借古代的圣君贤王作榜样，实际上是针对当时楚国那些胡作非为的奸佞之臣而发，有一定的进步意义。他在《离骚》中进一步说：

说操筑于傅岩兮，武丁用而不疑；吕望之鼓刀兮，遭周文而得举；甯戚之讴歌兮，齐桓闻以该辅。

傅说是个罪犯，吕望是个屠夫，宁戚是个商贩，而屠夫、商贩在周朝的地位和奴隶相等，罪犯更不用说了，他们都是社会的最低层。社会最低层的人，只要有才能，就可以提拔重用。屈原这种思想是相当大胆和可贵的。

“修明法度”是屈原政治理想的另一个方面。他在《离骚》中说：

固时俗之工巧兮，偭规矩而改错。背绳墨以追曲兮，竞周容以为度。

即是对当时楚国贵族统治集团违法乱纪现象的谴责。《韩非子·有度》篇说：“法不阿贵，绳不挠曲。法之所加，智者弗能辞，勇者弗敢争。”正见法度的重要。屈原在《九章·惜往日》中则说：

乘骐骥而驰骋兮，无辔衔而自载；乘氾泭以下流兮，无舟楫而自备；背法度而心治兮，辟与此其无异。

把不以法度治理国家，比作骑马不施辔衔，行船不用楫篙，终归要失败。这与韩非的思想如出一辙。

屈原的政治理想，与当时新兴的地主阶级有许多一致的地方，可以说他是从新兴地主阶级的利益出发去关心和同情人民的。当然，作为文学家的屈原，和作为地主阶级思想家的荀况、韩非不同。长期的流放生活，使他更接近人民，更联系着人民，特别是郢都破灭的时候，他与人民共同过着流亡生活，就更了解人民，因而使他的作品具有更丰富、更深刻的人民性。

为了坚持自己的政治理想，屈原和楚国贵族统治集团进行了顽强激烈的斗争，揭露了楚国政治的黑暗腐朽，特别是批判了楚王的昏庸、贪婪和残暴。怀王早年还有点想改革政治、富国强兵的念头，但是后来受群小的包围，自己反复无常，连这点革新的念头都消失了，完全变成一个昏君。屈原在《离骚》中从“伤灵修之数化”到“怨灵修之浩荡”，反映了对怀王越来越深的怨恨，最后直接指斥说：

荃不察余之中情兮，反信谗而齌怒。

在《惜往日》中他更反复指斥楚王说：

弗参验以考实兮，远迁臣而弗思。……弗省察而按实兮，听谗人之虚辞。

对怀王的政治面貌，秦惠文王的《诅楚文》中有比较深刻的揭露：“今楚王熊相（怀王），康回无道，淫失甚乱，宣侈竞纵，变输盟約。”这篇文章应作于楚怀王十七年，正是秦、楚战争最激烈的时候，是否因为交战国而有点言过其实呢？《庄子·则阳》篇说：“夫楚王之为人也，形尊而严；其于罪也，无赦如虎。”可以证明《诅楚文》所揭露的完全是事实。屈原的作品便真实地反映了这种情况。他笔下的夏启、太康、后羿、浇、夏桀、后辛等，既然是用来劝戒楚王的人物，那么也可以说明楚王的所作所为之中有他们的影子在，描写他们，也有对楚王批判的因素在。所以班固批评他“责数怀王”，颜之推则指斥他“显暴君过”。这恰好从反面道出了屈原作品的斗争精神和进步意义。

围绕在楚王周围的宗室贵族、元老重臣、左右便嬖等，则互相勾结，朋比为奸，排斥正士，压榨人民，造成当时社会的极端黑暗。屈原对这一贵族集团的腐朽本质也给予了深刻的揭露：

众皆竞进以贪婪兮，凭不厌乎求索。羌内恕己以量人兮，各兴心而嫉妒。

——《离骚》

椒专佞以慢慆兮，榝又充夫佩帏。既干进而务入兮，又何芳之能祗。

——《离骚》

贵族统治集团擅权误国，楚国的政治被他们导向是非混淆、香臭莫辨、黑白颠倒、上下易位的地步。屈原往往用“溷浊”二字来概括当时的政治，如“世溷浊而嫉贤兮，好蔽美而称恶”（《离骚》）；“世溷浊而莫余知兮，吾方高驰而不顾”（《涉江》）；“信谗谀之溷浊兮，盛气志而过之”（《惜往日》）等等，这种情况和历史上的记载是完全一致的。据《战国策·楚策》记载：“苏子谓楚王曰：‘今王之大臣父兄，好伤贤以为资，厚赋敛诸臣百姓，使王见疾于民。’”又《战国策·中山策》记载秦将白起分析楚国的情况说：“是时楚王恃其国大，不恤其政，而群臣相妒以功，谄谀用事，良臣斥疏，百姓心离，城池不修。”屈原的作品便是楚国这种腐朽政治的真实具体的反映。

屈原对自己政治理想的坚持，对楚国贵族集团的批判，目的是希图楚国富强，是出于对楚国的热爱。他参与了火热的政治斗争，不以穷独而灰心，不在强大的恶势力面前变节，与当时朝秦暮楚的游说之士，以及像《左传·襄公二十六年》记载的“今楚多淫刑，其大夫逃死于四方，而为之谋主，以害楚国”等人的表现卓然不同，他誓死不离开楚国，与楚国腐朽的政治集团作不倦的斗争。他在《橘颂》中说：

受命不迁，生南国兮。深固难徙，更壹志兮。

以橘为喻，表明自己坚贞不贰的立场。屈原在政治上遭受挫折时，也曾经想过离开楚国，《离骚》中那段很长的关于神游的描写，应该就是他这种心理状态的反映。但是，一个热爱祖国关心人民的人是不会轻易抛弃故土的，经过一番神游，他最后还是回到自己国土上来了：

陟升皇之赫戏兮，忽临睨夫旧乡。仆夫悲余马怀兮，蜷局顾而不行。

——《离骚》

屈原这种爱国思想，当国破家亡的时候，表现得更为深沉诚挚：

背夏浦而西思兮，哀故都之日远。登大坟以远望兮，聊以舒吾忧心。哀州土之平乐兮，悲江介之遗风。……曾不知夏之为丘兮，孰两东门之可芜？

——《哀郢》

《庄子·则阳》篇记叙庄周对自己国家楚的看法："旧国旧都，望之畅然；虽使丘陵草木之缗，入之者十九，犹之畅然。况见见闻闻者也？"经过战乱，楚国的都城十之八九都埋没于丘陵草木之中，庄周还畅然喜爱。屈原所谓"曾不知夏之为丘兮，孰两东门之可芜"，即庄周所谓"丘陵草木之缗，入之者十九"的意思，他比庄周表现了更深的思想感情。他为国家的破亡而悲痛思念，以至于连觉也睡不着：

望孟夏之短夜兮，何晦明之若岁！唯郢路之辽远兮，魂一夕而九逝。

——《抽思》

他急切地希望重返旧都，誓死也要回去：

鸟飞返故乡兮，狐死必首丘。

——《哀郢》

正如司马迁所说："睠顾楚国，系心怀王……一篇之中，三致志焉。"（《史记·屈原贾生列传》）

屈原总是把自己的国家和国君联系起来，把爱国和忠君联系起来。这是他的阶级局限和历史局限，是不必苛求于他的。

屈原在艺术上有独特的创造。他把丰富、深刻的思想内容，通过完美、精练和光彩夺目的艺术形式表现出来。和以前的《诗经》相比，他在艺术上达到了一个新的更高的境界。

最突出的是他作品中所表现的浪漫主义精神。这在《诗经》中显示得不充分、不明显，而在屈原作品中却表现得极其鲜明。屈原作品中的浪漫主义精神表现为感情的热烈奔放、想象的奇幻优美以及对理想的追求和坚持。他运用丰富的形象思维，把所描写的社会现象和自然现象都形象化了，而自己就在那个幻想的境界之中，不倦地追求、探索着。像他向重华陈辞之后，便乘龙御风而飞升，历与古神话中的神灵接触，但每次接触都使自己失望：要进入天帝的九重宫，可是帝阍却不给他开门；要到人间寻求高丘神女，神女恰巧不在那里；去宓妃那里求爱，宓妃却对他无礼；又找到了简狄和二姚的居处，可是没有媒人说合。总之，所逢不偶，终归失败。这一段通过幻想所创造出来的雄伟壮丽的境界，反映了屈原在现实中对理想政治的探索和追求。《战国策·楚策》记载楚国当时的情况是"谒者难得见如鬼，王难得见如天帝"。《离骚》则说：

吾令帝阍开关兮，倚阊阖而望予。

正是这种现实情况的真实形象的反映。屈原驰骋着奔放奇幻的想象，广泛采用了神话神巫的故事，对这些故事中的人物极尽美化之能事，用香花蕙草点缀他们的衣冠服饰和帷幕旌旗等，把他们描写成美的象征。如《山鬼》：

若有人兮山之阿，披薜荔兮带女罗。既含睇兮又宜笑，子慕予兮善窈窕。乘赤豹兮从文狸，辛夷车兮结桂旗。被石兰兮带杜衡，折芳馨兮遗所思。

美好的容貌、性格、感情，写得若即若离，似有似无，真是传神之笔。又如少司命的荷衣蕙带，湘君的荪桡兰旌，云中君的华彩衣，湘夫人的薜荔帷等，都是用香花蕙草的美，来衬托他们品质、性格的美。作者通过这些神话神巫的描写寄托自己美的理想。此外，作者还在《天问》中对那些离奇的神话传闻提出了一百七十多个问题。从宇宙起源、日月星辰，直到神话传说、历史旧闻，提出一连串的疑问，反映出他对天命鬼神等传统思想的大胆怀疑精神。因此说，对美的理想的坚持，对美好事物的追求，对自然、历史奥秘的怀疑与探索，是屈原作品浪漫主义精神的核心。

在屈原的作品中，大量而成功地应用了比兴手法。这种手法在《诗经》中已经比较多地运用了，屈原对此又作了很大的发展。比，是以彼物比此物；兴，是用彼物引起所咏之物。二者在某些情况下又很难区分。要之，都同样是一种表情达意的形象思维方法，是用形象思维来表现生活的本质。王逸在《离骚序》中说："《离骚》之文，依《诗》取兴，引类譬喻。故善鸟、香草以配忠贞，恶禽、臭物以比谗佞；灵修、美人以媲于君，宓妃、佚女以譬贤臣；虬龙、鸾凤以托君子，飘风、云霓以为小人。"王逸的话虽然不完全准确，但是他明确指出屈原的作品发展了《诗经》的比兴手法，却是真知卓识。如《离骚》中用鲜花、香草比喻人的品质、志行的高尚和纯洁：

余既滋兰之九畹兮，又树蕙之百亩。畦留夷与揭车兮，杂杜衡与芳芷。

——《离骚》

又用臭物或萧艾比喻变节者或小人：

兰芷变而不芳兮，荃蕙化而为茅。何昔日之芳草兮，今直为此萧艾也。

——《离骚》

通过对比，对良莠、美恶、贤愚等，就有了更鲜明更具体的认识，从而引起人们强烈的爱和憎。作者还用鸷鸟和鸩鸠比喻忠贞之士和奸佞之辈，都具有同样的艺术效果。更令人注目的是作者用鲜花香草自喻：

扈江离与辟芷兮，纫秋兰以为佩。……擥木根以结茝兮，贯薜荔之落蕊；矫菌桂以纫蕙兮，索胡绳之纚纚。……制芰荷以为衣兮，集芙蓉以为裳。

——《离骚》

把江离、辟芷、秋兰、木根结茝、菌桂纫蕙以及荷衣蓉裳等，都用来象征诗人自己品格的高尚和坚贞，这就把诗人的形象升华、提高了。

屈原还用道路来比喻人们遵循的政治方向、品德行为等。在《离骚》中，他把古人的美德懿行说成是“遵道而得路”，把奸佞之辈排斥忠良的行为斥责为“路幽昧以险隘”。认为楚王的改弦易张是“悔遁而有他”，认为坚持自己的政治理想是“乘骐骥以驰骋兮，来吾导夫先路”，要“奔走先后”“及前王之踵武”等等。由于作者广泛地运用比兴手法，因此把政治性很强的内容，包蕴于丰富、鲜明和个性突出的形象之中，产生言简而意赅、言有尽而意无穷的艺术效果。司马迁赞扬《离骚》说：“其文约，其辞微，其志洁，其行廉。其称文小而其指极大，举类迩而见义远。”(《史记·屈原贾生列传》)这是对屈原作品比兴手法的卓异成就之高度概括。

另外，屈原在文学语言的运用上，比《诗经》也有很大的进步与发展。《诗经》的形式基本上是四言体，而屈原的作品则在吸收民间歌曲的基础上形成为一种长短不齐的“骚”体。这种句法参差错落、灵活变化的新的诗歌形式，在我国文学史上是首创。屈原采用了许多楚地方言，宋人黄伯思所谓“屈宋诸骚皆书楚语、作楚声”。他在《翼骚序》中还举“些、只、羌、谇、謇、纷、侘傺”作楚语的例子，举“顿挫悲壮，或韵或否”作楚声的例子，这都是正确的有见地的。除此以外，屈原作品中的汩、搴、冯、邅、班、莽、诼、轪、灵、篿、阊阖等，也都是楚地的方言。屈原采用的楚地方言，并不是自然形态的语言，而是经过了提炼和加工，使之更能传神状貌，增强了诗歌的语气和形象性。在“兮”字的运用上，就灵活多样。有的用在句尾，有的用在句中，有的每句用，有的隔句用，或吟、或咏、或歌、或诵，能够表达各种不同的思想情绪。

屈原作品丰富的思想内容，就是通过这样完美的艺术形式表现出来。

屈原的作品生动深刻地反映了当时楚国的社会现实。他的思想、观点、主张都深深植根于楚国的现实之中。高尔基曾说：“有许多实例，证明艺术家是自己阶级和时代之客观的历史家。”(《我的文学修养》)屈原的煌煌巨制，反映了战国末期楚国的社会历史变化。从这个意义上讲，他的作品也可以称作他那个时代的史诗。

在屈原的影响下，楚国又产生了一些诗人。《史记·屈原贾生列传》说：“屈原既死之后，楚有宋玉、唐勒、景差之徒者，皆好‘辞’而以‘赋’见称。然皆祖屈原之从容辞令，终莫敢直谏。”宋玉是屈原之后的重要作家，他的作品今天保存的有十二篇之多，但可确信为他作的仅《九辩》一篇而已。这篇作品完全是学习屈原的《离骚》，描写志士的坎坷不遇，在基本精神上和《离骚》大体一致。他想效忠楚国和楚王，然而奸佞从中挑拨，不能如愿以偿。但他绝不肯和那类人同流合污："与其无义而有名兮，宁穷处而守高；食不媮而为饱兮，衣不苟而为温。"表现了他坚贞的操守。

和宋玉同时的作家有唐勒、景差，但是他们的作品多已失传了，我们无从考察。到了西汉，模仿屈原诗歌形式，以屈原生平为题材的诗歌很多，其中最优秀的是贾谊的《惜誓》、《吊屈原》。贾谊的生平遭际和屈原相似，所以在《吊屈原》中他在吊念屈原的同时，也抒发了自己的牢骚不平。此外，还有淮南小山的《招隐士》、严忌的《哀时命》。其他像东方朔的《七谏》、王褒的《九怀》、刘向的《九叹》、王逸的《九思》等，虽是模拟之作，也可见屈原的创作和精神人格影响之大了。

这个注本主要是根据明人复印的宋刊本《楚辞补注》和宋端平本《楚辞集注》编注的，同时参考了历代其他重要注本。对各本文字的不同，择善而从；有足资参考的异文，摘要注明。在注释上注重解决文字训诂和阐明词句的含义，以便读者在读懂文字的基础上能领会作品的思想内容。

聂石樵

二〇〇三年元月

目录

离　骚

《离骚》是屈原自叙生平的长篇抒情诗，是他的代表作。但对“离骚”一词的解释却很分歧，有人认为是“离别的忧愁”，有人认为是“被离间的痛苦”，有人认为是楚国的歌曲名称。其实司马迁在《史记·屈原贾生列传》中已讲得很清楚：“离骚者，犹离忧也。”离，是遭遇；忧，是忧愁。就是遭遇忧愁的意思。司马迁上距屈原的时代不过百年，对屈原的语言应该是了解的，因此他的解释最可靠。同时我们从屈原的作品里，也可以得到印证。如本篇中的“进不入以离(罹)尤(怨)兮”，和《山鬼》中的“思公子兮徒离忧”，都是讲的遭遇忧愁。再从《惜诵》、《抽思》等篇的题目看，前面是动词，后面是名词，在结构上和《离骚》完全相同。足以证明司马迁的说法是可信的。

这篇作品应是怀王时代屈原在汉北写的。当时他正四十岁左右，如作品中说：“及年岁之未晏兮，时亦犹其未央。”又说，“及余饰之方壮兮”，都证明是他壮年的创作。

《离骚》集中概括了屈原的政治观点和理想，概括了他为了追求自己的政治理想所受的排挤和打击，概括了他对腐朽顽固贵族集团统治下的楚国的腐朽政治的批判和控诉。在感情上忧愤深广，在风格上奇瑰雄伟，是我国古典诗歌中的杰作之一。

帝高阳之苗裔兮[1]，朕皇考曰伯庸[2]。
摄提贞于孟陬兮[3]，惟庚寅吾以降[4]。
皇览揆余初度兮[5]，肇锡余以嘉名[6]；
名余曰正则兮[7]，字余曰灵均[8]。

[1] 高阳，古代帝王颛顼的别号。苗裔（yì 义），后代。颛顼是楚国的远祖，他的后人有熊绎，被周成王封在楚国。春秋时期楚武王有个儿子叫瑕，受封在屈邑，因此子孙都以屈为氏，屈原是屈瑕的后人。所以说自己是古帝王高阳氏的后代。

[2] 朕，我。秦以前是贵贱都通用的第一人称代名词，秦以后则成为封建帝王自称的专用词。皇，光明。考，对死亡的父亲的敬称。伯庸，屈原父亲的字。

[3] 摄提，“摄提格”的简称。古人把天宫划为子、丑、寅、卯、辰、巳、午、未、申、酉、戌、亥十二个等分，叫做十二宫。依照岁星（木星）在天空运转所指向的方位来纪年。岁星指向寅宫（斗、牛星之间）的那一年，叫做寅年，它的别名叫摄提格。岁星不断地运转，所指的方位不同，每年的别名也不同。贞，正。陬（zōu 邹），陬月，古代十二个月也都有别名，正月的别名叫陬。依照夏历，正月是寅月。孟，开端。正月是一年的开端，因此叫孟陬。是说寅年正当正月。

[4] 庚寅，古代以干支纪日，指庚寅这一天。降（hóng 洪），降生。屈原生在寅年寅月寅日。这一年大概在公元前三四〇年左右，各家的推算方法不同，结论也不一样。

[5] 皇，即上文“皇考”的简称，指他已死的父亲。览，观察。揆，衡量。初度，初降生时的器度。

[6] 肇（zhào 照），开始，指初降生时。锡，古同“赐”，送给。嘉名，美名。

[7] 正，平；则，法。屈原名平字原。正则，公正的法则，就是“平”字的

含义。

[8] 灵,善;均,平地。灵均,很好的平地,就是"原"字的含义。高平的地叫做原。另一种说法认为正则和灵均是屈原的小名和小字。

纷吾既有此内美兮[1],又重之以修能[2];
扈江离与辟芷兮[3],纫秋兰以为佩[4]。
汩余若将不及兮[5],恐年岁之不吾与[6]。
朝搴阰之木兰兮[7],夕揽洲之宿莽[8]。
日月忽其不淹兮[9],春与秋其代序[10]。
惟草木之零落兮[11],恐美人之迟暮[12]。
不抚壮而弃秽兮[13],何不改乎此度也[14]?
乘骐骥以驰骋兮[15],来吾导夫先路[16]!

[1] 纷,多。内美,内在的本质的美。指自己出生的年、月、日的不凡和正则、灵均两个名字的方正公平。

[2] 重(chóng 虫),加上。修,美好;能,通"态",容貌。修能,指下文佩带香花香草等,实质是讲自己的德能。

[3] 扈(hù 户),披在身上。离,一本作"蓠",香草名,生在江边,所以叫江离,又名蘼芜。辟,同"僻",偏僻的地方。芷(zhǐ 止),白芷,香草名。生在幽僻的地方,所以叫辟芷。

[4] 纫(rèn 刃),连缀。

[5] 汩(gǔ 古),水流迅疾的样子。这里比喻时光如逝水。若将不及,好像跟不上时光的流逝。

[6] 不吾与,"不与吾"的倒文,不等待我。

[7] 搴(qiān 牵),拔取。阰(pí 皮),平顶小山,楚地方言。木兰,香木,即辛夷,今天通称紫玉兰,开花像莲,这里指木兰花。

[8] 揽,采。宿莽,香草名,经冬不死。木兰去皮不死,宿莽拔心不死,皆香之不变者,所以用来修身。

[9] 忽,速。淹,留。

[10] 代，更。序，次。春往秋来，以次相代。

[11] 惟，思。

[12] 美人，屈原有时用来比喻国君，有时用来比喻美好的人，有时用以自比。这里是指楚怀王。迟暮，指年老。这句是说唯恐楚怀王老了不能有所改革。

[13] 抚，犹如现在所说的“趁”。壮，壮年。秽，污秽的行为。是说怀王不肯趁壮年的时候把污秽的行为弃掉。《吕氏春秋·达郁》，管仲劝勉齐桓公：“壮而怠则失时，老而解则无名。”屈原用同样的意思规谏楚怀王。

[14] 此度，指“不抚壮而弃秽”的态度。一本无“也”字。

[15] 骐骥，骏马。此句比喻应任用有才能的人治理国家。

[16] 来，相招之辞。导，引。夫，语气词。先路，为王前驱。

昔三后之纯粹兮[1]，固众芳之所在[2]。
杂申椒与菌桂兮[3]，岂维纫夫蕙茝[4]？
彼尧舜之耿介兮[5]，既遵道而得路[6]；
何桀纣之猖披兮[7]，夫唯捷径以窘步[8]！
惟夫党人之偷乐兮[9]，路幽昧以险隘[10]。
岂余身之惮殃兮[11]？恐皇舆之败绩[12]。
忽奔走以先后兮[13]，及前王之踵武[14]。
荃不察余之中情兮[15]，反信谗而齌怒[16]。
余固知謇謇之为患兮[17]，忍而不能舍也！
指九天以为正兮[18]，夫唯灵修之故也[19]。
曰黄昏以为期兮[20]，羌中道而改路[21]。
初既与余成言兮[22]，后悔遁而有他[23]。
余既不难夫离别兮[24]，伤灵修之数化[25]。

[1] 三后，即三皇，指黄帝、颛顼、帝喾。纯粹，德行精美。这里表面是

指三皇，似是借指楚国先君熊绎、若敖、蚡冒三人。戴震《屈原赋注》："其熊绎、若敖、蚡冒三君乎！"熊绎是楚国开国的国君，若敖、蚡冒对楚国疆土的开拓、生产的发展，都作出了很大的贡献。《左传·昭公十二年》，右尹子革说："昔我先王熊绎辟在荆山，筚路蓝缕以处草莽，跋涉山川以事天子。"又《左传·宣公十二年》，晋栾书说："楚自克庸以来，其君无日不讨国人而训之于民生之不易、祸至之无日，戒惧之不可以怠。……训之以若敖、蚡冒筚路蓝缕以启山林。"楚人怀念他们的业绩，称他们为"三后"。

[2] 众芳，比喻众多有才能的人。在，集聚。

[3] 申椒，未得确解，王夫之《楚辞通释》说："或申地所产之椒。"椒，香木名，就是现在的花椒。菌桂，桂的一种，香木名，白花，黄蕊。

[4] 蕙，香草名，麻叶、方茎、红花、黑实。茝（chǎi），同"芷"，也是香草名。申椒、菌桂、蕙、茝，都是用来比喻有才能的人，即上文所说的"众芳"。是说三君杂用众贤才，国家因此富强，并非独取蕙茝，只任用少数贤人。

[5] 耿，光明。介，正大。

[6] 遵，循。道，正途。路，大道。

[7] 桀，夏朝最后一个君主。纣，商朝最后一个君主。他们历来被作为暴君的代表。猖，狂妄。披，"诐"的假借字，偏邪的意思。

[8] 捷径，斜出的小路。比喻不由正途。窘步，困窘失足。

[9] 党人，指朋比为奸的小集团。偷乐，苟安享乐。

[10] 路，指政治道路。幽昧，黑暗。

[11] 惮，畏惧。殃，灾祸。

[12] 皇舆，封建帝王所乘的车子，用来比喻国家。

[13] 奔走先后，王逸《楚辞章句》："奔走先后，四辅之职也。《诗》曰'予聿有奔走，予聿有先后'，是之谓也。"在楚王前后奔走，即为楚王效力。

[14] 及，赶上。前王，即上文的"三后"。踵，脚后跟。武，足迹。屈原想要楚怀王跟上前王的足迹，也就是继承前王的事业。

[15] 荃（quán 权），香草名，又叫荪。这里用来代指楚怀王。察，体察、了解。中情，内心。

[16] 齌（qī 妻）怒，暴怒，盛怒。

[17] 謇（jiǎn 俭）謇，忠言直谏。

[18] 九天，九重天。正，通“证”。指九天来做证明，就是指天发誓。

[19] 灵修，略同于后来所说的“神圣”。楚人称神为灵修。这里用来指楚怀王。

[20] 期，约。

[21] 羌，这里应是连词，略同于现在的“却”。中道而改路，半途变卦。（以上两句洪兴祖《楚辞补注》认为是衍文，这里仍然保存。）

[22] 成言，彼此约定的话。

[23] 悔遁，指背弃诺言。有他，有另外的打算。

[24] 难，惮，见《释名》。不难离别，不怕离别。

[25] 数（shuò 硕）化，屡次变化。

余既滋兰之九畹兮[1]，又树蕙之百亩[2]。
畦留夷与揭车兮[3]，杂杜衡与芳芷[4]。
冀枝叶之峻茂兮[5]，愿竢时乎吾将刈[6]。
虽萎绝其亦何伤兮[7]。哀众芳之芜秽[8]。

[1] 滋，培植。畹，田三十亩为一畹，一说十二亩为一畹。

[2] 树，种植。

[3] 畦（qí 奇），四周有浅沟分隔的小块田地。留夷、揭车，都是香草名。

[4] 杜衡，香草名，像葵而香，俗名叫马蹄香。芳芷，香草名。以上四句所讲的种植香草，都是用以比喻培育贤才。

[5] 冀，希望。峻，长大。

[6] 竢，同“俟”，等待。刈（yì 义），收割。这两句是比喻把贤才培养好了，用他们治理国家。

[7] 萎绝，枯死。

[8] 这两句用以比喻自己所培养的人才，不但不为国家出力，反而改变节操，与“党人”同流合污。

众皆竞进以贪婪兮[1],凭不猒乎求索[2]。
羌内恕己以量人兮[3],各兴心而嫉妒。
忽驰骛以追逐兮[4],非余心之所急。
老冉冉其将至兮,恐修名之不立[5]。
朝饮木兰之坠露兮,夕餐秋菊之落英[6]。
苟余情其信姱以练要兮[7],长顑颔亦何伤[8]?
揽木根以结茝兮[9],贯薜荔之落蕊[10]。
矫菌桂以纫蕙兮[11],索胡绳之纚纚[12]。
謇吾法夫前修兮[13],非世俗之所服[14]。
虽不周于今之人兮[15],愿依彭咸之遗则[16]。

[1] 众,指楚怀王的宠臣们。竞进,争着钻营禄位。

[2] 凭,满,楚地方言。猒,读作"厌",满足的意思。索,求。这句是说财物虽满,而仍追求不厌。

[3] 羌,发语词,楚地方言。恕,揣度。量,衡量。恕己量人,犹如俗语所说"以小人之心,度君子之腹"。

[4] 驰骛(wù务),和"驰骋"同意,奔走。追逐,追求。

[5] 修名,美名。立,成。

[6] 落,始。英,花的别名。菊花不自落,落英,就是始开的花。

[7] 苟,如果。情,应指德行。信,真。姱(kuā夸),美。信姱,真正美好。练要,精粹。

[8] 顑颔(kǎn hàn砍憾),面色憔悴黄瘦的样子。

[9] 揽,同"揽"。木根,不详。据蒋骥《山带阁注楚辞》说:"木,木兰。"那么木根应是木兰的根。结,系。

[10] 贯,穿。薜荔,香草名。蕊,花心。

[11] 矫,举起。

[12] 索,搓绳子。胡绳,香草的一种,茎叶可以做绳索。纚(xǐ喜)纚,连缀得很整齐的样子。

[13] 謇,发语词,楚地方言,和上文"余固知謇謇之为患兮"的"謇"的

意义不同。法，效法。前修，意同前贤，前代的贤人。

[14] 服，佩带。时俗不肯佩香草，比喻不肯修饰德能。

[15] 周，合。

[16] 彭咸，王逸《楚辞章句》说，他是殷的贤大夫，因谏国君不听，投水自杀。但生平不可考。屈原在作品中多次提到他。遗则，留下来的法则，即榜样。

长太息以掩涕兮，哀民生之多艰。
余虽好修姱以鞿羁兮[1]，謇朝谇而夕替[2]。
既替余以蕙纕兮[3]，又申之以揽茝[4]。
亦余心之所善兮[5]，虽九死其犹未悔[6]。
怨灵修之浩荡兮[7]，终不察夫民心。
众女嫉余之蛾眉兮[8]，谣诼谓余以善淫[9]。
固时俗之工巧兮[10]，偭规矩而改错[11]；
背绳墨以追曲兮[12]，竞周容以为度[13]。
忳郁邑余侘傺兮[14]，吾独穷困乎此时也[15]！
宁溘死以流亡兮[16]，余不忍为此态也[17]！
鸷鸟之不群兮[18]，自前世而固然。
何方圜之能周兮[19]，夫孰异道而相安[20]？
屈心而抑志兮[21]，忍尤而攘诟[22]；
伏清白以死直兮[23]，固前圣之所厚。

[1] 鞿（jī 机），马缰绳。羁，马络头。鞿羁，受牵累。这里作者以马自喻，是说自己虽然好修，但却因此被疏，受到牵累。

[2] 谇（suì 岁），谏诤。替，废。这句是说早上进谏，晚上就被撤职。

[3] 纕（xiāng 乡），佩带。蕙纕，以蕙草编缀成的带子。

[4] 申，申斥。

[5] 善，崇尚、爱好。

[6] 九，极言其多。

[7] 浩荡，大水横流的样子。这里用以比喻怀王的恣意妄为。

[8] 众女，比喻楚怀王周围的一些贵族宠臣。蛾眉，借喻美好的品质。

[9] 谣（zhuó 酌），中伤的话。

[10] 固，本来。工巧，善于取巧。

[11] 偭（miǎn 免），违背。规矩，木工的用具，量圆的叫规，量方的叫矩。这里指法度。改错，改变措施。

[12] 绳墨，木工引绳弹墨，用以打直线。这里也指法度。追，随。曲，邪曲。比喻贵族宠臣违背正直之道而追求邪曲之行。

[13] 周容，苟合取容。度，法则。

[14] 忳（tún 屯），烦闷，是附加于“郁邑”的副词。郁邑，忧愁，是附加于“侘傺”的形容词。侘傺（chà chì 差翅），失意。

[15] 穷困，境遇窘迫。

[16] 溘（kè 课）死，忽然死去。

[17] 此态，指“周容以为度”，即苟合取容之态。

[18] 鸷（zhì 至）鸟，即鹰、鹞等猛禽。

[19] 方，指方的榫头。圜，即圆，指圆的孔。周，合。这句是说方的榫头和圆孔，怎么能互相吻合呢！

[20] 孰，哪。异道，志向不同，操守各异。

[21] 屈，委屈。抑，遏制。心受委屈，志不伸展，指精神上受尽压抑。

[22] 尤，责难。攘，取。诟，耻辱。即忍耻含辱。

[23] 伏，和“抱”同意。伏清白，抱清白的节操。死直，死于正直。

悔相道之不察兮[1]，延伫乎吾将反[2]。
回朕车以复路兮[3]，及行迷之未远[4]。
步余马于兰皋兮[5]，驰椒丘且焉止息[6]。
进不入以离尤兮[7]，退将复修吾初服[8]。
制芰荷以为衣兮[9]，集芙蓉以为裳[10]。
不吾知其亦已兮，苟余情其信芳。
高余冠之岌岌兮[11]，长余佩之陆离[12]。

芳与泽其杂糅兮[13]，唯昭质其犹未亏[14]。
忽反顾以游目兮[15]，将往观乎四荒。
佩缤纷其繁饰兮，芳菲菲其弥章[16]。
民生各有所乐兮，余独好修以为常。
虽体解吾犹未变兮[17]，岂余心之可惩[18]！

[1] 相，观看。

[2] 延伫，低徊迟疑。反，同“返”。

[3] 复路，走回头路。

[4] 及，趁着。以上四句是屈原在政治上被排挤打击之后，产生了要退出政治舞台的消极想法。

[5] 皋，河岸边。

[6] 椒丘，生长椒木的小山。焉，犹于是。

[7] 进，指仕进。不入，不被国君所采纳。离尤，获罪。

[8] 退，指退隐。初服，初衷、夙志。修吾初服，指修身洁行。

[9] 芰（jì 记），菱。

[10] 芙蓉，莲花。裳，上身所穿的叫衣，下身所穿的叫裳。

[11] 岌（jí 及）岌，高的样子。

[12] 佩，指佩剑。陆离，长的样子。

[13] 泽，当读作“殬”（dù 妒），指腐臭的东西。杂糅（róu 柔），掺杂。芳泽杂糅，比喻自己和群小共处一朝。

[14] 昭质，清白的品质。

[15] 游目，纵目瞭望。

[16] 菲菲，勃勃，香气很浓的样子。弥章，更加明显。

[17] 体解，肢解，古代把人的四肢分割下来的一种酷刑。

[18] 惩，戒惧。

女媭之婵媛兮[1]，申申其詈予[2]。
曰：“鲧婞直以亡身兮[3]，终然殀乎羽之野[4]。

汝何博謇而好修兮[5]，纷独有此姱节[6]？
薋菉葹以盈室兮[7]，判独离而不服[8]。
众不可户说兮[9]，孰云察余之中情[10]？
世并举而好朋兮[11]，夫何茕独而不予听[12]？”

[1] 女嬃（xū须），一说是女人名，一说是女伴，一说是妾，都不确切。王逸《楚辞章句》：“女嬃，屈原姊也。”许慎《说文》引贾逵说：“楚人谓姊为嬃。”婵媛，眷恋。

[2] 申申，反反复复。詈，责备。

[3] 鲧（gǔn滚），同“鲧”，夏禹的父亲。婞（xìng幸），刚强易怒。亡身，应据《五百家注韩昌黎集》三祝注引作“忘身”。婞直忘身，刚直而不顾身。若把“亡”作死亡解，便和下句的意思重复。

[4] 殀（yāo妖），早死。羽，羽山，据胡渭《禹贡锥指》说，在今山东蓬莱市东南。关于鲧，历史上一般都认为他是个坏人，四凶之一，因为治水失败，被舜所杀。而韩非却认为他是一个贤者，因直谏被尧杀死于羽山之野。《韩非子·外储说右上第三十四》：“尧欲传天下于舜，鲧谏曰：‘不祥哉！孰以天下而传之于匹夫乎？’尧不听，举兵而诛杀鲧于羽山之郊。”

[5] 博，博闻。謇，直谏。博謇，《山带阁注楚辞》：“博学而好直言也。”

[6] 姱节，美好的节操。

[7] 薋（cí瓷），草多的样子。菉（lù路），又叫王刍，恶草。葹（shī施），又叫枲耳，也是恶草。用以比喻朝廷充满谗佞之臣。

[8] 判，区别。服，佩带。

[9] 户说，挨家挨户去说明。

[10] 余，指我们。

[11] 并举，互相抬举。好朋，成群结党。

[12] 茕（qióng穷），孤独。予，女嬃自指。不予听，不听我的话。

依前圣以节中兮[1]，喟凭心而历兹[2]。
济沅湘以南征兮[3]，就重华而陈辞[4]：

“启《九辩》与《九歌》兮[5]，夏康娱以自纵[6]。
不顾难以图后兮[7]，五子用失乎家巷[8]。
羿淫游以佚畋兮[9]，又好射夫封狐[10]；
固乱流其鲜终兮[11]，浞又贪夫厥家[12]。
浇身被服强圉兮[13]，纵欲而不忍[14]；
日康娱以自忘兮[15]，厥首用夫颠陨[16]。
夏桀之常违兮[17]，乃遂焉而逢殃[18]。
后辛之菹醢兮[19]，殷宗用而不长[20]。
汤禹俨而祗敬兮[21]，周论道而莫差[22]；
举贤而授能兮，循绳墨而不颇[23]。
皇天无私阿兮[24]，览民德焉错辅[25]。
夫维圣哲以茂行兮[26]，苟得用此下土[27]。
瞻前而顾后兮，相观民之计极[28]。
夫孰非义而可用兮[29]，孰非善而可服[30]？
阽余身而危死兮[31]，览余初其犹未悔。
不量凿而正枘兮[32]，固前修以菹醢。
曾歔欷余郁邑兮[33]，哀朕时之不当[34]。
揽茹蕙以掩涕兮[35]，霑余襟之浪浪[36]。”

[1] 依，循。以，《文选》作“之”。节中，节操、中正。

[2] 喟（kuì 愧），叹息声。凭，懑。凭心，愤懑发于心。历兹，遭到这样的打击。

[3] 济，渡过。沅、湘，水名，都在今湖南省境内。征，行。自此句以下都是屈原想象的话。

[4] 重华，舜的名字。传说舜死在苍梧之野，苍梧山在今湖南省宁远县境内。要向重华陈辞，就必须渡沅、湘二水向南进发。

[5] 启，夏启，禹的儿子，继禹之后做了国君。《九辩》、《九歌》，神话传

说是天帝的乐曲，被启带到人间。

[6] 夏康，太康，启的儿子。纵，放纵。太康用《九歌》、《九辩》娱乐自己，任情放纵。（一说"夏"即"下"，康娱是安乐，指启从天上下来后纵情享乐。）

[7] 不顾难，不考虑患难。图后，为未来打算。

[8] 五子，指太康的五个儿子。用，因。家巷（hòng哄），家国。太康在外佚游无度，有穷国君后羿夺了他的王位，使他不能回京城。他的五个儿子因此也逃出了京城，失掉了自己的国家。（一说五子即启的儿子五观。"失"当作"夫"，语助词。"乎"字当删。家巷即内乱。启的儿子五观作乱，启命彭寿领兵讨平。）

[9] 佚，放荡。畋（tián田），打猎。

[10] 封狐，大狐狸。

[11] 乱流，淫乱之流。鲜终，少有好结果。

[12] 浞（zhuó酌），寒浞，羿的臣。厥，同"其"。家（gū姑），指妻室。据《左传》记载，羿做国君后，佚乐无度，不理国政，寒浞令他的家臣逢蒙射杀了羿，强占了羿的妻子。

[13] 浇（ào傲），寒浞的儿子。被服，穿戴、装饰，这里含有具备的意思。强圉（yǔ羽），强壮多力。

[14] 不忍，不肯自制。

[15] 自忘，忘乎所以。

[16] 颠陨，坠落。相传寒浞强占了羿的妻子后，生子叫浇，强壮多力，杀死夏后相，终日淫乐无度，后又被相的儿子少康所杀。

[17] 夏桀，夏朝末代国君。违，邪僻。常违，经常行为邪僻。

[18] 遂，终究。逢殃，遭祸。终究遭到祸患。《史记·夏本纪》记载，夏桀被汤放逐于南巢（今安徽省巢县附近）。

[19] 后辛，即殷纣王，名辛，又称帝辛，商朝末代国君。菹醢（zū hǎi 租海），把人剁成肉酱。据《史记·殷本纪》记载，纣王杀比干、醢梅伯，终于亡国。

[20] 殷宗，殷代的祖祀，即殷朝。

[21] 俨，恭敬庄重。祗，敬畏。指禹、汤敬畏天意。

[22] 周，周朝，这里应指周初文王、武王和周公。论道，议论治国之

道。莫差，没有差错。

[23] 颇，偏邪。

[24] 阿，偏袒，庇护。

[25] 辅，扶助。《左传·僖公五年》宫之奇曰："臣闻之，鬼神非人实亲，惟德是依。故《周书》曰：'皇天无亲，惟德是辅。'又曰：'黍稷非馨，明德惟馨。'又曰：'民不易物，惟德繄物。'如是则非德民不和，神不享矣。神所冯依，将在德矣。"以上两句就表现了这种思想。

[26] 茂，同"美"。

[27] 苟得，才得。用，享有。下土，国土。

[28] 相，察看。计，生计。极，终极。这句是说观察人民到底怎样要求。

[29] 孰，谁。这句是说哪有不义的国君，能长久享国？

[30] 服，与"用"同义。

[31] 阽（diàn 店），临近险境。危死，险些儿死去。

[32] 凿，木孔。枘（ruì 锐），木楔。枘要插进凿中，如不度量凿的方圆大小，来削正枘的形状，就无法合榫。比喻为人臣不度量国君的贤愚，而直言敢谏，必然取祸。

[33] 曾，屡次。歔欷，抽泣声。

[34] 当，值。时之不当，生不逢辰。

[35] 茹，柔软。

[36] 霑，同"沾"。浪浪，同"滚滚"，形容泪流不止。

跪敷衽以陈辞兮[1]，耿吾既得此中正[2]。
驷玉虬以乘鹥兮[3]，溘埃风余上征[4]。
朝发轫于苍梧兮[5]，夕余至乎县圃[6]。
欲少留此灵琐兮[7]，日忽忽其将暮。
吾令羲和弭节兮[8]，望崦嵫而勿迫[9]。
路曼曼其修远兮[10]，吾将上下而求索。
饮余马于咸池兮[11]，总余辔乎扶桑[12]。

折若木以拂日兮[13]，聊逍遥以相羊[14]。
前望舒使先驱兮[15]，后飞廉使奔属[16]。
鸾皇为余先戒兮[17]，雷师告余以未具[18]。
吾令凤鸟飞腾兮，继之以日夜。
飘风屯其相离兮[19]，帅云霓而来御[20]。
纷总总其离合兮[21]，斑陆离其上下[22]。
吾令帝阍开关兮[23]，倚阊阖而望予[24]。
时暧暧其将罢兮[25]，结幽兰而延伫[26]。
世溷浊而不分兮，好蔽美而嫉妒。

[1] 敷衽（rèn 刃），把衣服的前襟拉平。

[2] 耿，光明。中正，指正直而不偏邪的品德。

[3] 驷，本义是驾车的四匹马，这里用作动词，即驾。玉虬（qiú 求），白色无角的龙。鹥（yī 衣），凤凰一类的鸟。

[4] 溘，掩，压在上面。埃，尘土。上征，上天。

[5] 轫（rèn 刃），刹住车轮转动的轮前横木。发轫，把轫木去掉，表示车要出发。苍梧，舜所葬的九嶷山在苍梧。因为是向帝舜陈词之后的活动，所以以苍梧为起点。

[6] 县圃，神话中的山名，在昆仑山顶。

[7] 琐，门窗上所刻的连环形花纹，这里是门的代称。灵琐，神灵所居的门。

[8] 羲和，神话中的太阳神，是给太阳驾车的。弭（mǐ 米），停止。节，策，马鞭。弭节，停车不进。

[9] 崦嵫，神话中的山名，日所入处。迫，近。

[10] 曼曼，同“漫漫”，路遥远的样子。

[11] 咸池，神话中的池名，太阳出来洗澡的地方。

[12] 总，结，系。辔，马缰绳。扶桑，神话中的树名，太阳从它下面出来。

[13] 若木，神话中的树名，生在昆仑山的极西，太阳所入处。拂日，拂

拭太阳。这句是说折若木枝拂扫太阳,挡着它,不让它落下去。

[14] 聊,姑且,暂且。相羊,与"徜徉"同意,即徘徊。

[15] 望舒,月神的驾车者。

[16] 飞廉,风神。奔属,追随。

[17] 鸾皇,凤凰。先戒,在前面做警卫。

[18] 雷师,雷神。未具,未准备齐全。

[19] 飘风,旋风。屯,聚,旋风将尘土聚成圆柱形,就是屯。相离,相附丽。

[20] 帅,率领。云霓,云霞。御,读作"迓",迎接。

[21] 纷,多的样子。总总,云聚集的样子。离合,乍离乍合。

[22] 陆离,五光十色。

[23] 帝阍,给天帝看门的人。楚人谓守城者为阍。屈原叫帝阍开关,暗喻要求见楚王的意思。

[24] 阊阖,天门。

[25] 暧暧,昏暗的样子。罢,尽,终了。这句是说时已昏黑,一天就要过去。

[26] 延伫,徘徊犹疑。

朝吾将济于白水兮[1],登阆风而緤马[2]。
忽反顾以流涕兮,哀高丘之无女[3]。
溘吾游此春宫兮[4],折琼枝以继佩[5]。
及荣华之未落兮[6],相下女之可诒[7]。
吾令丰隆乘云兮[8],求宓妃之所在[9]。
解佩纕以结言兮[10],吾令蹇修以为理[11]。
纷总总其离合兮,忽纬繣其难迁[12]。
夕归次于穷石兮[13],朝濯发乎洧盘[14]。
保厥美以骄傲兮[15],日康娱以淫游。
虽信美而无礼兮,来违弃而改求[16]。
览相观于四极兮,周流乎天余乃下。

望瑶台之偃蹇兮[17]，见有娀之佚女[18]。
吾令鸩为媒兮[19]，鸩告余以不好[20]；
雄鸠之鸣逝兮[21]，余犹恶其佻巧[22]。
心犹豫而狐疑兮，欲自适而不可[23]。
凤皇既受诒兮[24]，恐高辛之先我[25]。
欲远集而无所止兮，聊浮游以逍遥。
及少康之未家兮[26]，留有虞之二姚[27]。
理弱而媒拙兮[28]，恐导言之不固[29]。
世溷浊而嫉贤兮，好蔽美而称恶。
闺中既以邃远兮[30]，哲王又不寤[31]。
怀朕情而不发兮[32]，余焉能忍与此终古[33]！

[1] 白水，神话中的河名，发源于昆仑山。

[2] 阆（làng 浪）风，神话中的山名，在昆仑山上。緤（xiè 泄），拴、系。

[3] 高丘，即阆风。女，指神女。屈原表面上是哀阆风山无神女，实际上是哀楚王没有好妃嫔。

[4] 春宫，春神所居的宫殿。

[5] 琼枝，玉树枝。

[6] 荣，草本植物开的花。华，木本植物开的花。荣华，花的通称。

[7] 下女，指宓妃诸人，对高丘而言，所以说下。诒，同"贻"，赠送。

[8] 丰隆，雷师。

[9] 宓（fú 伏）妃，相传是伏羲的女儿，溺死在洛水，后成为洛水之神。

[10] 结言，订盟约。解下佩纕，用来和宓妃订盟约。

[11] 蹇修，旧说是伏羲的臣，不可信。他是神话中的人物，应当和宓妃很接近。理，媒人。

[12] 纬繣（huà 画），违拗。难迁，难于改变。

[13] 次，住宿。穷石，山名，弱水发源于此，相传是后羿所居之地，《左传·襄公四年》："后羿自鉏迁于穷石。"《天问》："帝降夷羿，革孽夏民（剪除夏民的忧患）；胡（何以）射夫河伯，而妻彼雒（洛）嫔？"

在古代传说中,宓妃和羿有一段淫乱关系。这句是说宓妃晚上宿在穷石。

[14] 濯,洗。洧(wěi 伟)盘,神话中的水名,发源于崦嵫山。

[15] 保,恃。

[16] 来,乃。违弃,抛弃。改求,另求对象。

[17] 瑶台,用美玉砌的台。偃蹇,高耸的样子。

[18] 有娀(sōng 松),有娀氏,原始社会的一个部落名。佚女,美女。有娀之佚女,即帝喾妃简狄。古代传说有娀氏女简狄,住在瑶台上,后来嫁给帝喾,生契,契是商朝的祖先。

[19] 鸩(zhèn 振),鸟名,羽毛有毒。这里用来比喻奸险的人。

[20] 告余以不好,指鸩鸟扯谎说简狄不好。

[21] 鸠,像山鹊,喜欢叫。这里用来比喻花言巧语的人。鸣逝,且飞且鸣。

[22] 佻巧,轻佻巧诈。这二句是说若让雄鸠通个信儿,我又嫌恶它轻佻不可信。

[23] 适,往。不可,于礼不可。这句是说不通过媒人,自己去见简狄,于礼节上又不妥当。

[24] 凤皇,指玄鸟。《天问》:"玄鸟致诒,女(指简狄)何嘉(接纳)?"又《九章·思美人》:"高辛之灵盛兮,遭玄鸟而致诒。"则简狄的婚姻,总是和玄鸟有关。这里的凤凰即指玄鸟。受,古代通"授"。诒,赠给,这里用作名词,指聘礼。受诒,致送聘礼。凤凰既经赠送聘礼去了。

[25] 高辛,帝喾的别号。这句是说恐怕高辛在我之先,已经娶得简狄了。

[26] 少康,夏代中兴的国君,杀了寒浞和浇等,恢复了夏朝的政权。未家,未成家,即未结婚。这句是说趁着少康还没有成家。

[27] 有虞,夏代的一个部落名,是舜的后裔,姓姚。二姚,有虞国君的两个女儿。据《左传·哀公元年》记载,少康是夏后相的儿子,幼年时受寒浞的迫害,从有仍国逃难到有虞,有虞国君把两个女儿嫁给了他。

[28] 理,和"媒"同义。理弱,介绍人无能。拙,指口齿笨拙。

[29] 导言，指媒人撮合双方意见的话。不固，不牢固。

[30] 闺，宫中的小门。邃（suì 岁）远，深远。

[31] 哲王，指楚怀王。寤，觉醒。

[32] 情，衷情。发，抒发、表白。

[33] 终古，永远。这句是说我怎么能永远这样忍受下去呢！

索藑茅以筳篿兮[1]，命灵氛为余占之[2]。
曰："两美其必合兮[3]，孰信修而慕之[4]？
思九州之博大兮，岂唯是其有女[5]？"
曰："勉远逝而无狐疑兮，孰求美而释女[6]？
何所独无芳草兮，尔何怀乎故宇[7]？"
世幽昧以眩曜兮[8]，孰云察余之善恶？
民好恶其不同兮，惟此党人其独异[9]！
户服艾以盈要兮[10]，谓幽兰其不可佩。
览察草木其犹未得兮，岂珵美之能当[11]？
苏粪壤以充帏兮[12]，谓申椒其不芳。

[1] 索，取。藑（qióng 穷）茅，一种草。以，和"与"同义。筳（tíng 亭），小竹棍。楚人用这种草和竹棍占卦，叫做篿（zhuān 专）。

[2] 灵，本义是神，这里指的是巫，巫能降神，所以楚人称巫为灵。氛，巫的名。

[3] 两美必合，只要双方都美就必然配合。借以比喻良臣必遇明君。

[4] 信修，真正美好。慕，爱慕。这二句是说虽然有"两美必合"的说法，但在楚国有谁真正美好而值得爱慕呢？

[5] 是，这里指楚国。这句是说难道只有楚国，才有美女吗？

[6] 释，放弃。女，汝，指屈原。这句是说哪有寻求美才的人会放过你呢？

[7] 故宇，旧居，指屈原的故国。以上八句都是灵氛说的话，用两个"曰"字，是叮咛之辞。

[8] 幽昧，黑暗。眩曜，迷乱的样子。

[9] 独异，独异于众。唯这群党人的好恶与众不同。

[10] 户，家家户户。艾，白蒿，一种野草。要，古“腰”字。这句是说家家户户每人都佩带满腰的艾蒿。

[11] 珵(chéng承)，当作“程”，品评。当，恰当。这句是说他们品评美人，怎么会恰当？

[12] 苏，取。粪壤，粪土。帏，佩在身上的香囊。

欲从灵氛之吉占兮，心犹豫而狐疑。
巫咸将夕降兮[1]，怀椒糈而要之[2]。
百神翳其备降兮[3]，九疑缤其并迎[4]。
皇剡剡其扬灵兮[5]，告余以吉故[6]。
曰：“勉升降以上下兮[7]，求榘矱之所同[8]。
汤禹严而求合兮[9]，挚咎繇而能调[10]。
苟中情其好修兮，又何必用夫行媒？
说操筑于傅岩兮[11]，武丁用而不疑[12]。
吕望之鼓刀兮[13]，遭周文而得举[14]。
甯戚之讴歌兮[15]，齐桓闻以该辅[16]。
及年岁之未晏兮[17]，时亦犹其未央[18]。
恐鹈鴂之先鸣兮[19]，使夫百草为之不芳[20]。”
何琼佩之偃蹇兮[21]，众薆然而蔽之[22]？
惟此党人之不谅兮[23]，恐嫉妒而折之。
时缤纷其变易兮[24]，又何可以淹留[25]？
兰芷变而不芳兮，荃蕙化而为茅。
何昔日之芳草兮，今直为此萧艾也[26]？
岂其有他故兮，莫好修之害也！
余以兰为可恃兮[27]，羌无实而容长[28]。

委厥美以从俗兮[29]，苟得列乎众芳[30]！
椒专佞以慢慆兮[31]，樧又欲充夫佩帏[32]。
既干进而务入兮[33]，又何芳之能祗[34]？
固时俗之流从兮[35]，又孰能无变化？
览椒兰其若兹兮，又况揭车与江离？
惟兹佩之可贵兮[36]，委厥美而历兹[37]；
芳菲菲而难亏兮，芬至今犹未沬[38]。
和调度以自娱兮[39]，聊浮游而求女。
及余饰之方壮兮，周流观乎上下[40]。

[1] 巫咸，殷代的神巫，名咸。古代把巫看做能通神的人物，人对神的祈求，由巫转达，巫又可以降神，神通过巫给人以旨意。降，指降神。祀神一般都在晚上，所以说“夕降”。

[2] 怀，揣在怀里。糈（xǔ 许），精米，用以供神。要，通“邀”。

[3] 翳（yì 义），遮天蔽日。

[4] 九疑，山名，也作“九嶷”，即苍梧山，在湖南省境内。这里指九嶷山的诸神。缤，繁多的样子。

[5] 皇，读作“煌”，光明。剡（yǎn 眼）剡，发光的样子。皇剡剡，光闪闪。扬灵，显扬神的灵异，犹如后世所谓的显圣。

[6] 吉故，指前代君臣遇合的佳话，即下文汤、禹和挚、咎繇等人的事迹。

[7] 升降上下，指上天下地，即上文“上下求索”之意。

[8] 榘，同“矩”，量方形的工具。矱（huò 获），量长短的工具。榘矱，在这里引申为政治主张。

[9] 严，严肃，诚心。求合，访求志同道合的人。

[10] 挚，伊尹的名，汤的贤臣。咎繇（gāo yáo 高摇），即皋陶，禹的贤臣。调，彼此和谐。

[11] 说（yuè 悦），傅说，殷高宗时贤臣。操，拿着。筑，打墙的木杵。傅岩，地名，在今山西省平陆县附近。

[12] 武丁，殷高宗的名。古代传说，傅说是个奴隶，在傅岩拿着木杵筑墙，后被殷王武丁用以为相。

[13] 吕望，本姓姜，名尚。因为先代封邑在吕，所以又姓吕。他是周朝开国的贤相。鼓刀，动刀，指当屠户。

[14] 周文，周文王。举，提拔。古代传说，吕望未遇时曾在朝歌当屠户，年老后钓于渭水之滨，遇见周文王，便被重用。

[15] 甯戚，春秋卫国人。讴歌，徒歌，指唱歌时没有音乐伴奏。

[16] 齐桓，齐桓公。该，备。辅，辅佐，指大臣。该辅，备辅佐之选。相传甯戚本是个小商人，曾住在齐的东门，桓公夜出，他正在车下喂牛，并敲着牛角唱歌。桓公看出他是个贤人，便用他做客卿。

[17] 晏，晚。

[18] 央，尽、终了。

[19] 鹈鴂（tí jué 题决），鸟名，又名伯劳，秋天鸣。

[20] 百草不芳，鹈鴂鸣，则秋天到，百草开始枯凋。这两句是勉励屈原趁着时机，施展抱负，不要老而无成。自“勉升降”到此，是巫咸对屈原说的话。

[21] 琼佩，玉佩，是从上文“折琼枝以继佩”而来，引申为有美德的人，这里屈原用以自况。偃蹇，委宛美好的样子。自此以下三十二句，都是屈原对巫咸说的话。

[22] 薆（ài 爱），遮蔽，是形容下文“蔽”的副词。

[23] 谅，信。不谅，说话不可靠。

[24] 缤纷，杂乱。

[25] 淹留，久留。这句是说我怎么可以久留而不速去呢？

[26] 直，简直。萧，一种蒿草。

[27] 兰和下文的“椒”，都是封建君主之所好。《荀子·议兵》：“而其民之亲我（指国君），欢若父母；其好我，芬若椒兰。”这里的兰是暗喻楚怀王的小儿子令尹子兰。可恃，可靠。

[28] 容，外表。长，好、多。容长，外表好看。

[29] 委厥美，抛弃它固有的美质。从俗，随从世俗之所好。

[30] 苟，苟且。

[31] 椒，暗喻楚大夫子椒。佞，谄谀。慢慆（tāo 滔），傲慢。

[32] 榝（shā 杀），茱萸一类的草，外形像椒而不香，暗喻楚国一般官僚。佩帏，佩囊。

[33] 干，钻营。务，营求。

[34] 祇，恭敬。这句是说又有什么品质美好的人能够庄敬自重呢？

[35] 流从，“从流”的倒文，随波逐流。

[36] 兹佩，即琼佩，屈原自况。

[37] 委，似当作“秉”，大概古“秉”字或写作“委”，因而错作“委”字。秉，持。委厥美，怀着这种美德。历兹，遭受这样的打击。

[38] 沬（mèi 妹），终止、消失。

[39] 和调度，调度使和谐。

[40] 周流上下，即灵氛所谓“远逝”，巫咸所谓“升降上下”的意思。这句是说周游天地四方，所以寻求贤君。

灵氛既告余以吉占兮，历吉日乎吾将行[1]。
折琼枝以为羞兮[2]，精琼爢以为粻[3]。
为余驾飞龙兮，杂瑶象以为车[4]。
何离心之可同兮[5]，吾将远逝以自疏。
邅吾道夫昆仑兮[6]，路修远以周流。
扬云霓之晻蔼兮[7]，鸣玉鸾之啾啾[8]。
朝发轫于天津兮[9]，夕余至乎西极[10]。
凤皇翼其承旂兮[11]，高翱翔之翼翼[12]。
忽吾行此流沙兮[13]，遵赤水而容与[14]。
麾蛟龙使梁津兮[15]，诏西皇使涉予[16]。
路修远以多艰兮，腾众车使径待[17]。
路不周以左转兮[18]，指西海以为期[19]。
屯余车其千乘兮，齐玉轪而并驰[20]。
驾八龙之婉婉兮[21]，载云旗之委蛇[22]。

抑志而弭节兮[23]，神高驰之邈邈[24]。
奏《九歌》而舞《韶》兮[25]，聊假日以媮乐[26]。
陟升皇之赫戏兮[27]，忽临睨夫旧乡[28]。
仆夫悲余马怀兮[29]，蜷局顾而不行[30]。

[1] 历，选择。

[2] 羞，珍贵食品。

[3] 精，舂细米。靡(mí 糜)，细末。琼靡，玉屑。粻(zhāng 章)，粮。这句意为舂玉屑为粮。

[4] 象，象牙。

[5] 离心，异志。这句意为心志不同，怎么能凑合在一起呢。即“道不同不相为谋”的意思。

[6] 邅(zhān 沾)，转向，楚地方言。这句是说把行程转向昆仑山。

[7] 云霓，指旌旗。晻(yǎn 眼)蔼，旌旗遮蔽天日的样子。

[8] 玉鸾，用玉雕成鸾鸟形的车铃。啾啾，铃声。

[9] 天津，银河。

[10] 西极，西方的尽头。

[11] 翼，《文选》作“纷”，多。旂，旌旗的通称。

[12] 翼翼，整齐的样子。

[13] 流沙，西方沙漠。

[14] 赤水，神话中的水名，发源于昆仑山。可能是怒江或恒河的上游。容与，缓行。

[15] 麾，指挥。梁，桥梁，这里用作动词，搭桥。津，渡口。这句是说指挥蛟龙在赤水的渡口上搭桥。

[16] 诏，命令。西皇，西方的神，相传即少皞氏。涉予，渡我过去。

[17] 腾，同“驰”。径，直。待，一本作“侍”，可从。径侍，径相侍卫。这句是说驰众车使之径相侍卫，以免危险。

[18] 不周，神话中的山名，在昆仑山西北。

[19] 西海，今青海省的青海。期，会。

[20] 轪(dài 代)，车轮的别名。玉轪，以玉为饰的车轮。

[21] 婉婉，龙身弯曲的样子。

[22] 委蛇（yí 怡），旌旗迎风舒展的样子。

[23] 志，通“帜”。抑志，垂下旌旗。

[24] 神，精神。高驰，高飞。邈邈，遥远无边际的样子。

[25]《韶》，《九韶》，舜的舞乐。

[26] 假日，借此机会。媮（yú 余），媮乐，即娱乐。

[27] 陟（zhì 至）、升，都是上升。皇，指皇天。赫戏，光明的样子。

[28] 临，居高临下。睨（nì 逆），旁视。旧乡，故乡，即楚国。

[29] 怀，思念。

[30] 蜷（quán 权）局，曲身。顾而不行，回顾而不前进。

乱曰[1]：已矣哉！
国无人莫我知兮，又何怀乎故都？
既莫足与为美政兮[2]，吾将从彭咸之所居[3]！

[1] 乱，有两重意思：从文章的内容讲，乱训为理。篇什既成，撮其大要，就是乱。从音乐方面讲，乱是乐歌的末一章，即尾声。乐歌将完时，繁音促节，纷杂交错，所以叫做乱。

[2] 美政，指屈原的政治理想，如任用贤人，厉行法治，统一天下等。这句是说既然没有能够和他共同施行美政的人。

[3] 从彭咸之所居，即投水自杀。

九　歌

《九歌》的来源很早，远在夏朝已经出现了。《离骚》中有“启《九辩》与《九歌》兮”、“奏《九歌》而舞《韶》兮”，《天问》中也说：“启棘宾商，《九辩》、《九歌》。”这是屈原自己所说《九歌》的起源。又《山海经·大荒西经》说：“夏后开上三嫔于天，得《九辩》与《九歌》以下。”和屈原所传的说法完全相同，都认为《九歌》是启从天上传下来的。但是屈原所作的《九歌》却并不是依照夏朝的旧曲写成的，而是根据楚国南部民间长期流传的祭神乐歌加工创作的。王逸说：“昔楚国南郢之邑，沅、湘之间，其俗信鬼而好祠，其祠必作歌乐鼓舞以乐诸神。屈原放逐，窜伏其域，怀忧苦毒，愁思沸郁，出见俗人祭祀之礼，歌舞之乐，其词鄙陋，因为作《九歌》之曲，上陈事神之敬，下见己之冤结，托之以风谏。”（《楚辞章句》）朱熹也持同样看法。可能由于屈原特别仰慕夏朝的《九歌》之美，所以不妨把自己的创作虚拟虞夏以来的旧曲。《九歌》反映了古代楚地人民生活的一个侧面，寄托了屈原自己政治上被打击后的哀思。风格清新秀丽，感情充沛真挚，是一组优秀作品。

《九歌》的写作时代，从内容上看，从王逸、朱熹的论述看,都可以确定是他晚年被放逐到沅、湘流域的作品。

东皇太一[1]

吉日兮辰良[2],穆将愉兮上皇[3]。
抚长剑兮玉珥[4],璆锵鸣兮琳琅[5]。
瑶席兮玉瑱[6],盍将把兮琼芳[7]。
蕙肴蒸兮兰藉[8],奠桂酒兮椒浆[9]。
扬枹兮拊鼓[10],疏缓节兮安歌[11],陈竽瑟兮浩倡[12]。

灵偃蹇兮姣服[13],芳菲菲兮满堂。
五音纷兮繁会[14],君欣欣兮乐康[15]。

[1] 东皇太一,天的最尊贵的神。《文选》吕向注:"太一,星名,天之尊神。祠在楚东,以配东帝,故云东皇。"皇,楚人对天的称呼,《庄子·秋水篇》:"跐黄泉而登大皇。""大皇"就是天,和本篇中的"上皇"意义相同。太一,楚人对天神的称呼。天神本来无所不在,这里叫它"东皇",因为它的祠立在楚的东边。《九歌》每一篇的篇目,都用楚人所习惯称的神名。

[2] 辰良,"良辰"的倒文,好时辰。

[3] 穆,恭敬。将,要。愉,快乐欢娱。穆将愉,"将穆愉"的倒文。上皇,东皇太一。这句是说恭恭敬敬地来娱乐上皇。

[4] 珥(ěr 耳),即剑柄与剑身接合处左右突出部分。

[5] 璆锵(qiú qiāng 求枪),玉相撞声。琳琅,美玉名。这两句写主祭的巫带剑佩玉,礼拜天神。

[6] 瑶席,形容席子光润如玉。瑱(zhèn 振),通"镇",压。玉瑱,压席的玉器。

[7] 盍(hé 何),合。琼芳,玉色的花朵。指在神座前放置成束的鲜花。

[8] 肴蒸，即肴胥，祭祀用的肉。藉，垫底。这句是说用蕙草包裹着祭肉，用兰草垫底。

[9] 奠酒，以酒洒地祭神。桂酒、椒浆，用桂、椒为香料泡渍的酒。浆，薄酒。

[10] 枹（fú浮），同“桴”，鼓槌。拊鼓，击鼓。

[11] 节，节拍。安歌，唱歌的人意态安详。击鼓的节拍稀疏缓慢，唱歌的人态度安详。是奏乐的开始。

[12] 陈，列。竽、瑟，两种乐器，竽有三十六簧，笙类；瑟有二十五弦，琴类。倡，同“唱”；浩倡，放声大唱，和“安歌”相对成文，是奏乐的发展。

[13] 灵，指巫人。偃蹇，舞姿曲折委宛的样子。姣服，漂亮的服装。

[14] 五音，即宫、商、角、徵、羽。繁会，错杂交响。

[15] 君，指天神，即东皇太一。

东　君[1]

暾将出兮东方[2]，照吾槛兮扶桑[3]。
抚余马兮安驱[4]，夜皎皎兮既明[5]。
驾龙辀兮乘雷[6]，载云旗兮委蛇[7]。
长太息兮将上[8]，心低佪兮顾怀[9]。
羌声色兮娱人[10]，观者憺兮忘归[11]。

絙瑟兮交鼓[12]，箫钟兮瑶簴[13]，
鸣篪兮吹竽[14]，思灵保兮贤姱[15]，
翾飞兮翠曾[16]，展诗兮会舞[17]，
应律兮合节[18]。灵之来兮蔽日[19]。

青云衣兮白霓裳[20]，举长矢兮射天狼[21]。

操余弧兮反沦降[22]，援北斗兮酌桂浆[23]。
撰余辔兮高驰翔[24]，杳冥冥兮以东行[25]。

[1] 东君，太阳神。闻一多《楚辞校补》说：“东君与云中君皆天神之属，……其歌辞宜亦相次。顾今本二章部居悬绝，无义可寻。其为错简，殆无可疑。今谓古本《东君》次在《云中君》前。《史记·封禅书》、《汉书·郊祀志》并云‘晋巫祠五帝、东君、云中君’，《索隐》引王逸亦云‘东君、云中君见《归藏易》’（今本注无此文），咸以二神连称，明楚俗致祭，诗人造歌，亦当以二神相将。且惟《东君》在《云中君》前，《少司命》乃得与《河伯》首尾相衔，而《河伯》首二句乃得阑入《少司命》中耳。”这个见解很确切，所以把它移在《云中君》的前面。

[2] 暾（tūn 吞），初升的太阳。从这句开始是扮太阳神的巫所唱。

[3] 吾，太阳神自称。槛，阑干。扶桑，神话中的树名，太阳从它下面出来。太阳以扶桑为槛，每天出来时，在汤谷洗澡，光芒照耀着扶桑。

[4] 马，指给太阳神驾车的马。安驱，缓行。

[5] 晈晈，同“皎皎”。

[6] 辀（zhōu 舟），本是车辕，这里用来代表整个车子。龙辀，龙车。乘雷，车轮滚动声响如雷。

[7] 载云旗，太阳初升时，四周为云彩所围绕，好像安插着旌旗。委蛇（yí 怡），旌旗飘动舒卷的样子。

[8] 太息，叹气。上，指太阳上升。

[9] 低佪，留恋。顾怀，回顾思念。这两句写太阳乍升时载沉载浮，若有太息低徊顾怀之状。

[10] 羌，发语词。声色，指下文写的祭祀中的音乐和舞蹈。

[11] 憺（dàn 淡），安，也有贪恋的意思。

[12] 缩（gēng 耕），把弦绷紧。缩瑟，把瑟上的弦紧一紧。交鼓，相对击鼓。从这句开始是迎神的巫所唱。

[13] 箫，“萧”的误字，通“擏”，撞击。瑶，“摇”的误字。簴（jù 巨），悬

挂钟磬的木架。这句是说击钟使簴也摇动起来了。

[14] 龥(chí 池),“篪”的本字,箫类乐器。竽,笙类乐器。

[15] 灵保,指扮神的巫,王国维《宋元戏曲史》说:“《楚辞》之灵,殆以巫而兼尸之用者也。其词谓巫曰灵,谓神亦曰灵,盖群巫之中,必有像神之衣服形貌动作者,而视为神之所冯依,故谓之曰灵,或谓之灵保。”姱(kuā 夸),美好。这句是说因为音乐而引起对神的温柔美好形象的想象。

[16] 翾(xuān 喧),鸟小飞轻扬的样子。翠,翠鸟。曾,当作“甑”,举起翅膀。形容迎神女巫们的舞姿,她们的身体轻巧好像翠鸟举翅翾然飞翔。

[17] 展诗,陈诗,展开诗章来唱。会舞,合舞。

[18] 律,音律。节,节拍。

[19] 灵,指太阳神。蔽日,指从官众多把日光都掩盖起来了。以上是第二段,写迎神而神终于来临了。

[20] 青云衣白霓裳,以青云为衣、白霓为裳。写太阳升得很高时云霓辉映的景象。从这句开始是扮太阳神的巫所唱。

[21] 矢,箭,也是天上的星名,共九星,在天狼星东南,朝向天狼星。天狼,星名,一星,在东井南,矢星的西北。古代迷信,认为某一类星宿象征一种社会现象,天狼象征侵掠,矢象征防备盗贼。太阳神拿着弓箭射天狼,是用这样的星宿的方位表示一种嫉恶如仇的精神。

[22] 弧,木弓,也是天上的星名,即上面的“矢”,合称“弧矢”,形状像弓箭,又叫天弓。反,同“返”。沦降,沉落。太阳挟持着弓箭西下。

[23] 援,引、拿起。北斗,星名,共七星,形状像舀酒的斗。桂浆,桂花酒。

[24] 撰,持。辔,马缰绳。

[25] 杳,深暗幽远的样子。冥冥,黑暗。东行(háng 杭),向东运行。这句是说太阳下山后通过深远幽暗处走向东方,准备明天再出来。

云中君[1]

浴兰汤兮沐芳[2],华采衣兮若英[3]。
灵连蜷兮既留[4],烂昭昭兮未央[5]。
蹇将憺兮寿宫[6],与日月兮齐光[7]。
龙驾兮帝服[8],聊翱游兮周章[9]。

灵皇皇兮既降[10],猋远举兮云中[11]。
览冀州兮有余[12],横四海兮焉穷[13]。
思夫君兮太息[14],极劳心兮忡忡[15]。

[1] 云中君,云神。洪兴祖《楚辞补注》:“云神丰隆也,一曰屏翳。”

[2] 沐,洗头发。古人祭神之前,一定要斋戒沐浴,表示虔敬。

[3] 华采衣,华丽颜色的衣服。英,花朵。若英,像花朵一样鲜艳。这两句写迎神的巫心意的虔诚、服饰的美丽。

[4] 灵,指巫。连蜷(quán 拳),回环曲折的样子。既留,神降留在巫的身上。这句写巫降神时,所表现的云在空中舒曲的形象。

[5] 烂昭昭,光明。未央,无穷尽。

[6] 蹇,发语词。寿宫,供神的地方。这句承“灵连蜷兮既留”,神已降于神堂,安享祭祀。

[7] 齐光,比光辉。这句承“烂昭昭兮未央”,赞颂神的功德。

[8] 龙驾,龙车。帝服,穿的和天帝一样的衣服,即“华采衣”。

[9] 聊,姑且。翱游,翱翔。周章,周游往来。

[10] 皇皇,同“煌煌”,光明灿烂。降(hóng 洪),下。

[11] 猋(biāo 标),迅捷。远举云中,又回到云中去了。

[12] 冀州,代指中国。中国古代分为九州,即冀、兖、青、徐、扬、荆、豫、梁、雍。冀州在黄河北,为九州之首,后人因此以冀州代表全中国。有余,是说云神光辉所照的地方,不限于中国。

[13] 四海，指九州以外的地方。古人以为中国四面都是大海，因此用四海代表四方的边极。“焉穷”和“有余”相对成文。

[14] 夫（fú扶），语气词。君，指云神。

[15] 忡忡，忧愁不安的样子。

湘　君[1]

君不行兮夷犹[2]，蹇谁留兮中洲[3]？
美要眇兮宜修[4]，沛吾乘兮桂舟[5]。
令沅湘兮无波，使江水兮安流[6]！
望夫君兮未来[7]，吹参差兮谁思[8]？

驾飞龙兮北征[9]，邅吾道兮洞庭[10]。
薜荔柏兮蕙绸[11]，荪桡兮兰旌[12]。
望涔阳兮极浦[13]，横大江兮扬灵[14]。
扬灵兮未极[15]，女婵媛兮为余太息[16]。
横流涕兮潺湲[17]，隐思君兮陫侧[18]。

桂棹兮兰枻[19]，斲冰兮积雪[20]。
采薜荔兮水中[21]，搴芙蓉兮木末[22]；
心不同兮媒劳[23]，恩不甚兮轻绝[24]。
石濑兮浅浅[25]，飞龙兮翩翩[26]。
交不忠兮怨长，期不信兮告余以不闲[27]。

鼂骋骛兮江皋[28]，夕弭节兮北渚[29]。
鸟次兮屋上[30]，水周兮堂下[31]。

捐余玦兮江中[32],遗余佩兮醴浦[33],
采芳洲兮杜若[34],将以遗兮下女[35]。
时不可兮再得,聊逍遥兮容与[36]。

[1] 湘君,湘水的男神。湘水有男神和女神两个,男神称湘君,女神称湘夫人。郦道元《水经·湘水注》说:"大舜之陟方(巡视四方)也,二妃从征,溺于湘江,神游洞庭之渊,出入潇湘之浦。"又张华《博物志》说:"尧之二女,舜之二妃,曰湘夫人。舜崩,二妃啼,以涕挥竹,竹尽斑。"传说舜妃娥皇、女英自投湘水而死,楚人为她们立祠,当作湘水的女神祭祀。舜所葬的苍梧,是湘水的发源地,那么湘水的男神,应该就是舜。《史记·秦始皇本纪》司马贞《索隐》:"夫人是尧女,则湘君当是舜。"也持此说。楚人祭祀时,大概是男巫扮湘君,由女巫迎神,女巫扮湘夫人,由男巫迎神,互相酬答地唱歌、舞蹈。

[2] 君,指湘君。夷犹,犹豫不前。从这句开始都是迎神的女巫所唱。

[3] 谁留,为谁而留待。中洲,即洲中,水中沙滩。

[4] 要眇,一本作"要妙",容貌妙丽。和窈窕意义相近。宜修,妆扮得恰到好处。这句是迎神的女巫自述。

[5] 沛,水势湍急的样子,引申为行动迅速。桂舟,用桂木造的船,取其香洁。吾,女巫自称。女巫乘桂舟迎神。

[6] 江水,指长江。这是女巫祝念江水平静安流,以待神来。

[7] 夫,语气词。君,指湘君。

[8] 参差,一本作"篸箑",箫的别名。古代的箫和现在的笙相似,用竹管编排,大的二十三管,小的十六管,按音律排列在木盒里,所以叫排箫。排箫上端平齐可吹,下端两边长中间短,参差不齐,所以又叫"参差"。谁思,思谁。

[9] 飞龙,应指快船。因为是水神所乘,所以叫它为"飞龙"。北征,湘水神沿着湘水北上到祭神的地方,所以说"北征"。从这句开始都是扮湘君的男巫所唱。

[10] 邅(zhān 沾),回转。

[11] 薜荔，香草名。柏，一本作"拍"，船舱的壁。蕙，香草名。绸，"帱"的假借字，古代帷帐的名。这句是形容船舱及帷帐的香洁美好。

[12] 荪，一本作"荃"，香草名。桡（ráo 饶），船桨。旌，旗。这句是形容船桨和旌旗的香洁。

[13] 涔（cén 岑）阳，地名，在涔水的北岸。浦，水边。极浦，遥远的水边。

[14] 灵，"艫"的假借字，同"舲"，有窗的船。扬灵，划船前进。

[15] 极，终极、终止。

[16] 女，指迎神的女巫。婵媛（chán yuán 蝉元），眷恋、缠绵多情的样子。余，扮湘君的男巫自称。

[17] 潺湲（chán yuán 馋爰），眼泪缓缓下流的样子。从这句开始是迎神的女巫所唱。

[18] 陫侧，"悱恻"的假借字，即悲伤。

[19] 櫂（zhào 照），桨。枻（yì 曳），舵。

[20] 斲（zhuó 酌），斫。江水结冰，上面有雪，所以用桂櫂兰枻把冰斫开，把雪堆起，为船开路。这句是借喻女巫求见湘君的艰难。

[21] 这句是说薜荔草在陆地上缘木而生，现在向水中采。言其不可能。

[22] 搴（qiān 牵），拔取。芙蓉，荷花。这句是说芙蓉本来生在水中，现在到树梢上去拔。也言其不可能。这两句都是比喻追求湘君而不可得。

[23] 心不同，心意不一样。媒劳，媒人徒劳。

[24] 恩不甚，恩爱不深。轻绝，轻易离别。这两句写对湘君的怨望。

[25] 濑，浅滩。

[26] 翩翩，飞行轻快的样子。这两句写湘君驾着船在水中飞行，女巫可望而不可及。

[27] 期，约会。不信，不守信约。

[28] 鼂（zhāo 招），"朝"的假借字。骋骛，疾走。江皋，江边。

[29] 弭，停止。节，马鞭。弭节，即停车。渚，水中沙滩。

[30] 次，栖宿。屋上，应指迎神用的屋子。这句是说北渚迎神的屋

子，因为神不肯降临，常空闲着，所以鸟在上面栖宿。

[31] 周，环绕。下，古读音作“户”。

[32] 捐，抛弃。玦（jué 决），像环形而有缺口的玉器。是古代男人惯常佩带的饰物。从这句以下又是扮湘君的男巫所唱。

[33] 遗，丢掉。佩，玉佩。醴（lǐ 里），一本作“澧”，水名，在今湖南省境内，流入洞庭湖。醴浦，澧水之滨。这两句写湘君临别时丢下玉佩，送给女巫。

[34] 杜若，香草名，叶广披作针形，味辛而香。

[35] 遗（wèi 畏），赠给。下女，指女巫。

[36] 容与，舒散自适的样子。

湘夫人

帝子降兮北渚[1]，目眇眇兮愁予[2]。
嫋嫋兮秋风[3]，洞庭波兮木叶下。
登白薠兮骋望[4]，与佳期兮夕张[5]。
鸟何萃兮蘋中[6]，罾何为兮木上[7]？

沅有茝兮醴有兰[8]，思公子兮未敢言[9]。
荒忽兮远望[10]，观流水兮潺湲。

麋何食兮庭中[11]，蛟何为兮水裔[12]？
朝驰余马兮江皋，夕济兮西澨[13]。
闻佳人兮召予，将腾驾兮偕逝[14]。
筑室兮水中，葺之兮荷盖[15]。
荪壁兮紫坛[16]，播芳椒兮成堂[17]。
桂栋兮兰橑[18]，辛夷楣兮药房[19]。
罔薜荔兮为帷[20]，擗蕙櫋兮既张[21]。

白玉兮为镇[22]，疏石兰兮为芳[23]。
芷葺兮荷屋，缭之兮杜衡[24]。
合百草兮实庭，建芳馨兮庑门[25]。
九疑缤兮并迎[26]，灵之来兮如云[27]。

捐余袂兮江中[28]，遗余褋兮醴浦[29]。
搴汀洲兮杜若，将以遗兮远者[30]。
时不可兮骤得[31]，聊逍遥兮容与。

[1] 帝子，指湘夫人，因为她是帝尧的女儿，所以称“帝子”。从这句开始是迎神的男巫所唱。

[2] 眇(miǎo 秒)眇，极目远视的样子。

[3] 嫋嫋，风力微弱的样子。

[4] 薠(fán 烦)，秋生水草。

[5] 一本“佳”下有“人”字，佳人，指湘夫人。张，陈设，指祭品、祭具等。

[6] 萃，集聚。蘋，浮萍之类。

[7] 罾(zēng 增)，鱼网。这两句和《湘君》中“采薜荔兮水中，搴芙蓉兮木末”两句的意思相同，都是用一种反常的现象，来比喻神的心意与自己相背谬，追求不到。

[8] 茝，同“芷”。醴，一本作“澧”，指澧水。从这句开始是扮湘夫人的女巫所唱。

[9] 公子，指迎神的男巫。

[10] 荒忽，即恍惚。

[11] 麋，鹿的一种，似鹿而大。从这句开始是迎神的男巫所唱。

[12] 水裔，水边。这两句，戴震《屈原赋注》说：“见物之失其居，疑事多反侧。”用来比喻男巫追求湘夫人的艰难、不顺利。

[13] 济，渡水。澨(shì 士)，水边。

[14] 偕逝，同往。

[15] 葺(qì 气),编茅草盖房子。荷盖,以荷叶盖房。

[16] 荪壁,用荪草装饰的墙。坛,中庭,楚地方言。紫坛,用紫贝铺砌的中庭。

[17] 椒,椒树,它的子很香。成堂,一本作盈堂。

[18] 橑(lǎo 老),屋椽。

[19] 辛夷,一种香木,北方叫木笔,南方叫望春。楣,门上的横梁。药,香草名,又叫白芷。

[20] 罔,"网"的古字。

[21] 擗(pǐ 匹),用手分开。櫋(mián 棉),一本作"槾"。当作"幔",幔是帐子的顶。

[22] 镇,压坐席的用具。

[23] 疏,散布。石兰,兰草的一种,也叫山兰。

[24] 缭,缠绕。杜衡,一本作"杜蘅",香草名。

[25] 庑(wǔ 五),走廊。以上十四句是迎神的男巫想象和湘夫人共同生活的环境。

[26] 九疑,山名,今作"九嶷",在湖南省境内。这里指九嶷山的诸神。

[27] 灵,指湘夫人。

[28] 袂,旧说是衣袖,但衣袖无法抛弃。或当作袂,是传写的错误。袂是小囊,妇女所佩。从这句开始是扮湘夫人的女巫所唱。

[29] 褋(dié 蝶),旧说是短衣,即汗衫,但汗衫怎么能脱下送人呢?或当作"鍱",指环的古名。

[30] 远者,指迎神的男巫。因为即将和他远别,所以称"远者"。

[31] 骤,王逸《楚辞章句》:"骤,数。"骤得,屡次得到。

大司命[1]

广开兮天门[2],纷吾乘兮玄云[3]。
令飘风兮先驱[4],使涷雨兮洒尘[5]。
君回翔兮以下[6],逾空桑兮从女[7]。
纷总总兮九州[8],何寿夭兮在予[9]!

高飞兮安翔[10]，乘清气兮御阴阳[11]。
吾与君兮斋速[12]，导帝之兮九坑[13]。

灵衣兮被被[14]，玉佩兮陆离[15]。
壹阴兮壹阳[16]，众莫知兮余所为。

折疏麻兮瑶华[17]，将以遗兮离居[18]。
老冉冉兮既极，不寖近兮愈疏[19]。
乘龙兮辚辚[20]，高驰兮冲天[21]。
结桂枝兮延伫[22]，羌愈思兮愁人。
愁人兮奈何，愿若今兮无亏[23]。
固人命兮有当，孰离合兮可为[24]？

[1] 大司命，主宰人类寿命的神。王夫之《楚辞通释》说："大司命统司人之生死，而少司命则司人子嗣之有无。以其所司者婴稚，故曰少。大则统摄之辞也。"楚人祭祀时，大概是男巫扮大司命、少司命，由女巫迎神，互相酬答地歌唱、舞蹈。和《湘君》、《湘夫人》等篇一样。

[2] 广开，大开。从这句开始是扮大司命的男巫所唱。

[3] 纷，玄云浓密的样子。玄云，黑云。

[4] 飘风，疾风。

[5] 涷（dòng 冻）雨，暴雨。

[6] 君，迎神女巫对大司命的尊称。从这句起是迎神的女巫所唱。

[7] 空桑，神话中的山名。女，同"汝"，指大司命。

[8] 纷总总，形容九州人类之多。从这句起是扮大司命的男巫所唱。

[9] 予，大司命自称。这句是说九州人们的寿命，谁长寿谁早死，都归我掌握。

[10] 自此以下四句是迎神的女巫所唱。

[11] 阴阳，古代朴素唯物主义者认为阴阳是自然界两种对立的物质

力量，阴阳二气的运动能促使万物发展变化。

[12] 斋速，洪兴祖《楚辞补注》："斋速者，斋戒以自敕也。"虔诚的样子。

[13] 坑，一本作"冈"，山脊。九坑，山名。周拱辰《离骚草木史》："坑、岗同。"《郢地志》有九岗山，在今湖北松滋市。

[14] 灵，一本作"云"，云衣，大司命所服。被被，同"披披"，衣服飘动的样子。自此以下四句是扮大司命的男巫所唱。

[15] 陆离，光彩闪烁的样子。

[16] 阴，暗。阳，明。壹阴壹阳，即曹植《洛神赋》之"乍阴乍阳"，指神光的忽隐忽现。

[17] 疏麻，神麻。瑶华，玉色的花朵。从这句开始又是迎神的女巫所唱。

[18] 离居，不住在一起的人，指大司命。

[19] 寖近，稍稍亲近。这句是说若不及时和神亲近，一旦死期来临，则更疏阔了。

[20] 辚辚，车行的声音。

[21] 高驰，高飞远举。

[22] 延伫，徘徊顾盼。

[23] 若今，现今。无亏，犹保重。

[24] 离合，指神和人的离别、会合。这两句是说人的寿命既然有一定的限度，与神无关，那么人和神的亲近和离别，又有什么要紧呢？这是神去后，无可奈何中自行宽解的话。

少司命

秋兰兮麋芜[1]，罗生兮堂下。
绿叶兮素枝，芳菲菲兮袭予。
夫人自有兮美子[2]，荪何以兮愁苦[3]！

秋兰兮青青[4]，绿叶兮紫茎。
满堂兮美人，忽独与余兮目成[5]。

入不言兮出不辞[6]，乘回风兮载云旗。
悲莫悲兮生别离，乐莫乐兮新相知。

荷衣兮蕙带，倏而来兮忽而逝[7]。
夕宿兮帝郊[8]，君谁须兮云之际[9]？

与女沐兮咸池[10]，晞女发兮阳之阿[11]。
望美人兮未来，临风怳兮浩歌[12]。

孔盖兮翠旍[13]，登九天兮抚彗星[14]。
竦长剑兮拥幼艾[15]，荪独宜兮为民正[16]。

[1] 麋芜，香草名，细茎、小叶、白花。从这句以下是迎神的女巫所唱。

[2] 夫，发语辞。美子，好的儿女。

[3] 荪，一本作"荃"，指少司命。

[4] 青青，"菁菁"的假借字，茂盛的样子。从这句以下是扮少司命的男巫所唱。

[5] 目成，两心相悦，眉目传情。

[6] 辞，告别。从这句以下又是迎神的女巫所唱。

[7] 倏（shū 书），急速。

[8] 帝郊，天帝的郊野，犹天界。

[9] 须，等待。

[10] 这句的前面今本有"与女游兮九河，冲风至兮水扬波"两句，古本没有，洪兴祖《楚辞补注》说："《河伯》章中语也。"是《河伯》窜入的文字。今本《河伯》开头就是这两句，可见他的说法是正确的，所以删去。女，即汝，指迎神的女巫。咸池，古代神话中太阳出来时洗澡的地方。从这句以下都是扮少司命的男巫所唱。

[11] 晞（xī 希），晒干。阳之阿，古代神话中的山名，太阳出来时经过的地方。这两句是神的愿望、想象。

[12] 怳(huǎng 谎),怅惘、失意的样子。

[13] 孔盖,用孔雀羽毛做的车盖。翠旍(jīng 精),用翡翠鸟羽毛做的旌旗。从这句以下又是迎神的女巫所唱。

[14] 彗星,俗称"扫帚星",古代传说,彗星出现象征战乱、灾难。少司命手抚彗星,有为儿童扫除灾难的意思。

[15] 竦(sǒng 耸),挺出。幼艾,对年幼者的称呼,指少年男女。

[16] 荪,指少司命。正,古代人对君长的称呼,意义与主宰相同。

河　伯[1]

与女游兮九河[2],冲风起兮横波。
乘水车兮荷盖,驾两龙兮骖螭[3]。
登昆仑兮四望,心飞扬兮浩荡。
日将暮兮怅忘归,惟极浦兮寤怀[4]。
鱼鳞屋兮龙堂,紫贝阙兮朱宫[5],灵何为兮水中[6]。

乘白鼋兮逐文鱼[7],与女游兮河之渚[8],流澌纷兮将来下[9]。

子交手兮东行[10],送美人兮南浦[11]。
波滔滔兮来迎,鱼邻邻兮媵予[12]。

[1] 河伯,黄河的神。洪兴祖《楚辞补注》引《抱朴子·释鬼》说:"冯夷以八月上庚日渡河溺死,天帝署为河伯。"那么河伯应该就是冯夷。按:黄河不流经楚国,楚地人民"信鬼而好祠",可能是远望而祭祀之。由男巫扮河伯,由女巫迎神。

[2] 女,即汝,指河伯。九河,黄河的总名,传说禹治河,到兖州,为了防止河水外溢,把它分成徒骇、太史、马颊、覆鬴、胡苏、简、洁、钩磐、鬲津九道。徒骇在最北,是河的主道;其余都在南,八条支流

并行东注。从这句开始是迎神的女巫所唱。

[3] 骖(cān 餐),古代用四匹马驾车,两边的马叫骖。螭(chī 吃),没有角的龙。骖在这里用作动词,即以螭为骖。

[4] 惟,思念。极浦,指遥远的黄河水边。寤怀,寤寐(日夜)怀思。

[5] 阙,宫门上的望楼。朱,一本作“珠”。

[6] 灵,指河伯。

[7] 逐,从。文鱼,有花纹的鱼,鲤鱼类。从这句开始是扮河伯的男巫所唱。

[8] 女,即汝,指迎神的女巫。

[9] 流澌(sī 司),融解的冰块。这句是说融解的冰块纷纷然相随而流下来。

[10] 子,指河伯。交手,拱手,即拱手告别。

[11] 美人,指河伯。

[12] 邻邻,同“鳞鳞”,一个挨着一个。媵(yìng 映),相送。

山　鬼[1]

若有人兮山之阿[2],被薜荔兮带女罗[3]。
既含睇兮又宜笑[4],子慕予兮善窈窕[5]。

乘赤豹兮从文狸[6],辛夷车兮结桂旗。
被石兰兮带杜衡,折芳馨兮遗所思。
余处幽篁兮终不见天[7],路险难兮独后来。

表独立兮山之上[8],云容容兮而在下[9]。
杳冥冥兮羌昼晦[10],东风飘兮神灵雨[11]。
留灵修兮憺忘归[12],岁既晏兮孰华予[13]。

采三秀兮於山间[14],石磊磊兮葛蔓蔓[15]。

怨公子兮怅忘归[16]，君思我兮不得闲。
山中人兮芳杜若[17]，饮石泉兮荫松柏，
君思我兮然疑作[18]。
雷填填兮雨冥冥，猿啾啾兮狖夜鸣[19]。
风飒飒兮木萧萧，思公子兮徒离忧[20]。

[1] 山鬼，山神，洪兴祖《楚辞补注》说："《庄子》曰：'山有夔'。《淮南》曰：'山出嗥阳'。楚人所祠，岂此类乎？"山神就是夔、嗥阳。但是属于哪个山的神呢？郭沫若《屈原赋今译》根据诗中"采三秀兮於山间"，认为"於山即巫山"。那么楚人所祭的应该是巫山的神，似即巫山神女。杜甫的《虎牙行》云："山鬼幽阴霜雪逼。"山神是女性，楚人祭祀时可能是女巫扮山神，由男巫迎神。

[2] 若有人，仿佛似人，指山鬼。山之阿，山的曲角，指山坳深处。从这句开始是迎神的男巫所唱。

[3] 被，同"披"。罗，一本作"萝"，女萝，又叫菟丝，是一种爬蔓寄生植物。带女罗，以女罗为衣带。

[4] 含睇，含情而视。

[5] 子，指山鬼。予，迎神的男巫自称。

[6] 赤豹，一种红毛有黑花纹的豹。文狸，有花纹的狸，是狐一类动物。从这句开始是扮山鬼的女巫所唱。

[7] 幽篁，竹林深处。

[8] 表，特出。表独立，卓然特立。从这句开始是迎神的男巫所唱。

[9] 容容，通"溶溶"，水流的样子。这里用来形容云如水一般在浮动。

[10] 杳冥冥，深暗幽远。

[11] 神灵，应指雨神。以上四句是男巫想象山鬼在山中的境况。

[12] 灵修，意同神圣，这里指山鬼。憺，安定。

[13] 岁既晏，指年纪已老。华，花，用作动词，开花。予，男巫自称。这句是说等年纪老了，谁还能使我像花那样开放呢？

[14] 三秀，芝草的别名，植物出穗叫秀，芝草一年开花三次，结穗三次，所以叫"三秀"。於，应读"乌"，於山即巫山。从这句开始是

扮山鬼的女巫所唱。

[15] 磊磊，乱石堆积的样子。

[16] 公子，指迎神的男巫。

[17] 山中人，山鬼自称。芳杜若，芳香如杜若。极言品质的香洁。

[18] 然，犹是。疑，怀疑。作，起、产生。这句是说你思念我吗？我觉得诚然，又觉得可疑，信疑参半。

[19] 狖（yòu 右），长尾猿。

[20] 离忧，忧愁。

国　殇[1]

操吴戈兮被犀甲[2]，车错毂兮短兵接[3]。
旌蔽日兮敌若云，矢交坠兮士争先。
凌余阵兮躐余行[4]，左骖殪兮右刃伤[5]。
霾两轮兮絷四马[6]，援玉枹兮击鸣鼓[7]。
天时坠兮威灵怒[8]，严杀尽兮弃原野[9]。

出不入兮往不反，平原忽兮路超远[10]。
带长剑兮挟秦弓，首身离兮心不惩。
诚既勇兮又以武，终刚强兮不可凌。
身既死兮神以灵，子魂魄兮为鬼雄。

[1] 国殇（shāng 伤），为国牺牲的战士。在战场上阵亡的青年，他们为国牺牲，国家是他们的祭主，所以称做国殇。这是一篇楚人祭祀为国牺牲的战士的乐歌。

[2] 吴戈，吴地制造的戈，吴地冶铁术比较发达，所出产的戈特别锋利。犀甲，用犀牛皮制造的铠甲。

[3] 毂（gǔ 古），车轮中心用以贯轴的圆木。车错毂，指敌我战车的毂相交错。短兵，短距离作战用的兵器，像刀剑戈矛之类。

[4] 凌，侵犯。躐（liè 烈），蹂躏、践踏。行（háng 杭），行列。

[5] 殪（yì 义），死。右刃伤，右边的骖马被刀砍伤。

[6] 霾（mái 埋），“埋”的假借字。絷，绊住。这句是用了古代一个战术用语，《孙子·九地》：“方马埋轮。”曹操注：“方，缚马也；埋轮，示不动也。”这里的“絷马”就是《孙子》所说的“方马”。把兵车的两轮用土封住，不使转动，把战马的腿用绳绊住，不让它动弹。这样就断绝了退路，只能和敌人拼命了。写在敌军的强大压力下，楚军仍然英勇奋战，坚守阵地，毫不退却。另一说法是车轮陷入污泥，战马绊跌在地。形容战事激烈。

[7] 援，拿着、抡起。枹（fú 浮），同“桴”，鼓槌。“玉”字是装饰性用语，鼓槌光滑似玉。

[8] 坠，“怼”（duì 队）的假借字，一本也作怼，怨恨。威灵，有威力的神灵。

[9] 严杀，残杀。野，古音读（shǔ 暑），和怒字押韵。

[10] 忽，当读作“伆（wěn）”。《广雅》云：“伆，远也。”平原忽兮，平原荒阔无垠。

礼　魂[1]

成礼兮会鼓[2]，传芭兮代舞[3]，姱女倡兮容与[4]。
春兰兮秋鞠[5]，长无绝兮终古[6]。

[1] 礼魂，是送神曲，通用于前面的十篇。王夫之《楚辞通释》说：“凡前十章，皆各以其所祀之神而歌之，此章乃前十祀之所通用；而言终古无绝，乃送神之曲也。”魂，也就是神。送神是祭礼中最后的一个过程，所以把送神说成“礼魂”。旧说认为是祭祀一般善终的灵魂。也有人认为“礼魂”当作“礼成”，魂是成的错字，是十篇的乱词。可供参考。

[2] 成礼，指祭礼的完成。会鼓，鼓点交作，急击紧打。

[3] 芭（bā 巴），初开的鲜花。传芭，女巫舞蹈时，手拿花朵互相传递。

代舞，更番交替跳舞。

[4] 姱女，美女。指女巫。倡，读作“唱”，和“唱”同义。倡亦可解为领唱。礼魂时众巫群舞合唱，时而一巫领唱，众巫和之。容与，指女巫歌唱时的态度从容安详。

[5] 鞠，“菊”的古字。用兰和菊代表时序的变化。

[6] 终古，永远。这两句是说每年春秋二季，兰、菊开花的时候，永远不断地来祭祀。这五句表现了祭者的虔诚态度和千秋万代永不绝祀的期望。

天 问

《天问》之作，据王逸《楚辞章句》说，是屈原放逐之后，彷徨山泽，忧心愁悴，见楚先王庙及公卿祠堂，图画天地山川神灵及圣贤怪物行事，呵而问之，以泄愤懑。这个说法是可取的。西汉时尚有类似《天问》中的壁画，如九子母及纣王醉踞妲己等图（见《汉书·成帝纪》和《汉书·叙传》），和《天问》中"女歧九子"、"王纣之躬"两条有关系。又《天问》篇末"薄暮雷电，归何忧"，"伏匿穴处，爰何云"及"悟过改更，我又何言"等语句，则明显是放逐以后的口气。天，应指一切事物的本源。天问，是探求事物原始的意义。作品的内容主要为两部分，一部分是关于自然现象的，一部分是历史传说中许多关于治乱兴衰的事迹的。屈原对自然和历史的传统观念提出了大胆的怀疑。鲁迅在《摩罗诗力说》中说："怀疑自遂古之初，直至百物之琐末，放言无惮，为前人所不敢言。"对屈原这种怀疑精神给予充分的肯定。这是一首气势磅礴、构思奇特的长诗，是我国文学史上的杰作，在我国哲学史和科学史上也占有重要地位。

曰遂古之初，谁传道之[1]？

上下未形，何由考之？
冥昭瞢闇，谁能极之[2]？
冯翼惟像，何以识之[3]？
明明闇闇，惟时何为[4]？
阴阳三合，何本何化[5]？

[1] 遂，通“邃”。遂古，远古。传道，传说。

[2] 冥，幽暗。昭，当是“昒”(hū 忽)的错字。刘盼遂先生《天问校笺》说：“此‘昭’字自属‘昒’之误字。昒，《说文》‘尚冥也’，与‘昧’古通用。”瞢(méng 萌)、闇，也都是暗昧的意思。这四个字是并列词，都是形容混沌未开时的景象。极，穷究。

[3] 冯(píng 凭)翼，大气弥漫的样子。《淮南子·天文训》：“天地未形，冯冯翼翼。”《广雅·示训》：“冯冯翼翼，元气也。”惟，应是“未”字之误，刘盼遂先生《天问校笺》说：“‘惟’疑‘未’之声误，盖‘惟’与‘未’古双声复叠韵也。”未像，无形。这两句是说天地未形成的时候，大气弥漫而无形，怎么认识它的呢？

[4] 明，指白天。闇，指黑夜。惟，彼。时，戴震《屈原赋注》：“时，是也。”这两句是说日夜交替，循环不已，那是为什么？

[5] 阴阳，阴气和阳气。三，读作“参”，古代三、参通用。参合，参错相合。本，根源。化，变化。这两句是说阴阳二气参错相合，它的根源是什么，为什么能够变化？

圜则九重，孰营度之[1]？
惟兹何功，孰初作之[2]？
斡维焉系？天极焉加[3]？
八柱何当？东南何亏[4]？
九天之际，安放安属[5]？
隅隈多有，谁知其数[6]？

[1] 圜，同“圆”，指天，古人错误地认为天是圆的。九重，即九层，《淮南子·天文训》：“天有九重。”营，古时通“环”。刘盼遂先生《天问校笺》说：“营，古与‘环’通矣。天圜而九重，故须环回以度之。”

[2] 兹，此。功，同工。这两句是说如此工程，是谁开始创建的？

[3] 斡（guǎn 管），《说文·斗部》：“斡，蠡柄也。”闻一多《天问释天》：“许谓斡为蠡柄，意谓亦即斗柄也。”就是北斗七星之柄。古代认为天体像车轮一样旋转，斗好比是轮，柄好比是轴，柄所以制斗，犹如轴所以制轮。北斗之柄，即天体运转的枢纽。维，也是星名，《汉书·天文志》：“斗柄后有三星，名曰维星。”古代认为维星拴在北斗星的柄上，斗转则维也转，而天体也随之运转起来。天极，天的中央，《论衡·说日》引邹衍说云：“天极为天中。”指北辰五星，是天的最高点。加，犹架，这两句是说斗柄和维星是怎样相系的？天的顶盖架在哪里？

[4] 八柱，撑持天的八座山。古代传说有八座山为擎天柱。何当，何在。亏，缺损，指东南方地势低洼。这两句是说天受八柱所撑持，自然应该平整，而东南却缺陷，八柱撑在什么地方？东南为什么亏损？

[5] 九天，指天的中央和八方。《吕氏春秋·有始览》云：“中央曰钧天，东方曰苍天，东北曰变天，北方曰玄天，西北曰幽天，西方曰颢天，西南曰朱天，南方曰炎天，东南曰阳天。”际，边界。属，连属。

[6] 隅，角落。隈，弯曲。《淮南子·天文训》：“天有九野，九千九百九十九隅。”

天何所沓？十二焉分[1]？
日月安属？列星安陈[2]？
出于汤谷，次于蒙汜[3]，
自明及晦，所行几里？
夜光何德，死则又育[4]？
厥利维何，而顾菟在腹[5]？

[1] 沓,相合。古代传说天是盖在地上的,所以与地有相合的地方。十二,指十二辰,这本来是古代天文学家观察岁星(木星)而设立的,岁星的运行,大约为十二岁一周天,一岁一辰,所以有十二辰。后来十二辰和天体脱离,便成为黄道周天的十二等分。黄道,即日月五星所运行的路线,把黄道周天划为十二个等分,某些星宿属于某个等分,而分别以子、丑、寅、卯、辰、巳、午、未、申、酉、戌、亥代表它们。这两句是说天在什么地方和地相合?十二辰根据什么来划分?

[2] 属,附属。陈,陈列。这两句是说日和月系属在什么上面?众星陈列在什么上面?

[3] 汤谷,古代神话中太阳升起的地方。次,住宿。蒙,水名。汜(sì似),水边。古代神话,太阳止息在蒙水边上。

[4] 夜光,月的别名。德,古通"得",《北堂书钞》一五〇引本文作"夜光何得"。何得,得到什么。意思是曾得不死之药。育,生。《孙子·虚实篇》:"月有死生。"这两句是说月亮得到了什么,居然能死而又生?

[5] 厥,同"其",指夜光。菟,即兔。顾兔,月中的兔名,见毛奇龄《天问补注》。刘盼遂先生《天问校笺》谓"'顾菟'叠韵连绵字",是专名词,并非顾望之兔。这两句是说顾兔在月亮肚内,这对月亮有什么好处?

女歧无合,夫焉取九子[1]?
伯强何处?惠气安在[2]?
何阖而晦?何开而明[3]?
角宿未旦,曜灵安藏[4]?

[1] 女歧,本来是尾星名,《史记·天官书》:"尾有九子。"所以又叫九子星。后来衍变为九子母的神话,《汉书·成帝纪》:"甲观画堂。"颜师古注引应劭曰:"画堂画九子母,或云即女歧也。"传说她无夫而生九子。合,匹配。

[2] 伯强，王夫之认为即"禺强"，是北方神名，《庄子・大宗师》："禺强得之，立乎北极。"但是主什么事的神呢？《淮南子・地形训》说："隅强，不周风之所生也。"不周风即北风，是不周风产生的地方，所以周拱辰《天问别注》推断为风神。但是和星星月亮有什么关系呢？闻一多《天问释天》说："上言女歧，指尾星；则下言伯强似当指箕星。"尾九星，箕四星，二者相离很近，所以古代往往连称。箕星主风，《汉书・天文志》："箕星为风，东北之风也。"是箕星为风伯神，应当就是伯强。所以闻一多说："伯强为风伯，禺强亦为风伯，是伯强、禺强，名异而实同也。"气，指风，《庄子・齐物论》："夫大块噫气，其名为风。"惠气，即惠风。

[3] 阖，关门。这两句是说为什么天门关上天就黑？为什么天门开了天就亮？

[4] 角宿（xiù秀），星座名，二十八宿之一，有星两颗。古代传说，角宿两星之间是天门，日月五星都经过这里。《晋书・天文志》："角二星，为天关，其间天门也，其内天庭也，故黄道经其中，七曜之所行也。"因为角星是天门，所以上文说"何阖"、"何开"。旦，明。曜灵，太阳。这两句是说天门没开，天还没亮的时候，太阳藏在哪里？

不任汩鸿，师何以尚之[1]？
佥曰"何忧"，何不课而行之[2]？
鸱龟曳衔，鲧何听焉[3]？
顺欲成功，帝何刑焉[4]？
永遏在羽山，夫何三年不施[5]？
伯禹愎鲧，夫何以变化[6]？
纂就前绪，遂成考功[7]。
何续初继业，而厥谋不同[8]？
洪泉极深，何以填之[9]？
地方九则，何以坟之[10]？

河海应龙，何画何历[11]？
鲧何所营，禹何所成？
康回冯怒，墜何故以东南倾[12]？

[1] 汩(gǔ 骨)，治理。鸿，“洪”的假借字，即洪水。师，众人。尚，举。这里讲鲧治水的神话传说。鲧是禹的父亲，尧时四岳推举他治理洪水，后来失败，被舜所杀。这两句是说鲧本来不能担任治水的任务，众人为什么推举他呢？

[2] 佥，皆。课，考察。当时尧担心鲧治不好洪水，不想用他，因此众人都说“何必担忧”，为什么不考察他一下再加以任用呢？《尚书·尧典》记载，尧时洪水滔天，人们深以为忧。尧访求能治水的人。人们推举鲧，尧不同意。众人说不妨试验一下。尧于是用鲧治水。九年而洪水不息，终于失败了。这段记载，和屈原所问完全相同。

[3] 鸱(chī 痴)，猫头鹰之类的鸟。鸱龟，可能是形状像鸱鸟的龟。如蒋骥《山带阁注楚辞》说：“余按《山海经》，怪水毫水，皆有旋龟，鸟首虺尾；《岭海异闻》，海龟鹰吻，大者径丈；《南越志》，宁县多�龟，鹅首啮犬。”这两句是说鸱龟曳尾衔物来引导，鲧为什么听从它呢？

[4] 顺欲，符合要求，指众人之欲。据《史记·五帝本纪》记载，鲧治水失败，舜请示尧之后，把他杀了。这里的帝似指帝尧，因为舜当时还未称帝。大概鲧治水并非丝毫不见功效，只是儒家完全否定他的成绩，其他各家则不尽然，所以这里问道：鲧顺着众人的愿望想制服洪水，帝为什么加刑于他呢？

[5] 遏，禁闭。羽山，神话传说中的山名。施，应读“弛”，释放。可能是帝尧把鲧幽禁在羽山三年，然后才把他杀死。

[6] 伯禹，即禹，禹称帝前曾封为夏伯，所以称伯禹。愎(bì 弊)，一本作“腹”，“愎”字当为“後”字之形讹。变化，指改变治水的方法。

[7] 纂，继续。就，跟从。绪，事业。考，对已死父亲的称呼。禹继续他父亲的事业，遂完成他父亲未竟的功绩。

[8] 厥，其，代指禹。厥谋不同，传说禹和鲧治水的方法不同，鲧是筑堤以挡水，禹是疏通河道以导水。

[9] 洪泉，指洪水。填，相传禹用息壤（自己能生长，永远不耗减的土）填塞洪水。

[10] 九则，即九品、九等。《尚书·禹贡》记载，禹分九州的土地为上上、上中、上下、中上、中中、中下、下上、下中、下下九等。坟，划分。这两句是说禹根据什么把土地分为九等的？

[11] 这两句一本作“应龙何画，河海何历”，可从。应龙，有翼的龙。王逸《楚辞章句》记载“或曰”，禹治洪水，有应龙用尾巴画地，标示出疏导洪水的路线，禹就根据它来治水，水就流为江河。历，经过。这两句是说应龙画了哪些地方？形成的江河流经哪些地区？

[12] 康回，即共工。冯（píng 凭），大。墬，“地”的古字。古代神话，共工与颛顼争为帝，怒而触不周山，天柱折，地维绝，因此天倾西北，地不满东南。

九州安错？川谷何洿[1]？
东流不溢，孰知其故[2]？
东西南北，其修孰多[3]？
南北顺墮，其衍几何[4]？
昆仑县圃，其尻安在[5]？
增城九重，其高几里[6]？
四方之门，其谁从焉[7]？
西北辟启，何气通焉[8]？

[1] 错，置。川谷，水注海叫川，注谿叫谷。洿（wū 乌），深。

[2] 溢，满。《列子》记载，渤海之东有大壑，是个无底谿谷，名叫归墟，百川注入却永不溢满。

[3] 修，长。两句问地面的东西和南北哪个长？

[4] 隳(tuǒ 妥),狭长。衍,余、余数,这里指差距。古代的历算认为大地南北的长距比东西的长距略短。此说南北要比东西短些,它的差距有多少?《管子·地员》:"地之东西二万八千里,南北二万六千里。"又《吕氏春秋·有始览》:"凡四海之内,东西二万八千里,南北二万六千里;凡四极之内,东西五亿有九万七千里,南北亦五亿有九万七千里。"另外《山海经·海外东经》也有相类的记载。这都出于推度,说明当时对地理的认识。屈原在这一基础上提出质问。

[5] 县圃,在昆仑山之巅,是神话传说中的地名。尻,戴震以为是"尻"的错字(见《屈原赋注》),尻(kāo),尾。这两句是说昆仑县圃之高大,它的麓尾在哪里呢?

[6] 增城,神话传说在昆仑山县圃之上,城有九层,层相离万里。

[7] 这两句承上文昆仑而言,门,指昆仑的门。《山海经·海内西经》:"昆仑之墟,在西北……方八百里,高万仞……面有九门,门有开明兽守之。"从,进出。这句是说昆仑山四面八方有九道门,谁从里面进出?

[8] 辟,同"闢",开的意思。气,即上文所谓"惠气"之气,也就是风。洪兴祖《楚辞补注》:"《淮南》云:'昆仑墟,玉横维其西北隅,北门开以纳不周之风。'按不周山在昆仑西北,不周风自此出也。"这里的气应指不周风。

日安不到,烛龙何照[1]?
羲和之未扬,若华何光[2]?
何所冬暖?何所夏寒?

[1] 烛龙,神话传说中的神龙。洪兴祖《楚辞补注》:"《山海经》云,钟山之神,名曰烛阴,视为昼,瞑为夜,吹为冬,呼为夏,不饮不食,不喘不息,身长千里,人面蛇身,赤色。注曰,即烛龙也。"据说西北方有幽冥地带,日光照不到,烛龙把那里照亮了。这两句是说日光何处照不到,怎么还需要烛龙照耀?

[2] 羲和，神话传说中为太阳驾车的神。扬，指扬鞭。若华，若木的花。若木，神话传说中的树，生在昆仑山之西，它的花放红光，能下照大地。这两句是说羲和还未扬鞭把太阳的车子开动，若木花为什么就能放光？

焉有石林？何兽能言[1]？
焉有虬龙，负熊以游[2]？
雄虺九首，倏忽焉在[3]？
何所不死？长人何守[4]？
靡蓱九衢，枲华安居[5]？
一蛇吞象，厥大何如[6]？
黑水玄趾，三危安在[7]？
延年不死，寿何所止？
鲮鱼何所，鬿堆焉处[8]？
羿焉彃日？乌焉解羽[9]？

[1] 石林，古代传说，西南有石树成林。兽能言，古代传说，有会说话的野兽。王逸《楚辞章句》引《礼记》云："猩猩能言，不离禽兽也。"

[2] 虬，传说中没有角的龙。虬龙负熊的故事不可考，刘盼遂先生《天问校笺》："《陶斋吉金录》三、甫人匜盖，《博古图》廿、商凤匜盖，其十二、商蟠夔壶耳，皆图有角有翼之龙形，而负一非虎似虎之异兽，即《天问》虬龙之事也（录郭沫若《甲骨文字研究》下卷五四）。"可作参证。

[3] 雄虺（huǐ 悔），凶恶的毒蛇。倏（shū 书）忽，往来飘忽。《招魂》：南方之害，"雄虺九首，往来倏忽，吞人以益其心些"。

[4] 不死，指人的长生不死。《山海经·海外南经》："不死民在其（指交胫国）东，其为人黑色，寿不死。"长人，指防风氏。守，守卫。古代传说夏禹时诸侯防风氏身长三丈，守封、嵎二山（见《国语·鲁语》）。

[5] 靡蓱（píng 平），一种奇异的萍草。衢，叉。洪兴祖《楚辞补注》引

《山海经》："少室之山有木，名帝休，其枝五衢。"注云："言树枝交错，相重五出，有象路衢。"九衢，指靡萍分九个叉。枲(xǐ徙)，麻的别名。华，古"花"字。靡萍生花和麻花相像，所以叫做"麻萍"，音转而成"靡萍"。这两句是说靡萍九叉这种奇怪的植物，在什么地方呢？

[6] 蛇吞象事，洪兴祖《楚辞补注》引《山海经》云："南海内有巴蛇，身长百寻，其色青黄赤黑，食象，三岁而出其骨。"

[7] 黑水，水名。玄趾，王逸注为山名，不知何据。玄，疑为"交"字之讹，"玄"、"交"小篆字形相近。"交趾"，即《尧典》之"南交"。三危，山名。《尚书·禹贡》："导黑水，至于三危，入于南海。"

[8] 鲮鱼，一种怪鱼。洪兴祖《楚辞补注》引《山海经·海内北经》云："西海中，近列姑射山，有陵鱼，人面人手鱼身，见则风涛起。"鬿(qí祈)，同"魁"，一本也作"魁"。堆，当读作"隹"。"隹"与"雀"同义，"魁隹"即"鬿雀"。洪兴祖《楚辞补注》引《山海经·东山经》："北号山有鸟，状如鸡，而白首鼠足，名曰鬿雀，食人。"

[9] 羿，尧时人名，善射。彃(bì毕)，与"射"同意。解羽，羽毛脱落。据《山海经·大荒东经》、《淮南子·本经训》等书记载，最初天上有十个太阳，每个太阳里有一个乌鸦，把草木都晒焦了。尧让羿射下九个太阳，九个太阳里的乌鸦因此也都被射死，只剩下一个太阳。

禹之力献功，降省下土四方[1]。
焉得彼嵞山女，而通之于台桑[2]？
闵妃匹合，厥身是继[3]。
胡为嗜不同味，而快鼌饱[4]？

[1] 力献功，勤力进献功能。降，下。省，察。下土四方，朱熹《楚辞集注》作"下土方"，可从。《诗经·商颂·长发》："禹敷下土方。"是古代的常用语，指天下。禹尽力于治水的功业，而下去视察各地的情况。

[2] 嵞，同"涂"。嵞山，古国名，洪兴祖《楚辞补注》引《文字音义》云：

“嵞山古国名，夏禹娶之，今宣州当涂县也。”通，通婚。台桑，地名。

[3] 闵，忧。妃，配偶。匹合，结婚。意思是忧虑没有配偶而在路途结婚。身是继，即继身，为自己立子嗣。蒋骥《山带阁注楚辞》引《吴越春秋》云：“禹年三十未娶，自恐时暮，祝曰，娶必有应。乃有白狐九尾造焉。于是娶于嵞山。”

[4] 嗜不同味，所好与一般人不同。快，痛快。鼂，即“朝”。饱，与上文“继”不协韵，可能是“食”的错字。朝食，是古代人关于男女会合的隐语。《诗经·陈风·株林》讽刺灵公淫于夏姬说：“朝食于株。”按《吕氏春秋》：“禹娶涂山氏女，不以私害公，自辛至甲四日，复往治水。”这两句是说为什么禹的爱好与众人不同，不像一般人那样无厌足地贪图男女之欢，只四天就分别，但图一朝之痛快？

启代益作后，卒然离蠥[1]。
何启惟忧，而能拘是达[2]？
皆归躾籥，而无害厥躬[3]。
何后益作革，而禹播降[4]？

[1] 启，禹的儿子。益，禹的大臣。后，国君。启代益做国君，指禹传位给益，启手下的人助启杀益夺取天下的事。《战国策·燕策》：“禹授益而以启人为吏，及老，而以启不足任天下，传之益也，启与友党攻益而夺之天下。”卒然，终于。离蠥（niè 孽），遭忧。对启遭遇忧患的事，各家说法不同，刘盼遂先生认为“‘启既代益作后’，卒乃遭不幸之事，而强族有篡夺之行也”（《天问校笺》）。

[2] 惟，读作“罹”，刘盼遂先生《天问校笺》：“‘惟’乃‘罹’之借，惟忧犹离蠥也。”达，通。能拘是达，王夫之《楚辞通释》云：“《竹书纪年》载，益代禹立，拘启禁之，启反起杀益，以承禹祀。”这两句是说启既被拘囚，怎么在桎梏之中，而能够顺利脱身？

[3] 躾，当作“躬”。籥，一本作“鞠”。躬鞠，即后世的“鞠躬”，《广雅》释为“谨敬”。皆归躾籥，指益和禹都以谨敬为指归。无害厥躬，

他们本身没有恶劣的行为。

[4] 作，应读作“祚”，刘盼遂先生《天问校笺》：“‘作’读为‘祚’，声相同也。”作革，政权变更。播降，种下，这里指禹的后代流传无穷。这两句是说为什么益的政权中绝，而禹的后裔却能散布流传？

启棘宾商，《九辩》、《九歌》[1]。
何勤子屠母，而死分竟地[2]？

[1] 棘，朱熹认为“当作梦”。宾，客，用作动词。商，朱骏声《说文通训定声》认为是“帝”的错字。宾帝，即做天帝的客人。（另一种说法：“棘”通“急”。宾，即嫔。启棘宾帝，指夏后启急献三美妇给天帝。这与《山海经》“上三嫔于天”的说法相吻合，可参考。）《九辩》、《九歌》，夏朝的乐曲名。《山海经·大荒西经》：“启上三嫔于天，得《九辩》、《九歌》以下。”这两句是说启梦中在天帝那里做客，取得《九辩》、《九歌》两支乐曲回来。

[2] 勤子，贤子，指启。勤子屠母，指启破母腹而降生的事。《汉书·武帝纪》颜师古注：“（启）母涂山氏女也。禹治鸿水，通轘辕山，化为熊，谓涂山氏曰：‘欲饷，闻鼓声乃来。’禹跳石，误中鼓。涂山氏往，见禹方作熊，惭而去，至嵩高山下化为石，方生启。禹曰：‘归我子！’石破北方而启生。”死，通“屍”。竟，委弃。这两句是说为什么这样贤德的儿子，却屠母而生，竟使他母亲尸体分裂，委弃在地上呢？

帝降夷羿，革孽夏民[1]。
胡䠶夫河伯，而妻彼雒嫔[2]？
冯珧利决，封狶是䠶[3]。
何献蒸肉之膏，而后帝不若[4]？
浞娶纯狐，眩妻爰谋[5]。
何羿之䠶革，而交吞揆之[6]？

[1] 帝，指天帝。夷羿，舜时诸侯，擅长射箭，因为是东夷族的首领，所以叫夷羿。革，改变。孽，忧患。革孽夏民，当读为“革夏民之孽”。按《山海经·海内经》云：“帝俊（指舜）赐羿彤弓素矰，以扶下国。”这两句是说上帝派遣夷羿，解除夏民的痛苦。

[2] 躲，古“射”字。雒，同“洛”。洛嫔，有洛氏的女儿，河伯的妻子。这两句是说为什么射杀河伯，并夺取河伯的妻子雒嫔？

[3] 冯（píng 平），恃、依靠。珧（yáo 遥），用贝壳装饰两头的弓。《孙子》：“羿得宝弓，犀质玉文曰珧弧。”冯珧，依靠弓。决，用象骨做的套在右手大拇指上钩弦发箭的工具。封狶（xī 希），大野猪。羿带着宝弓利决，射杀了大野猪。与《离骚》“羿淫游以佚田兮，又好射乎封狐”之写羿淫佚之行不同，而是写他为夏民除害。

[4] 蒸肉，祭祀之肉。膏，肉之肥美者。后帝，指天帝。若，顺从。不若，不以为然。《山海经图赞》云：“有物贪婪，号曰封豕，荐食无厌，肆其残毁，羿乃饮羽，献帝效技。”这两句是说为什么羿把肥美的猪肉祭祀上帝时，上帝却不以为然？

[5] 浞（zhuó 浊），寒浞，羿的臣，杀羿而强占羿妻，生浇。纯狐，指纯狐氏之女。眩妻，即玄妻，纯狐氏女儿的名字，羿的妻子。这两句是说寒浞强占了纯狐氏女儿玄妻，和她一道谋划。

[6] 躲革，传说羿能射穿七层皮革。吞揆（kuí 葵），吞灭。按《左传·襄公四年》记载：“寒浞，伯明氏之谗子弟也。伯明后寒（指君临寒国）弃之，夷羿收之，信而使之，以为己相。浞行媚于内而施赂于外，愚弄其民。”以上四句就是写的这段史实，寒浞与纯狐眩妻谋划，即“行媚于内”。这两句是说为什么羿有穿革之力，会被那两个人合力吞灭？

阻穷西征，岩何越焉[1]？
化为黄熊，巫何活焉[2]？
咸播秬黍，莆雚是营[3]，
何由并投，而鲧疾修盈[4]？

[1] 阻穷，这里是形容道路的艰险。这两句是写尧放逐鲧到羽山的事。王逸《楚辞章句》："言尧放鲧羽山，西行度越岑岩之险，因堕死也。"羽山在今山东蓬莱市东南三十里。尧的行政中心在中原地区，所以放逐鲧到羽山的"西征"，应是自西往东走（见洪兴祖《楚辞补注》）。上文说"永遏在羽山，夫何三年不施"，可证鲧并非死在去羽山的道路上。（又钱澄之《庄屈合诂》云："阻绝，犹禁绝也。羽山东裔，永遏在东，不容西征，不得越羽山之岩也。"是另一种说法，可参考。）然则这两句是说鲧去羽山，道路险阻，怎样越过那高峻的山岩的？

[2] 黄熊，指鲧死后化作黄熊的事。《左传・昭公七年》："昔尧殛鲧于羽山，其神化为黄熊，以入于羽渊，实为夏郊（夏代郊祭鲧），三代祀之（夏商周三代都郊祀鲧）。"这两句是说鲧死后变成黄熊，巫师怎么能使他复活？

[3] 秬（jù巨），黑黍。莆，同"蒲"，水生植物。雚（guàn贯），芦苇一类植物。营，经营、耕作。王逸《楚辞章句》："言禹平治水土，万民皆得耕种黑黍于雚蒲之地，尽为良田也。"

[4] 并投，投弃。疾，恶。修盈，指鲧罪恶之多。这两句是说禹有治水土之功，为什么他父亲的罪恶如此严重，被抛弃到远方而不蒙宽宥？

白蜺婴茀，胡为此堂[1]？
安得夫良药，不能固臧[2]？
天式从横，阳离爰死[3]。
大鸟何鸣，夫焉丧厥体[4]？

[1] 蜺（ní倪），同"霓"，虹的一种，色较淡。婴，缠绕。茀（fú拂），逶迤曲折的云。堂，屈原所见楚国公卿的祠堂。这两句是说为什么祠堂中画着曲折的云彩缠绕着白蜺？

[2] 臧，好。这是写崔文子学仙于王子侨的故事。王逸《楚辞章句》引《列仙传》云："崔文子学仙于王子侨。子侨化为白蜺而婴茀，持药

与崔文子。崔文子惊怪，引戈击蜺中之，因堕其药。俯而视之，王子侨之尸也。”不能固臧，指王子侨被杀之事。

[3] 天式，自然的法则。从横，指阴阳消长之道。阳离，阳气离开躯体。阴阳消长是自然的法则，阳气一脱离躯体，人就要死亡。

[4] 大鸟，指王子侨尸体所变的鸟。王逸《楚辞章句》引《列仙传》云："崔文子取王子侨之尸，置之室中，复之以弊篚，须臾则化为大鸟而鸣，开而视之，翻飞而去。”这两句是说死亡是自然法则，哪有死后化为大鸟的？王子侨是仙人，怎么能被杀死？

萍号起雨，何以兴之[1]？
撰体协胁，鹿何膺之[2]？
鳌戴山抃，何以安之[3]？
释舟陵行，何以迁之[4]？

[1] 萍(píng 平)，即萍翳，雨师，也就是雨神。洪兴祖《楚辞补注》引《山海经》："屏翳在海东，时人谓之雨师。”号，呼。起雨，作雨。兴，起。这两句是说萍翳呼号就云起雨下，它是怎样兴云作雨的？

[2] 撰，有“柔顺”之义。协，合，也有“柔”的意思。胁，身体两侧有肋骨的部位。撰体协胁，谓风神性情柔顺。鹿，即飞廉，风神。丁晏《天问笺》引《三辅黄图》："飞廉鹿身雀头有角，蛇尾豹文，能致风号呼也。”膺，与应同义。这两句是说飞廉的性情那样柔顺，怎么能响应雨师的呼号而兴云作雨呢？

[3] 鳌，海中大龟。按《太平御览》卷九百三十一记载云："《列子》曰：‘渤海之东，有大壑焉，其中有山，无所连著，常随潮波上下往还，不得暂峙焉。仙圣毒之，诉于上帝。帝恐流于西极，失群圣之居，使巨龟十五，举首而戴之。’”抃，拍手，这里指四肢划动。这两句是说鳌负着仙山，划动四肢，怎么能使大山安稳不动呢？

[4] 释，舍去。陵行，在陆地行走。《列子·汤问》记载：龙伯国有一巨人，一下子钓起了六鳌，把它们全部背了回去。这两句是说巨人怎么能把大鳌钓出海水，搬上陆地背负而去呢？

惟浇在户，何求于嫂[1]？
何少康逐犬，而颠陨厥首[2]？
女歧缝裳，而馆同爰止[3]！
何颠易厥首，而亲以逢殆[4]？

[1] 浇，寒浞的儿子，相传他力气很大并且纵欲残忍。嫂，浇的嫂子，即女歧。王逸《楚辞章句》："言浇无义，淫佚其嫂，往至其户，佯有所求，因与行淫乱也。"

[2] 少康，夏朝国君相的儿子。厥首，指浇的头。少康的父亲相被浇所杀，后来少康打猎放狗追逐野兽，遂袭杀浇。此与《离骚》"浇身被服强圉兮，纵欲而不忍，日康娱以自忘兮，厥首用夫颠陨"意思相同。

[3] 女歧，即浇的嫂子。止，止宿。这两句是说女歧替浇缝衣裳，于是两人就同舍而宿。

[4] 殆，危。王逸《楚辞章句》："言少康夜袭，得女歧头，以为浇，因断之，故言易首，遇危殆也。"这两句是说为什么少康亲自冒着危险，错砍了女歧的头？

汤谋易旅，何以厚之[1]？
复舟斟寻，何道取之[2]？

[1] 汤，应是"康"的错字，刘盼遂先生《天问校笺》："此'汤'字疑是'康'字之误，缘'汤'古文作'唐'，'唐'古文亦作'旸'，皆与'康'相近，故'康'转为'汤'矣。"康，指少康。易，治。旅，众。康谋易旅，指少康有田一成，有众一旅而言。《左传·哀公元年》："昔有过浇杀斟灌以伐斟鄩，灭夏后相。……（少康）有田一成，有众一旅，能布其德，而兆其谋，以收夏众，抚其官职。使女艾谍浇，使季杼诱豷，遂灭过、戈，复禹之绩。"（一说"汤"似"浇"之错字。"旅"通"膂"，衣甲。谓浇筹划制造衣甲。《离骚》"浇身被服强圉兮"之意。可供参考。）这两句是说少康谋划治一旅之众，用什么方法厚

待他们呢？

[2] 斟寻，古国名。复舟斟寻，王逸《楚辞章句》："言少康灭斟寻氏，奄若复舟。"而上文所引《左传》的记载，灭斟寻的是浇而不是少康。这两句是说少康灭斟寻像复舟那样容易，用的是什么方法？

桀伐蒙山，何所得焉[1]？
妹嬉何肆，汤何殛焉[2]？
舜闵在家，父何以鱞[3]？
尧不姚告，二女何亲[4]？

[1] 桀，夏代最末一个国君。蒙山，古国名。《太平御览》卷一三五引《国语》记载：桀伐蒙山，得到美女妹（mò 末）嬉。这两句是说桀征伐蒙山，除了得到妹嬉之外，还得到什么呢？

[2] 肆，放荡。殛（jí 极），诛罚。妹嬉何肆的"何"，当训为不。《列女传·夏桀末喜传》记载：汤灭夏，桀与末喜都被放逐到南巢而死。这两句是说妹嬉若不纵其情欲，汤怎么能诛罚她呢？

[3] 闵，伤痛、忧愁。父，应是"夫"的错字，闻一多《楚辞校补》："父当为夫，二字形声并近，故相涉而误。"鱞，即"鳏"字，成年男子未娶妻的叫鳏。《尚书·尧典》："有鳏在下，曰虞舜。"据说舜三十多岁还未娶妻。这两句是说舜在家忧愁不乐，为什么不能感动他的家人为他娶妻，而让他长期鳏居？

[4] 姚，舜姓，这里指舜父瞽叟。不姚告，不告诉舜的父亲。二女，指尧的两个女儿娥皇、女英。《孟子·万章》："帝（指尧）之妻舜而不告，何也？曰：'帝亦知告焉则不得妻也。'"

厥萌在初，何所亿焉[1]？
璜台十成，谁所极焉[2]？
登立为帝，孰道尚之[3]？
女娲有体，孰制匠之[4]？

[1] 何，闻一多《楚辞校补》认为"何当为谁"，与下文"谁所极焉"语意相似。亿，预料、测度。王逸《楚辞章句》："言贤者预见施行萌牙之端，而知其存亡善恶所终，非虚亿也。"这两句是说事情在开始萌芽时，谁能预测它的未来呢？

[2] 璜，玉石。十成，十重。极，至。王逸认为是殷的贤臣箕子看见纣使用象牙筷子，预料到他的奢侈行为一定会发展到住高台广室的地步。这两句是说璜台十层，是谁建造得这样高？

[3] 道，导引。尚，尊崇。这讲的是女娲。是说女娲登上帝位，是谁导引、尊崇的？

[4] 女娲，神话传说中上古的女帝王，人头蛇身，一天之中能变化七十种样子。体，指女娲怪异的形体。制匠，制作。这两句是说相传女娲能捏土造人，她自己怪异的形体又是谁制造的？

舜服厥弟，终然为害[1]。
何肆犬体，而厥身不危败[2]？
吴获迄古，南岳是止[3]。
孰期去斯，得两男子[4]？

[1] 服，顺从。《尚书·尧典》记载，舜父瞽叟顽，母嚚，弟象傲，舜却能顺从不失为兄为子之道。又《孟子·万章》、《史记·五帝本纪》都记载，舜虽然对父母弟弟很好，而象和他父母天天谋划害舜的事。

[2] 肆，放肆、任意。犬体，狗的心术，谓象之凶恶，犹如禽兽。厥身，指象身。这两句是说象这样恣其犬豕之心图谋害舜，他自己为什么没有遭灾？

[3] 吴，古代南方的诸侯国。迄古，终古。南岳，即会稽山。《吴都赋》："指衡岳以镇野。"会稽山，一名衡山，周朝为扬州之镇，故亦称南岳。这里代指吴地的山。止，居留。

[4] 期，期望。去，当是"夫"的错字，"夫"犹"于"。斯，指吴地。两男子，指太伯、仲雍。《史记·吴太伯世家》记载，周文王之祖古公亶父的长子太伯和次子仲雍，知道古公亶父要把君位传授给他的幼

子季历，就跑到南方去躲避，吴地人拥戴太伯为国君，太伯死后，仲雍继立为国君。

缘鹄饰玉，后帝是飨[1]。
何承谋夏桀，终以灭丧[2]？
帝乃降观，下逢伊挚[3]。
何条放致罚，而黎服大说[4]？

[1] 缘，因，借助。鹄（hú胡），天鹅，这里指用鹄肉做的羹。饰玉，指用美玉装饰的鼎。后帝，指商汤。飨，食。据《史记·殷本纪》记载，伊尹以善于烹调而为汤所信用，后辅佐汤而灭夏桀。这两句是说伊尹用鸿鹄的羹、玉饰的鼎，来飨食商汤。

[2] 承，承受。这两句是说商汤是怎样接受了伊尹图谋夏桀的计划，终于使夏桀灭亡？

[3] 帝，指商汤。降观，下来观察风俗民情。伊挚，伊尹名。这两句是说商汤就下来观察四方的民情，遇到了伊尹，选他为相。

[4] 条，鸣条，地名。《尚书·汤誓》："伊尹相汤伐桀，升自陑，遂与桀战于鸣条之野。"又《史记·殷本纪》："桀败于有娀之虚，奔于鸣条。"条放，自鸣条放逐到远方（南巢）去。致罚，《尚书·汤诰》所谓"致天之罚"，即受天帝的谴责。黎服，当作"黎民"，服当为"民"字之误。服古写作"艮"，隶书"艮"、"民"形近。"民"误为"艮"，转写作"服"。说，同悦。这两句是说为什么伊尹相汤灭夏放逐桀，民众都很高兴？

简狄在台，喾何宜[1]？
玄鸟致贻，女何喜[2]？

[1] 简狄，有娀氏女，帝喾（kù库）妃。台，坛。喾，古代的帝王，号高辛氏。宜，祭天求福。按《诗经·商颂·玄鸟》《毛传》云："汤之先祖有娀氏女简狄配高辛氏帝，帝率与之祈于郊禖而生契。"这两句是

说简狄、帝喾在坛上祈求什么福？

[2] 玄鸟，燕子。女，指简狄。喜，当从一本作“嘉”，嘉的本义是生子。何嘉，为什么生子。《史记·殷本纪》：“三人行浴，见玄鸟堕其卵，简狄取吞之，因孕生契。”这两句是说简狄为什么吞了玄鸟赠送的卵而生契？

该秉季德，厥父是臧[1]。
胡终弊于有扈，牧夫牛羊[2]？
干协时舞，何以怀之[3]？
平胁曼肤，何以肥之[4]？
有扈牧竖，云何而逢[5]？
击床先出，其命何从[6]？
恒秉季德，焉得夫朴牛[7]？
何往营班禄，不但还来[8]？
昏微遵迹，有狄不宁[9]。
何繁鸟萃棘，负子肆情[10]？

[1] 该，即亥，殷人的祖先，契的六世孙。秉，承。季，即冥，亥的父亲。臧，善良。王国维《古史新证》，季于卜辞中凡三见，“亦殷之先公，即冥是也。《史记·殷本纪》：‘相土卒，子昌若立。昌若卒，子曹圉立。曹圉卒，子冥立。冥卒，子振立。’振，《索隐》云：‘《世本》作核。’卜辞谓之王亥。《楚辞·天问》云：‘该秉季德，厥父是臧。’又曰：‘恒秉季德。’则该与恒皆季之子，该即王亥，恒即王恒，皆见于卜辞，则卜辞之季当亦王亥之父冥矣”。这两句是说亥继承他父亲的德业，学习他父亲的好品德。

[2] 弊，败，这里指被杀害。有扈，当为“有易”之误，王国维《殷卜辞中所见先公先王考》云：“《山海经》、《竹书》之‘有易’，《天问》作‘有扈’，乃字之误。盖后人多见有扈，少见有易，又同是夏时事，故改‘易’为‘扈’。”亥弊于有易的事，《竹书纪年》记载云：“夏帝泄十二

年，殷侯子亥宾于有易，有易杀而放之。十六年，殷侯微以河伯之师伐有易，杀其君绵臣。”牧牛羊，指亥寄居有易国放牧事，《山海经·大荒东经》：“有困民国……有人曰王亥……托于有易河伯仆牛，有易杀王亥，取仆牛。”这两句是说亥在有易国放牧牛羊，为什么终于被害呢？

[3] 干，大。协，合。时，是。干协时舞，大合舞。当即万舞武舞。《公羊传·宣公八年》：“万者何，干舞也。”这种舞用于武事，就是武舞。《左传·庄公二十八年》：“楚令尹子元，欲蛊文夫人，为馆于其宫侧，而振万焉。”令尹子元用万舞诱惑文夫人，那么这两句亦可能是写王亥以歌舞诱惑有易之女，即王亥被有易所害的原因。《山海经·大荒东经》郭璞注引《竹书纪年》云：“殷王子亥，宾于有易而淫焉。有易之君绵臣，杀而放之。”可见王亥是由于有淫荡行为被害的，诗句与史实正合。这两句是倒装，意思是王亥何以使有易氏之女怀思？是由于用歌舞挑动的。

[4] 平胁，丰满的胸部。曼肤，细腻的皮肤。王逸《楚辞章句》解释此句为“形体曼泽”，可从。这是写有易之女的容态。肥，“妃”的假借字，即妃，匹配。这两句也是倒装，意思是王亥为什么和有易之女私通？是由于她形体曼泽。

[5] 有扈，即上文的“有易”。牧竖，牧人。竖，是蔑称，犹言小子。这里指王亥。这两句是说有易氏和王亥何以会巧遇？

[6] 击床，指有易之君绵臣派人袭击王亥于床笫之间。先出，指当时恰逢王亥先出，得免于死亡。其命何从，他的生命从那里而得以保全。王国维《殷卜辞中所见先公先王考》，其“有扈牧竖”四句，“似记王亥被杀之事”。这两句是说王亥在床上被袭击而能先逃走，他为什么能侥幸不死？

[7] 恒，亥弟，季子。王国维《殷卜辞中所见先公先王考》：“恒盖该弟，与该同秉季德，复得该所失服牛也。”朴牛，大牛。这两句是说恒也秉承他父亲的德业，怎样夺回亥失去的大牛？

[8] 营，经营。班禄，君主所颁布的爵禄。但，可能是“能”之错字。这两句是说为什么恒去追求爵禄，却不能回来？

[9] 昏微，即上甲微，亥的儿子。《史记·殷本纪》：“振（亥）卒，子微

立。”遵迹，遵循他的先人的足迹，即继承祖业。有狄，即有易。王国维《殷卜辞中所见先公先王考》：“昏微即上甲微，有狄亦即有易也。古‘狄’、‘易’二字同音，故互相通假。”这两句是说上甲微遵循其先人的遗德，以征有易，有易因此不得安宁。

[10] 这两句历代各家解释不同，很难确解，照上下文义看，一定讲的是上甲微的事。繁，可能是“擊”的错字。击鸟，指他每天以射鸟兽为事。萃，集。棘，荆棘。击鸟萃棘，射击聚集在荆棘上的鸟群。负，可能是“媍”的滥文，媍，即妇。妇子，即妇女。肆，纵欲。妇子肆情，即纵情于妇女。这两句可能是写上甲微荒乱淫佚的行为，意思是为什么他终日畋猎鸟兽，荒淫无道？

眩弟并淫，危害厥兄[1]。
何变化以作诈，后嗣而逢长[2]？

[1] 眩弟，昏乱的弟弟。并，共同。王逸、洪兴祖都认为是写舜的弟弟象的事。但从上下文写的都是殷汤的事看，此处不应突然插入夏朝，也应写的是殷朝的史实，具体讲应当写的也是上甲微的事。按殷人的继统法是兄死弟继，无弟然后传子。上甲微时，可能有昏乱的弟弟共同淫佚长嫂的事，所谓“眩弟并淫”；上甲微晚年荒乱，可能他的弟弟为了争夺君位而互相残杀，所谓“危害厥兄”。

[2] 逢，兴旺。这可能是说上甲微的弟弟争得君主之后，便传位给自己的儿子，而不传给他们的哥哥上甲微的儿子，即所谓“变化以作诈”；此后，便变成子继父位，他们的子孙后代相继不绝，即所谓“后嗣逢长”。意思是上甲微的弟弟共同淫乱他们的长嫂，为了争夺君位危害他们的哥哥，为什么行为如此奸诈的人，其后代却能兴旺长久？这是大略的推断，书阙有间，其事已不甚可考。

成汤东巡，有莘爰极[1]。
何乞彼小臣，而吉妃是得[2]？
水滨之木，得彼小子[3]。

夫何恶之，媵有莘之妇[4]？

[1] 成汤，即商汤。有莘（shēn 申），古国名，在今河南省开封市陈留镇。而汤居西亳，在今河南省偃师县，在有莘的西边，所以说东巡。爰，乃。极，到。有莘爰极，是倒装句，应是“爰极有莘”。

[2] 小臣，指伊尹，他本来是有莘国的小臣。刘盼遂先生《天问校笺》云：“先师王先生曰：‘金器中亦多言小臣，盖皆属天子近幸之人，不尽为卑属也。’故伊尹相成汤定社稷而有小臣之名。”吉妃，指有莘氏的女儿。《吕氏春秋·本味》云：“汤闻伊尹，使人请之有侁（即莘）氏，有侁氏不可。伊尹亦欲归汤，汤于是请取妇为婚。有侁氏喜，以伊尹为媵送女。”这两句是说为什么汤要小臣伊尹，结果却得到一个好妃子？

[3] 木，这里指桑树。小子，指伊尹。这是写伊尹降生的事。《吕氏春秋·本味》云：“其母居伊水之上，孕，梦有神告之曰：‘臼出水而东走毋顾。’明日视臼出水，告其邻，东走十里而顾，其邑尽为水，身因化为空桑，故命之曰伊尹。”伊尹母化为空心桑树，而生伊尹，为有莘国人所得。

[4] 媵（yìng 映），陪嫁。古代奴隶主和封建主常用男女奴隶作为自己出嫁女儿的陪嫁。这两句是说有莘国君为什么憎恶伊尹，用他给自己的女儿作陪嫁？

汤出重泉，夫何辠尤[1]？
不胜心伐帝，夫谁使挑之[2]？

[1] 重泉，地名，桀囚禁汤的地方。《史记·夏本纪》云：“桀不务德而武伤百姓，百姓弗堪。乃召汤而囚之夏台，已而释之。”重泉当是夏台所在地。辠，古“罪”字。辠尤，罪过。

[2] 不胜心，心中不能忍耐。帝，指夏桀。挑，挑拨。这两句是说汤心中不能忍耐，出兵伐桀，到底有谁挑动他呢？

会鼂争盟，何践吾期[1]？
苍鸟群飞，孰使萃之[2]？
列击纣躬，叔旦不嘉[3]。
何亲揆发足，周之命以咨嗟[4]？
授殷天下，其德安施[5]？
及成乃亡，其罪伊何[6]？
争遣伐器，何以行之[7]？
并驱击翼，何以将之[8]？

[1] 鼂，即"朝"。会朝，"朝会"的倒装。争盟，盟誓。吾，"武"之错字。这是写武王伐纣的事。《史记·周本纪》云："武王自称太子发，言奉文王以伐……是时，诸侯不期而会盟津者八百诸侯。"

[2] 苍鸟，鹰，比喻武王的将帅勇猛像鹰。萃，集。

[3] 列，通"裂"。躬，身体。列击纣躬，即《史记·周本纪》所载："武王持大白旗以麾诸侯，……至纣死所，武王自射之，三发而后下车，以轻剑击之，以黄钺斩纣头，县大白之旗。"叔旦，即周公，武王之弟，名旦。嘉，称赞。这两句是说武王屠戮纣王的尸体，周公旦不赞成。

[4] 揆，掌握。发足，启行。指武王兴师伐纣之事。周之命，指周颁布灭殷的号令。咨嗟，叹息、赞美。这两句是说为什么当初周公亲自掌握兴师伐纣，后来对周灭商的功业又加以赞美呢？

[5] 其德安施，别本作"其位安施"。"其位"与"天下"文意重复。这两句是说天帝开始把天下交给了殷，由于殷施行了什么德政？

[6] 及成乃亡，别本作"反成乃亡"，不如"及成"上下文意通顺。伊，是。这两句是说殷成功了而又灭亡，它的罪过又是什么呢？

[7] 伐器，攻伐之器，即武器。行之，动员他们。这两句是说八百诸侯踊跃地拿起武器，武王是怎样动员他们的？

[8] 并驱，并驾齐驱。击翼，击其两翼。朱熹《楚辞集注》："言武王之军，人人乐战，并驱而进之也。"将，率领。这两句是说武王的军队

并驾齐驱，两翼夹击，他是怎样指挥的？

昭后成游，南土爰底[1]。
厥利惟何，逢彼白雉[2]？
穆王巧梅，夫何为周流[3]？
环理天下，夫何索求[4]？
妖夫曳衒，何号于市[5]？
周幽谁诛，焉得夫褒姒[6]？

[1] 昭后，即周昭王。成游，即出游。南土，指楚地。底，到。昭王南游之事，《史记·周本纪》张守节《正义》引《帝王世纪》云："昭王德衰，南征，济于汉，船人恶之，以胶船进王，王御船至中流，胶液船解，王及祭公俱没于水中而崩。"

[2] 雉，野鸡。毛奇龄《天问补注》引《竹书纪年》云："昭王之季，荆人卑词致王曰：'愿献白雉。'昭王信之而南巡，遂遇害。"这两句是说昭王所贪求的是什么，难道仅仅是为了去迎白雉吗？

[3] 梅，王夫之认为是"枚"的错字，枚即策，马鞭。周流，犹周游。《左传·昭公十二年》："穆王欲肆其心，周行天下，将必皆有车辙马迹焉。"

[4] 环理，周游。"理"和"履"同声，《竹书纪年》云："穆王西征还履，天下亿有九万里。"环理即还履。

[5] 曳，牵引。衒（xuàn 旋），炫耀。这里指沿街叫卖。据《国语·郑语》和《史记·周本纪》记载：周厉王（幽王祖父）时，有宫女遇到龙的吐沫所化的玄鼋而怀孕，因为是没有丈夫而生的小孩，宫女惊怪而把他丢弃了。到"宣王（幽王父）之时有童谣曰：'檿弧（山桑木的弓）箕服（箕木的箭袋），实亡周国。'于是宣王闻之，有夫妇鬻是器者，王使执而戮之"。"有夫妇鬻是器者"，即这两句的史实。是说那对怪异的夫妇相牵引在街市上叫卖什么？

[6] 褒姒，周幽王的后。幽王得褒姒的事，《史记·周本纪》记载，当宣王派人去杀那叫卖檿弧、箕服的夫妇时，他二人夜间逃亡，在路上

遇到宫人的弃女，便收留她并把她带到褒国。后来幽王讨伐褒国，褒国人把弃女献给幽王以赎罪，她就是褒姒。幽王迷恋褒姒，不理朝政。犬戎入侵，把幽王杀死在骊山之下。

天命反侧，何罚何佑[1]？
齐桓九合，卒然身杀[2]？

[1] 反侧，反复无常。何罚何佑，应为何佑何罚，罚和杀同韵。

[2] 齐桓，齐桓公，春秋五霸之一。《史记·齐太公世家》记载，齐桓公任用管仲，国家强大，曾“兵车之会三，乘车之会六，九合诸侯，一匡天下”。身杀，指桓公晚年任用奸臣竖刁、易牙等人，造成内乱，自己被困而死的事(见《韩非子·十过》)。这两句是说齐桓公强大到能九次召集诸侯会盟，为什么结果被杀？

彼王纣之躬，孰使乱惑[1]？
何恶辅弼，谗谄是服[2]？
比干何逆，而抑沈之[3]？
雷开何顺，而赐封之[4]？
何圣人之一德，卒其异方[5]？
梅伯受醢，箕子详狂[6]？

[1] 王纣，纣王。乱惑，昏乱迷惑。

[2] 服，用。这两句是说纣为什么憎恶辅佐之臣而信用谗谄之人呢？

[3] 比干，纣的忠臣，因谏纣被纣所杀。抑，压制。沈，淹没。指被杀。

[4] 雷开，纣的奸臣。《吕氏春秋》：“雷开进谀言，纣赐金玉而封之。”

[5] 圣人，指下文的梅伯、箕子。一德，品德相同。方，方法和途径。这两句是说为什么圣贤品德相同，最终却走上不同的道路？

[6] 梅伯，纣的诸侯，因直言敢谏被纣所杀。醢(hǎi 海)，剁成肉酱。箕子，纣臣。详狂，即“佯狂”，装疯。箕子谏纣不听，披发装疯而

去做人家的奴隶。

稷维元子，帝何竺之[1]？
投之于冰上，鸟何燠之[2]？
何冯弓挟矢，殊能将之[3]？
既惊帝切激，何逢长之[4]？

[1] 稷，后稷，名弃，是帝喾的大儿子。维，是。元子，嫡妻生的大儿子。帝，指帝喾。竺，当作“毒”，声误。帝毒之，指下文投之冰上而言。刘盼遂先生《天问校笺》云：“古者夫妇制度未确定时，其妻生首子时，则夫往往疑其子挟他种而来，媢嫉实甚，故有杀首子之风。《史记·夏本纪》：‘禹曰，予娶涂山，[辛壬]癸甲生启，予不子。’此不以启为子也。《汉书·元后传》，王章上封事云：‘羌胡尚杀首子，以荡肠正世。’颜师古曰：‘言妇初来，所生之子或它姓。’《墨子》亦云，越东有輆沐之国，食其长子，谓之宜弟。知古代于元子所最毒视，不如周世之重嫡长子也。屈子生于战代，故以后稷陋巷、平林、寒冰之置为怪问矣。”

[2] 燠（yù郁），温暖。《诗经·大雅·生民》记载，帝喾妃姜嫄，踏了巨人的脚印，因而怀孕生稷，以为不祥，把他弃置在冰上，后来有鸟来用翅膀替他保暖。

[3] 冯，挟。将，帅领。这是写后稷做司马时的事。刘盼遂先生《天问校笺》云：“此言稷为司马事也。古经籍皆言稷播殖稼穑，无言其将弓矢者，惟《尚书·刑德放》云：‘稷为司马。’（《诗》疏引）王充《论衡》亦曾言之，《初禀》篇曰：‘弃事尧为司马，居稷官，故为后稷。’《诗·鲁颂·閟宫》篇郑笺云：‘后稷虽作司马，天下犹以后稷称焉。’据此知《天问》所言，多为古代所传最古之史料矣。”这两句是说后稷为什么挟持着弓矢，具有统帅士兵的卓异才能呢？

[4] 帝，应指帝喾。切激，激烈。惊帝切激，指后稷降生“上帝不宁”（《诗经·大雅·生民》）的事。这两句是说后稷降生时惊动了帝喾，为什么他的后代兴旺长久？

伯昌号衰，秉鞭作牧[1]。
何令彻彼岐社，命有殷国[2]？

[1] 伯昌，周文王，姓姬，名昌。纣时为西方诸侯之长，所以号西伯。号衰，发号施令于殷朝衰落之期。秉，执。秉鞭，以喻执政。牧，封建时代对管理百姓的地方官的称呼。这两句是说周文王施行政令于殷朝衰微之期，执掌西部地区的大权。

[2] 彻，彻法，相传是周朝的一种赋税法。岐，今陕西岐山县。社，当为“土”，声误。彻彼岐土，即在岐的土地上推行彻法。命，所谓天命。这两句是说文王怎样在岐的土田上推行彻法，从而受命代替殷朝的统治？

迁藏就岐，何能依[1]？
殷有惑妇，何所讥[2]？
受赐兹醢，西伯上告[3]。
何亲就上帝罚，殷之命以不救[4]？

[1] 藏，宝藏、财宝。就，往。这是指周的祖先古公亶父自邠迁岐的事。《史记・周本纪》记载，古公亶父初居邠（今陕西彬州市），后遭狄人侵扰，就携带家属、宝藏迁居岐山之下。邠地百姓扶老携幼都跟着去。这两句是说古公亶父自邠带着宝藏迁岐，邠人为什么都能依归他呢？

[2] 惑妇，指纣王的爱妃妲己。《史记・殷本纪》记载，纣“爱妲己，妲己之言是从”。讥，谏。何所讥，有什么可谏的。

[3] 受，纣的字。兹，当读如“孳”，即“子”的假借字。上告，上诉天帝。《帝王世纪》云：“伯邑考（文王的儿子）质于殷，为纣御，纣烹为羹，赐文王。曰：‘圣人当不食其子羹。’文王得而食之。纣曰：‘谁谓西伯圣者！食其子羹，尚不知也。’”这两句是说纣把西伯的儿子做成肉酱赐给西伯，西伯向上帝控告。

[4] 亲就，躬受。这两句是说为什么纣亲身受上帝的惩罚，而殷的国

运无法挽救？意思是纣自招天讨，所以不可救。

师望在肆，昌何识[1]？
鼓刀扬声，后何喜[2]？
武发杀殷，何所悒[3]？
载尸集战，何所急[4]？

[1] 师望，吕望做太师这个官，所以简称“师望”。肆，店铺。昌，周文王的名。这两句是说吕望在店里当屠夫，文王怎么就认识出他是个贤人呢？

[2] 鼓刀，动刀砍肉。后，指文王。这两句是说吕望在操刀砍肉，文王为什么听到声音就喜欢？

[3] 武发，周武王，名发。殷，指殷纣王。《史记·殷本纪》：“纣兵败。纣走入，登鹿台，衣其宝玉衣，赴火而死。周武王遂斩纣头，县之大白旗。”

[4] 尸，写有死者禄位名字的木头牌位。集战，会战。据《史记·周本纪》记载，文王死后，武王用车载着文王的木头牌位，表示继承文王的遗志，出兵伐纣。

伯林雉经，维其何故[1]？
何感天抑地，夫谁畏惧[2]？
皇天集命，惟何戒之[3]？
受礼天下，又使至代之[4]？
初汤臣挚，后兹承辅[5]。
何卒官汤，尊食宗绪[6]？

[1] 伯林，王逸认为是指晋太子申生被谗自杀之事。缺少根据。就上下文义看，当指殷周之世说，不应当突然插入晋国的事。这里可能是申述上文纣自焚的事。伯，当为“燔”，声误。林，即薪火。燔

林，即《史记·周本纪》所谓“纣自燔于火而死”。雉经，上吊自杀。（另一种说法认为是指管叔自经的事。徐文靖《管城硕记》云：“宣元年《左传》：‘诸侯伐郑，楚芀贾救之，遇于北林。’京相璠曰：‘今荥阳菀陵县有故林乡，在郑北。’伯林，即北林，地名。古‘伯’与‘北’通……《周书·作雒》解：‘降辟三叔，管叔经而卒。’《前汉书·地理志》：‘中牟县有管城，管叔邑。’《后汉书·地理志》：‘中牟县有林乡。’是叔之用经，在管城之伯林矣。阮籍《达庄论》云：‘窃其雉经者，亡家之子也。’此正用管叔雉经之事。”可供参考。）

[2] 抑，塞。感天抑地，指上文载尸集战的事。谁畏惧，怕什么。这两句是说武王既要伐纣，何必假借神的力量，有什么可畏惧的？（另一种说法认为是指周公的事。周公摄政，管蔡流言于国，谓周公将篡夺王位。周公避居东都。《尚书·金縢》云：“天大雷电以风，禾尽偃，大木斯拔。邦人大恐。”即所谓“感天抑地”。是周公的忠诚感动天地威灵。可供参考。）

[3] 集命，指皇天降赐天命，让某人统治天下。这里应指殷朝。戒，警惕。这两句是说皇天既赐天命与殷，殷应该怎样有所警惕来保持天下？

[4] 受，纣名。礼，同“理”。至，借为“周”。这两句是说纣既治理天下，为什么又让他被周所取代呢？

[5] 挚，伊尹名。臣挚，指做汤的媵臣，即有莘国嫁女给成汤时陪嫁的奴隶。承，进。辅，辅佐。成汤开始把伊尹当作媵臣，后来晋升为辅佐。

[6] 官汤，做汤的相。尊食，庙食，在殷的太庙中受祭祀。宗绪，指汤的祠庙。《礼记·祭法》：“殷人禘喾而郊冥，祖契而宗汤。”尊食宗绪，即在商汤的祠庙中被祭祀。这四句以初、后、卒三字表示伊尹地位的变化，开始被视为媵臣，后来用作辅佐，最后做了相，并得配享在汤的宗庙，这是什么原因呢？

勋阖梦生，少离散亡[1]。

何壮武厉，能流厥严[2]？

[1] 勋，功勋。阖(hé 合)，春秋时吴王阖庐。梦，阖庐的祖父，吴王寿梦。生，同"姓"，子孙的意思。勋阖梦生，谓有功勋的阖庐是寿梦的孙子。离，罹，遭受。阖庐少年流亡事，王逸《楚辞章句》云："寿梦卒，太子诸樊立，诸樊卒，传弟馀祭，馀祭卒，传弟夷未，夷未卒，太子王僚立。阖庐，诸樊之长子也，次不得为王，少离散亡，放在外。"这两句是说有功的阖庐是寿梦的孙子，少年时遭遇流亡之苦。

[2] 壮，大。厉，奋发。武厉，应是"厉武"的倒文，即奋发勇武。流，行。严，"庄"的假借字，汉人避明帝讳改。严、庄，都是威严的意思。这是讲吴王阖庐任用伍子胥、孙武，壮大吴国的声威，打败楚国的事(见《史记·吴太伯世家》)。

彭铿斟雉，帝何飨[1]？
受寿永多，夫何长？

[1] 彭铿，即彭祖，名铿，传说他活了八百岁。斟雉，用野鸡做羹。洪兴祖《楚辞补注》引《神仙传》说他"善养性，能调鼎，进雉羹于尧"。帝，指尧。飨，享。这两句是说彭祖调制的雉羹，帝尧为什么吃？

中央共牧，后何怒[1]？
蠭蛾微命，力何固[2]？
惊女采薇，鹿何祐[3]？
北至回水，萃何喜[4]？
兄有噬犬，弟何欲[5]？
易之以百两，卒无禄[6]？

[1] 中央，戴震《屈原赋音义》及毛奇龄《天问补注》都认为是泛指，不是指某一具体史实。但就《天问》全篇来看，没有不根据事实的空论，因此这里也应有具体的事实。闻一多《楚辞校补》认为是周厉

王逃到彘，共伯和代天子职位的事。中央，指周朝一统天下的政权。共，即共伯和。《史记·周本纪》引《鲁连子》云："共伯名和，好行仁义，诸侯贤之。周厉王无道，国人作难，王奔于彘，诸侯奉和以行天子事。"这就是"中央共牧"的意思。后，指厉王。据历史记载，厉王死在彘之后，共伯和想篡位自立，恰巧逢上天大旱，屋子起火，卜卦问问原因，是厉王作祟。后何怒，即指厉王降灾作祟的事。

[2] 蠭，同"蜂"。蛾，古"蚁"字。微命，细小的生命。蠭蛾微命，这里指起来反抗周厉王的老百姓。《史记·周本纪》载，人民"乃相与畔，袭厉王。厉王出奔于彘。厉王太子静匿召公之家，国人闻之，乃围之。召公……乃以其子代王太子"。人民捉不到厉王，就追索太子，假太子终于被杀。此即所谓"力何固"。

[3] 惊女，"女惊"之倒文。惊，通"警"，戒。采薇，指伯夷、叔齐不食周粟，在首阳山采薇的事。女惊采薇，指女子劝戒伯夷叔齐不要采薇。《文选》之《辨命论》注引《古史考》云："伯夷、叔齐……隐于首阳山，采薇而食之。野有妇人谓之曰：'子义不食周粟，此亦周之草木也。'"祐，一本作"佑"，可从。鹿何佑，《列士传》云："二人遂不食薇，经七日，天遣白鹿乳之。"

[4] 回水，河水的弯曲处，即河曲，指首阳山所在。首阳山在河东的蒲坂，华山以北，河曲之中。北至，指伯夷、叔齐北到首阳山。《庄子·让王》："昔周之兴，有士二人，处于孤竹，曰伯夷叔齐，……北至于首阳之山，遂饿而死焉。"萃，聚，指伯夷兄弟相聚。这两句是说伯夷、叔齐北到回水，为什么兄弟乐意死在一起？

[5] 兄，指春秋时秦国君主秦景公。弟，指秦景公的弟弟鍼。噬犬，猛犬。这两句是说秦景公有噬犬，他的弟弟公子鍼为什么想要？

[6] 两，同"辆"。百辆，车数。禄，爵禄。谓秦景公不肯给其弟鍼噬犬，鍼用百辆车去换，秦景公仍然不肯，后鍼逃奔晋国，丧失了爵禄。《左传·昭公元年》："秦伯（秦景公）之弟鍼，出奔晋，其车千乘。"即这段历史史实。

薄暮雷电，归何忧[1]？

厥严不奉，帝何求[2]？
伏匿穴处，爰何云[3]？
荆勋作师，夫何长[4]？
悟过改更，我又何言[5]？

[1] 归何忧，王逸《楚辞章句》云：“屈原书壁所问略讫，日暮欲去，时天大雨雷电，思念复至，自解曰：‘归何忧乎？’”

[2] 严，威严。奉，尊奉，保持。帝，指天帝。帝何求，求天帝有什么用。《汉书·郊祀志》载，楚怀王曾“隆祭祀，事鬼神，欲以获福助，却秦师”。这两句是说楚王惑信谗佞，他的威严已不能保持，祈求天帝又有何用？

[3] 何云，说什么。这两句是说我已经被放流，隐藏在崖洞里，还能说什么呢？

[4] 荆，楚国。勋，“动”的错字。作师，起兵。荆动作师，楚国动辄兴兵打仗。据《史记·楚世家》记载，楚怀王受了张仪的欺骗之后，兴师伐秦，大败于丹阳。楚怀王大怒，再发全国之兵击秦，又大败于蓝田。这两句是说楚动不动就兴师与秦作战，国运怎么能长久呢？

[5] 据《史记·楚世家》记载，楚怀王在蓝田战败之后，八九年间和别的国家没有战争，即所谓“悟过改更”。

吴光争国，久余是胜[1]？
何环穿自闾社丘陵，爰出子文[2]？

[1] 吴光，吴公子光，即吴王阖庐。争国，指吴与楚相攻伐的事。吴王阖庐于楚昭王十年兴兵攻楚，“楚兵大败，走。于是吴王遂纵兵追之。比至郢，五战，楚五败。楚昭王亡出郢，奔郧。……而吴兵遂入郢”（见《史记·吴太伯世家》）。余，指楚。这两句是说吴王阖庐和我国相争，为什么老是战胜我们？

[2] 环穿，环绕穿过。闾，古代二十五家为一闾，也叫社。子文，即楚

国的令尹子文，楚成王的辅佐。这是写楚人门伯比在邧(yún云)，和邧的女子私通而生子文的事。《左传·宣公四年》："初，若敖娶于邧，生斗伯比。若敖卒，从其母畜于邧，淫于邧子之女，生子文焉。邧夫人使弃诸梦中(指云梦泽中)，虎乳之。邧子田，见之，惧而归，夫人以告(邧夫人把邧女私通伯比而生之子告诉邧子)。遂使收之。楚人谓乳穀(楚地叫乳哺为穀)，谓虎於菟(楚地叫虎为於菟)，故命之曰斗穀於菟，以其女妻伯比(谓邧子收养子文，并且正式把女儿嫁给伯比)，实为令尹子文。"这两句是说斗伯比环绕闾阎，穿越丘陵，和邧女私通，怎么能生出有令尹之才的子文呢？这是感伤怀王时没有这样的人才，而只有令尹子兰一类佞臣。

吾告堵敖以不长[1]。
何试上自予，忠名弥彰[2]？

[1] 吾，疑为"牾"的错字，即"忤"。堵敖，即楚文王之子熊囏(艰的古字)。文王死后，堵敖继位为楚王。堵敖弟熊恽杀堵敖自立，是为成王。牾堵敖，即指堵敖为成王所杀的事。以，因此。这句是说成王和堵敖相牾逆，堵敖因此不能长久。

[2] 试，当读作"弑"。上，指堵敖。予，疑为"干"的错字。王逸《楚辞章句》注此句云"自干忠直之名"，可证。自干，自干君位。成王弑堵敖而得忠名，《史记·楚世家》记载，恽弑囏，"布德施惠，结旧好于诸侯。使人献天子，天子赐胙曰：'镇尔南方夷越之乱，无侵中国。'于是楚地千里"。或即指此。这两句是说为什么熊恽杀君并夺取君位，反而获得显著的忠名？

九　章

对《九章》这个篇名的解释，历来有两种意见。一是王逸，认为《九章》是个专名词，意义是“章者，著也，明也，言己所陈忠信之道甚著明也”。二是朱熹，认为“屈原既放，思君念国，随事感触，辄形于声。后人辑之，得其九章，合为一卷，非必出于一时之言也”。把“章”看成是篇章，“九”是篇章的数目，是后人辑录起来的。朱熹的意见比较可取。司马迁在《屈原贾生列传》赞里说：“余读《离骚》、《天问》、《招魂》、《哀郢》，悲其志。”又《列传》录《怀沙》全文，称为《怀沙》之赋。《怀沙》、《哀郢》都以单独的篇名出现，并与《离骚》、《天问》、《招魂》等并列，可见《九章》的篇名是后人加的。西汉刘向在《九叹·忧苦》中说：“叹《离骚》以扬意兮，犹未殚于《九章》。”最早提出《九章》这个名词，同时他又是《楚辞》第一个编者，因此，《九章》之名可能就是他加上的。到东汉王逸，沿用了刘向的旧题，并加以解释，使《九章》之名固定下来。《九章》的内容和《离骚》大致相同，都是直接叙述作者的身世和遭遇，不同的是《离骚》是作者综合性的自叙传，《九章》则是更具体的片段的生活实录。

惜　诵[1]

惜诵以致愍兮[2]，发愤以抒情。
所作忠而言之兮[3]，指苍天以为正。
令五帝以树中兮[4]，戒六神与向服[5]。
俾山川以备御兮[6]，命咎繇使听直[7]。
竭忠诚以事君兮，反离群而赘肬[8]。
忘儇媚以背众兮[9]，待明君其知之。
言与行其可迹兮[10]，情与貌其不变[11]。
故相臣莫若君兮，所以证之不远[12]。
吾谊先君而后身兮[13]，羌众人之所仇。
专惟君而无他兮[14]，又众兆之所雠[15]。
壹心而不豫兮[16]，羌不可保也。
疾亲君而无他兮[17]，有招祸之道也[18]。

[1]《惜诵》应是屈原早年的作品，结构和内容很像《离骚》，可能是《离骚》的初稿。蒋骥也说："《惜诵》盖二十五篇之首也。"足证它的写作时间很早。惜，爱好。诵，谏议。喜好进谏。

[2]愍（mǐn敏），忧患。这句是说因为好谏而招致忧患。

[3]所，义同如、若。古人誓词前往往加一个"所"字，《左传·僖公二十四年》："所不与舅氏同心者，有如白水。"又《左传·文公十三年》："所不归尔帑者，有如河。"这句也是誓词，所以句首加"所"字。作，朱熹《楚辞集注》作"非"。这句是说如果说的话不忠实。

[4]五帝，五方的神，东方为太皞，南方为炎帝，西方为少昊，北方为颛顼，中央为黄帝。树，《史记·孔子世家》司马贞《索引》引作"折"，朱熹《楚辞集注》本、朱燮元本、大小雅堂本都作"折"。折中，公平判断。

[5]六神，说法不一，据朱熹说是日、月、星、水旱、四时、寒暑的神。

向，对。服，服罪之词，可解作罪状。向服，即对证有无罪状。这句是说告诉六神来对证自己有无罪状。

[6] 山川，指山川的神。御，侍。备御，陪审的意思。这句是说让山川之神来陪审。

[7] 咎繇，即皋陶，舜时的法官，传说是法律的创始者。听直，听取曲直。以上六句，都是指天发誓及誓词。

[8] 赘肬（yóu 尤），身上多余的肉瘤。这句是说反而被众人所排挤，看成是累赘。

[9] 忘，应是“亡”的误字，亡古代作“无”解。儇（xuān 喧），轻佻。媚，谄媚事人。这句是说自己没有谄媚之态，因而违背众人。

[10] 迹，脚印，引申为循实考核。这句是说自己的言行可以考察。

[11] 这句是说表里如一，毫无隐藏。

[12] 证，验证。这两句是说因为国君每日与臣子接近，臣子的言行如何，可以作为验证者，不必远求。

[13] 谊，同“义”，道理。这句是说我认为先要忠于君而后才考虑自己。

[14] 专惟君，专心为国君着想。

[15] 兆，百万为兆。众兆，大多数，这里指楚国那些谄佞之人。雠，同“仇”。一心为君的行为为群小所怨恨。按：朱熹《楚辞集注》本上两句“所仇”、“所雠”下面都有“也”字。与下文“羌不可保也”、“有招祸之道也”四“也”字连用，语气一贯。

[16] 不豫，不犹豫，不动摇。

[17] 疾，急切、极力。

[18] 有，通“又”。

思君其莫我忠兮，忽忘身之贱贫。
事君而不贰兮[1]，迷不知宠之门[2]。
忠何罪以遇罚兮？亦非余心之所志[3]；
行不群以巅越兮[4]，又众兆之所咍[5]。
纷逢尤以离谤兮[6]，謇不可释[7]；

情沉抑而不达兮[8],又蔽而莫之白。
心郁邑余侘傺兮[9],又莫察余之中情[10]。
固烦言不可结而诒兮[11],愿陈志而无路。
退静默而莫余知兮,进号呼又莫吾闻。
申侘傺之烦惑兮[12],中闷瞀之忳忳[13]。

[1] 不贰,专一。

[2] 宠之门,取宠的门路。

[3] 志,意料。

[4] 行不群,行为不同于群小。巅越,跌跤。

[5] 咍(hāi 咳),嗤笑,楚地方言。

[6] 逢尤,被责怪。离谤,遭诽谤。

[7] 謇,闻一多《楚辞校补》:“謇与蹇通,犹蹇产也。”蹇产,曲折纠缠。又“謇”下当有“而”字,“謇而不可释”与下文“蔽而莫之白”相对称。这句是说愁思萦绕郁结,无法解开。

[8] 沉抑,沉闷、压抑。这句是说心情沉闷而不能表达。

[9] 郁邑,愁闷。侘傺(chà chì 差翅),失意。

[10] “情”字与下句“路”字不叶韵,朱熹认为“当作善恶”。

[11] 结,义同“缄”。结诒,封寄。这句指有很多话想讲,但无法用书信表达诉说。

[12] 申,多次。烦惑,烦闷、迷惑。这句是说因为进退无门,所以烦惑加重。

[13] 闷瞀(mào 茂),心绪烦乱。忳忳,忧愁烦闷的样子。

昔余梦登天兮,魂中道而无杭[1]。
吾使厉神占之兮[2],曰:“有志极而无旁[3]。”
“终危独以离异兮[4]?”曰:“君可思而不可恃[5]。
故众口其铄金兮[6],初若是而逢殆[7]。
惩于羹者而吹韲兮[8],何不变此志也?

欲释阶而登天兮[9]，犹有曩之态也[10]。
众骇遽以离心兮[11]，又何以为此伴也[12]？
同极而异路兮[13]，又何以为此援也[14]？
晋申生之孝子兮[15]，父信谗而不好[16]。
行婞直而不豫兮[17]，鲧功用而不就[18]。”

[1] 杭，同“航”，渡船。这里借指扶梯。

[2] 厉，严正。厉神，正派的神。犹如《离骚》中的灵氛、巫咸，为人们占梦的灵巫。

[3] 曰，是厉神申述占词。志极，应是志趣。旁，辅助。这句是说有志向而没有人帮助。

[4] 危独，危险、孤独。这句是屈原诘问厉神的话，省略了句前的“曰”字，意思是难道我就这样危险孤独，而和楚王分开吗？

[5] 曰，此“曰”字以下至“鲧功用而不就”都是厉神对屈原诘问的回答。君，指楚王。恃，依靠。

[6] 铄（shuò 硕），熔化。众口铄金，极言谗言之可畏，以至于把金属都能熔化。

[7] 若是，如此，指忠言直行。殆，危险。这句是说刚要尽忠就遭到危险。

[8] 者，闻一多《楚辞校补》：“案当从一本删‘者’字。‘惩于羹而吹整兮’与‘欲释阶而登天兮’语意平列，皆七字为句。”惩，警戒。羹，滚汤。整（jī 缉），切成细末的菜，是冷食品。这句是说被滚汤烫过的人，吃整时也提防着要吹一口气。是吃一堑长一智的意思。

[9] 阶，梯子。释阶登天，即上文“中道无杭”。要接近楚王，但却不凭借这些群小。

[10] 曩（nǎng 攮），以往。

[11] 众，指群小。骇遽，惊惧。

[12] 这句是说他们又怎能视你为同道？

[13] 同极异路，屈原和群小同事一个国君，但采取的是忠奸两条不同的道路。

[14] 援，援引。这句是说道不同，又怎么能互相帮助呢？

[15] 申生，春秋时晋献公的太子，当时号称“孝子”。

[16] 信谗，献公听信后妻骊姬的谗言，把申生逼死。好，爱。

[17] 婞（xìng幸）直，刚直。

[18] 鲧（gǔn滚），禹的父亲。因为治水不成，被舜所杀。

吾闻作忠以造怨兮[1]，忽谓之过言[2]。
九折臂而成医兮[3]，吾至今而知其信然。
矰弋机而在上兮[4]，罻罗张而在下[5]。
设张辟以娱君兮[6]，愿侧身而无所[7]。
欲儃佪以干傺兮[8]，恐重患而离尤[9]。
欲高飞而远集兮，君罔谓汝何之[10]？
欲横奔而失路兮[11]，坚志而不忍。
背膺牉以交痛兮[12]，心郁结而纡轸[13]。
擣木兰以矫蕙兮[14]，糳申椒以为粮[15]。
播江离与滋菊兮[16]，愿春日以为糗芳[17]。
恐情质之不信兮[18]，故重著以自明[19]。
挢兹媚以私处兮[20]，愿曾思而远身[21]。

[1] 作忠，尽忠。造怨，造成人们的怨恨。

[2] 忽，忽略。过言，过分的言论，夸大的言辞。

[3] 九折臂而成医，是引用古语，《左传》有“三折肱知为良医”的话，与此意相同。意思是经验多了，可成良医。这里是比喻自己多次的经历证明忠直会遭祸害。

[4] 矰弋（zēng yì增易），带丝绳的两种短箭。机，指矰弋上的机栝，这里用作动词，安装。

[5] 罻（wèi尉）罗，捕鸟的两种网。张，张设。

[6] 张，捕鸟兽的罗网。辟，“繴”的假借字，一种捕鸟的工具（见《尔雅·释器》）。娱，古通“虞”，欺骗。这句是说群小设下圈套，以欺

骗国君。

[7] 侧身,犹“厕身”,置身其间。自己欲置身君王的身边以匡济之,却无容身之处。

[8] 儃(chán 蝉)佪,徘徊、逗留。干,求。傺,住、停留。这句是说自己想逗留以设法在朝廷站住脚跟。

[9] 重(chóng 虫)患,增加灾祸。离尤,遭受责难。

[10] 罔,诬。

[11] 横奔,乱跑。失路,不行正道。这里是比喻变节从俗。

[12] 膺,胸。牉(pàn 判),一物中分为二。这句是说似胸背分裂,而遍体剧痛。

[13] 纡轸(yū zhěn 迂诊),隐痛连心、抽掣着痛。

[14] 擣,切断。矫,糅。

[15] 糳(zuò 作),舂。

[16] 播、滋,都是栽种的意思。

[17] 糗(qiǔ),干粮。

[18] 情质,情实。信,义同“伸”。这句是说恐怕内心的真情无法自白。

[19] 重著,一再申说。

[20] 挢,举。媚,美好。私处,独处。这句是说拥有这种美好的品德而独处。

[21] 曾思,反复思量。远身,隐身远去。

涉　江[1]

余幼好此奇服兮[2],年既老而不衰。

带长铗之陆离兮[3],冠切云之崔嵬[4]。被明月兮珮宝璐[5]。

世溷浊而莫余知兮[6],吾方高驰而不顾[7]。

驾青虬兮骖白螭[8],吾与重华游兮瑶之圃[9]。

登昆仑兮食玉英[10],与天地兮同寿,与日月兮齐光。

[1] 本篇应是屈原晚年所作。内容写渡江而南，浮沅水西上，独处深山的过程，所以叫《涉江》。

[2] 奇服，借以比喻志行高洁，与众不同。

[3] 铗，剑。陆离，长的样子。

[4] 切云，冠名。崔嵬，高耸的样子。

[5] 明月，珠名，珠光晶莹，有如月光，故名。珮，一本作“佩”。宝璐，美玉名。

[6] 溷，同“混”。

[7] 方，将。高驰，远走高飞。

[8] 虬（qiú 求），有角的龙。螭（chī 吃），无角的龙。

[9] 重华，舜名。瑶之圃，产美玉的园地。应即指下句的昆仑，昆仑山以产玉闻名。在古代神话中，这产玉的地方，被认为是上帝的园圃。

[10] 玉英，玉的精华。

哀南夷之莫吾知兮[1]，旦余济乎江湘。
乘鄂渚而反顾兮[2]，欸秋冬之绪风[3]。
步余马兮山皋[4]，邸余车兮方林[5]。
乘舲船余上沅兮[6]，齐吴榜以击汰[7]。
船容与而不进兮，淹回水而疑滞[8]。
朝发枉陼兮[9]，夕宿辰阳[10]。
苟余心其端直兮，虽僻远之何伤！

[1] 夷，是当时中原地区统治阶级对中原以外的各族的泛称，含有轻视的意思。南夷，即南方人，指楚国的统治集团。

[2] 乘，升。鄂渚，《战国策·燕策》：“汉中之甲，轻舟出于巴，乘夏水下汉，四日而至五渚。”又《史记·苏秦列传》裴骃《集解》：“《战国策》曰：‘秦与荆人战，大破荆，袭郢，取洞庭、五渚。’然则五渚在洞庭。”又司马贞《索隐》：“按：五渚，五处洲渚也。”鄂渚应当就是邻

近洞庭的五渚之一，并非今天湖北的武昌。

[3] 欸(āi 哀)，叹息。绪风，余风。

[4] 山皋(gāo 高)，山边。闻一多《楚辞校补》："案此非乱词，不当于句中用兮字。二句疑当作'步余马于山皋兮，邸余车乎方林'。"

[5] 邸，停。方林，地名。

[6] 舲(líng 铃)船，有窗户的船。上沅，溯沅水而上。

[7] 齐，同时并举。吴，大。榜，桨。汰(tài 太)，水波。

[8] 淹，停留。回水，回旋的水。疑，同"凝"。凝滞，不进。

[9] 陼，即渚。枉渚，地名，在湖南常德市。《水经·沅水注》："沅水又东历小湾，谓之枉渚。"

[10] 辰阳，地名，在湖南辰溪县。《水经·沅水注》："沅水又东迳辰阳县南，东合辰水，……旧治在辰水之阳，故即名焉。《楚辞》所谓'夕宿辰阳'者也。"按：屈原是逆流西上，枉渚在辰阳之东，所以说"夕宿辰阳"。

入溆浦余儃佪兮[1]，迷不知吾所如[2]。
深林杳以冥冥兮，猿狖之所居。
山峻高以蔽日兮，下幽晦以多雨。
霰雪纷其无垠兮，云霏霏而承宇[3]。

[1] 溆浦，地名，在湖南溆浦县。溆水出大溆山，经溆浦西流入沅水。

[2] 如，往。

[3] 霏霏，盛多的样子。宇，屋檐。承宇，连接着屋檐。

哀吾生之无乐兮，幽独处乎山中。
吾不能变心而从俗兮，固将愁苦而终穷！
接舆髡首兮[1]，桑扈臝行[2]，
忠不必用兮，贤不必以[3]。
伍子逢殃兮[4]，比干菹醢[5]。

与前世而皆然兮[6]，吾又何怨乎今之人！
余将董道而不豫兮[7]，固将重昏而终身[8]！

[1] 接舆，人名，春秋时楚国的隐士，即《论语》所说的“楚狂”，和孔丘同时。髡（kūn 坤），剃发，古代的一种刑罚。据朱熹《楚辞集注》说是“被发佯狂，后乃自髡”。

[2] 桑扈，人名，古代隐士。即《庄子・大宗师》中所说的“子桑户”。臝（luǒ 裸），裸体。桑扈穷得没有饭吃，穿不上衣服，所以裸体而行。是一种愤世嫉俗的态度。

[3] 以，“用”的意思。

[4] 伍子，即伍员，字子胥，吴国大将，曾劝吴王夫差灭越，夫差不听，并逼他自杀。

[5] 比干，殷纣王的贤臣。菹醢（zū hǎi 租海），剁成肉酱。古代的一种酷刑。比干向纣王进谏，被纣王所杀，把他剁成肉酱。以上六句举了四个事例，说明两种情况。一种是接舆、桑扈，他们与统治阶级采取消极不合作的态度，退隐山林；一种是伍员、比干，他们对统治者采取积极进谏的态度，结果遭杀身之祸。这都证明“忠不必用，贤不必以”。

[6] 与，读作“举”，全的意思。这句是说整个前代都是如此。

[7] 董道，正道。豫，犹豫。

[8] 昏，疑当作“愍”，声之误也。重昏，接二连三地遭受忧患。

乱曰：鸾鸟凤皇，日以远兮[1]。
燕雀乌鹊，巢堂坛兮[2]。
露申辛夷，死林薄兮[3]。
腥臊并御，芳不得薄兮[4]。
阴阳易位，时不当兮。
怀信侘傺，忽乎吾将行兮[5]！

[1] 这两句比喻贤人远离朝廷。

[2] 坛，楚地方言称中庭为坛。两句比喻群小盘踞朝廷。

[3] 露申，即瑞香花，《湘阴县图志》："露申，瑞香。"《庐山记》："一比丘昼寝，闻花香酷烈，觉求得之，因名睡香。人以为瑞应，名瑞香。"辛夷，香木名。北方叫木笔，南方叫望春。林薄，丛林。两句用香花异草枯死丛林比喻贤人穷困死于山野。

[4] 御，进用。薄，靠近。两句比喻群小都被进用，贤者却被斥逐。

[5] 怀信，抱着忠诚的信念。忽，飘忽。这两句是说自己怀忠信之志而不为众所容，因此飘忽将远去他方。

哀　郢[1]

皇天之不纯命兮[2]，何百姓之震愆[3]？
民离散而相失兮，方仲春而东迁。
去故乡而就远兮，遵江夏以流亡[4]。
出国门而轸怀兮[5]，甲之朝吾以行[6]。
发郢都而去闾兮[7]，荒忽其焉极[8]？
楫齐扬以容与兮[9]，哀见君而不再得。
望长楸而太息兮[10]，涕淫淫其若霰。
过夏首而西浮兮[11]，顾龙门而不见[12]。
心婵媛而伤怀兮[13]，眇不知其所蹠[14]。
顺风波以从流兮，焉洋洋而为客[15]。
凌阳侯之氾滥兮[16]，忽翱翔之焉薄[17]？
心絓结而不解兮[18]，思蹇产而不释[19]。
将运舟而下浮兮，上洞庭而下江。
去终古之所居兮[20]，今逍遥而来东。

[1]《哀郢》，洪兴祖《楚辞补注》说："此章言已虽被放，心在楚国（指郢

都），徘徊而不忍去，蔽于谗谄，思见君而不得，故太史公读《哀郢》而悲其志也。”这是十分确切的说法。至于王夫之《楚辞通释》等认为指秦将白起破郢，与作品内容不符，都不可取。郢（yǐng 影），在今天湖北省江陵县西北的郢县故城，楚平王熊居所都。作者写这篇赋时，距离他被迫出都大约已经九年，估计应当在顷襄王时代。哀郢，就是悼念楚国，其中包蕴着自己遭谗被贬的伤感，对人民痛苦的同情。

[2] 纯，常。不纯命，指天命不常，祸福难测。

[3] 百姓，这个词先秦时代的含义是“百官”，指贵族、官僚集团。震，震惊。愆（qiān 牵），丧失。这句是说为什么使得“百姓”震惊失所？

[4] 遵，沿着。江夏，长江和夏水（古代夏水从石首到汉阳）中间的狭长地带，称江夏。以，义同而，连词。

[5] 国门，即都城之门。轸（zhěn 诊），痛。轸怀，痛心。

[6] 甲之朝，古代用“干支”记日，甲之朝即甲日那天早晨。

[7] 闾，里门，这里指故乡、家园。

[8] 朱熹《楚辞集注》本“荒”前有“怊”字，可从。怊（chāo 超），忧愁。荒忽，同“恍惚”，惆怅失意的样子。焉极，哪里到头。这句是说心情愁闷惆怅，要流浪到哪儿才算到头呢？

[9] 楫，船桨。齐扬，并举。

[10] 楸，一种落叶乔木，常植于道路两边。

[11] 夏首，应指江陵东南二十五里之夏水口（即今天湖北省沙市）。见《说文》水部段注。西浮，掉转船头，向西漂泊。

[12] 龙门，郢都的东城门。

[13] 婵媛，情思牵萦。

[14] 眇，辽远。所蹠（zhí 直），停脚的地方。

[15] 焉，承接词，有从此、于是的意思。洋洋，漂泊不定的样子。

[16] 阳侯，指大水的波浪。古代神话传说，陵阳国的诸侯被水淹死，魂灵化为波浪之神，因此阳侯便成大波浪的代称。

[17] 忽，古通“物”，远。翱翔，指船在水上漂流。薄，迫近，指靠岸。

[18] 絓（guà 卦）结，打了结子、起了疙瘩。

[19] 思，思绪。蹇（jiǎn 简）产，曲折纠缠。

[20] 终古，年代久远。据《史记·楚世家》记载，楚国自公元前六八九年文王熊赀迁居旧郢，公元前五二八年平王熊居迁居新郢，到屈原生世，已经分别有三百四十多年和一百八十多年的历史。

羌灵魂之欲归兮，何须臾而忘反。
背夏浦而西思兮[1]，哀故都之日远。
登大坟以远望兮[2]，聊以舒吾忧心。
哀州土之平乐兮[3]，悲江介之遗风[4]。
当陵阳之焉至兮[5]，淼南渡之焉如[6]？
曾不知夏之为丘兮[7]，孰两东门之可芜[8]？
心不怡之长久兮[9]，忧与愁其相接。
惟郢路之辽远兮，江与夏之不可涉[10]。
忽若去不信兮[11]，至今九年而不复[12]。
惨郁郁而不通兮，蹇侘傺而含感[13]。

[1] 夏浦，即夏首。西思，指西思郢都。这句是说背向夏首，心想郢都。

[2] 坟，水边的高地或堤防。

[3] 州土，指楚国国土。平乐，和平康乐。王逸《楚辞章句》：“闵惜乡邑之饶富也。”国土康乐富饶，但为战乱破坏，所以可哀。

[4] 江介，即江间，长江两岸。遗风，古代遗留下来的好风俗。朱熹《楚辞集注》：“谓故家遗俗之善也。”这可能是指楚国“筚路褴缕，以启山林”的勤苦创业的好风俗。这种风尚，被楚国贵族集团骄奢淫佚的行径破坏了，所以可悲。

[5]“当陵阳”句，这句比较难解。有的注家认为是地名，在今安徽之青阳与石埭之间。意思是面对陵阳到哪里去呢？

[6] 淼（miǎo 秒），烟波浩渺，一望无际。

[7] 夏，同“厦”，大屋。丘，丘墟。王逸《楚辞章句》：“怀王信用谗佞，

国将危亡,曾不知其所居宫殿当为墟也。”

[8] 两东门,楚文王的旧郢和楚平王的新郢都有东门,所以说两东门。王逸《楚辞章句》:“言郢城两东门非先王所作邪?何可使逋(荒)废而无路?”以上两句暗示国破家亡的景象就在目前。

[9] 不怡,不愉快。

[10] 江与夏,长江和夏水。不可涉,暗喻政治上的障碍,而不是自然地理上的障碍。

[11] 忽若,忽然。去,指被流放。一本无“去”字。不信,不被任用。这是追述九年前初被贬时的情况。

[12] 九年不复,估计当跨怀王、襄王两朝。和郢都阔别,一连九年都没有回去的机会。可见《哀郢》的写作,远在白起破郢之前(白起破郢在顷襄王二十一年),二者毫无关系。

[13] 蹇,跛足,引申为困顿不顺利。慼(qī 漆),忧。困顿失望而满怀忧伤。

外承欢之汋约兮[1],谌荏弱而难持[2]。
忠湛湛而愿进兮[3],妒被离而鄣之[4]。
尧舜之抗行兮[5],瞭杳杳而薄天[6]。
众谗人之嫉妒兮,被以不慈之伪名[7]。
憎愠惀之修美兮[8],好夫人之忼慨[9]。
众踥蹀而日进兮[10],美超远而逾迈[11]。

[1] 承欢,逢迎谄媚。外承欢,指对外(秦)讨好谄媚。汋(zhuó 酌)约,和“绰约”、“淖约”义并同。《史记·屈原贾生列传》:“怀王以不知忠臣之分,故内惑于郑袖,外欺于张仪,疏屈平而信上官大夫、令尹子兰,兵挫地削,亡其六郡,身客死于秦,为天下笑,此不知人之祸也。”

[2] 谌(chén 沉),诚然、确实。荏(rěn 忍)弱,软弱。持,一本作“恃”,依靠。这句是说国势确已孱弱而难以维持。

[3] 湛(zhàn 战)湛,厚重。愿进,希望进用。这句是说忠诚厚重之臣

亟欲进用。

[4] 被离，与“披离”同义，挑拨离间。鄣，义同“障”，蔽塞。这句是说嫉妒者挑拨离间，从中阻隔。

[5] 抗，通“亢”，高尚。抗行，高尚的德行。

[6] 瞭，眼光明亮，指能分辨是非善恶。杳，遥远。薄，迫近。这句是说尧舜德行高尚，光明远烛，上与天齐。

[7] 被，横加。尧认为自己的儿子丹朱不好，便把帝位传给舜。舜认为自己的儿子商均不好，便把帝位传给禹。这本来是原始氏族社会的普遍现象，但在后世宗法观念很深的奴隶主阶级看来，却是大逆不道，认为尧舜不慈爱自己的儿子，把“不慈”的罪名加在尧舜身上。《庄子·盗跖》即说：“尧不慈，舜不孝，……皆以利惑其真，而强反其情性，其行乃甚可羞也。”又《吕氏春秋·当务》说：“以为尧有不慈之名，舜有不孝之行，……世皆誉之，人皆讳之，惑也。”这句的意思是，像尧舜德行这样高尚的人，还遭受毁谤，足见谗人之惯于颠倒是非。

[8] 愠（wěn 稳）惀，忠诚的样子。修美，美好。这句是说楚王憎恨忠诚美好的人。

[9] 夫，彼、那些。忼慨，指言词激烈，能说会道。这句是说喜爱那些夸夸其谈、能说会道的人。

[10] 众，指群小。踥蹀（qiè dié 切蝶），迈着小步快走的样子，卑贱相。日进，越来越被提拔。

[11] 美，与上句“众”对举，指忠直的人。超，和“远”同义。这句是说忠直之士，颠沛流离，更向远方。以上八句都是《九辩》原文的窜入，应当删去。

乱曰：曼余目以流观兮[1]，冀壹反之何时[2]？
鸟飞反故乡兮，狐死必首丘[3]。
信非吾罪而弃逐兮，何日夜而忘之？

[1] 曼，遥远。流观，巡视。这句是说放眼向远方巡视。

[2] 壹反，指回郢都一次。

[3] 首，用作动词，头朝的方向。首丘，头向山丘。《礼记·檀弓》："狐死正丘首。"

抽　思[1]

心郁郁之忧思兮，独永叹乎增伤[2]。
思蹇产之不释兮，曼遭夜之方长[3]。
悲秋风之动容兮[4]，何回极之浮浮[5]。
数惟荪之多怒兮[6]，伤余心之忧忧[7]。
愿摇起而横奔兮[8]，览民尤以自镇[9]。
结微情以陈词兮[10]，矫以遗夫美人[11]。

[1]《抽思》，采用篇中《少歌》首句"抽怨"的意思。把内心蕴藏的愁绪一一抽绎出来。篇中说："有鸟自南兮，来集汉北。"可见是屈原已离开郢都，到汉北写的。蒋骥认为作于怀王时代，他的《山带阁注楚辞》说："原于怀王，受知有素。其来汉北，或亦谪宦于斯，非顷襄弃逐江南比。"这里所谓"谪宦"，即司马迁所谓的"放流"，与后来的"弃逐"或"放逐"不同。

[2] 永叹，长叹。乎，《文选》司马相如《长门赋》注引作"而"。

[3] 曼，长。这句是说忧思睡不着，又遇上漫漫长夜。

[4] 秋风动容，谓秋风一起，草木摇落而变色。

[5] 回，林云铭《楚辞灯》认为是"四"字之误，四极，即四方的边极。浮浮，空气浮动的样子。

[6] 数惟，屡次想起。荪，香草，比喻怀王。多怒，钱澄之《庄屈合诂》："《史记》称，王怒而疏原，又载其击秦失利，皆以怒而败，固知王之善怒也。"

[7] 忧忧，悲痛的样子。

[8] 摇起，《方言》："摇，疾也。"王念孙《读书杂志》："摇起，疾起也。'疾起'与'横奔'文正相对。"

[9] 尤，灾难。镇，止。这两句是说本来想迅速离开这里，但看到人民的灾难，又镇定下来。

[10] 结，集结。微情，谦词，犹言下情或私衷。陈词，指作《抽思》赋。这句是说写这篇赋以诉衷情。

[11] 矫，举起、奉上。遗(wèi 卫)，赠送。美人，指怀王。

昔君与我诚言兮[1]，曰："黄昏以为期[2]。"
羌中道而回畔兮[3]，反既有此他志。
㤭吾以其美好兮[4]，览余以其修姱[5]；
与余言而不信兮，盖为余而造怒[6]。
愿承间而自察兮[7]，心震悼而不敢；
悲夷犹而冀进兮[8]，心怛伤之憺憺[9]。
兹历情以陈辞兮[10]，荪详聋而不闻[11]；
固切人之不媚兮[12]，众果以我为患。
初吾所陈之耿著兮[13]，岂至今其庸亡[14]？
何独乐斯之謇謇兮[15]，愿荪美之可完[16]。
望三五以为象兮[17]，指彭咸以为仪[18]。
夫何极而不至兮[19]，故远闻而难亏[20]。
善不由外来兮，名不可以虚作。
孰无施而有报兮，孰不实而有获？

[1] 诚言，朱熹《楚辞集注》本作"成言"，可从。即《离骚》"初既与余成言兮"之意。

[2] 曰，是楚王说。黄昏，借喻晚节。期，约。说信任我直到老死。

[3] 回畔，背叛、翻悔。

[4] 㤭(jiāo 骄)，同"骄"。

[5] 览，炫示。

[6] 盖，同"盍"，为何、何故。造怒，有意找岔子来生怒。

[7] 承间，趁空闲的机会。自察，自己解说明白。

[8] 夷犹，即犹豫。冀进，希望进见。

[9] 怛(dá 答)，忧伤。憺，古通“惔”，焚烧。《诗经·小雅·节南山》：“忧心如惔。”

[10] 兹历情，一本作“历兹情”，可从。历，列举。

[11] 荪，指怀王。详，同“佯”，假装。

[12] 切人，正直恳切的人。不媚，不会谄媚。

[13] 耿著，明白。

[14] 庸，犹乃。亡，通忘。

[15] 謇(jiǎn 俭)謇，忠言直谏。

[16] 完，失韵，一本作“光”，可从。

[17] 三五，指三王五霸。三王，即夏禹、商汤、周文王。五霸，即齐桓公、晋文公、秦穆公、宋襄公、楚庄王。象，榜样。

[18] 仪，法则。

[19] 极，极终的目的。这句是说哪有什么目标会达不到的。

[20] 远闻，远播的名声。这句是说声名远播，长久不灭。

少歌曰[1]：与美人之抽怨兮[2]，并日夜而无正[3]。
憍吾以其美好兮，敖朕辞而不听[4]。

[1] 少歌，即《荀子·赋篇》“佹诗”中“其小歌曰”之“小歌”，乐章音节的名。杨倞注：“总论前意也。”

[2] 美人，指楚王。抽怨，朱熹《楚辞集注》本作“抽思”，可从。

[3] 并日夜，从白天到黑夜。无正，没有人证明。这句是说自己对楚王的忠心旦暮如一，却无法得到佐证。

[4] 敖，同“傲”。朕辞，我的话。这句是说傲慢而不听我的话。

倡曰[1]：有鸟自南兮[2]，来集汉北[3]。
好姱佳丽兮[4]，牉独处此异域[5]。
既惸独而不群兮[6]，又无良媒在其侧[7]。

道卓远而日忘兮[8]，愿自申而不得[9]。
望北山而流涕兮[10]，临流水而太息。
望孟夏之短夜兮[11]，何晦明之若岁[12]！
惟郢路之辽远兮，魂一夕而九逝[13]。
曾不知路之曲直兮，南指月与列星。
愿径逝而未得兮[14]，魂识路之营营[15]。
何灵魂之信直兮[16]，人之心不与吾心同！
理弱而媒不通兮[17]，尚不知余之从容[18]。

[1] 倡，同"唱"，也是乐章音节的名。

[2] 鸟，屈原自喻。南，指郢都。

[3] 汉北，汉水之北，屈原初次被迁谪的地方。

[4] 好姱佳丽，这四个形容词，都是形容鸟的。

[5] 牉(pàn 判)，分离。

[6] 惸(qióng 琼)，孤独无依靠。

[7] 其侧，指楚王身边。这句是说楚王左右又没有替他说好话的人。

[8] 卓远，遥远。这句是说道路遥远，楚王越来越忘掉了自己。

[9] 自申，自己申述。

[10] 北山，据戴震《屈原赋通释》："郢，《说文》云：'故楚都，在南郡江陵北十里。'杜元凯注《左氏春秋》云：'今南郡江陵县北纪南城是。'江陵今属湖北荆州府，故江陵城，即府治县附郭也。《水经注·江水篇》云：'楚船官地也，春秋之渚宫矣。'渚宫在今城内西隅，城北十里便得纪山，故以纪郢名城，又有纪郢之称也。"按：北山当即郢都附近的纪山。

[11] 望，希望。孟夏，四月为孟夏。前面说"秋风动容"，这里说"孟夏短夜"，时间上有矛盾。其实这是希望的话，希望秋天的漫漫长夜，能像孟夏之夜那样短促。

[12] 晦，黑夜。明，天亮。由晦到明是一夜。晦明若岁，即一夜长似一年。

[13] 九，极数，言其多。

[14] 径逝，直接去。

[15] 营营，往来不绝的样子。这句是说为辨识道路灵魂往来不停。

[16] 信，诚。这句是说为什么我的灵魂这样忠诚正直。

[17] 理，使者。

[18] 从容，举止行动。这两句是说他们还不知道我的举止行为，怎么能为我进言呢！

乱曰：长濑湍流[1]，泝江潭兮[2]。
狂顾南行[3]，聊以娱心兮。
轸石崴嵬[4]，蹇吾愿兮[5]。
超回志度[6]，行隐进兮[7]。
低佪夷犹，宿北姑兮[8]。
烦冤瞀容[9]，实沛徂兮[10]。
愁叹苦神[11]，灵遥思兮。
路远处幽，又无行媒兮。
道思作颂[12]，聊以自救兮[13]；
忧心不遂[14]，斯言谁告兮！

[1] 濑，浅滩。湍，急流。

[2] 泝（sù 诉），逆流而上。江潭，郭沫若《屈原赋今译》认为应是沧浪江，他说："屈原初被放逐处是在汉水北部。《抽思》云'有鸟自南兮，来集汉北'，又《思美人》云'指嶓冢之西隈兮，与纁黄以为期'，即其证。《尚书·禹贡》：'嶓冢导漾，东流为汉，又东为沧浪之水。'"这句是说我溯着沧浪江而上。

[3] 狂，郭沫若《屈原赋今译》："'狂'当是'枉'字之误。"枉顾，即回顾。南行，指往南方的道路。

[4] 轸石，方石。崴（wēi 隈）嵬，与"崔嵬"同，高耸不平的样子。

[5] 蹇，阻碍。

[6] 超回，即迟回、徘徊。志度，即踖踱，亦作踌躇、踌躇、踟蹰。

[7] 进，郭沫若《屈原赋今译》："'进'字与上'蹇吾愿兮'失韵，义亦难通，当为'难'字之误无疑。"行隐难，即进退两难。

[8] 北姑，地名，具体地点不可考。

[9] 烦冤，心情烦乱忧伤。瞀(mào 茂)容，当作"瞀闷"，心神不安。

[10] 实，是。沛徂，颠沛奔走。

[11] 神，读作"呻"，呻吟。

[12] 道思，述志，蒋骥《山带阁注楚辞》："述其心也。"作颂，即作歌。这句是说作歌以抒情。

[13] 救，解。

[14] 遂，达。这句是说忧郁的内心不能表达。

怀　沙[1]

滔滔孟夏兮[2]，草木莽莽。
伤怀永哀兮，汩徂南土[3]。
眴兮杳杳[4]，孔静幽默[5]。
郁结纡轸兮[6]，离慜而长鞠[7]。
抚情效志兮[8]，冤屈而自抑[9]。

[1]《怀沙》是抱着沙石自沉的绝命词，《史记・屈原贾生列传》："乃作《怀沙》之赋，……于是怀石遂自沉汨罗以死。"司马迁的年代离屈原不远，他的记载比较可信。又朱熹《楚辞集注》："言怀抱沙石以自沉也。"篇中所流露的情绪，完全是一个即将死亡者的声音。

[2] 滔滔，《史记》引作"陶陶"，和暖貌。一说"滔"字也作"慆"，悠久，《诗经・豳风・东山》："滔滔不归。"孟夏，旧历四月。

[3] 汩(yù 遇)，疾速。徂，往、去。这句是说急速地走向南方。

[4] 眴(shùn 顺)，同瞬，看。杳杳，深暗幽远的样子。

[5] 孔，甚、很。幽默，静寂。

[6] 这句是说心里因忧思郁积而深为痛苦。

[7] 愍(mǐn 敏),同“愍”,忧患。鞠,窘困。这句是说身遭忧患而长期窘困。

[8] 抚,循、按。效,考核。这句犹言扪心自问。

[9] 自抑,强自按捺。

刓方以为圜兮[1],常度未替[2]。
易初本迪兮[3],君子所鄙。
章画志墨兮[4],前图未改[5];
内厚质正兮[6],大人所盛[7]。
巧倕不斲兮[8],孰察其拨正[9]。
玄文处幽兮[10],矇瞍谓之不章[11];
离娄微睇兮[12],瞽以为无明。
变白以为黑兮,倒上以为下。
凤皇在笯兮[13],鸡鹜翔舞[14]。
同糅玉石兮,一概而相量[15]。
夫惟党人之鄙固兮[16],羌不知余之所臧[17]。

[1] 刓(wán 完),刻、削。圜,同“圆”。欲削方木以为圆形,意谓变节从俗。

[2] 度,法。替,废。这句是说合理的法则不变。意谓本性难改。

[3] 易,改变。初,初志。本,闻一多《楚辞校补》:“本,疑当作‘卞’,‘卞’、‘变’古通。”迪,道路(见《说文》)。本迪,即变道,和“易初”对举成文。这句是说改变初志和本意。

[4] 章,明。画,规划。志,《史记》引作“职”,是“识”的假借字。墨,工匠画线用的绳墨。这句是说按照规划绳墨去做。

[5] 图,法。前图,前人的法度。

[6]《史记》引作“内直质重”,即心志正直、品质厚重。

[7] 大人,指所谓贤人君子。盛,赞美。

[8] 倕(chuí 垂),相传是尧时的巧匠。斲(zhuó 斫),用刀斧砍削。这

句是说即使有巧匠如倕,却不让他持刀斧砍削。

[9] 拨,弯曲。

[10] 玄文,黑色的花纹。处幽,处在幽暗的地方。

[11] 矇,有眼珠而看不见叫矇。瞍(sǒu 叟),没有眼珠叫瞍。矇瞍,瞎子的总称。

[12] 离娄,也叫离朱,古代传说中的人名。据说他的视力很强,能于百步之外,见秋毫之末。睇(dì 弟),斜视、流盼。微睇,能看到极细微的东西。

[13] 笯(nú 奴),竹笼。

[14] 鹜(wù 误),鸭子。

[15] 概,古代量米麦等用以刮平斗斛的丁字形木器。一概相量,等量齐观、同等看待。

[16] 鄙固,鄙陋、顽固。

[17] 臧,好。一说臧同“藏”,抱负。

任重载盛兮[1],陷滞而不济[2];
怀瑾握瑜兮[3],穷不知所示[4]。
邑犬之群吠兮[5],吠所怪也;
非俊疑杰兮[6],固庸态也[7]。
文质疏内兮[8],众不知余之异采。
材朴委积兮[9],莫知余之所有[10]。
重仁袭义兮[11],谨厚以为丰[12]。
重华不可遌兮[13],孰知余之从容[14]!
古固有不并兮[15],岂知其故也!
汤禹久远兮,邈不可慕也[16]。
惩连改忿兮[17],抑心而自强。
离慜而不迁兮,愿志之有象[18]。
进路北次兮[19],日昧昧其将暮;

舒忧娱哀兮[20]，限之以大故[21]。

[1] 盛，多。这句是说自己才力很高，所能担任者重，所能容纳者多。

[2] 不济，不成、不被利用。这句是说然而埋没沉滞不能成就自己的志愿。

[3] 怀、握，在衣叫怀，在手叫握。瑾、瑜，都是美玉。这里借喻自己有纯洁优美的品德才能。

[4] 穷，穷困。示，告示、给人看。这句是说却不知如何向人显示。

[5] 邑，古时称国为邑。

[6] 非，诽谤。疑，猜忌。俊杰，豪杰。

[7] 庸态，庸人的常态。这两句是说诽谤猜忌俊杰，本来是庸人之常态。

[8] 文，表面的花纹。质，内在的实质。内，读作"讷"，木讷、朴实无华。文质疏内，应是"文疏质讷"，即外表粗疏，内心却刚毅倔强。

[9] 材，有用的木料。朴，木皮。委积，堆积。这句是说有用的木料和无用的树皮堆积在一起。

[10] 所有，指具有的才能。

[11] 重，重复。袭，重叠。这句是说我仁而又仁，义而又义。

[12] 谨厚，谨慎、忠厚。这句是说又加之以谨慎忠厚。

[13] 重华，舜的名。遌(è厄)，遇到。

[14] 这句是说谁能知道我的雍容气度。

[15] 不并，不并世而生。指古代圣贤不能同时出现。

[16] 邈，远。慕，依恋思念。

[17] 惩连，《史记》引作"惩违"，可从。王念孙《读书杂志》："连，当从《史记》作'违'，'违'与'愇'同。《广雅·释诂》四：'愇，恨也。'"惩，止。惩愇，即止恨，与"改忿"对文。

[18] 象，法则，愿自己的志行能为后人效法。

[19] 次，停留、住宿。

[20] 舒忧，暂舒忧愁。娱哀，稍快悲怀。指作《怀沙》之赋。

[21] 限，规定的日子、期限。大故，指死亡。这句是说拼着一死而已。

乱曰：浩浩沅湘，分流汩兮[1]。
修路幽蔽，道远忽兮[2]。
怀质抱情[3]，独无匹兮[4]。
伯乐既没[5]，骥焉程兮[6]！
万民之生，各有所错兮[7]。
定心广志，余何畏惧兮。
曾伤爰哀[8]，永叹喟兮。
世溷浊莫吾知，人心不可谓兮[9]。
知死不可让，愿勿爱兮。
明告君子[10]，吾将以为类兮[11]。

[1] 分，洪兴祖《楚辞补注》本作“汾”，汾读作“湓”，《前汉书·沟洫志》颜师古注：“湓，踊也。”水汹涌的样子。汩（gǔ 骨），水流快的样子。这句是说翻波涌浪地疾流。

[2] 忽，荒忽，形容道远。《史记》于“道远忽兮”以下有“曾吟恒悲兮，永叹慨兮。世既莫吾知兮，人心不可谓兮”四句。

[3] 怀质抱情，即“怀瑾握瑜”。质，指品质。情，指思想。这句是说自己抱忠信之情，怀敦厚之质。

[4] 匹，朱熹《楚辞集注》：“匹，当为‘正’字之误也。”正与下文“程”叶韵，证明。

[5] 伯乐，即春秋时受到秦缪公赏识的孙阳，以善相马著名。

[6] 程，考核、衡量。

[7] 错，同“措”，安排。

[8] 曾，通“层”，重叠。爰，古通“咺”，哀而不止。

[9] 谓，说。两句意思是我的思想和别人不同，同他们没有什么可说的。朱熹《楚辞集注》：“按此四句，若依《史记》移著上文‘怀质抱情’之上，而以下章‘死不可让，愿勿爱兮’承‘余何畏惧’之下，文意尤通贯。”可从。

[10] 明告，公开告诉。君子，指彭咸。

[11] 类，榜样。

思美人[1]

思美人兮，擥涕而竚眙[2]。
媒绝路阻兮，言不可结诒[3]。
蹇蹇之烦冤兮[4]，陷滞而不发[5]。
申旦以舒中情兮[6]，志沈菀而莫达[7]。
愿寄言于浮云兮，遇丰隆而不将[8]。
因归鸟而致辞兮[9]，羌迅高而难当[10]。

[1] 这篇赋也是屈原在怀王时谪居汉北所作，是继《抽思》之后，进一步发挥《抽思》主旨的作品。《抽思》开篇要"陈词美人"，篇末云"斯言谁告"；本篇首言"舒情莫达"，终云"效彭咸死谏"；在思想上完全是相承的。以篇首"思美人"名篇，美人，指楚怀王，是屈原怀念怀王，希望他幡然改悟，发愤图强。

[2] 擥，同"揽"，收。擥涕，揩干眼泪。竚，久立。眙（chì 翅），瞪眼直视。竚眙，久立呆望。

[3] 结，缄，指写信。诒，赠。

[4] 蹇蹇，忠言直谏。这句是说一片忠心却引起无限的烦冤。

[5] 不发，不能振作。这句是说好像陷入泥坑而不能自拔。

[6] 申，重复、一再。申旦，天天。

[7] 菀（yù 郁），郁结、积滞。沈菀，沉闷而郁结。这句是说情思郁闷而不能上达。

[8] 丰隆，云神。将，送。

[9] 因，凭、依。归鸟，指鸿雁。这句是说托鸿雁为我传书。

[10] 迅高，指鸟飞得又快又高。当，值、遇。

高辛之灵盛兮[1]，遭玄鸟而致诒[2]。

欲变节以从俗兮，媿易初而屈志[3]。
独历年而离愍兮，羌冯心犹未化[4]。
宁隐闵而寿考兮[5]，何变易之可为！
知前辙之不遂兮[6]，未改此度。
车既覆而马颠兮，蹇独怀此异路[7]。
勒骐骥而更驾兮，造父为我操之[8]。
迁逡次而勿驱兮[9]，聊假日以须时[10]。
指嶓冢之西隈兮[11]，与纁黄以为期[12]。

[1] 高辛，高辛氏，传说古代部族首领帝喾（kù 库）的号。灵盛，神灵。《史记·五帝本纪》：“帝喾高辛者，黄帝之曾孙也。……生而神灵，自言其名。”

[2] 玄鸟，即燕子。致诒，犹言致赠。传说帝喾妃简狄因吞食燕卵而生契。

[3] 媿，同“愧”。易初，改变初衷。屈志，委屈自己的本志。

[4] 羌，发语辞。冯，同“凭”。凭心，愤懑的心情。未化，未消。

[5] 隐，隐忍。闵，痛苦。寿考，年寿很高。这句是说宁可忍痛苦到老死。

[6] 辙，一本作“道”。不遂，不顺利、不通。这句是说我知道前面道路不通。

[7] 蹇，发语词。异路，与众人不同的道路。这句是说仍然坚持走与众不同的道路。

[8] 造父，周穆王时人，以善于驾车著名。

[9] 迁，延。逡次，逡巡、徘徊不进。勿驱，不要快跑。

[10] 假日，费些日子。须时，等候时机。

[11] 嶓（bō 玻）冢，山名，西汉水发源处，在今甘肃省天水和礼县之间。屈原当时在汉北，所以举汉水所出立说。隈（wēi 威），山边。

[12] 纁（xūn 勋），通“曛”，日落的余光。曛黄，黄昏。

开春发岁兮[1],白日出之悠悠。
吾将荡志而愉乐兮[2],遵江夏以娱忧[3]。
擥大薄之芳茝兮[4],搴长洲之宿莽[5]。
惜吾不及古人兮[6],吾谁与玩此芳草[7]?
解萹薄与杂菜兮[8],备以为交佩[9]。
佩缤纷以缭转兮[10],遂萎绝而离异[11]。
吾且儃佪以娱忧兮,观南人之变态[12]。
窃快在中心兮,扬厥凭而不竢[13]。
芳与泽其杂糅兮,羌芳华自中出[14]。
纷郁郁其远蒸兮[15],满内而外扬[16]。
情与质信可保兮[17],羌居蔽而闻章[18]。

[1] 开春发岁,春的开始,岁的发端。

[2] 荡志,排遣心情。

[3] 遵,循。江夏,长江和夏水。娱忧,消忧。这句是说循着江夏而行以消愁。蒋骥《山带阁注楚辞》:"江夏,在汉北之南,去郢为近,遵以娱忧,须时之意也。"

[4] 擥,采取。薄,林丛。芳茝,香芷。

[5] 搴,拔取。宿莽,冬生不死的草。

[6] 古人,应指古代的所谓贤明君主。不及古人,和古人生不同时。

[7] 玩,鉴赏。闻一多《楚辞校补》:"案'草'与上'莽'字不叶,《远游》、《哀时命》并云:'谁可与玩斯遗芳。'疑此亦本作'吾谁与玩斯遗芳'。"这句是说能同谁欣赏这些香草呢?意思是采集芳茝、宿莽,表示要为国家贡献自己的才能,但是楚王并不像古代的明君贤王,不能赏识自己的才能。

[8] 解,拔取。萹(biān边),萹蓄,也叫萹竹,一年生蓼科草本野生植物。萹薄,成丛的萹蓄。杂菜,恶菜。萹、菜都不是香草。

[9] 交佩,左右佩带。

[10] 缤纷,繁盛。缭转,环绕。

[11] 萎绝，枯死。离异，丢开。以上四句承“谁与玩此芳草”而反言之，意思是楚王不赏识芳草，却取恶草杂菜佩带满身，至其枯死而后已。

[12] 南人，指郢都的党人。变态，动态。

[13] 扬，弃。凭，愤懑。竢，等待，古音“矣”。这句是说我撇开心中的愤懑，不再等待。

[14] 华，同“花”。芬芳的花儿能卓然自见，不为腐臭所沾污。闻一多《楚辞校补》：“出字不入韵，疑此二句上或下脱二句。”

[15] 郁郁，香气浓烈。蒸，蒸发。这句是说花朵馥郁的香气必然远扬。

[16] 满内，内部充盈。外扬，向外散发。

[17] 情，思想。质，品质。信，真正、确实。保，保持。这句是说只要思想品质真正保持不变。

[18] 蔽，偏僻的地方。闻，声名。章，同“彰”，即明。这句是说虽然居住在幽僻的远方，声名却能到处传播。

令薜荔以为理兮[1]，惮举趾而缘木[2]。
因芙蓉而为媒兮[3]，惮蹇裳而濡足[4]。
登高吾不说兮[5]，入下吾不能。
固朕形之不服兮[6]，然容与而狐疑[7]。
广遂前画兮[8]，未改此度也。
命则处幽吾将罢兮[9]，愿及白日之未暮也[10]。
独茕茕而南行兮[11]，思彭咸之故也[12]。

[1] 理，媒人、介绍人。

[2] 举趾，抬脚。缘木，爬树。薜荔缘木而生，故须向树上寻求。

[3] 芙蓉，荷花。

[4] 蹇，读作“褰”(qiān 愆)，撩起衣裳。濡(rú 如)，沾湿。芙蓉生在水中，故欲寻求它做媒人，但又怕下水沾湿了脚。薜荔、芙蓉，比喻

在位的故友。以上四句申叙前文"媿易初而屈志"之意。

[5] 登高,指缘木。说,同"悦"。

[6] 朕,我。形,身体。服,习惯。

[7] 然,乃。容与,徘徊不进。这句是说乃徘徊犹豫以观望。

[8] 广遂,广泛地实现。前画,从前的谋划。指发愤图强等。

[9] 处幽,即"居蔽"之意,居住在偏僻的地方,指迁谪远行。罢(pí 皮),疲倦。

[10] 日暮,以喻人的生命将尽。这句希望于生命将结束之前,还能有所作为。

[11] 茕茕,孤单。

[12] 思,思慕。故,故迹。指彭咸谏君不听而自杀的事。屈原改变节操固然不肯,等待时机又等待不了,所以要效法彭咸之死谏,希望楚王或者能够醒悟。

惜往日[1]

惜往日之曾信兮[2],受命诏以昭时[3]。
奉先功以照下兮[4],明法度之嫌疑[5]。
国富强而法立兮,属贞臣而日娭[6]。
秘密事之载心兮[7],虽过失犹弗治[8]。
心纯庬而不泄兮[9],遭谗人而嫉之。
君含怒而待臣兮,不清澂其然否[10]。
蔽晦君之聪明兮,虚惑误又以欺[11]。
弗参验以考实兮[12],远迁臣而弗思[13]。
信谗谀之溷浊兮[14],盛气志而过之[15]。

[1] 这篇是屈原将死时的作品,应作于《怀沙》之前。篇名《惜往日》者,痛惜谗臣蔽君使自己的政治理想不能实现,申叙自己所以要死的苦衷,希望楚王终能醒悟。

[2] 曾信，曾经得到怀王的信任。

[3] 命诏，即诏令，国君对臣民所发布的号令。昭时，使时世清明。即辅助怀王治国。

[4] 奉，继承。先功，祖先的制度，或祖先的功业。照下，昭示下民。

[5] 明，明确。嫌疑，指法令含糊的地方。

[6] 属，付托。贞臣，屈原自称。娭，同“嬉”。这句是说国君把国家大事都托付给我，自己天天安乐无事。

[7] 秘密，即黾勉，一声之转，努力。载心，放在心里，有不辞劳苦的意思。这句是说自己努力政事，不道劳苦。

[8] 治，治罪。

[9] 纯庬，淳厚。不泄，指不泄露机密。屈原造为宪令，“属草稿未定，上官大夫见而欲夺之，屈平不与”（《史记·屈原贾生列传》）。

[10] 澂，同“澄”，即清。清澂，指弄清事实真相。然否，对与不对。

[11] 虚惑，把无说成有叫虚，把假说成真叫惑。误，误人。欺，欺骗。

[12] 参验，参校证验。考实，考察真相。

[13] 远迁，指迁谪到汉北。弗思，不加思考。

[14] 谗谀，谗佞阿谀的人们。溷浊，指混淆是非的谣言。

[15] 盛气志，大怒。过，责罚。

何贞臣之无罪兮，被离谤而见尤[1]？
惭光景之诚信兮[2]，身幽隐而备之[3]。
临沅湘之玄渊兮[4]，遂自忍而沈流。
卒没身而绝名兮，惜壅君之不昭[5]。
君无度而弗察兮[6]，使芳草为薮幽[7]。
焉舒情而抽信兮[8]，恬死亡而不聊[9]。
独鄣壅而蔽隐兮[10]，使贞臣为无由[11]。

[1] 离谤，遭毁谤。尤，责备。闻一多《楚辞校补》：“案《七谏·沉江》曰‘正臣端其操行兮，反离谤而见攘’，与此‘何贞臣之无辠兮，被

离谤而见尤'语意酷似。疑此文被为反之讹。反讹为皮,因改为被也。'反离谤而见尤'与《惜诵》'纷逢尤以离谤兮'语亦相仿。一本以'被离'义复而改离为讟,朱本从之,殆不可凭。"这句是说反而遭到诽谤而受责备。

[2] 惭,"恻怛"的合音,悲忧。光景,即光明。诚信,真实。这句是说自己蒙冤放流,看到光明也感到忧伤。

[3] 备,闻一多《楚辞校补》:"案'备'字无义,疑当为'避',声之误也。……避谓避光景,有惭于光景,故欲避之而隐身于玄渊之中也。"

[4] 玄渊,深渊。

[5] 壅君,被蒙蔽的国君。不昭,不明。

[6] 无度,没有标准。

[7] 芳草,借喻贤人。为,于。薮幽,大泽的深幽处。这句是说致使贤人隐没山林泽薮。

[8] 抽信,陈述一片忠诚。

[9] 恬死亡,安于死亡。不聊,不苟生。这句是说我宁肯死亡而不愿苟且偷生。

[10] 鄣壅,与"蔽隐"同义。鄣壅而蔽隐,重重障碍。

[11] 无由,无路自达。

闻百里之为虏兮[1],伊尹烹于庖厨[2]。
吕望屠于朝歌兮[3],甯戚歌而饭牛[4]。
不逢汤武与桓缪兮[5],世孰云而知之。
吴信谗而弗味兮[6],子胥死而后忧[7]。
介子忠而立枯兮[8],文君寤而追求[9];
封介山而为之禁兮[10],报大德之优游[11]。
思久故之亲身兮[12],因缟素而哭之[13]。
或忠信而死节兮,或訑谩而不疑[14]。
弗省察而按实兮[15],听谗人之虚辞。
芳与泽其杂糅兮,孰申旦而别之[16]。

何芳草之早殀兮[17]，微霜降而下戒[18]。
谅聪不明而蔽壅兮[19]，使谗谀而日得[20]。

[1] 百里，即百里奚，春秋时虞国的大夫。在晋虞战争中被晋国俘虏，晋献公把他当作陪嫁女儿的奴隶送给秦国。后来因为逃跑，被楚国守边的人抓住，这时秦穆公才知道他是一个贤人，便用五张羊皮把他赎回，让他做大夫，参预国事，使穆公成就了霸业。

[2] 伊尹，原来是有莘氏的陪嫁奴隶，曾经当过厨师。后来任商汤的相，辅助汤攻灭夏桀。

[3] 吕望，本姓姜，即姜尚。他的先代封邑在吕，所以又姓吕。传说他本来在朝歌当屠夫，老年钓于渭水之滨，周文王认出他是个贤人，便重用了他。后来辅佐周武王灭了商。

[4] 甯戚，春秋时卫国人，他在喂牛时唱歌，齐桓公认出他是个贤人，用他做辅佐。

[5] 汤，商汤。武，周武王。桓，齐桓公。缪，同“穆”，秦穆公。

[6] 吴，指吴王夫差。信谗，指听信太宰伯嚭的谗言。弗味，不能玩味辨别。

[7] 子胥，伍子胥，吴国的大将。吴王夫差打败越王勾践之后，曾两次兴兵伐齐，伍子胥认为越是吴的心腹之患，应该灭越，不要伐齐。夫差不听，反而听信太宰伯嚭的谗言，逼他自杀。不久吴国就被越国灭亡。

[8] 介子，介子推，春秋时晋文公的臣子。立枯，指抱树立着被烧焦。

[9] 文君，晋文公。寤，觉悟。晋文公未做晋国国君时，被父妾骊姬谗毁，流亡在外十九年，介子推等从行。文公回国即位后，大家争功求赏，介子推不屑与争，独奉母逃隐到绵山中。后来文公想起他的功劳，派人去找他不着，令人烧山，希望他能够出来。介子推坚决不下山，结果抱树被烧死。

[10] 禁，封山。这句是说介子推死后，晋文公把绵山改为介山，禁止人们去山中采樵，永远祭祀介子推。

[11] 大德，指介子推在跟从晋文公流亡的途中，缺乏粮食，他割了自

己的股肉给文公吃。优游，形容大德宽广的样子。

[12] 久故，多年的故旧。亲身，不离左右的亲近。

[13] 缟素，白色的丧服。这句是说介子推死后，晋文公换了一身素服亲自去哭他。

[14] 訑(dàn 旦)谩，欺诈。訑，通“诞”。

[15] 按实，核实。

[16] 申旦，明白。

[17] 殀，同“夭”，死亡。

[18] 微霜，即肃霜，《诗经·豳风·七月》：“九月肃霜。”戒，通“届”，至。这句用霜降而草枯以喻忠臣的被排挤，是由于奸臣的进谗言。

[19] 谅，料想。聪不明，即听不明。

[20] 日得，日益得逞。

自前世之嫉贤兮，谓蕙若其不可佩[1]。
妒佳冶之芬芳兮[2]，嫫母姣而自好[3]。
虽有西施之美容兮[4]，谗妒入以自代[5]。
愿陈情以白行兮[6]，得罪过之不意[7]。
情冤见之日明兮[8]，如列宿之错置[9]。
乘骐骥而驰骋兮，无辔衔而自载[10]；
乘氾泭以下流兮[11]，无舟楫而自备[12]；
背法度而心治兮[13]，辟与此其无异[14]。
宁溘死而流亡兮，恐祸殃之有再[15]。
不毕辞而赴渊兮[16]，惜壅君之不识[17]。

[1] 蕙若，蕙草和杜若，都是香草。

[2] 佳冶，美丽。

[3] 嫫(mó 模)母，传说是黄帝的妃子，貌极丑。自好，自以为美好。这句是说嫫母作出娇媚的样子，自以为十分美好。

[4] 西施，春秋时越国著名的美女。

[5] 自代，自己取而代之。

[6] 陈情，陈述心情。白行，表白行为。

[7] 不意，出于意外。

[8] 情冤，情实和冤屈。日明，日益分明。

[9] 列宿，列星。错置，即安排、陈列。

[10] 辔，马缰绳。衔，勒马口的铁。自载，自己乘载。这句是说没有驭马的辔衔而骑者自己控制，更容易颠仆下来。

[11] 氾，同“泛”，浮起。泭，同“桴”，用竹木编制的筏子。这句是说乘着筏子，顺流而下。

[12] 舟，朱熹《楚辞集注》：“舟字，疑当作‘维’。”绳子。楫，桨。自备，自己御备。这句是说没有驾舟的维楫而自为御备，尤其容易沉溺。

[13] 心治，凭主观意志办事。

[14] 辟，犹譬。此，指乘马无辔衔，氾泭无维楫。

[15] 祸殃有再，再发生祸殃。按：屈原大约死在顷襄王十五六年，到二十一年秦兵拔鄢郢，取洞庭、五湖、江南及沅湘等地，则屈原的预见，得到应验。

[16] 不毕辞，话没有说完。赴渊，投水。

[17] 不识，不知道。这句是说堪痛的是受蒙蔽的君王还不了解。

橘　颂[1]

后皇嘉树[2]，橘徕服兮[3]。
受命不迁[4]，生南国兮。
深固难徙，更壹志兮。
绿叶素荣[5]，纷其可喜兮。
曾枝剡棘[6]，圆果抟兮[7]。
青黄杂糅[8]，文章烂兮[9]。
精色内白[10]，类可任兮[11]。

纷缊宜修[12]，姱而不丑兮[13]。

[1]《橘颂》，赞颂橘树。橘树是江南的特产，作者借描写橘树以自喻。对这篇赋的写作时间，说法很多，从“嗟尔幼志”、“年岁虽少”等语看，应是屈原在少年初仕为三闾大夫时所作。

[2] 后，后土。皇，皇天。后皇，地和天的代称。嘉，美好。这句是说橘生天地间，是树木中良好的品种。

[3] 徕，同“来”。服，习惯。朱熹《楚辞集注》：“《汉书》：‘江陵千树橘。’楚地正产橘也。”这句是说橘一生下来就习惯于楚地的气候和土壤。

[4] 受命，禀受自然的生命，即禀性。不迁，不能移植。《考工记》：“橘逾淮而北为枳。”

[5] 素荣，白花。

[6] 曾，同“层”。剡（yǎn 演），尖利。棘，刺。这句是说橘树层层枝条上有利刺。

[7] 抟（tuán 团），以手团物使成圆形。

[8] 青黄，都指果实的颜色。

[9] 文章，即文采，指橘子的颜色。烂，斑斓。

[10] 精色，鲜明的颜色。内白，内瓤洁白。

[11] 类，似。可任，可以担负重任。这句是说类似可以担负重任的人。

[12] 纷缊（wēn 温），茂盛。宜修，指美好。

[13] 姱，美好。

嗟尔幼志[1]，有以异兮。
独立不迁，岂不可喜兮！
深固难徙，廓其无求兮[2]。
苏世独立[3]，横而不流兮[4]。
闭心自慎[5]，终不失过兮。
秉德无私[6]，参天地兮[7]。

愿岁并谢[8]，与长友兮。
淑离不淫[9]，梗其有理兮[10]。
年岁虽少，可师长兮。
行比伯夷[11]，置以为像兮[12]。

[1] 嗟，感叹词。尔，指橘。幼志，幼年的志向。

[2] 廓，指心胸开朗超脱。无求，无所求。

[3] 苏世，即醒世。这句是说自己清醒地独立于世。

[4] 横，横绝，意谓特立独行。不流，不随波逐流。

[5] 闭心，指坚贞自守，不为外力所动摇。自慎，与“闭心”同义。这句是说凡事慎自守持。

[6] 秉德，怀德。

[7] 参，配合。两句是说橘德无私，可参配天地。

[8] 并，疑“不”之声误。谢，辞去。这句是说希望自己年岁之不逝。

[9] 淑，善。离，通“丽”。不淫，不惑。此言橘美好而不动摇。

[10] 梗，正直，指橘的枝干。理，木材的纹理。

[11] 伯夷，殷末孤竹国君的长子，因反对周武王灭殷，不食周粟，饿死在首阳山。古代一直把他看作清高有节操的人物。

[12] 置，犹植。像，榜样。

悲回风[1]

悲回风之摇蕙兮[2]，心冤结而内伤[3]。
物有微而陨性兮[4]，声有隐而先倡[5]。
夫何彭咸之造思兮[6]，暨志介而不忘[7]！
万变其情岂可盖兮[8]，孰虚伪之可长！
鸟兽鸣以号群兮，草苴比而不芳[9]。
鱼葺鳞以自别兮[10]，蛟龙隐其文章[11]。
故荼荠不同亩兮[12]，兰茝幽而独芳。

惟佳人之永都兮[13]，更统世而自贶[14]。
眇远志之所及兮[15]，怜浮云之相羊[16]。
介眇志之所惑兮[17]，窃赋诗之所明[18]。

[1] 回风，旋风。是为蕙草被旋风摇动而悲伤。篇中三次以彭咸自矢，说明是临死之前的作品。屈原以五月五日沉江，那么这篇可能是沉江前一年的秋冬写的。全篇没有事实的叙述，尽是抒情，并且较多地运用了双声叠韵联绵词，以抒发自己秋冬季节的思想感受。这在《九章》中是稍具不同风格的一篇作品。

[2] 蕙，香草。屈原自喻。

[3] 冤结，冤苦而郁结。

[4] 物，指蕙花。陨，落。性，通作"生"，指生机。

[5] 声，指秋风之声。隐，指声音低。先，疑为"失"字之误。倡，同"唱"。失倡，即不响亮。这句是说回风初起，声音隐微而不响亮。

[6] 彭咸，殷朝的贤大夫。造思，追思。这句是说我为何如此追思彭咸？

[7] 暨，与。介，接近。这句是说希望自己的志节能和他看齐。

[8] 万变，指自己所遭受挫折。盖，藏。这句是说自己一片忠心，人所共知，岂可掩藏之也？

[9] 苴(chá 查)，枯草。比，合在一起。

[10] 葺(qì 气)，"楫"的假借字，划船用的桨。葺鳞，鼓鳞。自别，自以为殊异。这句是说游鱼鼓鳞而炫耀。

[11] 文章，文采，这里指蛟龙的鳞甲。这句是说蛟龙潜入深渊把光彩隐藏起来。

[12] 荼，苦菜。荠，甜菜。

[13] 惟，思。佳人，屈原自比。永都，永远美好。

[14] 更，经历。统，古人称一个朝代为一统。统世，等于世代。贶(kuàng 况)，这里是比的意思。这句是说览诸代而以彭咸自比。

[15] 眇，通"渺"，遥远。眇远志，高远的志向。

[16] 相羊，同"徜徉"，漂流不定的样子。

[17] 介,疑当训“其”。惑,一本作“感”。可从。这句是说怀着高远的志节有感于世事。

[18] 窃,私下,自谦之词。明,表明。

惟佳人之独怀兮[1],折若椒以自处[2]。
曾歔欷之嗟嗟兮[3],独隐伏而思虑。
涕泣交而凄凄兮,思不眠以至曙。
终长夜之曼曼兮,掩此哀而不去[4]。
寤从容以周流兮[5],聊逍遥以自恃[6]。
伤太息之愍怜兮,气於邑而不可止[7]。
纠思心以为纕兮[8],编愁苦以为膺[9]。
折若木以蔽光兮[10],随飘风之所仍[11]。
存仿佛而不见兮[12],心踊跃其若汤[13]。
抚珮衽以案志兮[14],超惘惘而遂行[15]。
岁曶曶其若颓兮[16],时亦冉冉而将至[17]。
薠蘅槁而节离兮[18],芳以歇而不比[19]。
怜思心之不可惩兮[20],证此言之不可聊[21]。
宁逝死而流亡兮[22],不忍为此之常愁。
孤子吟而抆泪兮[23],放子出而不还[24]。
孰能思而不隐兮[25],昭彭咸之所闻[26]。

[1] 佳人,屈原自称。独怀,胸怀与众不同。

[2] 若,杜若。椒,申椒。二者都是香草。自处,安排自己。这句是说采取若椒而独抱幽芳。

[3] 曾,屡。

[4] 掩此哀,衔此悲。不去,不能去怀。

[5] 寤,觉醒。周流,周游。

[6] 恃,“持”的假借字。自恃,支持自己。

[7] 於(wū 乌)邑,同“郁邑”,苦闷。

[8] 纠(jiū 究),同“纠”,纽结。思心,犹思绪。纕(xiāng 襄),带。把思绪结成佩带。意思是思绪萦绕。

[9] 膺(yīng 英),本义是胸,引申为护胸的内衣。等于现在的兜肚或背心。把愁苦编做兜肚,意思是愁苦填胸。

[10] 若木,古代神话中的大树,生长在太阳落山的地方。光,日光。这句意思是自晦其明。

[11] 仍,因、循。这句意思是随遇而安。

[12] 存,指客观存在的事物。仿佛,看不真切。

[13] 踊跃,跳动。汤,沸水。这句是说心中跳动好像沸热的汤水。形容极其愁苦的心情,时而万念俱灰,不闻不见;时而又热血沸腾,不可抑止。

[14] 珮,玉佩。衽(rèn 刃),衣襟。案志,按捺愤激的心情。

[15] 超,怅惘、若有所失。惘惘,失意惶遽的样子。

[16] 曶曶,同“忽忽”。颓,坠落、衰暮。

[17] 时,这里指生命的时限。冉冉,渐渐。

[18] 薠、蘅,都是香草。槁,枯干。节,指草节。草枯则节折离。

[19] 歇,消失。以,通“已”。比,并。

[20] 惩,制止。

[21] 此言,指上文“折若木以蔽光,随飘风之所仍”(韬光晦迹,随遇而安)及按捺自己愤激之志等。聊,赖。这句是说证明这些话是不可信赖的。

[22] 逝死,即死去。

[23] 孤子,屈原自称,自哀茕独。抆(wěn 吻),揩。

[24] 放子,屈原自称,被驱逐的孤儿。

[25] 隐,痛。谁能想到这里而不悲痛呢?

[26] 昭,明。闻,声,即名誉。昭明彭咸为后人所称颂的地方。意思是要“依彭咸之遗则”。蒋骥《山带阁注楚辞》:“秦关不返,孤臣有故主之悲;南土投荒,放子无还家之日;此固交痛而不已者也。安得不为彭咸之所为乎?”

登石峦以远望兮[1],路眇眇之默默[2]。
入景响之无应兮[3],闻省想而不可得[4]。
愁郁郁之无快兮,居戚戚而不可解[5]。
心鞿羁而不形兮[6],气缭转而自缔[7]。
穆眇眇之无垠兮[8],莽芒芒之无仪[9]。
声有隐而相感兮[10],物有纯而不可为[11]。
藐蔓蔓之不可量兮[12],缥绵绵之不可纡[13]。
愁悄悄之常悲兮[14],翩冥冥之不可娱[15]。
凌大波而流风兮[16],托彭咸之所居[17]。

[1] 峦,小而尖锐的山。

[2] 眇眇,辽远。默默,沉寂、没有人声。

[3] 景,同"影"。影随形,响应声,"景响无应",说明是在山野无人迹之地。

[4] 省,察。这句是说耳闻、目察、心想都不可得见家国。

[5] 居,闻一多《楚辞校补》:"案'居'与上下文'愁'、'心'、'气'诸字义不类。王注曰:'思念憔悴,相连接也。'疑居为思之误。"

[6] 鞿(jī 机)羁,控马的缰绳,这里引申为受约束。形,应从一本作"开"。这句是说内心郁结而不能开展。

[7] 缭转,缭绕。缔,结。这句是说气息缭绕纠结而不舒。

[8] 穆,静。无垠,无边际。

[9] 莽,苍茫、野色迷茫。芒芒,同"茫茫"。仪,形。这句是说苍茫一片而无形。

[10] 声,指秋声。隐,微。感,感应。这句是说回风一起,肃杀的秋冬来临,万物相应而枯萎。

[11] 物,万物。纯,物的朴质。不可为,没有挽救的办法。万物纯朴的本质,受到秋气的损害,不可挽救。这两句和篇首四句相应,暗喻楚国的衰亡。

[12] 藐,同"邈",遥远。蔓蔓,同"漫漫"。不可量,无法估计。这句是

说四野漫漫不可测量。

[13] 缥,高远。绵绵,连绵不绝。纡(yū迂),萦、系。这句是说极目无边,不可断绝。

[14] 悄悄,忧愁的样子。

[15] 翩,疾飞。冥冥,幽暗。这句是说如在幽冥中翱翔,不可为娱。

[16] 凌,乘。流风,顺风而流。这句是说要乘风波而流行。

[17] 托,依、从。这句是说要从彭咸而居,即投水而死。

上高岩之峭岸兮,处雌蜺之标颠[1]。
据青冥而摅虹兮[2],遂倏忽而扪天[3]。
吸湛露之浮源兮[4],漱凝霜之雰雰[5]。
依风穴以自息兮[6],忽倾寤以婵媛[7]。
冯昆仑以瞰雾兮[8],隐岐山以清江[9]。
惮涌湍之礚礚兮[10],听波声之汹汹。
纷容容之无经兮[11],罔芒芒之无纪[12]。
轧洋洋之无从兮[13],驰委移之焉止[14]。
漂翻翻其上下兮[15],翼遥遥其左右[16]。
氾潏潏其前后兮[17],伴张弛之信期[18]。
观炎气之相仍兮[19],窥烟液之所积[20]。
悲霜雪之俱下兮,听潮水之相击。

[1] 雌蜺,虹的一种,色较淡,也叫副虹。标颠,顶点。

[2] 青冥,青天。摅(shū舒),张、布。这句是说据青天而张布彩虹。

[3] 倏(shū书)忽,迅速、忽然。

[4] 湛(zhàn站),清。浮源,源一本作"凉",都不通。疑本作"浮浮",与下句"霜之雰雰"对文。浮浮,形容露浓重的样子。

[5] 漱,漱口。凝霜,凝结的霜华。雰雰,霜浓重的样子。

[6] 风穴,古代神话中的地名,在昆仑山上,是风源所在。自息,自己休息。

[7] 倾寤，转身醒过来。婵媛，情思缠绵。以上八句写神游太空，借以遣愁。

[8] 冯，同“凭”，依傍。瞰，俯视。

[9] 隐，依凭。岐，同“岷”。岷山，岷山发源的地方。古人以为是长江正源。清江，指长江。这句是说倚靠着岷山而远看长江。

[10] 涌湍，急流。礚（kē 科）礚，水石相击的声音。

[11] 容容，同“溶溶”，动乱的样子。经，南北为经，东西为纬。无经，没有经纬的省略，指水势翻腾汹涌。

[12] 罔，通“惘”，迷惑。纪，头绪。江水迷茫奔腾，变化无常。

[13] 轧，倾轧，指水势。洋洋，水盛大的样子。无从，漫无所从。

[14] 委移，同“逶迤”，水流宛曲的样子。这句是说奔驰逶迤而无终极。以上四句借写江水以抒发自己心思烦乱，千头万绪，进则无所从，退则无所止的情绪。

[15] 漂，同“飘”。这句是说江水翻滚起伏。

[16] 翼，疾走。遥遥，犹摇摇，不定的样子。这句是说江水左右奔腾。

[17] 氾，同“泛”。潏（yù 玉）潏，水涌出的样子。这句是说江水前后喷涌。

[18] 伴，通“判”，判别。张弛，犹言涨落。信期，指潮水一天两次涨落，有一定的时间，涨落的时间却判然分明。以上四句借江水抒情，抒写自己的情思上下左右前后反复不定，而张弛进退，又不失其时。

[19] 炎气，夏季郁蒸之气。相仍，相因不已。

[20] 烟液，地气上升所凝结成的水液。

借光景以往来兮[1]，施黄棘之枉策[2]。

求介子之所存兮[3]，见伯夷之放迹[4]。

心调度而弗去兮[5]，刻著志之无适[6]。

曰：吾怨往昔之所冀兮[7]，悼来者之愁愁[8]。

浮江淮而入海兮，从子胥而自适[9]。

望大河之洲渚兮[10]，悲申徒之抗迹[11]。

骤谏君而不听兮[12]，重任石之何益[13]！
心絓结而不解兮[14]，思蹇产而不释[15]。

[1] 光景，指日光月影。这句是说凭日光月影往来于上下。

[2] 施，用。黄棘，神话中的木名，带刺。枉，曲。策，鞭。这句是说用黄棘之曲者做鞭子。

[3] 介子，即介子推。所存，隐居之处。

[4] 伯夷，殷末孤竹君的长子，因反对周武王灭商，不食周粟，饿死在首阳山。放迹，隐居的遗迹。

[5] 调度，思忖、安排。弗去，不能去怀。

[6] 刻著志，意志坚决。无适，别无所从。这句是说念念不忘介子推、伯夷忠臣义士的气节。从上文“窃赋诗之所明”到此，赋诗结束。

[7] 曰，当是“乱曰”的省文，赋诗完毕，进一步总结和申明前文。冀，希望。我怨恨以往的希望落空。

[8] 憖，同“惕”，警惕。这句是说我更忧虑来日的可危。

[9] 子胥，伍子胥。传说伍子胥被迫自杀后，吴王夫差将他的尸体投入江中。自适，顺适自己的心意。

[10] 大河，黄河。洲渚，水中的沙洲，大者叫洲，小者叫渚。

[11] 申徒，申徒狄，殷末贤者，屡次进谏，纣王不听，抱石投河而死。抗，同“亢”。亢迹，高行。

[12] 骤，屡次。

[13] 重任石，一本作“任重石”，可从。任，抱负。

[14] 絓(guà 卦)结，打了结、起了疙瘩。

[15] 蹇产，曲折纠缠。释，消。这句是说忧思郁结，终于无法排解。

远　游

《远游》的作者是谁？王逸、朱熹都认为是屈原，他们说："《远游》者，屈原之所作也。"陈本礼也说："《远游》之章，托游仙以自适。"王夫之认为："此篇所赋，与《骚经》卒章之旨略同，而畅言之。原之非婞直忘身，亦于斯见矣。"蒋骥更明确地指出："原自以悲蹙无聊，故发愤欲远游以自广。然非轻举不能远游，而质非仙圣不能轻举，故慨然有志于延年度世之事，盖皆有激之言，而非本意也。"他们认为《远游》是屈原所作，其中所写的神仙真人是"寄"、是"托"、是"有激之言"，并非真正想学道延年。从吴汝纶开始对这种说法产生怀疑，他说："此篇殆后人仿《大人赋》托为之。其文体格平缓，不类屈子。世乃谓相如袭此为之，非也。"廖季平也认为："《远游》与相如《大人赋》如出一手，大同小异。"郭沫若进一步断定说："《远游》整钞《离骚》和司马相如《大人赋》的地方太多，而结构与《大人赋》亦相同，我疑心就是《大人赋》的初稿。"他们又都认为是伪作。这两种意见各有其根据和理由，是非曲直，疑莫能明，录以备考。

《远游》全文可分为两部分，而以"顺凯风以从游兮，至南巢而一息"为分界线。前一部分是抒发理想，后一部分才写远游。为了“求正气之所由”，他发愤轻举，寻访仙迹，上天庭，下深壑，周流四方，最后达到虚静、无为、自然之境。

悲时俗之迫阨兮[1]，愿轻举而远游[2]。
质菲薄而无因兮[3]，焉托乘而上浮[4]？
遭沈浊而污秽兮，独郁结其谁语[5]！
夜耿耿而不寐兮[6]，魂茕茕而至曙[7]。
惟天地之无穷兮，哀人生之长勤[8]。
往者余弗及兮，来者吾不闻[9]。
步徙倚而遥思兮[10]，怊惝怳而永怀[11]。
意荒忽而流荡兮[12]，心愁悽而增悲[13]。
神倏忽而不反兮[14]，形枯槁而独留。
内惟省以端操兮[15]，求正气之所由[16]。

[1] 迫，急、促。阨(è厄)，困穷。

[2] 举，飞。轻举，高飞。

[3] 质菲薄，质性鄙陋。无因，无因缘。

[4] 焉，安所。浮，浮游。这四句是说身逢厄运，本想高飞避世，以求仙道，然而质薄无因，凭借什么援引？

[5] 其，表疑问语气的助词。其谁语，跟谁说。

[6] 耿耿，犹儆儆，睡不着的样子。

[7] 茕茕，孤独貌。一本作“营营”，《诗经·小雅·青蝇》：“营营青蝇。”《传》：“往来貌。”又《汉书·扬雄传》：“羽骑营营。”颜师古注：“周旋貌。”往来周旋的样子。义亦通。

[8] 勤，劳。人生长勤，犹人生之多艰。

[9] 往者弗及、来者不闻，东方朔《七谏·初放》：“往者不可及兮，来者不可待。”又庄忌《哀时命》：“往者不可扳援兮，来者不可与期。”皆抒发无穷的感慨。

[10] 徙倚，彷徨，步行纡迟的样子。

[11] 怊(chāo 超),惆怅。惝怳(tǎng huǎng 倘谎),失意。永怀,朱熹《楚辞集注》:“永,一作‘乖’,非是。”闻一多《楚辞校补》云:“案‘乖怀’二字无义。‘乖’当为‘永’,字之误也。《诗·卷耳》曰‘维以不永怀’,《正月》曰‘终其永怀’。此与《九怀·匡机》‘永怀兮内伤’并用《诗》语。‘永怀’与‘遥思’对文。今本作‘乖’,盖以二字形近(《韩诗外传》一‘客之行差迟乖人’,《列女传·辩通篇》‘乖’作‘永’),又涉注文‘志乖错也’而误。”所论极是,可从。

[12] 荒忽,犹恍惚。流荡,浮动。

[13] 悽,洪兴祖《楚辞补注》云:“悽,痛也。”自“遭沈浊”至此,写“悲时俗之迫阨”。

[14] 倏(shū 舒)忽,转眼之间。《吕氏春秋·决胜》:“倏忽往来,而莫知其方。”

[15] 惟,思。省,察。端操,整饰操守。

[16] 正气,朱熹《楚辞集注》谓:“本初也。”姜亮夫《屈原赋校注》谓:“正气,即上句之端操;由,谓其所从来也。”这四句是说,神去形留,于是内心思量省察,以端正自己的操守,遂求本初之所在。

漠虚静以恬愉兮[1],澹无为而自得[2]。
闻赤松之清尘兮[3],愿承风乎遗则[4]。
贵真人之休德兮[5],美往世之登仙。
与化去而不见兮[6],名声著而日延。
奇傅说之托辰星兮[7],羡韩众之得一[8]。
形穆穆以浸远兮[9],离人群而遁逸[10]。
因气变而遂曾举兮[11],忽神奔而鬼怪[12]。
时仿佛以遥见兮[13],精皎皎以往来[14]。
绝氛埃而淑尤兮[15],终不反其故都[16]。
免众患而不惧兮[17],世莫知其所如[18]。

[1] 漠,清、静,虚静的样子。恬愉,恬然自守,安乐的意思。

[2] 澹，安静，无为的样子。自得，自得其乐。这两句正写端操守和求正气的方法。恬愉、自得，即端操、正气的一种境界。

[3] 赤松，即赤松子，古代仙人。洪兴祖《楚辞补注》引《列仙传》云："赤松子，神农时为雨师，服水玉，教神农，能入火自烧。至昆山上，常止西王母石室，随风雨上下，炎帝少女追之，亦得仙俱去。张良'欲从赤松子游'，即此也。"清尘，谭介甫《屈赋新编》："按清尘，犹今言空气，即《庄子·逍遥游》所谓'野马也，尘埃也，生物之以息相吹也'，盖此谓赤松乘大气飞升。"

[4] 承风，继承其遗风。遗则，留下的法式。

[5] 真人，修真得道之人。休，美。

[6] 与化去，与造化俱去。这四句是说，真人的美德是可贵的，其登仙的行迹是令人羡慕的，他们与造化俱去而隐其形，但声名彰闻于后世而长期不衰。

[7] 傅说，殷高宗武丁的贤相。辰星，即房星。相传傅说死后，其精神著于房尾。洪兴祖《楚辞补注》："大火，谓之大辰。大辰，房心尾也。《庄子》曰：'傅说得之，以相武丁，奄有天下。乘东维，骑箕尾，而比于列星。'《音义》云：'傅说死，其精神乘东维，托龙尾。今尾上有傅说星。……'《淮南》云：'傅说之所以骑辰尾。'是也。"傅说星列在辰尾，事本不奇，是传说者以为异。

[8] 羡，贪慕。众，一作"终"。洪兴祖《楚辞补注》引《列仙传》："齐人韩终，为王采药，王不肯服，终自服之，遂得仙也。"一，即道，得一，犹得道。《老子》三十九章："天得一以清，地得一以宁，神得一以灵……"

[9] 穆穆，犹默默，寂静的意思。浸远，逐渐远去。

[10] 遁逸，隐遁。离群遁逸，即上文"与化去而不见"之意。

[11] 气变，指获得了真人的正气。曾，读"增"，即高。曾举，高举，飞升的意思。

[12] 神奔、鬼怪，洪兴祖《楚辞补注》："《淮南》云：'鬼出电入。'又曰：'电奔而鬼腾。'皆神速之意。"这两句是说遁逸之后，更求正气所在，至于托气变高举，飞腾神速。

[13] 时，犹世。

[14] 精,神灵。皎皎,光明。《九歌·东君》:"夜皎皎兮既明。"这两句是说形质既蜕,独有精灵照耀往来,世人髣髴能远见到。

[15] 绝,超越。氛埃,污秽之气。淑、尤,谭介甫《屈赋新编》:"淑,读为叔,《说文》:'叔,拾也。'叔属'觉'部,假为'幽'部之收,平入通用。尤,怨也,承上(4)节意心二句说,故此绝去氛埃,收拾怨尤,不反故都了。"其说可从。

[16] 故都,指郢都。《离骚》:"又何怀乎故都!"

[17] 众患,众多的艰难祸患。

[18] 如,往。这两句是说摆脱了诸多艰难,免得恐惧,而世人也不知我之所往。自"神倏忽不反"至此,写"愿轻举而远游"。

恐天时之代序兮[1],耀灵晔而西征[2]。
微霜降而下沦兮[3],悼芳草之先零[4]。
聊仿佯而逍遥兮[5],永历年而无成[6]!
谁可与玩斯遗芳兮[7]? 长向风而舒情[8]。
高阳邈以远兮[9],余将焉所程[10]?

[1] 天时代序,指春秋更迭,年岁渐老。

[2] 耀灵,太阳。洪兴祖《楚辞补注》引《博雅》云:"朱明、耀灵、东君,日也。"晔(yè 曳),光。西征,谓太阳西行。

[3] 沦,沉。

[4] 零,落。这四句是说太阳运行西陆,时序是秋尽冬来,所以微霜下沉,芳草先落。此隐括《离骚》"日月忽其不淹兮,春与秋其代序。惟草木之零落兮,恐美人之迟暮"之义。

[5] 仿佯(yáng 洋),游荡、徘徊。仿佯逍遥,王逸《楚辞章句》说:"聊且戏荡而观听也。"

[6] 永,久。历年无成,指老而无所成就。

[7] 遗芳,指先零的芳草。谁可与玩,谓没有志同道合者。

[8] 长,一本作"晨"。闻一多《楚辞校补》:"案晨当为'长',字之误也。向风舒情,奚必晨旦? 一本作'长'为'允'。"

[9] 高阳,屈原的祖先是高阳氏。

[10] 程,法式。这两句是说,先祖邈远,我到哪里去找法度,以自修身呢?这一段是写“质非薄而无因”。

曰:道可受兮[1],而不可传;
其小无内兮,其大无垠[2];
无滑而魂兮[3],彼将自然[4];
一气孔神兮[5],于中夜存[6];
虚以待之兮[7],无为之先[8];
庶类以成兮[9],此德之门[10]。
重曰:春秋忽其不淹兮[11],奚久留此故居[12]?
轩辕不可攀援兮[13],吾将从王乔而娱戏[14]!
湌六气而饮沆瀣兮[15],漱正阳而含朝霞[16]。
保神明之清澄兮[17],精气入而粗秽除[18]。
顺凯风以从游兮[19],至南巢而一息[20]。
见王子而宿之兮[21],审一气之和德[22]。

[1] 原本“曰”下的文字与下文“重曰”下的文字误倒,这里将其乙正。谭介甫《屈赋新编》云:“原本‘重曰’三节在前,‘曰’字三节在后,读起来很觉别扭。王注释‘重’为‘复陈辞’,即‘緟复’之緟,《说文》:‘緟,增益也,直容切。’是对的;洪补读此为‘直用切’则非。此明是后人把它弄倒了;或写作时把‘曰’字三节原文添注在旁,被抄者误倒,亦未可知。现依文理改正,先‘曰’……三节,后‘重曰’……三节,读起来就顺便了。”所论当是,今从之。曰,指王子乔的言论。受,心受。传,言传。这句是说道可以心领神会,不可以言语传达。《庄子·大宗师》:“夫道……可传而不可受。”是说道可传以心,不可受以量数。与这句的意思相同。

[2] 小无内、大无垠(yín 银),蒋骥谓“卷之则藏于密也,放之则弥六合也”(《山带阁注楚辞》)。《庄子·天下篇》云:“至大无外,谓之大

一；至小无内，谓之小一。”即道无所不在的意思。

[3] 无，同“毋”。滑，乱。而，汝。魂，神魂。

[4] 彼，指道。将自然，是说神魂不乱，则所养之道自然形成。

[5] 一，专。孔，甚。即《列子》所谓“心合于气，气合于神。”亦即气清、神专。

[6] 于中夜存，是说这种气清、神专的境界，自存于中夜静虚之时。

[7] 虚以待之，洪兴祖《楚辞补注》引《庄子》曰：“气者，虚而待物者也。”即清静以待物。

[8] 无为之先，即不为物先，所谓“感而后应，迫而后动”（洪兴祖《楚辞补注》）。

[9] 庶类，众法。这句是说众法因此成全。

[10] 此，疑为“玄”字之误。玄德之门，即《老子》所谓“玄之又玄，众妙之门”。是说道是一切变化的总门。案此即前文“端操而求正气”之意。

[11] 重曰，王逸《楚辞章句》谓“复陈辞”。忽，速。淹，留。

[12] 故居，旧乡。是说何必浮游故乡。这两句袭用《离骚》“日月忽其不淹兮，……尔何怀乎故宇”之意。

[13] 轩辕，黄帝号。《史记·封禅书》：“黄帝采首山铜，铸鼎于荆山下。鼎既成，有龙垂胡颔下迎黄帝。黄帝上骑，群臣后宫从上者七十余人，龙乃上去。余小臣不得上……百姓仰望黄帝既上天，乃抱其弓与胡颔号。”轩辕不可攀援，即是说无缘跟从黄帝乘龙上天。

[14] 王乔，即王子乔。洪兴祖《楚辞补注》引《列仙传》：“王子乔，周灵王太子晋也。好吹笙，作凤鸣，游伊、洛间，道士浮丘公接上嵩高山。”是说自己只得跟从王子乔去游戏。

[15] 飡，吞。六气，历代各家解释不同，王逸《楚辞章句》引《陵阳子明经》以天地四时为六气。然四时中之沆瀣、正阳、朝霞，在正文中又与六气并列，则这里的六气显然不是指天地四时。《洪范》有雨、旸、燠、寒、风、时为六气的说法，或即指此，疑莫能明。沆瀣（hàng xiè 杭去声械），清露。

[16] 正阳，日中为正阳，则应指日的精光。朝霞，赤云。

[17] 保，保持。神明，指人的精神。澄，本字为“澂”，即清。清澄，清澈。

[18] 精气，阴阳精灵之气。粗，洪兴祖《楚辞补注》：“物不清也。”粗秽，指粗秽之气。这两句王逸《楚辞章句》解释说：“常吞天地之英华也；纳新吐故，垢浊清也。”

[19] 顺，乘。凯风，南风，《诗经·邶风·凯风》：“凯风自南。”

[20] 南巢，古地名。《尚书·仲虺之诰》：“成汤放桀于南巢。”《正义》：“《传》言：‘南巢地名。’不知地之所在……郑玄云：‘巢，南方之国……以其国在南，故称南耳。’《传》并以南巢为地名，不能委知其处，故未明言之。”则南巢是南方荒远之国，不知其具体所在。一息，稍息。这两句是说，顺南风而从游，中经南巢稍事休息。

[21] 王子，即王子乔。宿，朱熹《楚辞集注》：“宿，与‘肃’通。”即敬。

[22] 审，讯问。一气，纯一没有杂质的气。和德，指气之舒发，无所不适。这两句是写既见王子乔、敬王子乔，又讯问王子乔。王逸《楚辞章句》所谓“究问元精之秘要也”。

闻至贵而遂徂兮[1]，忽乎吾将行。
仍羽人于丹丘兮[2]，留不死之旧乡[3]。
朝濯发于汤谷兮[4]，夕晞余身兮九阳[5]。
吸飞泉之微液兮[6]，怀琬琰之华英[7]。
玉色頩以脕颜兮[8]，精醇粹而始壮[9]。
质销铄以汋约兮[10]，神要眇以淫放[11]。
嘉南州之炎德兮[12]，丽桂树之冬荣[13]；
山萧条而无兽兮，野寂漠其无人[14]。
载营魄而登霞兮[15]，掩浮云而上征[16]。
命天阍其开关兮[17]，排阊阖而望予[18]。
召丰隆使先导兮[19]，问大微之所居[20]。
集重阳入帝宫兮[21]，造旬始而观清都[22]。

朝发轫于太仪兮[23],夕始临乎於微闾[24]。

[1] 至贵,至贵之言,指王子乔所谈的要道。徂,往。这句是说听其言,便将去寻求。

[2] 仍,就。羽人,《山海经·海外南经》:“羽民国在其东南,其为人长头,身生羽。”羽民即羽人,指能飞的仙人。丹丘,即丹穴。《尔雅·释地》:“岠齐州以南戴日为丹穴。”郭璞注:“岠,去也。齐,中也。戴,值也。”则丹穴在中州以南,为日光所照。王逸《楚辞章句》:“丹丘,昼夜常明也。”即指这个地方。

[3] 留,停留。不死之乡,《山海经·海外南经》:“不死民在其东,其为人黑色,寿不死。”此指仙灵之所居。这两句是说径去仙乡。

[4] 汤谷,神话中的日出之处,王逸《楚辞章句》释为“温泉”。

[5] 晞(xī希),晒干。九阳,应即《九歌·少司命》“晞女发兮阳之阿”的阳阿,神话中的山名,地当酷热,所以与汤谷相对成文。

[6] 飞泉,洪兴祖《楚辞补注》引张揖云:“飞泉,飞谷也,在昆仑西南。”微液,《拾遗记》:“穆王东巡大骑之谷,……西王母……来,……荐清澄琬琰之膏以为酒。”应即指这种玉液。

[7] 怀,揣着。琬琰(wǎn yǎn晚眼),美玉。华英,玉之精美者。

[8] 頩(pīng乒),浅赤色。戴震《屈原赋注》云:“气上充于色曰頩。”脕(wàn万),光泽。这句是说气上充颜面,面色赤而光泽。

[9] 精,精灵。醇,厚。粹,不杂。这句是说体魄得飞泉之液、琬琰之英以养之,纯粹完美,神魂乃壮。

[10] 质,指人的气质。销铄(shuò朔),熔化。汋(zhuó浊)约,即绰约,《庄子·逍遥游》:“藐姑射之山,有神人居焉,肌肤若冰雪,绰约若处子。”姿态柔美的样子。这句是说凡质销融而仙骨形成。

[11] 要眇,精微的样子。淫放,放佚、放纵。此写魂魄飘然而远游。

[12] 嘉,称赞。南州,承上文丹丘、不死之乡而言,指南方。炎德,阴阳家把四方分属五行,南方属火,所以称炎德。

[13] 丽,赞美。桂树冬荣,洪兴祖《楚辞补注》:“桂凌冬不凋。”桂树原产于南方。

[14] 山、野,山谷和田野。这两句极力写山、野之虚静,用意是什么,

尚不得而知。

[15] 载,承。营魄,即魂魄。《老子》:“载营魄抱一,能无离乎?”河上公注:“营魄,魂魄也。”霞,与“遐”字古代通用,即远。登遐,犹上升。

[16] 掩,遮蔽。上征,上行到天庭。自“嘉南州炎德”至此,写仙质已成,便轻举而远游。自此以下历叙远游之境。

[17] 天阍,给天帝看门的人。

[18] 排,推。阊阖,天门。望予,等候我来。《离骚》云:“吾令帝阍开关兮,倚阊阖而望予。”排作“倚”,义实不同,谓帝阍倚门注视着我,不肯接纳。

[19] 丰隆,雷师。

[20] 大,一作“太”。太微,即太微垣,星官名。在北斗之南,轸翼之北,有星十,以五帝座为中枢,成屏藩之状。《晋书·天文志》:“太微,天子庭也,五帝之座也,十二诸侯府也。其外蕃,九卿也。”这两句是说呼唤雷师开路,遍访天庭所在。在命意上同《离骚》“吾令丰隆乘云兮,求宓妃之所在”之意。

[21] 集,止、停留。重阳,即天。积阳为天,天有九重,所以叫重阳。帝宫,天帝的宫殿。

[22] 造,至。旬始,皇天。清都,天帝所居,《列子·周穆王》:“清都紫微,钧天广乐,帝之所居。”

[23] 轫(rèn 刃),刹住车轮转动的轮前横木。发轫,把轫木去掉,表示车要出发。太仪,天庭。王逸《楚辞章句》:“太仪,天帝之庭,习威仪之处也。”

[24] 於微闾,山名,即医无闾山,一声之变。是神话中一个仙境。这两句在命意上同《离骚》“朝发轫于苍梧兮,夕余至乎县圃”之意。自“命天阍”至此,写游历天庭。

屯余车之万乘兮[1],纷溶与而并驰[2]。
驾八龙之婉婉兮[2],载云旗之逶蛇[4]。
建雄虹之采旄兮[5],五色杂而炫燿[6]。

服偃蹇以低昂兮[7]，骖连蜷以骄骜[8]。
骑胶葛以杂乱兮[9]，斑漫衍而方行[10]。
撰余辔而正策兮[11]，吾将过乎句芒[12]。

[1] 屯，聚集。乘（shèng 剩），一车四马为一乘。

[2] 溶与，即容与，缓行。并驰，并进。

[3] 婉婉，龙身弯曲的样子。

[4] 逶蛇（yí 怡），旌旗迎风舒展的样子。以上四句同《离骚》“屯余车其千乘兮，齐玉轪而并驰。驾八龙之婉婉兮，载云旗之委蛇”之意。

[5] 建，竖立。雄虹，绘在旗上的文采。旄（máo 矛），即幢，一种旌旗。

[6] 五色，也指旌旗上的文采。炫燿，光明的样子。

[7] 服，驾车时衡下夹辕的两马。偃蹇，犹夭矫。《文选》郭璞《江赋》：“吸翠霞而夭矫。”李善注：“夭矫，自得之貌。”低昂，一低一昂。

[8] 骖，衡外挽靷之两马。连蜷，卷曲的样子。骄骜（ào 奥），马行纵恣。

[9] 骑，车骑。胶葛，错杂，形容车马喧杂的样子。

[10] 斑，同“班”，排列。王夫之《楚辞通释》：“从行之众列。”漫衍，连绵不绝的样子。方行，读“旁行”，《尚书·周书·立政》：“方行天下。”意谓遍行天下。

[11] 撰，持。辔，马缰绳。正，端正。策，竹制的马鞭子。

[12] 句（gōu 勾）芒，古代主管树木的官。《左传·昭公二十九年》：“木正曰句芒。”树木盛于春天，所以又以为木神名。《礼记·月令》：“孟春之月，……其帝大皞，其神句芒。”勾芒神所以佐太皞而分治东方。这一段是写游于东方。

历太皓以右转兮[1]，前飞廉以启路[2]。
阳杲杲其未光兮[3]，凌天地以径度[4]。
风伯为余先驱兮[5]，氛埃辟而清凉[6]。
凤皇翼其承旂兮[7]，遇蓐收乎西皇[8]。

擎彗星以为旍兮[9]，举斗柄以为麾[10]。
叛陆离其上下兮[11]，游惊雾之流波[12]。

[1] 太皓，即太皞，神话中的东方天帝。右转，过东方向右转，即自东向西。

[2] 飞廉，风神。《离骚》："后飞廉使奔属。"这里反用其意。

[3] 杲杲，旭日初明的样子，《诗经・卫风・伯兮》："其雨其雨，杲杲出日。"未光，尚未光明。

[4] 天地，当为天池之误。闻一多《楚辞校补》引俞樾云："天地当作天池。天池亦星名。《九歌・少司命》：'与女沐兮咸池。'注曰：'咸池，星名，盖天池也。'《九思・疾世》曰：'沐盥浴兮天池。'"其说甚确。径，直。这句是说超越天池而直度。

[5] 风伯，也是风神。此句与上文"前飞廉以启路"为互文。

[6] 氛埃，尘。辟，除。而清凉，而得清凉。

[7] 翼，《文选》作"纷"，多。旂（qí 齐），旌旗的通称。这句与《离骚》全同。

[8] 蓐（rù 褥）收，古代主管金的官，又以为金神名。《礼记・月令》："孟秋之月……其帝少皞，其神蓐收。"西皇，西方的神，即少皞。《离骚》："诏西皇使涉予。"这句是说在西皇那儿遇见蓐收。

[9] 擎，引。彗星，其尾曳长如彗，俗称扫帚星。又叫孛星、长星等。旍（jīng 精），与"旌"同。

[10] 斗柄，北斗七星，其第五、六、七三星为斗柄，又称杓。麾，旌旗之类，所以指挥。按，"麾"与"旍"对文。

[11] 叛，犹纷。陆离，五光十色。同《离骚》"斑陆离其上下"句意。

[12] 惊雾，浮动的云气。流波，云气浮动如流水。这一段是写游于西方。

时暧曃其曭莽兮[1]，召玄武而奔属[2]；
后文昌使掌行兮[3]，选署众神以并毂[4]。
路曼曼其修远兮[5]，徐弭节而高厉[6]。

左雨师使径侍兮[7]，右雷公以为卫[8]。
欲度世以忘归兮[9]，意恣睢以担挢[10]。
内欣欣而自美兮[11]，聊媮娱以自乐[12]。
涉青云以泛滥游兮[13]，忽临睨夫旧乡[14]。
仆夫怀余心悲兮[15]，边马顾而不行[16]。
思旧故以想像兮[17]，长太息而掩涕[18]。
氾容与而遐举兮[19]，聊抑志而自弭[20]。
指炎神而直驰兮[21]，吾将往乎南疑[22]。
览方外之荒忽兮[23]，沛罔象而自浮[24]。
祝融戒而还衡兮[25]，腾告鸾鸟迎宓妃[26]。
张咸池奏承云兮[27]，令海若舞冯夷[28]。
使湘灵鼓瑟兮[29]，二女御九韶歌[30]。
玄螭虫象并出进兮[31]，形蟉虬而逶蛇[32]。
雌蜺便娟以增挠兮[33]，鸾鸟轩翥而翔飞[34]。
音乐博衍无终极兮[35]，焉乃逝以徘徊[36]。

[1] 暧曃（ài dài 爱逮），昏暗的样子。曭（tǎng 倘）莽，日色无光。同《离骚》"时暧暧其将罢兮"句意。

[2] 玄武，北方太阴之神，其形象为龟或龟蛇合体。洪兴祖《楚辞补注》："玄武，谓龟蛇。位在北方，故曰玄；身有鳞甲，故曰武。"属，随从。

[3] 文昌，星官名。属紫微垣，包括北斗魁前的六颗星。《史记·天官书》："斗魁戴匡（筐）六星曰文昌宫：一曰上将，二曰次将，三曰贵相，四曰司命，五曰司中，六曰司禄。"掌行，掌领从行者。

[4] 署，置、安排。毂，车的总称。并毂，并车而驰。《大人赋》云："悉征灵圉而选之兮，部署众神于摇光。"可以发明这两句的意义，是说命文昌掌领从行者，召使众神灵并车侍从。

[5] "路曼曼"句，全同《离骚》原文。

[6] 弭，停止。节，马鞭。高厉，应读作"高迈"，于省吾《泽螺居楚辞新

证》："今验之于金文，'万年'之'万'也作'迈'或'厉'，万、迈、厉同用无别(详拙著《释蔑曆》)。'高厉'应读作'高迈'。《说文》训'迈'为'远行'，则'高迈'是向远处迈进。《楚辞》中恒言'高驰'、'高翔'、'高飞'或'上征'，均与'高迈'之义相仿。"当是，从之。

[7] 雨师，司雨之神。一说是毕宿，一说是玄冥，一说是屏翳。径侍，直接侍候。

[8] 雷公，司雷之神。《云仙杂记》："雷曰天鼓，神曰雷公。"卫，守卫。

[9] 度世，超越尘世而学仙。忘归，因为学仙而忘归。

[10] 恣睢，自得的样子。担，疑为"揭"字之形误，揭挢(jiǎo 矫)，志意恣肆。洪兴祖《楚辞补注》："担，《释文》：'音丘列切，举也。'"按"丘列"当切"揭"。《说文》："揭，高举也，去例切；挢，举手也，后少切。"合为双声联词。《文选》潘岳《射雉赋》"眄箱笼以揭骄"，徐爰注："揭骄，志意肆也。"李善注引《楚辞·远游》作"拮矫"，都是通假字。王逸《楚辞章句》所谓"纵心肆志"与徐爰注"志意肆"意义相同。

[11] 欣欣，喜乐的样子。《诗经·大雅·凫鹥》："旨酒欣欣。"传："欣欣然乐也。"

[12] 婾，同"愉"。愉娱，也是喜乐的样子。自，一作"淫"，作淫为是。淫乐，犹淫游。这两句是说内心喜悦保持自己的美质，聊且愉乐以至达到过分的程度。

[13] 涉，渡。云浮动如流水，故云涉。泛滥，广博。

[14] 临，居高临下。睨(nì 逆)，旁视。

[15] 怀，怀念故土。悲，谓悲及祖先。

[16] 边马，两骖马。顾，回顾。这四句完全袭用《离骚》篇末的原意。

[17] 旧故，旧交、先人。

[18] "长太息"句，全同《离骚》原文。

[19] 氾(fàn 犯)，"泛"的异体字，浮行。遐举，远行。

[20] 抑志，抑制心意。自弭，自己停止。这句是说且自按捺而徘徊。

[21] 炎神，王逸《楚辞章句》："南方丙丁，其帝炎帝，其神祝融。"

[22] 南疑，即九疑山，因其在南方，所以又称南疑。

[23] 方外，犹世外。荒忽，同"慌惚"，看不清的样子。

[24] 沛，流的样子。罔象，洪兴祖《楚辞补注》："《文选》云：'瞰汩飘泪，沛以罔象兮。'注云：'罔象，即仿像也。'又云：'罔象相求。'注云：'虚无罔象然也。'"姜亮夫《屈原赋校注》："罔象，犹今言汪洋也，无涯涘之状。"可从。这句是说云气流动漫无涯涘，自然澄清。

[25] 祝融，火神，即上文的炎神、炎帝。戒，警戒。衡，车辕前的横木。还衡，旋转车衡，意谓将向别处行走。

[26] 腾，传。宓（fú 伏）妃，传说是伏羲的女儿，溺死在洛水，成为洛水之神。

[27] "张咸池"以下四句，原第四句为第二句，第二句为第四句。闻一多《楚辞校补》："案此文当作'张咸池奏承云兮，令海若舞冯夷，使湘灵鼓瑟兮，二女御九韶歌。'夷与上文妃韵，歌与下文蛇韵也。今本'令海若'句与'二女御'句误倒，则失其韵矣。"闻说至当，现在依照他的意见移转。张，设。咸池、承云，都是上古乐名。咸池，尧乐。承云，即云门，黄帝乐。

[28] 海若，即《庄子·秋水》中之北海若，北海之神。冯夷，也见于《秋水》篇，即河伯，河水之神。这两句是说，设乐奏《咸池》、《承云》，令海若、冯夷舞。动名词略为颠倒。

[29] 湘灵，湘水之神。下文称二女，则这里的湘灵并非指湘夫人。

[30] 二女，尧的女儿娥皇、女英。御，进。九韶，舜乐。韶乐九成，故云。御九韶歌，即为九韶之歌。

[31] 螭（chī 蚩），龙之一种。象，罔象，水中的神怪。

[32] 蟉虯（liú qiú 流求），盘曲的样子。逶蛇，即逶迤，弯曲而延伸的样子。这两句是写鱼龙漫衍之戏，张衡《西京赋》所谓"巨兽百寻，是为漫延"之意。

[33] 蜺，同"霓"。雌蜺，副虹。便娟，轻丽的样子。挠，应当读"娆"，如娇娆、妖娆，都是妍媚之意，与"便娟"相应。

[34] 轩翥（zhù 祝），高飞。

[35] 博衍，犹广远。终极，穷尽。

[36] 焉乃，于是。逝，去。王逸《楚辞章句》谓"遂往周流"，极是。蒋骥《山带阁注楚辞》云："言南游之乐至矣，于是遂逝而徘徊以择所往也。乐不至，不足以弭悲，故言南方之乐独详。至乐之中，

有至悲者存，不可不察也。”可谓深味这数句的含意。这一段是写游于南方。

舒并节以驰骛兮[1]，逴绝垠乎寒门[2]。
轶迅风于清源兮[3]，从颛顼乎增冰[4]。

[1] 舒，缓。并，姜亮夫《屈原赋校注》：“并，读为骈。骈节，犹言骈驾耳。”当是。驰骛，奔走。

[2] 逴(chuò 绰)，远。绝垠(yín 吟)，天的边际。寒门，《淮南子·地形训》：“北方曰北极之山，曰寒门。”高诱注：“积寒所在，故曰寒门。”这两句同于《淮南子·原道训》“纵志舒节，以驰大区”和《大人赋》“舒节出乎北垠”之意。

[3] 轶(yì 逸)，后车超越前车，义犹突过。迅，疾。清源，《文选·思玄赋》：“且余沐于清源。”则当是北方的寒泉。王逸《楚辞章句》谓：“遂入八风之藏府也。”

[4] 颛顼，北方之神，洪兴祖《楚辞补注》：“北方壬癸，其帝颛顼，其神玄冥。”增冰，即层冰。《招魂》：“北方不可以止些，增冰峨峨，飞雪千里些。”这一段是写游于北方。

历玄冥以邪径兮[1]，乘间维以反顾[2]。
召黔嬴而见之兮[3]，为余先乎平路[4]。
经营四荒兮[5]，周流六漠[6]。
上至列缺兮[7]，降望大壑[8]。
下峥嵘而无地兮[9]，上寥廓而无天[10]。
视倏忽而无见兮[11]，听惝怳而无闻[12]。
超无为以至清兮[13]，与太初而为邻[14]。

[1] 历，经过。玄冥，水神，《左传·昭公二十九年》：“水正曰玄冥。”邪径，王逸《楚辞章句》谓“道绝幽都，路穷塞也”。

[2] 乘，登。间维，天有六间，地有四维。洪兴祖《楚辞补注》："《孝经纬》云：'天有七衡而六间，相去合十一万九千里。'《淮南》云：'两维之间九十一度。'注云：'自东北至东南为两维，匝四维，三百六十五度，一度二千九百三十二里。'"反顾，意欲去往别处。

[3] 黔嬴，天上造化神名。《大人赋》："左玄冥而右黔雷兮。"《汉书·司马相如传》张揖注："玄冥，北方黑帝佐也。黔雷，黔嬴也，天上造化神名也。……或曰水神也。"沈钦韩《两汉书疏证》："嬴，或为羸，故转雷。"王先谦《汉书补注》："《史记》作含雷，黔、含并今声，以音近通假。"

[4] 平路，铺平道路。这四句是说，经过玄冥而路穷道绝，便乘六间四维以回望，因召见黔嬴，让他为我先行以铺平道路。

[5] 经营，指方位而言，《文选·魏都赋》："延阁胤宇以经营。"注："直行为经，周行为营。"四荒，四方荒远之地。

[6] 周流，周游。六漠，即六合，天地四方。

[7] 列缺，天隙闪电，《大人赋》："贯列缺之倒景兮。"《汉书·司马相如传》服虔注："列缺，天闪也。"

[8] 大壑，大海，《列子·汤问》："渤海之东，……有大壑焉，实惟无底之谷，名曰归墟。"这四句是说，周游八极，绕天一匝，上窥天之间隙，下视海之广大。

[9] 峥嵘，深远的样子。无地，沦没入幽虚。

[10] 寥廓，旷远的样子。无天，空虚而无形。这两句是说天地之大无极际。

[11] 倏忽，犹闪烁。倏忽无见，谓目瞑眩。

[12] 惝怳（tǎng huǎng 倘谎），模糊不清。惝怳无闻，谓杳无声。

[13] 无为，纯任自然之义。《史记·老子列传》："老子无为自化，清净自正。"是道家清虚自守之道。至清，姜亮夫《屈原赋校注》："至清，当为一术语，洪补引《淮南》云：'契大浑之朴而立至清之中。'是其证。"这句是说以至清之养，达到了无为之境。

[14] 太初，《庄子·天地》："泰初有无。"初，即始。《列子·天瑞》："太初者，气之始也。"与太初为邻，即与清净自然之境同化。这几句是说，与造化者游，遍历天地四方、窈冥寂阒之境，至所谓化去而不见。

卜　居

《卜居》和《渔父》，王逸都认为是"屈原之所作也"。其实不然，清人崔述已经开始怀疑。他在《考古续说》中说："周庾信为《枯树赋》，称殷仲文为东阳太守，其篇末云：'桓大司马闻而叹曰……'云云。仲文为东阳时，桓温之死久矣；然则是作赋者托古人以畅其言，固不计其年世之符否也。谢惠连之赋雪也，托之相如；谢庄之赋月也，托之曹植；是知假托成文，乃词人之常事。然则《卜居》、《渔父》亦必非原之所自作。"认为是后人"假托成文"。这种假托的根据，即《离骚》中的"索藑茅以筳篿兮，命灵氛为余占之"，"欲从灵氛之吉占兮，心犹豫而狐疑"。这和《卜居》中之"余有所疑，愿因先生决之"的描写是一致的。同时《卜居》、《渔父》都是以第三人称叙述的，和屈原的其他作品之用第一人称大不相同，显然不是屈原自己的创作。究竟是谁作的，已不可考。郭沫若在《屈原赋今译》中推论说："可能是深知屈原生活和思想的楚人的作品。"是较为可信的。从用韵上看，《卜居》以"长"、"明"、"通"相叶，《渔父》以"移"、"波"、"醨"、"为"相叶，都是先秦古韵，可以证明是先秦的作品。这两篇赋在形式上也有共同的特点，它们比屈原的作品更自由，句法参差错落，用韵也很随便，完全是一种散文诗，是屈原作品的发展，应该是从楚骚到汉赋的过渡形式。

卜居，王逸《楚辞章句》说："卜己居世何所宜行。"即问卜自己对现实应该采取什么态度才合宜。内容是反映屈原的顽强斗志和不信天命、不信卜筮的批判精神，和《离骚》、《天问》所表现的思想还是一致的。

屈原既放，三年不得复见[1]。
竭知尽忠，而蔽障于谗，心烦虑乱，不知所从。
乃往见太卜郑詹尹曰[2]：
"余有所疑，愿因先生决之。"
詹尹乃端策拂龟[3]，曰："君将何以教之？"

[1] 三年，不知具体指何时，从词意看，可能指怀王时谪居汉北后之三年。
[2] 太卜，国家掌管卜筮的官。郑詹尹，太卜名。
[3] 策，蓍草，用为筮。龟，龟壳，用为卜。端策，把蓍草摆正。拂龟，拂去龟壳上的尘土。都是卜筮前的虔诚表示。

屈原曰："吾宁悃悃款款朴以忠乎[1]？
将送往劳来斯无穷乎[2]？宁诛锄草茅以力耕乎？
将游大人以成名乎[3]？宁正言不讳以危身乎[4]？
将从俗富贵以媮生乎[5]？宁超然高举以保真乎[6]？
将哫訾栗斯，喔咿儒兒，以事妇人乎[7]？
宁廉洁正直以自清乎？
将突梯滑稽，如脂如韦，以洁楹乎[8]？
宁昂昂若千里之驹乎[9]？

将氾氾若水中之凫，与波上下，偷以全吾躯乎[10]？
宁与骐骥亢轭乎[11]？将随驽马之迹乎？
宁与黄鹄比翼乎[12]？将与鸡鹜争食乎[13]？
——此孰吉孰凶？何去何从？
世溷浊而不清：蝉翼为重，千钧为轻[14]；
黄钟毁弃[15]，瓦釜雷鸣；谗人高张[16]，贤士无名。
吁嗟默默兮，谁知吾之廉贞！”

[1] 悃悃款款，诚实勤苦的样子。朴以忠，质朴而忠直。

[2] 送往劳来，指随处周旋，巧于应酬。无穷，环转不定之意。

[3] 游，游说。大人，势要之人。

[4] 正言不讳，指直谏君过。

[5] 媮，同“偷”。

[6] 高举，指洁身自好。真，同“贞”。保真，保全节操。

[7] 哫訾（zú zǐ 足紫），阿谀奉承。栗斯，献媚的样子。喔咿儒兒（ní 倪），强颜欢笑的样子。妇人，指怀王的宠姬郑袖。

[8] 突梯滑（gǔ 股）稽，态度圆滑，口齿伶俐。形容善于迎合世俗的好恶。脂，油脂。韦，熟牛皮。如脂如韦，光滑如油脂，柔软如熟牛皮。形容善于应付环境。洁，通“絜”，测量圆形叫絜。楹，屋的柱子。王夫之《楚辞通释》云：“毁方为圆，如匠者絜度楹柱，必欲其圆也。”这三句是说使自已像匠人一样，削平方棱成为圆形，以便圆顺与谄佞者辈同流合污。

[9] 昂昂，气概轩昂的样子。

[10] 氾氾，漂浮的样子。凫（fú 扶），野鸭。偷，苟且。

[11] 亢，举。轭（è 愕），车辕前套马用的横木。与骐骥亢轭，即与骏马并驾。

[12] 黄鹄，天鹅。比翼，并飞。

[13] 鹜（wù 误），鸭。鸡鸭，借喻谗佞者辈。争食，喻竞争食禄。

[14] 钧，三十斤为一钧。

[15] 黄钟，古乐十二律之一，声调最洪亮。

[16] 张，夸大。高张，指在朝廷据要位。

詹尹乃释策而谢，曰：

“夫尺有所短，寸有所长[1]；

物有所不足，智有所不明；

数有所不逮，神有所不通[2]。

用君之心，行君之意，龟策诚不能知此事[3]。”

[1] 尺短寸长，指尺虽比寸长，但在特定情况下反不如寸之发生作用；寸虽比尺短，但在某些情况下比尺更派用场。比喻事物各有长处和短处。

[2] 数，卦数。逮，及、到。通，古音“汤”。这两句是说卦数有不能推测的，神灵也有不知道的。

[3] 这三句是劝屈原自行其志，卜者不能知屈原所问之事。

渔　父

《渔父》和《卜居》一样，是楚人悼念屈原的作品。但写作背景不同。《卜居》应是写屈原谪居汉北之时，《渔父》则是写他放逐在沅湘之间。文中之“宁赴湘流，葬于江鱼之腹中”便是证明。屈原最后是由沅水入湘水，自沉汨罗的。父，楚地对老年人的尊称。《方言》：“凡尊老，南楚谓之父。”渔父，捕鱼的老人。这里实际上是一个隐者的形象。战国时期，阶级矛盾激化，统治阶级内部的互相倾轧也十分剧烈，因此在社会上便出现了一些佯狂玩世、逃避政治斗争以保全自己性命的隐遁人物。这类人物楚国最多。如孔丘游楚时遇见的接舆、长沮、桀溺，荀况《尧问》中的缯丘之封人，韩非《解老》中的詹何，《吕览·异宝》中的江上丈人，《韩诗外传》中的北郭先生等，都是楚人。渔父便是这类人物的代表，是那个历史时代和楚国的特定环境的产物。作品通过屈原和渔父的对话，表现了两种不同的思想观点的对立和屈原坚贞不屈的意志。

屈原既放，游于江潭[1]，
行吟泽畔，颜色憔悴，形容枯槁。

渔父见而问之曰："子非三闾大夫欤[2]？
何故至于斯？"

[1] 江，这里应指沅江。潭，深渊。蒋骥《山带阁注楚辞》云："今常德府沅水旁有九潭。"

[2] 三闾大夫，官名，掌管楚国屈、景、昭三姓王族谱牒等事。屈原曾担任此官职。

屈原曰：
"举世皆浊我独清，众人皆醉我独醒，是以见放[1]。"
渔父曰："圣人不凝滞于物[2]，而能与世推移[3]。
世人皆浊，何不淈其泥而扬其波[4]？
众人皆醉，何不餔其糟而歠其醨[5]？
何故深思高举，自令放为[6]？"
屈原曰：
"吾闻之：新沐者必弹冠[7]，新浴者必振衣[8]。
安能以身之察察，受物之汶汶者乎[9]？
宁赴湘流，葬于江鱼之腹中。
安能以皓皓之白[10]，而蒙世俗之尘埃乎？"

[1] 见放，被放逐。

[2] 凝滞，拘泥执着。不凝滞于物，即对客观事物不抱固定刻板的看法。

[3] 与世推移，即随俗从流。

[4] 淈（gǔ 谷），搅浊。淈泥扬波，即同流合污。

[5] 餔（bū 逋），吃。糟，酒滓。歠（chuò 辍），饮。醨（lí 离），薄酒。餔糟歠醨，即与世同醉。

[6] 深思，指忧思国君与人民，即所谓"独醒"。高举，指高于世俗的操

行，即所谓“独清”。自令放为，为什么自己招致放逐。这句《史记》作“何故怀瑾握瑜而自令见放为”。闻一多认为“于义为长，当从之”。可参考。

[7] 沐，洗头发。弹冠，掸去帽上灰尘。

[8] 振衣，抖掉衣上尘土。

[9] 察察，洁白的样子。汶（mén 门）汶，沾辱。这两句是说不能让干净的身体受脏东西沾污。

[10] 皓皓，犹皎皎。皓白，比喻品格贞洁。

渔父莞尔而笑[1]，鼓枻而去[2]。
乃歌曰：“沧浪之水清兮，可以濯吾缨；
沧浪之水浊兮，可以濯吾足[3]！”
遂去，不复与言。

[1] 莞（wǎn 皖）尔，微笑的样子。

[2] 枻（yì 亦），楫。鼓枻，叩桨。

[3] 沧浪，水名。蒋骥《山带阁注楚辞》云：“武陵龙阳，有沧山、浪山及沧浪之水。又有沧港市、沧浪乡、三闾港、屈原巷，参而核之，最为有据。”《沧浪歌》又见于《孟子》，可见是江湘间流传的歌曲。江水初夏涨时则浊，秋末落时则清。缨，系帽子的带子。清水濯缨，浊水濯足，是说适应环境，即“与世推移”之意。

九　辩

在文学史上往往屈宋并称。从今天的观点看，宋玉的成就虽然远不如屈原，但仍不失为大家。但宋玉的生平事迹，历史上却记载得很少。最可征信的是《史记·屈原贾生列传》说："屈原既死之后，楚有宋玉、唐勒、景差之徒者，皆好'辞'而以'赋'见称。然皆祖屈原之从容辞令，终莫敢直谏。"又《汉书·艺文志》说宋玉是"楚人，与唐勒并时，在屈原后也"。和《史记》所记相同。刘向《新序》说他"事楚襄王而不见察，意气不得，形于颜色"。王逸《楚辞章句》说："《九辩》者，楚大夫宋玉之所作也。"可见宋玉的时代稍后于屈原。在楚襄王朝做过小官，意气不自得，被贬去职。据游国恩先生在《楚辞概论》中考证，他"至楚幽王时，年逾六十；因秋感触，追忆往事，作《九辩》以寄意"。

宋玉的作品，《汉书·艺文志》著录为十六篇，现在保存的只有《九辩》、《招魂》（见《楚辞章句》），《风赋》、《高唐赋》、《神女赋》、《登徒子好色赋》（见《文选》），《笛赋》、《大言赋》、《小言赋》、《讽赋》、《钓赋》、《舞赋》（见《古文苑》）十二篇。这十二篇中《招魂》本是屈原所作，《风赋》以下诸篇都不同程度有伪托的嫌疑，可确定为他的作品的只有《九辩》一篇。

（明焦竑、清吴汝纶曾认为是屈原所作，但理由不充分。）

什么叫“辩”呢？王逸《楚辞章句》说：“辩者，变也。”《周礼·大司乐》郑注：“变，犹更也，乐成则更奏也。”所以“变”或“辩”，犹如唐宋乐曲之所谓“遍”。王夫之《楚辞通释》说：“辩，犹遍也，一阕谓之一遍。”遍应是乐曲的组成部分。

《九辩》的内容，王逸认为是“闵惜其师忠而放逐，故作《九辩》，以述其志”。纯属揣测之辞。宋玉和屈原并非师生关系，绝无哀悼他的老师之意。《九辩》中的悯惜之情，都是宋玉自悯，是宋玉借古乐为题以抒写自己的感慨和愁思，和屈原的《离骚》相似，是自叙传性的长篇抒情诗。

悲哉秋之为气也！萧瑟兮草木摇落而变衰。
憭慄兮若在远行[1]；登山临水兮送将归。
泬寥兮天高而气清[2]；宋廖兮收潦而水清[3]。
憯悽增欷兮薄寒之中人[4]；怆怳懭悢兮去故而就新[5]；
坎廪兮贫士失职而志不平[6]；
廓落兮羁旅而无友生[7]；惆怅兮而私自怜。
燕翩翩其辞归兮，蝉宋漠而无声[8]；
雁廱廱而南游兮[9]，鹍鸡啁哳而悲鸣[10]。
独申旦而不寐兮[11]，哀蟋蟀之宵征。
时亹亹而过中兮[12]，蹇淹留而无成[13]。

[1] 憭慄，凄凉。若，语助词。

[2] 泬（xuè 血）寥，空旷清朗的样子。清，古本作“瀞”，可从。《说文》：“瀞，冷寒也。”

[3] 宋廖（jì liáo 寄聊），一本作“寂漻”，可读作“淑漻”。淑、漻，都是水清的状态。潦（lǎo 老），雨后地面积水。收潦，雨水退尽。夏天水

涨而浊，秋天水退而清。这句是说秋水潦竭而特别清澈。

[4] 憯，同“惨”。欷（xī 希），叹息。薄寒，轻寒。中，读去声，伤的意思。

[5] 怆怳（huǎng 晃），失意的样子。懭悢（lǎng 朗），愁恨。去故就新，指别离。

[6] 坎廪（lǐn 凛），一本“廪”作“壈”，坎壈，即坎坷，指遭遇不顺利。失职，指削职被贬的事。

[7] 廓落，孤独。友生，知己的朋友。

[8] 宗漠，即寂寞。

[9] 廱，即“雍”字。雍雍，雁叫和谐声。

[10] 鹍鸡，一种鸟名，像鹤，黄白色。啁哳（zhā 渣），声音繁细的样子。

[11] 申旦，从夜到明、通宵。

[12] 亹（wěi 伟）亹，运行很快的样子。

[13] 蹇，楚地方言，发语词。淹留，久留。

悲忧穷戚兮独处廓[1]，有美一人兮心不绎[2]；
去乡离家兮徕远客[3]，超逍遥兮今焉薄[4]？
专思君兮不可化[5]，君不知兮可奈何！
蓄怨兮积思，心烦憺兮忘食事[6]。
愿一见兮道余意，君之心兮与余异。
车既驾兮朅而归[7]，不得见兮心伤悲；
倚结軨兮长太息[8]，涕潺湲兮下霑轼[9]。
忼慨绝兮不得[10]，中瞀乱兮迷惑[11]。
私自怜兮何极[12]？心怦怦兮谅直[13]。

[1] 戚，读作“蹙”（cù 促），一本也作“蹙”。穷蹙，处境穷困。廓，孤寂空虚。

[2] 有美一人，宋玉自谓。绎（yì 义），“怿”的假借字，喜欢，愉快。

[3] 乡、家，应指郢都。徕，读作“来”，一本也作“来”。来远客，来做

远客。

[4] 超,远。逍遥,浮游的样子。薄,通"泊",止息。

[5] 君,指楚王。化,变。

[6] 憺,通"惔",火烧。食事,饮食之事。这句是说心中烦闷焦虑,忘却饮食。

[7] 朅(qiè 怯),离去。

[8] 軨(líng 零),古代的车厢前面和左面、右面用木条构成的方格。因形似窗棂,所以叫结軨。

[9] 轼(shì 士),古代车前用以扶手的横木。

[10] 忼慨,即慷慨,愤激。这句是说愤激之极而不可抑制。

[11] 中,心中。瞀(mào 茂)乱,昏迷错乱。

[12] 极,穷尽。

[13] 怦(pēng 烹)怦,忠诚的样子。谅,固执、坚持成见。这句是说内心忠诚而正直不阿。

皇天平分四时兮,窃独悲此廪秋[1]。
白露既下百草兮,奄离披此梧楸[2]。
去白日之昭昭兮,袭长夜之悠悠[3]。
离芳蔼之方壮兮[4],余萎约而悲愁[5]。
秋既先戒以白露兮,冬又申之以严霜。
收恢台之孟夏兮[6],然欿傺而沈藏[7]。
叶菸邑而无色兮[8],枝烦挐而交横[9];
颜淫溢而将罢兮[10],柯仿佛而萎黄;
萷櫹椮之可哀兮[11],形销铄而瘀伤。
惟其纷糅而将落兮[12],恨其失时而无当[13]。
揽騑辔而下节兮[14],聊逍遥以相佯[15]。
岁忽忽而遒尽兮[16],恐余寿之弗将[17]。
悼余生之不时兮,逢此世之俇攘[18]。

澹容与而独倚兮[19]，蟋蟀鸣此西堂。
心怵惕而震荡兮[20]，何所忧之多方[21]！
仰明月而太息兮，步列星而极明[22]。

[1] 廩，一本作“凛”。

[2] 奄，忽、遽。离披，分散的样子。梧楸，梧桐和楸树。都是早凋的树木。

[3] 袭，入。

[4] 芳蔼，芳菲繁茂。方壮，正在盛年。这句是说已经过了美好旺盛的壮年时期。

[5] 萎约，亦作“委约”，疾病穷困。

[6] 恢台，繁盛或广大的样子。孟夏，闻一多认为“疑‘孟’当为‘盛’，字之误也”(《楚辞校补》)。《艺文类聚》三引“孟”正作“盛”，是其确证。

[7] 然，乃、于是，下文之“然中路而迷惑兮”、“然惆怅而自悲”、“然惆怅而无冀”、“然霿曀而莫达”、“然潢洋而不可带”、“然潢洋而不遇兮”，都作乃、于是解。欿，与“坎”字通，陷的意思。傺(chì翅)，止。沉藏，沉埋蔽藏。这句是说盛夏繁盛之象就停止而沉埋收藏起来。

[8] 菸(yū迂)邑，黯淡的样子。

[9] 烦挐(rú濡)，纷乱。

[10] 颜，指叶子的颜色。淫溢，浸渐。罢(pí疲)，指凋零。

[11] 萷，同“梢”，树杪。櫹椮(xiāo sēn萧森)，树枝无叶孤立上耸的样子。

[12] 惟，思。其，指草木。纷糅，众杂，指败叶衰草相杂。

[13] 失时，过了时令季节。当，合适。这句是说怅恨草木过了季节就没有繁茂的机会。

[14] 擥(lǎn览)，持。騑(fēi非)，在两边拉车的马。古代一车三马或四马，中间的叫服，两边的叫騑，也叫骖。下节，即按节、停鞭。

[15] 相佯，同“徜徉”，即徘徊。

[16] 遒(qiú 囚),迫近。

[17] 将,长。

[18] 侹(kuāng 匡)攘,混乱的样子。王念孙《读书杂志》:"侹攘,乱貌。逢此世之侹攘,言与乱世相遭也。"

[19] 澹,水波徐缓的样子。容与,闲散自得的样子。倚,独、单个。这句是说独自一人舒缓闲步。

[20] 怵(chù 黜)惕,惊惧。

[21] 方,端。这句是说所忧多方,百忧交集。

[22] 极明,到天明。

窃悲夫蕙华之曾敷兮[1],纷旖旎乎都房[2]。
何曾华之无实兮[3],从风雨而飞飏[4]!
以为君独服此蕙兮[5],羌无以异于众芳[6]。
闵奇思之不通兮[7],将去君而高翔。
心闵怜之惨悽兮,愿一见而有明[8]。
重无怨而生离兮[9],中结轸而增伤[10]。
岂不郁陶而思君兮[11],君之门以九重[12]。
猛犬狺狺而迎吠兮,关梁闭而不通。
皇天淫溢而秋霖兮[13],后土何时而得漧[14]!
块独守此无泽兮[15],仰浮云而永叹。

[1] 蕙华,蕙草的花。曾,通"层"。曾敷,层层开放。

[2] 旖旎,繁盛的样子。都,美。王夫之《楚辞通释》:"都房,犹言华屋。"这句是说感叹蕙草曾繁盛地生长在宫殿华屋之间。

[3] 曾华无实,只开花不结果。以喻君王把他看成虚有其表而无实际才能的人。

[4] 这句是说蕙华曾生于华贵之地,乃遭风雨而凋伤。以喻自己初见任用,而后以谗言被废。

[5] 君,指楚王。服,佩带。

[6] 羌，发语词。众芳，指其他人。这句是说哪知道他把我当作一般人看待。

[7] 闵，伤。奇思，委宛曲折的思虑。不通，不能通达于君。

[8] 一见，指见到楚王。有明，有以自明。

[9] 重，朱熹《楚辞集注》谓“深念也”。无怨，犹云无罪。深念自己无罪而与君王别离。

[10] 结轸，郁结忧伤。

[11] 郁陶（yáo 遥），忧思蓄积满胸。

[12] 九重，据朱熹《楚辞集注》，天子之门有九重，即关门、远郊门、近郊门、城门、皋门、库门、雉门、应门、路门。

[13] 淫、溢，都是过度的意思。霖，久雨。

[14] 后土，地。与上句“皇天”对称。漧，同“乾”。

[15] 块，孤独的样子。无泽，应是“芜泽”之误。闻一多《楚辞校补》：“疑‘无’当为‘芜’之省借，或误字。《风俗通义·山泽篇》曰：‘水草交厝，名之为泽。’久雨则百草怒生，潢潦渟滀而成斥卤，‘芜泽’正言其水多也。”这句是说自己孤独地困守在荒芜沮泽之中。

何时俗之工巧兮，背绳墨而改错[1]！
却骐骥而不乘兮，策驽骀而取路。
当世岂无骐骥兮，诚莫之能善御。
见执辔者非其人兮，故驹跳而远去[2]。
凫雁皆唼夫梁藻兮[3]，凤愈飘翔而高举[4]。
圜凿而方枘兮[5]，吾固知其鉏铻而难入[6]。
众鸟皆有所登栖兮，凤独遑遑而无所集。
愿衔枚而无言兮[7]，尝被君之渥洽[8]。
太公九十乃显荣兮，诚未遇其匹合。
谓骐骥兮安归？谓凤皇兮安栖？
变古易俗兮世衰，今之相者兮举肥[9]。
骐骥伏匿而不见兮，凤皇高飞而不下；

鸟兽犹知怀德兮[10]，何云贤士之不处[11]？
骥不骤进而求服兮[12]，凤亦不贪餧而妄食[13]。
君弃远而不察兮，虽愿忠其焉得？
欲寂漠而绝端兮[14]，窃不敢忘初之厚德。
独悲愁其伤人兮，冯郁郁其何极[15]？

[1] 绳墨，比喻法度。错，通“措”。

[2] 跼（jú局）跳，跳跃。

[3] 凫（fú扶），野鸭。唼（zā匝），象声词，水鸟或鱼类吃食物的样子。粱，小米。藻，水草。此用野鸭和野鹅都吃粱藻，比喻群小食禄。

[4] 飘翔，闻一多《楚辞校补》：“案《御览》九一五，《事类赋注》一八引‘翔’并作‘翱’，殆是。‘飘翱’叠韵连语。”高举，高飞。此用凤凰愈高飞比喻贤人远去。

[5] 圜，同“圆”。凿，榫眼。枘（ruì瑞），榫头子。

[6] 钽铻（jǔ yǔ咀语），同“龃龉”，抵触、不相配合。

[7] 衔，含。枚，像筷子一样的木杆，两端有带可系于颈上。古代进军袭击敌人，常令士兵衔在口中以防说话和喧哗。这里是借用，表示将缄口不言。

[8] 渥洽，深厚的恩泽。这句是说但因曾经受楚王的厚恩而又不忍心这样。

[9] 相者，指相马的人。举肥，推荐肥马。朱熹《楚辞集注》：“古语云：‘相马失之瘦，相士失之贫。’即举肥之意也。”意思是马的好坏，不在肥瘦，而相马者往往忽略了瘦马；士的优劣，不在贫富，而用人的人往往忽略了贫士。现在相马的人只知道选择肥马，以喻贫士之不被任用。

[10] 鸟兽，指凤凰和骐骥。怀德，怀念有德者。

[11] 不处，不愿留处在有德之君的朝廷之中。

[12] 服，驾车。

[13] 餧，同“喂”。

[14] 绝端，断绝头绪。这句是灭去踪迹，隐姓埋名的意思。

[15] 冯，同“凭”，愤懑。郁郁，忧伤沉闷的样子。极，穷尽。这句是说愤懑愁恨何时是了？

霜露惨凄而交下兮[1]，心尚幸其弗济[2]。
霰雪雰糅其增加兮[3]，乃知遭命之将至。
愿徼幸而有待兮[4]，泊莽莽与野草同死[5]。
愿自往而径游兮[6]，路壅绝而不通。
欲循道而平驱兮[7]，又未知其所从。
然中路而迷惑兮，自压桉而学诵[8]。
性愚陋以褊浅兮[9]，信未达乎从容[10]。
窃美申包胥之气盛兮[11]，恐时世之不固[12]。
何时俗之工巧兮？灭规矩而改凿[13]。
独耿介而不随兮[14]，愿慕先圣之遗教。
处浊世而显荣兮，非余心之所乐。
与其无义而有名兮，宁穷处而守高[15]。
食不媮而为饱兮[16]，衣不苟而为温；
窃慕诗人之遗风兮[17]，愿托志乎素餐[18]。
蹇充倔而无端兮[19]，泊莽莽而无垠[20]。
无衣裘以御冬兮，恐溘死不得见乎阳春。

[1] 霜露交下，比喻自己受群小排挤和打击。

[2] 幸，希望。济，成功。这句是说心里还希望他们的阴谋不会成功。

[3] 霰（xiàn 宪），雪珠。雰，雨雪多的样子。霰与雪交杂而下得很大。比喻群小对其打击排挤不遗余力。

[4] 徼幸，即侥幸。有待，指等待楚王的醒悟。

[5] 泊，应是“薄”的假借字，广大的意思。这句是说一片野草茫茫无边，自己将与之同腐。

[6] 往，是“枉”字之误或假借。自枉而径游，经小路去见说楚王。

[7] 循道，遵循大道。这句是说遵大路驱车往见楚王。

[8] 桉，同“按”，抑的意思。压按，压制。诵，诗篇。《诗经·小雅·节南山》：“家父作诵，以究王讻。”是带箴谏意义的诗。这句是说自己压制着愤激的情感去学诗。

[9] 陋，见闻少。褊（biǎn 扁），狭隘。这句是说自己本性愚钝，见闻很少，而且狭隘。

[10] 信，确实、真的。这句是说遇此挫折无法克制自己愤懑烦躁的心情。

[11] 申包胥，春秋时楚大夫。吴伐楚，占郢都，楚昭王逃亡到国外。申包胥到秦去求救，在秦廷哭了七天七夜。秦哀公被感动了，出兵打败了吴国，收复了楚国的领土。气盛，即指这种爱国的志气。

[12] 固，朱熹《楚辞集注》：“固，当作同，叶通、从、诵、容韵。”是形近而误。这两句似乎是针对顷襄王二十一年秦兵破郢而言。宋玉说自己赞美申包胥，并想仿效他到别国求援，但恐怕时代不同了，求援也得不到别国的帮助。

[13] 规矩，比喻法度。凿，应是“错”的错字，闻一多《楚辞校补》：“案‘凿’当为‘错’，声之误也。（凿、错二音古书往往相乱。《史记·晋世家》出公名凿，《六国年表》作错，是其比。）古韵错在鱼部，凿在宵部。此本以‘错’与上文固相叶，后人误改作‘凿’，以与下文教乐高叶，则固字孤立无韵矣。《离骚》曰‘固时俗之工巧兮，偭规矩而改错’，《七谏·谬谏》曰‘固时俗之工巧兮，灭规矩而改错’，本篇上文曰‘何时俗之工巧兮，背绳墨而改错’，语意俱与此同，而字皆作错。《文选·思玄赋》注引此文作‘错’，尤其确证。”

[14] 耿介，光明正大。随，随从时俗。

[15] 守高，保持清高。

[16] 婾，同“偷”字，苟且的意思。为，意同“求”。

[17] 诗人，指《诗经·魏风·伐檀》的作者。

[18] 素餐，白吃饭。《伐檀》：“彼君子兮，不素餐兮。”这里的“素餐”是“不素餐”的略文。意思是愿意把志愿寄托在诗人所谓“不素餐”上面，即不只是食禄而不做事，以白吃饭为耻。餐，也作“飧”

(sūn 孙),熟食。《伐檀》又云:“彼君子兮,不素飧兮。”素飧,也是白吃饭。闻一多《楚辞校补》:“餐当为‘飧’。《说文》‘餐’重文作‘湌’,与‘飧’形声俱近,故相涉而误。古韵飧、餐异部。此与温、垠、春为韵,是字当作飧。若作餐,则失其韵矣。”作“飧”为好。

[19] 充倔,无边际,《方言》四:“以布而无缘,敝而紩之,谓之褴褛,自关而西,谓之裗裾。”充倔,同“裗裾”,无边缘的样子。无端,没有涯际。

[20] 泊,当从一本作“汩”。这句和上句平列而意思相近,句法也相同。汩和蹇都是语助词,莽莽犹充倔,无垠同无端。都是写自己身处茫茫无际的山野。

靓杪秋之遥夜兮[1],心缭悷而有哀[2]。
春秋逴逴而日高兮[3],然惆怅而自悲。
四时递来而卒岁兮,阴阳不可与俪偕[4]。
白日晼晚其将入兮[5],明月销铄而减毁[6]。
岁忽忽而遒尽兮,老冉冉而愈弛[7]。
心摇悦而日幸兮[8],然怊怅而无冀[9]。
中憯恻之悽怆兮,长太息而增欷。
年洋洋以日往兮[10],老嵺廓而无处[11]。
事亹亹而觊进兮[12],蹇淹留而踌躇。

[1] 靓,读作“靖”,《方言》一:“靖,思也。”《文选·思玄赋》李善注:“靖与靓同。”杪秋,即晚秋。遥夜,长夜。

[2] 缭悷(lì 戾),缠绕、郁结。

[3] 春秋,年纪。逴(chuò 绰)逴,越走越远。

[4] 阴阳,春夏为阳,秋冬为阴。俪偕,犹言并存。

[5] 晼晚,日落时昏暗的样子,比喻年老。

[6] 销铄、减毁,都是亏缺的意思。

[7] 弛,松散。年纪渐老而心情也就愈颓唐。

[8] 悦，是“悦”字之误。悦、洸古通，摇洸与摇漾声义俱相近，皆有动摇义。心摇洸，犹神飞越。日幸，天天希望。这句意思是有感于岁月之流逝，心摇意动而不能自安，乃天天盼望返回故都，得行其志。

[9] 怊（chāo 超）怅，同“惆怅”。无冀，和上句日幸相对成文，没有希望。

[10] 洋洋，广大无际的样子。

[11] 嵺，一本作“廖”，通“寥”。嵺廓，空旷。无处，无处托身。这句是说自己年老空虚而无处托身。

[12] 事，国事。亹（wěi 伟）亹，勤勉的样子。觊（jì 冀），希望。这句是说本勤于国事而希望进用。

何氾滥之浮云兮[1]，猋壅蔽此明月[2]！
忠昭昭而愿见兮，然雰曀而莫达[3]。
愿皓日之显行兮，云濛濛而蔽之。
窃不自料而愿忠兮，或黕点而污之[4]。
尧舜之抗行兮，瞭冥冥而薄天[5]。
何险巇之嫉妒兮[6]，被以不慈之伪名[7]？
彼日月之照明兮，尚黯黮而有瑕[8]。
何况一国之事兮，亦多端而胶加[9]。
被荷裯之晏晏兮[10]，然潢洋而不可带[11]。
既骄美而伐武兮[12]，负左右之耿介[13]。
憎愠惀之修美兮，好夫人之慷慨。
众踥蹀而日进兮，美超远而逾迈[14]。
农夫辍耕而容与兮[15]，恐田野之芜秽。
事緜緜而多私兮[16]，窃悼后之危败[17]。
世雷同而炫曜兮[18]，何毁誉之昧昧！
今修饰而窥镜兮[19]，后尚可以窜藏[20]。

愿寄言夫流星兮[21],羌倏忽而难当[22]。
卒壅蔽此浮云兮,下暗漠而无光。

[1] 氾,同"泛",泛滥。这里用来形容浮云的翻滚腾涌。

[2] 猋(biāo标),犬奔貌,引申为迅速的样子。

[3] 霠(yīn阴),同"阴"。曀(yì意),阴暗。

[4] 或,有人。黕(dǎn胆)点,玷污。这句是说有人诬谤而陷害我。

[5] 这两句见《哀郢》注。

[6] 险巇,险阻崎岖。指险恶。

[7] 这句见《哀郢》注。

[8] 黯黮(dàn淡),昏暗。

[9] 多端,头绪多。胶加,犹胶葛,纠缠不清。

[10] 被,披。荷裯(dāo刀),用荷叶做的短衣。晏晏,柔和的样子。

[11] 潢洋(huáng yáng黄羊),衣服不贴身的样子。带,用作动词,束缚。这两句是说用荷叶做衣服固然柔美,但宽大不贴身,又不能用带子拴束。

[12] 伐武,夸耀武功。这句是说顷襄王自骄其美好勇武。

[13] 负,倚恃。左右,指身边的亲信臣僚。这句是说顷襄王把身边亲信视为耿介之士而倚为左右手。

[14] 以上四句见《哀郢》注。

[15] 容与,闲舒。这句是说由于赋敛过重,所以农夫罢耕而闲着。

[16] 事,国事。緜緜,相续不断。多私,指群小徇私舞弊。

[17] 悼,恐惧。

[18] 雷同,雷一发声,山谷响应,所以叫雷同。这里比喻群小唱和,众口一辞。炫曜,夸耀,形容群小互相吹嘘。

[19] 窥镜,照镜子。饰容临镜,指群小矫饰以欺蒙君主。

[20] 窜藏,隐藏。这句是说以后还可以身隐而名显。

[21] 寄言流星,托流星带信给楚王。

[22] 倏忽,往来疾速的样子。当,值。这句是说流星在空中飞驰而逝,难以遇到。

尧舜皆有所举任兮[1]，故高枕而自适[2]。
谅无怨于天下兮，心焉取此怵惕[3]？
乘骐骥之浏浏兮[4]，驭安用夫强策[5]？
谅城郭之不足恃兮，虽重介之何益[6]？
邅翼翼而无终兮[7]，忳惛惛而愁约[8]。
生天地之若过兮[9]，功不成而无效。
愿沈滞而不见兮[10]，尚欲布名乎天下[11]。
然潢洋而不遇兮[12]，直怐愗而自苦[13]。
莽洋洋而无极兮，忽翱翔之焉薄[14]？
国有骥而不知乘兮，焉皇皇而更索[15]？
甯戚讴于车下兮，桓公闻而知之。
无伯乐之善相兮，今谁使乎誉之[16]。
罔流涕以聊虑兮[17]，惟著意而得之[18]。
纷纯纯之愿忠兮[19]，妒被离而鄣之[20]。
愿赐不肖之躯而别离兮[21]，放游志乎云中。
乘精气之抟抟兮[22]，骛诸神之湛湛[23]。
骖白霓之习习兮[24]，历群灵之丰丰[25]。
左朱雀之茇茇兮[26]，右苍龙之躣躣[27]。
属雷师之阗阗兮[28]，通飞廉之衙衙[29]。
前轾辌之锵锵兮[30]，后辎乘之从从[31]。
载云旗之委蛇兮[32]，扈屯骑之容容[33]。
计专专之不可化兮[34]，愿遂推而为臧[35]。
赖皇天之厚德兮，还及君之无恙[36]。

[1] 举任，举贤任能。《史记·五帝本纪》："舜得举用事二十年，而尧使摄政。摄政八年而尧崩。……而禹、皋陶、契、后稷、伯夷、夔、

龙、倕、益、彭祖自尧时而皆举用,未有分职。于是舜乃至于文祖,谋于四岳,辟四门,明通四方耳目,命十二牧论帝德,行厚德,远佞人,则蛮夷率服。”

[2] 高枕自适,即高枕无忧。

[3] 怵惕,惊惧。这两句是说由于治理天下得法,那么天下人也就没有怨恨的了,自己心中还有什么可畏惧的呢?

[4] 浏浏,如水之流。

[5] 强策,强硬的马鞭。这两句是说骏马驾车如水之流,畅行无阻,怎么还用得着硬鞭去笞打呢?借喻任用贤人,不需要国君的驱使,自然能把国家治好。

[6] 介,甲。重介,重兵。这句是说虽有坚甲利兵,又有何益?意思是关键在举贤任能。

[7] 邅(zhān 沾),回旋不前。翼翼,谨慎的样子。无终,无极。这句是说自己始终小心谨慎、竭身恭敬。

[8] 忳(tún 屯),忧愁的样子。惛惛,郁闷。愁约,被愁闷所束缚。这句是说心中忧闷悲愁,无法解脱。

[9] 生天地,谓人生天地之间。若过,像过客一样。

[10] 沈滞,埋没。见,同“现”。

[11] 布名,流名。这句是说希望退隐自修还可以流名四海。

[12] 潢洋,无所遇合的样子。

[13] 怐愗(kòu mào 叩冒),愚昧。这句是说这样是空怀愚忠而自寻苦恼。

[14] 这句见《哀郢》注。意思是一身漂泊,无所栖止。

[15] 皇皇,同“遑遑”,匆遽的样子。这是批评楚王的话。

[16] 訾,一本作“訾”(zī 赀),可从,与上文“知”为韵。訾,估量。

[17] 罔,同“惘”,怅惘。聊虑,聊且抒发自己的思虑。

[18] 著意,专心一意。得之,指体察到自己的忠心。这句是说希望国君能著意体察到自己的忠心。

[19] 纷,盛多。纯(zhūn 谆)纯,诚挚的样子。

[20] 这两句见《哀郢》注。

[21] 不肖,不成材。这两句是说既为谗妒所鄣,所以愿乞骸骨而

远去。

[22] 精气,阴阳之气。抟抟,聚集成团。

[23] 骛,驰逐。湛湛,厚集的样子。这句是说驰逐于众多的神灵之间。

[24] 骖,驾。白霓,不带颜色的虹。习习,飞动的样子。

[25] 灵,一本作“神”。丰丰,众多的样子。

[26] 朱雀,南方的神。茇(pèi配)茇,翩翩飞翔的样子。

[27] 苍龙,东方的神。躣(qú瞿)躣,行走的样子。

[28] 属,连。雷师,雷神。阗阗,雷声。

[29] 通,应是“道”的错字,一本也作“道”,可从。道与“导”同。和上句的“属”对,属是连续于后,道是导引于前。飞廉,风神。衙衙,行走的样子。

[30] 轾(zhì致),当是“轻”的错字,一本也作“轻”,可从。轻辌(liáng凉),即轻车。锵锵,车铃声。

[31] 辎乘,重车。《释名·释车》云:“辎车,载辎重卧息其中之车也。”从从,即“枞枞”,悬在车上的佩玉相碰声。

[32] 这句见《离骚》注。

[33] 扈,侍从。屯,聚集。容容,飞扬的样子。《汉书·礼乐志》注:“容容,飞扬之貌。”

[34] 计,思虑。专专,专一。不可化,不可动摇。这句是说宋玉自己考虑他的忠贞之志不能改变。

[35] 推,进。臧,善。上文写他神游太空,要摆脱现实的痛苦,这两句以下写他又想起了楚君楚国,仍愿为国为君尽力。与《离骚》之“仆悲马怀”同意。

[36] 君,指楚王。无恙,无忧。这句是希望楚王能在未出问题之前,及时醒悟。

招魂

《招魂》据王逸、刘向等的说法，是宋玉作的，是宋玉招屈原的魂。但是细视全文，所叙述的都是一个国君的宫廷之美、饮食之奢、乐舞之盛，和屈原的身份很不相称。这个说法显然不能成立。司马迁在《史记·屈原贾生列传》中说：“余读《离骚》、《天问》、《招魂》、《哀郢》，悲其志。”把《招魂》和《离骚》、《天问》、《哀郢》并提，可见他是将《招魂》看作是屈原的作品的。但是招谁的魂呢？一说是屈原招自己的魂，上文已经说过，文辞的内容与屈原的身份不合。一说是屈原招怀王的魂，这比较符合文辞的实际描写。怀王被秦俘虏之后，客死秦国。顷襄王即位，宴安淫乐，置国耻君仇于不顾。屈原痛悼怀王之死，因此作赋而招之。篇末的“魂兮归来哀江南”，是全篇的主题。江南谓楚国的领土。招魂归此，盖寓恋君忧国之思。

朕幼清以廉洁兮[1]，身服义而未沫[2]；
主此盛德兮[3]，牵于俗而芜秽[4]。
上无所考此盛德兮[5]，长离殃而愁苦[6]。

帝告巫阳曰[7]："有人在下，我欲辅之[8]。
魂魄离散，汝筮予之[9]！"
巫阳对曰："掌瘮[10]！上帝命其难从[11]！"
"若必筮予之[12]，恐后之谢[13]，不能复用[14]。"

[1] 朕，我。

[2] 服，行。沬（mò 末），终止。

[3] 主，守。盛德，指清、廉、洁、义等美德。

[4] 牵，牵累。芜，可能是无的错字，无秽，没有污点。这句是说虽然受时俗的牵累，却没有污秽。即出于污泥而不染之意。

[5] 上，君上。考，考察。

[6] 离，同"罹"，遭遇。殃，祸患。

[7] 帝，上帝。巫阳，古代神话中的女巫，名阳。洪兴祖《楚辞补注》引《山海经》云："开明东，有巫彭、巫抵、巫阳、巫几、巫相、巫履。"

[8] 辅，保佑。

[9] 筮（shì 士），用蓍草占卜。这句是说上帝叫巫阳先占卜魂在哪里，然后把它招来还给怀王的躯体。

[10] 瘮，同"梦"。掌梦，掌管占梦的巫。这句是说巫阳对上帝说，占卜魂在哪里，这是掌梦者主管的事。

[11] 难从，难以遵从。这句是说上帝的命令难以遵从。

[12] 若，你。

[13] 谢，指死亡。这句是说恐怕迟了他会死亡。

[14] 这句指既已死亡，即使招魂也无用了。

巫阳焉乃下招曰[1]：魂兮归来！
去君之恒干[2]，何为四方些[3]？
舍君之乐处[4]，而离彼不祥些[5]。

魂兮归来！东方不可以托些[6]。

长人千仞[7],惟魂是索些[8]。
十日代出[9],流金铄石些[10]。
彼皆习之[11],魂往必释些[12]。
归来归来! 不可以托些。

魂兮归来! 南方不可以止些。
雕题黑齿[13],得人肉以祀[14],以其骨为醢些[15]。
蝮蛇蓁蓁[16],封狐千里些[17]。
雄虺九首[18],往来倏忽[19],吞人以益其心些[20]。
归来归来! 不可以久淫些[21]。

魂兮归来! 西方之害,流沙千里些[22]。
旋入雷渊[23],爢散而不可止些[24]。
幸而得脱,其外旷宇些[25]。
赤蚁若象[26],玄蠭若壶些[27]。
五谷不生,藂菅是食些[28]。
其土烂人[29],求水无所得些。
彷徉无所倚[30],广大无所极些。
归来归来! 恐自遗贼些[31]。

魂兮归来! 北方不可以止些。
增冰峨峨[32],飞雪千里些。
归来归来! 不可以久些。

魂兮归来! 君无上天些。
虎豹九关[33],啄害下人些。

一夫九首，拔木九千些[34]。
豺狼从目[35]，往来侁侁些[36]。
悬人以娭[37]，投之深渊些。
致命于帝[38]，然后得瞑些[39]。
归来归来！往恐危身些。

魂兮归来！君无下此幽都些[40]。
土伯九约[41]，其角觺觺些[42]。
敦脄血拇[43]，逐人駓駓些[44]。
参目虎首[45]，其身若牛些。
此皆甘人[46]。归来归来！恐自遗灾些。

[1] 焉乃，犹于是。

[2] 恒干，指魂魄平常寄托的躯体。

[3] 些(suò 索)，语气词。沈括《梦溪笔谈》："今夔、峡、湖、湘及南北江獠人，凡禁咒句尾皆称些，乃楚人旧俗。"

[4] 舍，弃。乐处，安乐的地方，指楚国。

[5] 离，同"罹"，遭遇。

[6] 托，寄托。

[7] 长人，即大人。洪兴祖《楚辞补注》引《山海经》云："东海之外，大荒之中，有大人之国。"仞，八尺为一仞，一说七尺为一仞。

[8] 索，追求、寻找。蒋骥《山带阁注楚辞》云："《大荒经》：'有神名赤郭，好食鬼。'《神异经》：'东方有食鬼之父。'即长人之类。"

[9] 代，古本作"并"，《艺文类聚》一、《白氏六帖》一、《太平御览》四、《合璧事类前集》一一、《文选》刘孝标《辨命论》注所引都作并，可以证明今本之误。《淮南子·本经训》："十日并出，焦禾稼，杀草木。"

[10] 流金，把金属都熔化成流动的液体。铄(shuò 朔)石，把石头熔化。

[11] 彼，指东方的长人。皆，一本作“自”，王逸《楚辞章句》：“言彼十日之处，自习其热。”可见王逸所见的本子也作“自”。习之，习惯于那种酷热。

[12] 释，熔解、消释。

[13] 题，额角。雕题，在额上雕刻花纹。

[14] 祀，祭祀。

[15] 醢，肉酱。朱熹《楚辞集注》：“南方人常食蠃蜯，得人之肉，则用以祭神，复以其骨为酱而食之。今湖南北有杀人祭鬼者，即其遗俗也。”

[16] 蝮（fù 腹）蛇，一种毒蛇，身上有黑褐色斑纹。蓁（zhēn 真）蓁，聚集在一起的样子。

[17] 封狐，大狐狸。千里，指封狐的出没往来千里。蒋骥《山带阁注楚辞》：“老狐能易形魅人，顷刻可至千里。”

[18] 雄虺（huǐ 悔），凶恶的毒蛇。

[19] 倏（shū 书）忽，迅速的样子。

[20] 益，补益。

[21] 淫，淹留。

[22] 流沙，蒋骥《山带阁注楚辞》引《梦溪笔谈》：“鄜延西北有范河，即流沙也。”沙漠地带沙动如水流，故称流沙。

[23] 雷渊，古代神话中的水名。这句是说人被流沙旋转，陷入雷渊。

[24] 靡（mí 糜），碎。这句是说被流沙压得粉碎而后已。

[25] 旷宇，旷野。这句是说雷渊的外面也是一片荒漠的旷野。

[26] 螘（yǐ 蚁），同“蚁”。蒋骥《山带阁注楚辞》引《八纮译史》：“蚁国在极西，其色赤，大如象。”

[27] 玄，黑。蠭，即“蜂”字。壶，葫芦。葫芦两头大，中间细，蜂的体形和它相似。蒋骥《山带阁注楚辞》引《五侯鲭》：“大蠭出昆仑，长一丈，其毒杀象。盖即此类。”

[28] 藂，同“丛”。菅，茅草。这句是说那里的人只吃茅草。

[29] 烂，糜烂。这句是说西极的土地焦热，能焦烂人的身体。

[30] 彷徉，游荡无定。

[31] 遗，给予。贼，害。自遗贼，自寻灾害。

[32] 增,同“层”。峨峨,高耸的样子。洪兴祖《楚辞补注》引《神异经》:“北方有曾冰万里,厚百丈。”

[33] 九关,指天门有九重。《山海经·大荒西经》:“昆仑,帝之下都。面有九门,门有开明之兽守之。虎身人面。”马王堆一号汉墓出土的帛画上方,有两柱似门,各有虎豹盘踞守着,应即天门。

[34] 九千,极言其多。

[35] 豺狼,指九头人如豺狼般凶狠。从,同“纵”。纵目,竖着眼睛。

[36] 侁(shēn 莘)侁,众多的样子。

[37] 娭(xī 希),游戏、玩乐。

[38] 致命,请命。帝,指天帝。

[39] 瞑,闭上眼睛,即死亡。蒋骥《山带阁注楚辞》说:“令人求死不得,必请命于帝,然后得瞑目也。”

[40] 幽都,所谓阴间的都城。阴间不见天日,因此称幽都。

[41] 土伯,地下魔怪之王。约,皮肉间皱襞。九约,指腹部肥胖下垂形成多条皱襞。一说:九约即“纠钥”,把关之意。可参考。

[42] 觺(yí 疑)觺,锐利的样子。

[43] 敦,厚。脄(méi 梅),背上的肉。敦脄,隆起的背肉。另一种说法认为:敦脄可能是地下一种魔怪的名称。下文说“此皆甘人”,正指土伯和敦脄,所以用“皆”字。可供参考。拇,手、脚的大指,这里泛指指爪。血拇,染有鲜血的指爪。

[44] 駓(pī 丕)駓,野兽走路很快的样子。

[45] 参,同“三”,一本也作“三”。土伯的头像老虎,有三只眼睛。

[46] 此,指土伯。甘人,以人肉为美味。

魂兮归来!入修门些[1]。
工祝招君[2],背行先些[3]。
秦篝齐缕[4],郑绵络些[5]。
招具该备[6],永啸呼些[7]。
魂兮归来!反故居些。
天地四方,多贼奸些[8]。

像设君室[9]，静闲安些。
高堂邃宇[10]，槛层轩些[11]。
层台累榭[12]，临高山些[13]。
网户朱缀[14]，刻方连些[15]。
冬有突厦[16]，夏室寒些。
川谷径复[17]，流潺湲些[18]。
光风转蕙[19]，氾崇兰些[20]。
经堂入奥[21]，朱尘筵些[22]。
砥室翠翘[23]，挂曲琼些[24]。
翡翠珠被[25]，烂齐光些[26]。
蒻阿拂壁[27]，罗帱张些[28]。
纂组绮缟[29]，结琦璜些[30]。
室中之观，多珍怪些。
兰膏明烛[31]，华容备些[32]。
二八侍宿[33]，射递代些[34]。
九侯淑女[35]，多迅众些[36]。
盛鬋不同制[37]，实满宫些[38]。
容态好比[39]，顺弥代些[40]。
弱颜固植[41]，謇其有意些[42]。
姱容修态[43]，絙洞房些[44]。
蛾眉曼睩[45]，目腾光些[46]。
靡颜腻理[47]，遗视矊些[48]。
离榭修幕[49]，侍君之闲些[50]。
翡帷翠帐[51]，饰高堂些。
红壁沙版[52]，玄玉梁些[53]。
仰观刻桷[54]，画龙蛇些。

坐堂伏槛[55]，临曲池些。
芙蓉始发[56]，杂芰荷些[57]。
紫茎屏风[58]，文缘波些[59]。
文异豹饰[60]，侍陂陁些[61]。
轩辌既低[62]，步骑罗些[63]。
兰薄户树[64]，琼木篱些[65]。
魂兮归来！何远为些[66]？

[1] 修门，郢都的城门。

[2] 工，擅长、善于。祝，男巫。工祝，擅长祭祀祈祷的巫人。君，指怀王。

[3] 背行，倒退着走。工祝招魂背向前，面向后，是背身却行。先，先导。走在魂的前面，为其引路。

[4] 篝（gōu 勾），竹笼，产于秦地（今陕西），所以叫秦篝。古代招魂的方法，是巫人拿被招者的衣服，放在笼中，使魂魄有所栖止和依附。据范成大《桂海虞衡志》记载："家人远出而归者，止于三十里外。家遣巫提竹篮迓；脱归人帖身衣贮之篮，以前导还家，言为行人收魂归也。"（《文献通考》三百三十引）这是讲的为活人招魂。为死人招魂，在方法上也一样。缕，线，产于齐地（今山东），所以叫齐缕。巫人把它拴在竹笼上面，作为提挈。

[5] 绵，同"緡"，细线。产于郑地（今河南新郑一带），所以叫郑绵。络，织成的网。巫人把网络加在竹笼的四周，作为装饰。

[6] 招具，招魂用的工具，即篝、缕、绵络等。该备，完备。

[7] 永啸，长啸。这句是说巫人拿着招具，长声呼叫以招魂。

[8] 贼，害。奸，恶。天有虎豹，地有土伯，东有长人，西有赤蚁，南有雄虺，北有增冰，它们都是大奸大害。

[9] 像，死人的画像。朱熹《楚辞集注》："楚俗人死则设其形貌于室而祠之也。"

[10] 邃，深远。

[11] 槛，栏杆。层，重。轩，走廊。这句是说走廊下有栏杆围绕着。

[12] 榭，在台上建造的亭子。

[13] 临，面对着。

[14] 网户，门上刻成网状的格子。朱缀，用红的颜色涂在格子上。

[15] 刻，镂。方连，连成串的菱形图案。

[16] 突（yào 要）厦，结构深邃，不受外面寒气侵袭的大屋。

[17] 径，闻一多《楚辞校补》："'径'即'往'之讹，隶书经或作径，与往形近易混。"这句是说所住处周围有山川溪谷往复回环。

[18] 潺湲（chán yuán 馋爰），流水声。

[19] 光风，阳光和风。转，摇。蕙，蕙草。

[20] 氾，同"泛"，漂动。崇，犹丛，《广雅·释诂》："崇，聚也。"

[21] 奥，王逸《楚辞章句》："室之西南隅谓之奥。"即屋的深处。这句是说经过堂屋而入内室。

[22] 尘，承尘，即天花板。筵，竹席。上面有红色的承尘，下面有竹制的席子。

[23] 砥（dǐ 底），磨平的石板。砥室，用光滑的石板砌墙铺地的屋子。翠翘，翡翠鸟的长尾羽。用作室内的装饰品。

[24] 曲琼，玉钩。这句是说玉钩挂在壁上，用来悬挂帷帐衣物。

[25] 翡翠，鸟名，雄的毛色赤，叫做翡；雌的毛色青，叫做翠。这句是说被上绣着翡翠，并缀以细小的明珠。

[26] 烂，灿烂。齐，同。这句是说翡翠羽与明珠争相辉映。

[27] 蒻（ruò 若），同"弱"，细软。阿，细缯。王念孙《读书杂志余编》："蒻，与'弱'同。阿，细缯也。言以弱阿拂床之四壁也。弱阿，犹言弱緆，《淮南·齐俗篇》曰'弱緆罗纨'是也。"拂壁，张在壁上，如同后来的墙帏。

[28] 罗，古代的一种丝织品。帱（chóu 仇），帐子。

[29] 纂组，带子，纯红的叫纂，五色的叫组。绮，有花纹的绸子。缟，白色的绸子。这都是帱帐周围的装饰品。

[30] 琦，美玉。璜，半圆形的玉璧。结琦璜，把琦璜都系在纂组绮缟之上。

[31] 兰膏，用兰草炼的灯油。烛，用作动词，照耀。

[32] 容，当作"登"，登与"镫"同，今字作"灯"。华灯，刻着花纹的灯。

备，设置。

[33] 二八，十六。这里指十六个美女。

[34] 射（yì亦），厌。《诗经·周颂·清庙》："无射于人斯。"递代，依次替换。

[35] 九侯，九代表多数，侯是诸侯。春秋战国时期，楚国境内也有公侯之封，如《史记·张仪列传》记载，秦楚汉中之战，"楚列侯、执珪死者七十人"。淑，品德善良。

[36] 迅，通"迿"，超出、为首。迅众，超群出众。

[37] 鬋（jiǎn剪），鬓发。盛鬋，丰盛浓密的鬓发。制，这里指鬓发梳结的样式。

[38] 实，充。

[39] 比，齐、并。

[40] 顺，读作"询"，真的意思。弥代，犹盖世。这句是说美女们之美好整齐，真是盖世无双。

[41] 弱颜，柔嫩的容颜。固，坚。植，王逸《楚辞章句》："植，志也。"固植，坚贞。这句是说容颜柔嫩，性格坚贞。

[42] 謇，发语词。有意，脉脉含情。

[43] 姱（kuā夸），好。修，美。

[44] 縆（gèng更），周遍、满。

[45] 曼，柔美。睩（lù禄），眼珠转动。

[46] 腾光，放光。指目光明亮。

[47] 靡，细致。腻，柔滑。理，皮肤的纹理。

[48] 遗视，流盼。矊（mián棉），脉脉含情而视。

[49] 离榭，在宫外的台榭。修幕，长大的帐篷。这句是说美女们在离宫别馆的帐幕之中。

[50] 闲，闲暇。这句是说陪伴君王闲暇时宴游玩乐。

[51] 翡帷翠帐，绣着翡翠的帷帐。

[52] 红壁，涂红色的墙壁。沙，丹沙。沙版，丹沙涂的户版、栏杆版等。

[53] 玄玉，黑玉。梁，樑。用黑玉装饰的屋梁。

[54] 桷（jué觉），方的屋椽。

[55] 坐堂伏槛，坐在堂中，伏在栏杆上。

[56] 芙蓉，荷花。

[57] 芰，菱花。荷，荷叶。芰荷，与芙蓉对举，应是专指菱花。

[58] 屏风，水葵，又叫凫葵，其茎紫色。

[59] 文，起波浪。缘，《文选》作“绿”，可从。

[60] 闻一多《楚辞校补》：“疑当作‘文豹异饰’。古书多言文豹。《庄子·山木篇》曰‘夫丰狐文豹栖于山林’，《说苑·政理篇》曰‘翟人有封狐文豹之皮者’，《三国志·魏志·东夷传》曰‘土地饶文豹’，而《拾遗记》一曰‘帝乃更以文豹为饰’，与此语意尤近。”是古代侍卫武士的一种特殊装束，他们的衣服用斑斓的豹皮为饰，表示勇武无敌，兼壮观瞻。异饰，奇异的装饰。

[61] 侍，侍卫。陂，山坡。陁（tuó 驼），山冈。这句是说在山坡山冈之间侍卫着。

[62] 轩，轿车。辌（liáng 凉），卧车，即辒辌车，有窗户，可以调节温度。低，与“抵”通，到达。

[63] 步，指步兵。骑，指骑兵。罗，排列。这句是说君主车驾所到，步骑卫队都排队肃立。

[64] 兰薄，兰丛。户树，在门前种植。

[65] 琼木，玉树，这里泛指一般名贵的树木。篱，篱笆。

[66] 这句是“远何为些”的倒文，意思是到远处去干什么？

室家遂宗[1]，食多方些[2]。
稻粢穱麦[3]，挐黄粱些[4]。
大苦醎酸[5]，辛甘行些[6]。
肥牛之腱[7]，臑若芳些[8]。
和酸若苦[9]。陈吴羹些[10]。
胹鳖炮羔[11]，有柘浆些[12]。
鹄酸臇凫[13]，煎鸿鸧些[14]。
露鸡臛蠵[15]，厉而不爽些[16]。

粔籹蜜饵[17]，有餦餭些[18]。
瑶浆蜜勺[19]，实羽觞些[20]。
挫糟冻饮[21]，酎清凉些[22]。
华酌既陈[23]，有琼浆些[24]。
归反故室，敬而无妨些[25]。

[1] 室家，宗族。宗，尊。这句是说魂既归来，宗族的人都要表示自己宗尊之意。

[2] 多方，多样。这句是说为他设置多种多样的食品。

[3] 粢（zī 资），“稷”的别名，即小米。穱（zhuō，捉），一种早熟的麦。

[4] 挐（rú 如），糁杂。黄粱，一种味香的黄小米。这句是说用大米、小米、麦子糁杂着黄米做成有香味的饭。

[5] 大苦，即苓、蘦。醎，即“鹹”字。

[6] 辛，辣味。甘，甜味。行，用。

[7] 腱，蹄筋。

[8] 臑（ér 而），烂熟。若，这里和“而”字同意。

[9] 和，调味。若，这里和“与”字同意。

[10] 陈，陈列。吴羹，吴人做的羹。

[11] 胹（ér 而），煮。炮，用火烤。羔，小羊。

[12] 柘（zhè 这），甘蔗。蔗浆，甘蔗汁。

[13] 鹄酸，当是“酸鹄”之误。闻一多《楚辞校补》：“梁章钜曰‘以上下句例之，当是酸鹄臇凫’。案梁说是也。王注曰‘言复以酸酢烹鹄为羹，小臇臛凫’，是王本不误。《类聚》二五引亦作‘酸鹄臇凫’尤其确证。”鹄（hú 胡），天鹅。臇（juǎn 卷），少汁的羹。凫（fú 扶），野鸭。这句是说醋溜天鹅干烧野鸭。

[14] 鸿，雁。鸧（cāng 仓），水鸟名，像雁，苍黑色。

[15] 露，从上下文义来看应是动词，可能是一种烹调方式。露可能借做烙字，烙是用火烤，烙鸡如同现在所谓烤鸡。又王逸《楚辞章句》认为“露栖之鸡”。似即郁肉漏脯之类。栖，《诗经·大雅·召旻》：“如彼栖苴。”栖苴，树上干草。陈衎《槎上老舌》云：“北人

置菜于树以风受日，盖欲干之而不与之遽干，其名为栖俎。《诗》云：如彼栖苴，是也。”然则露栖之鸡，应指悬在室中以风干之鸡，即今天所谓的风鸡。《盐铁论·散不足》：“羊淹鸡寒。”孙诒让《札迻》云：“淹，腌假借字。”《唐语林》云：“《文选》曹植乐府：‘寒鳖炙熊蹯。’”李善注：“今之腊肉谓之寒。”露鸡，盖寒鸡之类。臛（huò霍），不加菜，纯粹用汤来煮。蠵（xī希），大海龟。

[16] 厉，浓烈。爽，伤口伤胃。这句是说烤鸡煮龟，肉味浓烈，却不伤败口胃。

[17] 粔籹（jù nǚ巨女），用蜜和米面煎熬出来的食品。饵，一种用米粉做的糕，里面和有蜜，所以叫蜜饵，即蜜糖糕。

[18] 餦餭（zhāng huáng张皇），即饴糖。

[19] 瑶浆，指美酒。勺，调和。这句是说美酒再调上蜂蜜。

[20] 实，装满。羽觞，古代的一种酒杯，鸟形，鸟是羽类，所以叫羽觞。

[21] 挫，除掉。糟，酒糟。冻饮，冰镇的酒。

[22] 酎（zhòu宙），醇酒。

[23] 酌，从酒樽中提酒用的酒斗。华酌，雕饰有花纹的酒斗。陈，陈列。

[24] 有，通“侑”，劝人进食。琼浆，指纯浓的酒。古代喝酒，酒樽（壶）里有酒斗（勺），用酒斗把酒装在觞（杯）里，然后举觞而饮。

[25] 敬，恭敬。妨，害。这两句是说招呼魂灵快返回旧居，家里的人都会恭敬地对待他而无妨害。

肴羞未通[1]，女乐罗些。
陈钟按鼓[2]，造新歌些。
涉江采菱，发扬荷些[3]。
美人既醉，朱颜酡些[4]。
娭光眇视[5]，目曾波些[6]。
被文服纤[7]，丽而不奇些[8]。
长发曼鬋[9]，艳陆离些[10]。

二八齐容[11]，起郑舞些[12]。
衽若交竿[13]，抚案下些[14]。
竽瑟狂会[15]，搷鸣鼓些[16]。
宫庭震惊，发激楚些[17]。
吴歈蔡讴[18]，奏大吕些[19]。
士女杂坐，乱而不分些。
放陈组缨[20]，班其相纷些[21]。
郑卫妖玩[22]，来杂陈些。
激楚之结[23]，独秀先些[24]。
菎蔽象棊[25]，有六簙些[26]。
分曹并进[27]，遒相迫些[28]。
成枭而牟[29]，呼五白些[30]。
晋制犀比[31]，费白日些[32]。
铿钟摇簴[33]，揳梓瑟些[34]。
娱酒不废[35]，沈日夜些[36]。
兰膏明烛，华镫错些[37]。
结撰至思[38]，兰芳假些[39]。
人有所极[40]，同心赋些[41]。
酎饮尽欢，乐先故些[42]。
魂兮归来！反故居些。

[1] 肴，鱼肉叫肴。羞，鱼肉和蔬菜统称之为羞。通，遍。这句是说席面上菜肴还未上齐。

[2] 按鼓，击鼓。

[3]《涉江》、《采菱》、《扬荷》，都是古代楚地歌曲名。洪兴祖《楚辞补注》引《淮南子》云："歌《采菱》，发《扬阿》。"又云："欲美和者，必先始于《阳阿》、《采菱》。注云：'《阳阿》、《采菱》乐曲之和声。'"

《扬阿》、《阳阿》，就是《扬荷》，一音之转。

[4] 酡（tuó 驮），因喝醉而面红。

[5] 娭，可能是“眸”的错字。眸是眼的瞳子。眸光，眼瞳发出的光辉。眇视，偷着看。

[6] 曾，重。这句是说美人既醉之后，眸光微睇，眼珠清明像层层水波。

[7] 被，披。文，指有花纹的绮绣衣裳。服，穿。纤，指细软的罗縠衣裳。

[8] 不奇，指美观大方。这两句是说她们被服绮罗，彩色俱全。

[9] 曼鬋，长长的鬓发。

[10] 艳，美丽。陆离，光彩。

[11] 二八，指舞女以八人为一排，两排共十六人。齐容，容饰相同。

[12] 郑舞，郑国的舞蹈。

[13] 衽（rèn 刃），衣襟。交竿，交叉的竹竿。这句是说舞者腰肢回旋，衣襟相钩连，形状像交叉的竹竿。

[14] 抚，手摸。案，抑。抚案，即收敛，指舞毕收敛手足徐徐而退。

[15] 竽（yú 于），笙一类的乐器，有长短不齐的三十六个管。瑟，一种乐器，有的二十五弦，有的五十弦。狂会，不同的乐器声音并作，竞相吹奏。

[16] 搷（tián 甜），急击。

[17]《激楚》，楚地舞曲名，节奏急促，音调激昂，故名。

[18] 吴、蔡，都是古代地名。歈（yú 俞）、讴（ōu 欧），都是歌曲的别称。

[19] 大吕，乐调名，六律之一。古乐分十二律，其四为大吕。《史记·乐毅列传》载，乐毅报燕惠王书云：“大吕陈于元英。”索隐：“大吕，齐钟名。”上句说吴歈蔡讴，则此当为齐钟大吕欤！

[20] 放，散开。陈，摆起。组，带子。缨，帽子上的绳。这句是说大家欢宴，不拘礼节，解开冠缨和衣带，摆在旁边。

[21] 班，布、放。纷，杂乱。

[22] 妖玩，指妖艳的美女。

[23] 结，发髻。舞女跳《激楚》舞时所打的特殊发髻。

[24] 独秀先，秀异而出众。

[25] 菎（kūn 坤），“琨”的假借字，玉的一种。蔽，一本作“蔽”，下棋用

的筹码。用玉制作的，所以叫菎蔽。棊，即棋子。用象牙做的，所以叫象棊。

[26] 六簙(bó博)，古代的一种棋，共六个筹码十二个棋子，每人掌握六个棋子，两人对下，以决胜负。

[27] 曹，偶、伴侣。下棋时每二人为曹对下。

[28] 遒，急。相迫，互相争胜。

[29] 先秦时代的簙法，已经失传，不可确考。湖北云梦睡虎地十一号秦墓出土随葬器物中有六博棋一套："长方形，长32、宽29、高2厘米。棋盘为木质，棋盘面刻有六博棋纹。同出算筹六根，断面为弧形，涂黑漆，长23.5厘米。还有十二颗六博棋子，骨质，涂黑漆。其中六件为长方形，长1.4、宽1、高2.4厘米；另六件为方形，长1.4、高2.4厘米。"(见一九七六年第六期《文物》中之《湖北云梦睡虎地十一号秦墓发掘简报》)据推测，二人对棋时，掷骰成彩，才得走棋，棋子走到一定的方位，便竖起来，叫做枭棋。双方的枭棋相对叫牟，牟读作"侔"，相等之意。所谓成枭而牟，可能就是这样。

[30] 当成枭而牟的时候，掷骰得到五个骰子都是不刻画的一面在上，叫做"五白"。掷得五白可以杀对方的枭棋，所以下棋人要喊"五白"。(五白也可能是同样画数的一面在上，如今人投骰所谓"抱子"。)

[31] 犀比，即鲜卑，指鲜卑廓落带，黄金带钩。为鲜卑部族所用之带钩。《前汉书·匈奴传》："黄金饬具带一，黄金犀毗一。"注引张晏曰："鲜卑郭洛带，瑞兽名也。"《三国志·魏书·王粲传》注引《典略》："文帝尝赐(刘桢)廓落带。"廓落带即郭洛带。此句指赌棋赢得晋国仿制的金带钩。

[32] 费，通"昲"，光耀。带钩金光耀日。

[33] 铿(kēng坑)，撞击。簴(jù据)，挂钟的木架。这句是说打钟以至于摇动了挂钟的架子。

[34] 揳(jiá颊)，通"戛"，弹奏。梓，木名。梓瑟，用梓木做的瑟。

[35] 娱酒，饮酒娱乐。废，休止。

[36] 沈，沉湎。日夜，日以继夜。

[37] 镫，现在写作灯。华灯，刻着花纹的灯。错，读作“措”，置放。

[38] 结撰，结构撰述，指酒后作诗。至，读作“致”。致思，用心。

[39] 兰芳，指诗歌华美的词藻。假，通“嘉”，美。

[40] 极，至。这句是说人各尽其情思。

[41] 赋，诵。这句是说都在同心赋诗，相互唱酬。

[42] 先故，祖先和故旧。这句是说饮酒作乐可以娱乐祖先也可以宴会故旧。

乱曰：献岁发春兮[1]，汩吾南征[2]。
菉蘋齐叶兮[3]，白芷生。
路贯庐江兮[4]，左长薄[5]。
倚沼畦瀛兮[6]，遥望博[7]。
青骊结驷兮[8]，齐千乘[9]。
悬火延起兮[10]，玄颜烝[11]。
步及骤处兮[12]，诱骋先[13]。
抑骛若通兮[14]，引车右还[15]。
与王趋梦兮[16]，课后先[17]。
君王亲发兮[18]，惮青兕[19]。
朱明承夜兮[20]，时不可以淹[21]。
皋兰被径兮[22]，斯路渐[23]。
湛湛江水兮[24]，上有枫。
目极千里兮，伤春心[25]。
魂兮归来，哀江南[26]！

[1] 献，进。献岁，进入新的一年。发春，开春。

[2] 汩（yù遇），走路急速的样子。吾，屈原自称。征，行。

[3] 菉，闻一多《楚辞校补》：“‘菉’当读为‘绿’。‘绿蘋’与‘白芷’对文。”蘋，萍一类的水草。齐叶，叶子整齐。

[4] 贯，穿过。庐江，当指今襄阳宜城界之潼水，水北有汉中卢县故城。中卢，即春秋庐戎之国，所以此水有庐江之称。自汉北南行至郢都，庐江是必经之路。王夫之《楚辞通释》云："旧以为出陵阳者，非是。襄汉之间，有中庐水，疑即此水。"

[5] 左，指江南。长薄，地名，所在不详。这两句是说屈原穿过庐江，经过大江之南的长薄。

[6] 倚，靠。沼，池。畦，成区的田。瀛，大泽。沼、瀛，指沼泽地带。

[7] 博，广阔。这两句是说，靠近沼泽地带有块块大小水田，远望广阔无边。

[8] 骊（lí 离），黑色。结，连。驷，四匹马，古代一车驾四马。青骊结驷，是青马、黑马结连成一驷。

[9] 乘，古代一辆车叫一乘。齐千乘，千乘齐发。

[10] 悬火，挂起灯火。延起，火焰连延而起。古人打猎，用火烧山林，以逐野兽。

[11] 玄，黑色。颜，似当作"烟"，颜、烟可能是一音之转，也有可能因字音相近而写错。烝，火气上升。

[12] 步，徒步而行。骤，乘马奔驰。处，停止。

[13] 诱，引诱，挑战的意思。骋先，驰马竞赛。这句是说打猎时有步行，有乘马，有停止，互相竞赛包围野兽。

[14] 抑，止。骛，驰。若，顺。这句是说或停或驰顺利通达。

[15] 还，转。

[16] 王，应指顷襄王。趋，急走。梦，梦泽，也叫云梦泽，古代的一个大湖。在今湖北省境内，跨大江南北，方圆八九百里。

[17] 课，考察。后先，指随从的群臣谁占先谁落后。《战国策·楚策》记载庄辛说顷襄王"驰骋乎云梦之中，而不以天下国家为事"。

[18] 亲发，亲自射箭。

[19] 惮青兕，闻一多《楚辞校补》认为："当作'青兕惮'，先、还、先、惮四字为韵也。惮读为'殚'。《尔雅·释木》，《释文》引《字林》曰：'殚，毙也。'……'青兕殚'即青兕毙耳。"兕（sì 寺），古代犀牛一类野兽，一角青色，所以叫青兕。

[20] 朱明，指太阳。承，接续。

[21] 淹，久留。这两句是说日夜相续，时光运行不停。

[22] 皋，泽、水边。皋兰，水边生的兰草。被，覆盖。

[23] 渐，淹没。这两句是说水边的兰草覆盖了路径，泽中水又淹没了这条道路。

[24] 湛(zhàn 蘸)湛，水清的样子，一说水深的样子。

[25] 这两句是说一眼望尽千里，春天的景色使自己的心情不胜悲伤。屈复《楚辞新注》云："顷襄忘不共戴天之仇，而犹夜猎荒游，此三闾之所以极目而伤春心也。"

[26] 哀，悲伤。哀江南，可悲哀的江南，指顷襄王荒于游猎。这两句是说怀王啊！回来吧！哀怜这江南！

大 招

《大招》，王逸认为屈原所作，又云“或曰景差”。朱熹则从语言风格上考校，“差语皆平淡醇古，……不为词人墨客浮夸艳逸之态”。因此确定“决为差作无疑也”。景差出身楚国贵族，生卒年不详，约与宋玉同时。他的创作直接受屈原的影响，《史记·屈原贾生列传》谓其“好辞而以赋见称。然皆祖屈原之从容辞令，终莫敢直谏”。《大招》即摹拟《招魂》所作。招谁的魂呢？王逸认为是屈原自招，王夫之认为是景差招屈原。其实《大招》也应当是招怀王的魂，其中所咏居室、饮食、娱乐与《招魂》相同，并谈到治民理国、选贤任能、重德施仁，都是君王之事，故为招怀王无疑。招魂归来，“尚三王只”，希望怀王归来，为政取法禹、汤、文王。

青春受谢[1]，白日昭只[2]。
春气奋发，万物遽只[3]。
冥凌浃行[4]，魂无逃只。
魂魄归来！无远遥只[5]。

魂乎归来！无东无西，无南无北只。

[1] 青春，即春天。谢，即去。受谢，犹代谢，谓冬天谢去春天承接来临。

[2] 昭，明亮。只，招魂辞句尾的语气词。

[3] 奋，有力。发，发动。遽，朱熹《楚辞集注》："犹竞也。言春气奋发，而万物忽遽竞起而生出也。"

[4] 冥，王逸《楚辞章句》："玄冥，北方之神也。"凌，《楚辞章句》："犹驰也。"浃行，遍地行走。意谓春天阳气上升、阴气下降，玄冥凌驰于天地之间，收集阴气而藏之，故下句说"魂无逃只"。

[5] 遥，动词，即漂遥。远，副词，是遥的状语。

以上总述国势向荣，足以安魂静魄而招之。

东有大海，溺水浟浟只[1]。
螭龙并流，上下悠悠只[2]。
雾雨淫淫，白皓胶只[3]。
魂乎无东！汤谷寂寥只[4]。

魂乎无南！南有炎火千里，蝮蛇蜒只[5]。
山林险隘，虎豹蜿只[6]。
鰅鳙短狐[7]，王虺骞只[8]。
魂乎无南！蜮伤躬只。

魂乎无西！西方流沙，漭洋洋只[9]。
豕首纵目[10]，被发鬤只[11]。
长爪踞牙[12]，诶笑狂只[13]。
魂乎无西！多害伤只。

魂乎无北！北有寒山，逴龙赩只[14]。
代水不可涉[15]，深不可测只。

天白颢颢[16]，寒凝凝只[17]。
魂乎无往！盈北极只[18]。

魂魄归来！闲以静只[19]。
自恣荆楚[20]，安以定只。
逞志究欲[21]，心意安只。
穷身永乐，年寿延只。
魂乎归来！乐不可言只。

[1] 溺水，很深的水，容易令人沉溺。浟（yóu 油）浟，水流的样子。

[2] 并流，即并行，行之状如水流。悠悠，王逸《楚辞章句》："螭龙行貌也。"螭龙在海中自在游动。

[3] 淫淫，连绵一片的样子。皓，光明。胶，黏连。白皓胶，谓雾雨茫茫无际，像凝固在天空一样。

[4] 汤谷，王夫之《楚辞通释》："汤与旸通。"即旸谷，是日之所出。寂寥，形容无人之境。

[5] 炎火，指炎热。蜒，即蜿蜒。

[6] 蜿，王逸《楚辞章句》："虎行貌也。"

[7] 鰅鳙（yú yōng 鱼拥），王逸《楚辞章句》："短狐类也。"洪兴祖《楚辞补注》："鰅鳙，状如犁牛。"短狐，王逸《楚辞章句》："鬼蜮也。"即下句之"蜮"。洪兴祖《楚辞补注》："音域，又音或。"《说文》："蜮，短狐也，似鳖，三足，以气射害人。"相传这些都是含沙射人的鬼怪。

[8] 王虺（huǐ 悔），大蛇。骞，王逸《楚辞章句》："举头貌也。"谓大蛇群聚把头昂起。

[9] 漭，水大的样子。洋洋，无边无际的样子。形容流沙如无涯之沙海。

[10] 豕首，即猪头。纵目，犹竖目。

[11] 鬤（ráng 穰），头发乱的样子。

[12] 踞，同“锯”。

[13] 诶(xī 僖)，王逸《楚辞章句》：“得人强笑。”以上四句谓西方之怪兽，猪头、竖目、披着满头乱发，长爪、锯牙，捉住人即怪笑如狂。

[14] 逴(zhuó 浊)龙，洪兴祖《楚辞补注》：“《山海经》：‘西北海之外，有章尾山，有神，身长千里，人面蛇身而赤，是烛九阴，是谓烛龙。’疑此逴龙即烛龙也。”赩(xì 细)，大赤也。

[15] 代水，神话中的水名。

[16] 颢(hào 浩)颢，光亮的样子。此指冰雪。

[17] 凝凝，冰冻的样子。

[18] 盈，犹满。盈北极，谓冰雪充满了北极。

[19] 闲以静，悠闲清静。

[20] 自恣，自由任意。

[21] 逞志究欲，逞犹快，究犹穷，即快志意，穷情欲。

以上以四方多贼害，唯楚国饶乐招之。

五谷六仞[1]，设菰粱只[2]。
鼎臑盈望[3]，和致芳只[4]。
内鸧鸽鹄，味豺羹只[5]。
魂乎归来！恣所尝只。

鲜蠵甘鸡[6]，和楚酪只[7]。
醢豚苦狗[8]，脍苴蓴只[9]。
吴酸蒿蒌[10]，不沾薄只[11]。
魂兮归来！恣所择只。

炙鸹烝凫[12]，煔鹑陈只[13]。
煎鰿膗雀[14]，遽爽存只[15]。
魂乎归来！丽以先只[16]。

四酎并孰[17]，不涩嗌只[18]。
清馨冻饮[19]，不歠役只[20]。
吴醴白糵[21]，和楚沥只。
魂乎归来！不遽惕只[22]。

[1] 五谷，是泛指，犹言百谷，不应凿实为五种谷。六仞，《说文》："仞，伸臂一寻，八尺也。"此亦泛指，朱熹《楚辞集注》："言积谷之多也。"

[2] 设，即施，此处是用来做饭。菰（gū 姑）粱，王逸《楚辞章句》："蒋实，谓雕葫也。"一种蔬菜植物，俗称茭白，秋天结实如米，用来做饭味极香。

[3] 鼎臑，用鼎煮熟的食物。臑，通"胹"（ér 而），煮烂。屈原《招魂》："肥牛之腱，臑若芳些。"盈望，犹满眼，表示丰盛。

[4] 和，调和。和致芳，即食物调理得很香。

[5] 内，同"肭"（nèi 内），肥。鸧（cāng 仓），鸧鹒，即黄莺。鸽，王夫之《楚辞通释》："鸽，鹁鸠。"鹄，黄鹄。味，王夫之《楚辞通释》："味，犹和也。"即调和豺狗肉的汤。

[6] 蠵（xī 西），大龟。甘，肥美。

[7] 酪，乳浆。

[8] 醢（hǎi 海），用肉制成的酱。醢豚，即猪肉酱。苦狗，王逸《楚辞章句》："以胆和酱也。"即有苦味的狗肉。

[9] 脍（kuài 快），细切。苴蓴（jū chún 居纯），一种蔬菜类植物，梗有黏液，可以做羹。

[10] 吴酸，吴地所产的醋。酸，这里用作动词。蒿蒌，王夫之《楚辞通释》："蒿，香蒿。蒌，蒌蒿。吴酸，吴人善罨诸菜，若蘘荷蒌蒿之属，皆盐藏令酸，用以和脍。"

[11] 沾薄，王逸《楚辞章句》："沾，多汁也。薄，无味也。言吴人工调醎酸，爚蒿蒌以为齑，其味不浓不薄，适甘美也。"

[12] 鸹（guā 瓜），老鸹，即乌鸦。

[13] 煔（qián 前），王逸《楚辞章句》："煔，爚也。"即将食物放入汤中煮熟。鹑，鹌鹑。敶，通"陈"。陈列众味。

[14] 鲭(jì既),王夫之《楚辞通释》:"鲭,今作鲫。"小鱼。臛(huò货),带汁的肉,此处用作动词,炒雀肉。

[15] 遽爽存,王夫之《楚辞通释》:"遽,与'渠'同,犹言'如许'也。爽,食之有异味。今俗言味佳者为爽口。存,犹在也。"

[16] 丽,即美,指美味。谓先尝此美味。

[17] 酎(zhòu咒),醇酒。四酎,四缸酎酒。并孰,王逸《楚辞章句》:"言乃酝酿醇酒,四器俱熟。"

[18] 涩,不滑。嗌(yì意),咽喉。谓不涩人的咽喉。

[19] 冻饮,冷饮。谓酒味清香,宜于冷饮。

[20] 歠(chuò啜),饮。役,贱。不歠役,王逸《楚辞章句》:"不可以饮役贱之人。即以饮役贱之人,即易醉颠仆,失礼敬。"

[21] 醴,一宿熟之酒。蘖(niè涅),王逸《楚辞章句》:"蘖,米曲也。沥,清酒也。"谓以吴制的醴,和以白米蘖,以作楚沥。

[22] 遽,急遽。惕,怵惕。谓饮食醇美,可任意享受,无怵惕之忧。以上以楚国饮食之美招之。

代秦郑卫,鸣竽张只[1]。
伏戏驾辩,楚劳商只[2]。
讴和扬阿[3],赵箫倡只[4]。
魂乎归来!定空桑只[5]。

二八接舞[6],投诗赋只[7]。
叩钟调磬,娱人乱只[8]。
四上竞气[9],极声变只[10]。
魂乎归来!听歌譔只[11]。

朱唇皓齿[12],嫭以姱只[13]。
比德好闲[14],习以都只[15]。

丰肉微骨[16]，调以娱只[17]。
魂乎归来！安以舒只[18]。

嫮目宜笑[19]，蛾眉曼只[20]。
容则秀雅[21]，稺朱颜只[22]。
魂乎归来！静以安只[23]。

姱修滂浩[24]，丽以佳只[25]。
曾颊倚耳[26]，曲眉规只[27]。
滂心绰态[28]，姣丽施只[29]。
小腰秀颈[30]，若鲜卑只[31]。
魂乎归来！思怨移只[32]。

易中利心[33]，以动作只。
粉白黛黑[34]，施芳泽只[35]。
长袂拂面[36]，善留客只[37]。
魂乎归来！以娱昔只[38]。

青色直眉[39]，美目婳只[40]。
靥辅奇牙[41]，宜笑嘕只[42]。
丰肉微骨[43]，体便娟只[44]。
魂乎归来！恣所便只[45]。

[1] 代秦郑卫，此指四国的乐章，鸣竽以和。张，设张。

[2] 伏戏，伏羲，古帝王。驾辩，歌曲名。劳商，亦歌曲名。王逸《楚辞章句》："言伏戏氏作瑟，造《驾辩》之曲。楚人因之作《劳商》之歌。皆要妙之音。"

[3] 讴，徒歌。扬阿，即阳阿，楚歌曲名。

[4] 赵箫，赵国的洞箫。朱熹《楚辞集注》："以赵箫奏扬阿为先倡，而讴以和之也。"

[5] 定，调定乐曲之音调。空桑，瑟名。

[6] 二八，八人一列，共二行。接舞，连接起舞。

[7] 投，投足踏拍子。投诗赋，舞步与诗歌的声调相配合。

[8] 乱，王逸《楚辞章句》："乱，理也。言美女起舞，叩钟击磬，得其节度，则诸乐人各得其理，有条序也。"

[9] 四上，洪兴祖《楚辞补注》："四上，谓声之上者有四，谓代、秦、郑、卫之鸣竽也，伏戏之《驾辩》也，楚之《劳商》也，赵之箫也。"竞气，竞比音乐之美。

[10] 极声变，穷极声调之变化。

[11] 譔，王逸《楚辞章句》："譔，具也。言观听众乐，无不具也。"

[12] 皓，即白。

[13] 嫭(hù户)、姱，都是美的意思。谓美女朱唇白齿，嫭姿姱仪，亲侍左右。

[14] 比德，比其才德。好闲，美好闲静。

[15] 习，指习于礼节。都，王夫之《楚辞通释》："都，雅也。言其风度醇雅，不妖媚也。"

[16] 丰，丰满。微，微妙。

[17] 调，体态调和。娱，神情悦乐。

[18] 安以舒，谓与其相处而心安志适。

[19] 嫮，与"嫭"同。嫮目，美目。

[20] 曼，长而细。

[21] 容则，仪表。雅，美好。

[22] 穉，犹幼。谓美女仪容闲雅，秀异于人，面色像婴儿一样红润。

[23] 静以安，谓美女可以静居安神。

[24] 修，即长，此指身高。滂浩，广大的样子，此指心意。

[25] 丽，美丽。佳，善。王逸《楚辞章句》："言美女身体修长，用意广大，多于所知，又性婉顺善心肠也。"

[26] 曾、倚，王逸《楚辞章句》："曾，重也。倚，辟也。"谓面容丰满，两

耳贴在头侧面。

[27] 规，弧形。谓眉弯如半规。

[28] 滂，犹广。滂心，王夫之《楚辞通释》："情有余。"即情感丰富。绰，犹多。绰态，含情不尽之姿态。

[29] 姣，犹好。施，王夫之《楚辞通释》："发于容止也。"

[30] 小腰，腰肢细小。秀颈，脖颈秀长。

[31] 鲜卑，王逸《楚辞章句》："衮带头也。言好女之状，腰支细少，颈锐秀长，靖然而特异，若以鲜卑之带约而束之也。"

[32] 移，犹去。谓美女可以忘忧，去怨思。

[33] 易中，易犹顺，中是内心。利心，心意和利。朱熹《楚辞集注》："易中、利心，皆敏慧之意。"二句写心灵与动作。

[34] 粉白，著粉面白。黛黑，画黛眉黑。

[35] 芳泽，朱熹《楚辞集注》："芳香之膏泽也。"

[36] 拂面，掩遮脸面，表示娇羞之态。

[37] 善留客，谓其娇羞之态，使众客留不忍离去。

[38] 昔，即夕。娱夕，谓可以终夜娱乐。

[39] 青色，指眼眉。直，平直。谓黑色的眉毛平直连在一起。

[40] 婳(mián 绵)，洪兴祖《楚辞补注》："婳，音绵，美目貌。"谓眼睛脉脉含情。

[41] 靥(yè 叶)辅，两颊边的文，俗称酒窝。奇，异。奇牙，指牙齿很美。

[42] 嗎，巧笑。

[43] 丰肉微骨，王夫之《楚辞通释》："再言'丰肉微骨'，疑有衍文。"

[44] 便娟，美好的样子。谓身材美好轻盈。

[45] 便，犹安。王逸《楚辞章句》："言所选美女五人，仪貌各异，恣魂所安，以侍栖宿也。"

以上以歌舞音乐和妾媵之美招之。

夏屋广大[1]，沙堂秀只[2]。

南房小坛[3]，观绝霤只[4]。

曲屋步壛[5]，宜扰畜只[6]。
腾驾步游[7]，猎春囿只[8]。
琼轂错衡[9]，英华假只[10]。
茝兰桂树，郁弥路只[11]。
魂乎归来！恣志虑只[12]。

孔雀盈园，畜鸾皇只[13]。
鹍鸿群晨[14]，杂鹙鸧只[15]。
鸿鹄代游[16]，曼鹔鷞只[17]。
魂乎归来！凤皇翔只[18]。

[1] 夏，大。夏屋，高大的屋。

[2] 沙，丹沙。沙堂，用丹沙涂的厅堂。秀，秀异。

[3] 房，即室。南房，户向南。坛，犹堂，即小厅堂。

[4] 观，犹楼。雷，屋宇。绝雷，超过屋宇。形容楼观之高。

[5] 曲屋，王逸《楚辞章句》："周阁也。"即楼与楼之间的驾空复道。步壛（yán 言），王夫之《楚辞集释》："壛，与'簷'同。步壛，步廊也。"

[6] 扰，读如饶，即驯。扰畜，驯养禽兽。这里指驯养马。

[7] 腾驾，车马奔腾。步游，朱熹《楚辞集注》："亦言行游耳，非必舍车而徒也。"

[8] 春囿，春季草长兔肥围猎之场地。意谓驾所驯马，宜于行猎。

[9] 琼轂，用玉装饰之车轂。错，涂饰。王逸《楚辞章句》："金银为错。"衡，车辕前端之横木。用金银装饰车上的横木。

[10] 假，王逸《楚辞章句》："假，大也。言所乘之车，以玉饰轂，以金错衡，英华照耀，大有光明也。"

[11] 郁，丛茂。弥，满。谓所行之处，香花桂树郁然满路。

[12] 恣志虑，任心志之所欲。

[13] 畜，养。鸾皇，鸾鸟、凤凰。

[14] 鹍（kūn 昆），鹍鸡，鸟的一种，形状像鹤，红嘴长颈，黄白色羽毛。

鸿，王逸《楚辞章句》："鸿鹤也。"一种水鸟，略大于雁，古文中多指天鹅。晨，即晨鸣。朱熹《楚辞集注》："晨，且鸣也。"

[15] 鹙鸧（qiū cāng 秋仓），一种水鸟，头秃，又叫秃鹙，长颈，黑色羽毛，喜吃鱼、蛇。杂鹙鸧，谓鹍鸿之啼叫中杂有鹙鸧的声音。

[16] 鸿鹄，天鹅。代游，王逸《楚辞章句》："往来游戏。"

[17] 曼，犹曼衍。鹔鹴，一种水鸟，长颈，绿色毛，形状像雁。谓鹔鹴群飞曼延不绝。

[18] 凤皇翔，谓招其归来，观看凤凰飞翔。

以上以居室游观之美招之。

曼泽怡面[1]，血气盛只。
永宜厥身，保寿命只。
室家盈廷[2]，爵禄盛只[3]。
魂乎归来！居室定只[4]。

接径千里[5]，出若云只。
三圭重侯[6]，听类神只[7]。
察笃夭隐[8]，孤寡存只[9]。
魂兮归来！正始昆只[10]。

田邑千畛[11]，人阜昌只[12]。
美冒众流[13]，德泽章只[14]。
先威后文[15]，善美明只[16]。
魂乎归来！赏罚当只。

名声若日，照四海只。
德誉配天[17]，万民理只[18]。

北至幽陵[19]，南交阯只[20]。
西薄羊肠[21]，东穷海只[22]。
魂乎归来！尚贤士只[23]。

发政献行[24]，禁苛暴只[25]。
举杰压陛[26]，诛讥罢只[27]。
直赢在位[28]，近禹麾只[29]。
豪杰执政，流泽施只[30]。
魂乎归来！国家为只[31]。

雄雄赫赫[32]，天德明只[33]。
三公穆穆[34]，登降堂只[35]。
诸侯毕极[36]，立九卿只[37]。
昭质既设[38]，大侯张只[39]。
执弓挟矢，揖辞让只[40]。
魂乎归来！尚三王只[41]。

[1] 曼泽，细腻丰润。怡面，面色光泽。王逸《楚辞章句》："言魂来归，已则心志说乐，肌肤曼致，面貌怡怿，血气充盛，身体强壮也。"

[2] 室家，指宗族。盈廷，满朝廷。

[3] 爵禄盛，爵位俸禄极其丰盛。

[4] 居室定，住在家中极其安定。

[5] 接径，道路连接。谓楚国地广人多，道路连接千里，人民出入如云。

[6] 三圭、重侯，皆指爵位的等次。圭，重臣所执。王逸《楚辞章句》："三圭，谓公、侯、伯也。公执桓圭，侯执信圭，伯执躬圭，故言三圭也。重侯，谓子、男也，子、男共一爵，故言重侯也。"

[7] 类，事物之类。神，即明。听类神，即听察事理如神明。

[8] 笃天隐，朱熹《楚辞集注》："笃，厚也。夭，早死也。隐，幽蔽也。"明察并厚待早死幽蔽之人。

[9] 存，王夫之《楚辞通释》："问而安之也。"谓体恤慰问孤寡之人。

[10] 正始昆，蒋骥《山带阁注楚辞》："正，定。昆，后也。始昆，犹言先后。……所以定仁政之先后也。"即招怀王归来行仁政。

[11] 田，田野。邑，都邑。畛（zhěn 枕），王逸《楚辞章句》："田上道也。"

[12] 阜（fù 付），盛。昌，炽。谓楚国田野广阔，道路千条，都邑众多，人民昌盛。

[13] 美，指美好的教化。冒，王逸《楚辞章句》："覆。"引申为遍及。众流，指教化流及众庶。

[14] 章，犹明。德泽章，谓其德泽之惠极其明显。

[15] 先威后文，先以威武服众，后以文德怀人。

[16] 善美明，善与美皆明。

[17] 德誉，功德荣誉。配，比。谓功德与荣誉比天。

[18] 理，即治。

[19] 幽陵，王逸《楚辞章句》："犹幽州也。"即今河北省北部与辽宁省南部一带地区。

[20] 交阯，又作交趾。朱熹《楚辞集注》："交趾，南夷。其人足大指开析，两足并立，指则相交。"指南方少数民族地区。

[21] 羊肠，朱熹《楚辞集注》："羊肠，山名。山形屈辟，状如羊肠。今在太原晋阳之西北。"

[22] 穷，犹尽。

[23] 尚，犹举。招怀王归来，举贤士。

[24] 发政，发布政令。献，犹进。献行，王逸《楚辞章句》："进用仁义之行。"

[25] 禁苛暴，禁绝苛刻暴虐之人。

[26] 压陛，蒋骥《山带阁注楚辞》："压，镇也。陛，殿阶也。"谓贤杰立于朝廷，镇抚国家，奸佞不敢行动。

[27] 诛讥罢，蒋骥《山带阁注楚辞》："诛，罚。讥，谪也。罢，止息也。"奸佞不行，则罚谪之事自息。

[28] 赢，优。直赢，行直才优。

[29] 禹，夏禹。麾，举手。近禹麾，王逸《楚辞章句》："言忠直之人，皆在显位，……诚近夏禹所称，举贤人之意也。"

[30] 流泽施，恩泽施及众庶。

[31] 为，犹治。蒋骥《山带阁注楚辞》："直赢者使在亲近之地以辅君，豪杰者使执政事之权以泽民，皆举杰压陛之实也。如此则国家治矣。"

[32] 雄雄赫赫，王逸《楚辞章句》："威势盛也。"谓楚王有雄雄之威、赫赫之勇。

[33] 德，君德。天德，指楚王德配天地。

[34] 三公，古代官职，《尚书 · 周官》："立太师、太傅、太保，兹惟三公。"穆穆，和美的样子。

[35] 堂，指朝廷。登降堂，即上下朝堂。

[36] 极，至。毕极，全来了。此谓诸侯朝聘。

[37] 九卿，古代官职，此指周朝九卿，即少卿、少傅、少保、冢宰、司徒、宗伯、司马、司寇、司空。此极言朝聘礼仪之盛。

[38] 昭质，朱熹《楚辞集注》："昭质，谓射侯所画之地，如言白质、赤质之类也。"

[39] 侯，布做的箭靶，朱熹《楚辞集注》："大侯，谓所射之布，如言虎侯、豹侯之类也。"张，犹设。

[40] 揖辞让，互相推让。古时射箭之礼，参加比赛者，都手持弓箭互相辞让。王逸《楚辞章句》："上手为揖，言众士将射，已持弓箭，必先举手以相辞让，进退有礼，不失威仪也。"

[41] 三王，禹、汤、文王。尚三王，招怀王归来，为政取法三王。

以上以楚国国势强大、政治修明招之。

惜誓

《惜誓》的作者是谁？王逸《楚辞章句》云：“《惜誓》者，不知谁所作也。或曰贾谊，疑不能明也。”《史记》、《汉书》中之《贾谊传》仅录取《吊屈原》、《鹏鸟》二赋，而无此篇。惟洪兴祖《楚辞补注》以此赋之词旨与《吊屈原》略同，故认为是贾谊所作。朱熹《楚辞集注》亦云：“今玩其辞，实亦瑰异奇伟，计非谊莫能及。”王夫之《楚辞通释》则进一步论述云：“今按贾谊渡湘水，为文以吊屈原，其词旨略与此同。谊书若《陈时政疏》、《新书》，出入互见，而辞有详略，盖谊所著作，不嫌复出类如此，则其为谊作审矣。”

何谓《惜誓》？王夫之《楚辞通释》云：“《惜誓》者，惜屈子之誓死，而不知变计也。谊意以为原之忠贞既竭，君不能用，即当高举远引，洁处山林，从松乔之游。而依恋昏主，迭遭谗毁，致为顷襄所窜徙，乃愤不可惩，自沉汨罗，非君子远害全身之道，故为致惜焉。”可谓深得此赋之意旨。

惜余年老而日衰兮，岁忽忽而不反[1]。
登苍天而高举兮，历众山而日远[2]。
观江河之纡曲兮[3]，离四海之沾濡[4]。

攀北极而一息兮[5]，吸沆瀣以充虚[6]。

飞朱鸟使先驱兮[7]，驾太一之象舆[8]。

苍龙蚴虬于左骖兮[9]，白虎骋而为右騑[10]。

建日月以为盖兮[11]，载玉女于后车[12]。

驰骛于杳冥之中兮[13]，休息乎昆仑之墟[14]。

乐穷极而不厌兮，愿从容乎神明[15]。

涉丹水而驼骋兮[16]，右大夏之遗风[17]。

黄鹄之一举兮，知山川之纡曲。

再举兮，睹天地之圆方[18]。

临中国之众人兮[19]，讬回飙乎尚羊[20]。

乃至少原之野兮[21]，赤松王乔皆在旁[22]。

二子拥瑟而调均兮[23]，余因称乎清商[24]。

澹然而自乐兮[25]，吸众气而翱翔[26]。

念我长生而久仙兮[27]，不如反余之故乡[28]。

[1] 岁忽忽不反，即年岁不反，时不再来。

[2] 历众山，经历众山。日远，指离家乡越来越远。

[3] 江河，长江与黄河。纡（yū 迂）曲，弯曲。

[4] 沾濡，即沾湿，此指海水沾湿衣服。

[5] 北极，指北极星。

[6] 沆瀣（hàng xiè 巷泻），露水。充虚，犹充饥。谓吸风饮露。

[7] 朱鸟，即朱雀，星宿名，南方七宿之总称。先驱，先导。

[8] 太一，神名。象舆，用象牙装饰的车。

[9] 苍龙，即青龙，星宿名，东方七宿之总称。蚴（yōu 攸）虬，屈曲游动的样子。骖，驾车位于两侧的马，也叫騑（fēi 非）。

[10] 白虎，亦星宿名，西方七宿之总称。洪兴祖《楚辞补注》："《淮南》云：'左青龙，右白虎，前朱鸟，后玄武。'注云：'角、亢为青龙，参、伐为白虎，星、张为朱鸟，斗、牛为玄武。'"

[11] 建，犹树。盖，车盖。谓树立日月之光以为车盖。

[12] 玉女，星宿名，在北方七宿之中，所以在车之后方。

[13] 驰骛(wù 勿)，奔走。杳冥，幽暗高远之处。

[14] 墟，大丘。昆仑墟，即昆仑山。

[15] 从容，舒缓的样子。谓自己乐无穷极，仍愿与神明从容游览。

[16] 丹水，神话中的水名，王逸《楚辞章句》："丹水，犹赤水也。《淮南》言赤水出昆仑也。"驼，一作"驰"。

[17] 大夏，洪兴祖《楚辞补注》："《淮南》云：'九州之外有八殡，西北方曰大夏。'"谓自己涉丹水而顾见大夏之遗俗。

[18] 天地圆方，古人认为天圆地方。此四句意谓居身益高，所见愈远。

[19] 中国，指楚国之中。此谓临见楚国之众人。

[20] 回飙，回风，即旋风。尚羊，王逸《楚辞章句》："游戏也。"

[21] 少原，神话中的地名。王逸《楚辞章句》："仙人所居。"

[22] 赤松，即赤松子。王乔，即王子乔。皆传说中之神仙。洪兴祖《楚辞补注》："《淮南》云：'王乔、赤松去尘埃之间，离群慝之纷，吸阴阳之和，食天地之精，蹀虚轻举，乘云游雾。'"

[23] 调，调弦。均，朱熹《楚辞集注》："均，亦调也。《国语》云：'律者，所以立均出度也。'"

[24] 清商，曲调名。此谓赤松、王乔持瑟调弦而歌，我称赞《清商》曲最好。

[25] 澹，心神恬淡的样子。

[26] 众气，犹六气，即阴阳、风雨、晦明。谓吸众气而翱游。

[27] 长生久仙，谓长期不死，永久做神仙。

[28] 不如反故乡，谓犹思念楚国，不如返回故乡。

以上叙述屈原游仙之乐，但仍眷恋故国，毅然回归。

黄鹄后时而寄处兮[1]，鸱枭群而制之[2]。
神龙失水而陆居兮，为蝼蚁之所裁[3]。
夫黄鹄神龙犹如此兮，况贤者之逢乱世哉！

寿冉冉而日衰兮[4]，固儃回而不息[5]。
俗流从而不止兮[6]，众枉聚而矫直[7]。
或偷合而苟进兮[8]，或隐居而深藏[9]。
若称量之不审兮[10]，同权概而就衡[11]。
或推迻而苟容兮[12]，或直言之谔谔[13]。
伤诚是之不察兮[14]，并纫茅丝以为索[15]。
方世俗之幽昏兮，眩白黑之美恶[16]。
放山渊之龟玉兮[17]，相与贵夫砾石[18]。
梅伯数谏而至醢兮[19]，来革顺志而用国[20]。
悲仁人之尽节兮[21]，反为小人之所贼[22]。
比干忠谏而剖心兮，箕子被发而佯狂。
水背流而源竭兮[23]，木去根而不长。
非重躯以虑难兮[24]，惜伤身之无功。

[1] 黄鹄，天鹅，一举千里。后时，王夫之《楚辞通释》："不早去也。……知远游之乐，而依依故国，不能早去，为谗佞所制，所谓可惜者。"

[2] 鸱枭（chī xiāo 吃销），一种猛禽，或谓即猫头鹰。

[3] 裁，犹制。

[4] 寿，年寿。冉冉，渐进。

[5] 儃回，即运转。谓年寿日衰，岁月运转不停。

[6] 俗流，俗人们。从，相从。

[7] 枉，犹邪。矫，犹揉。朱熹《楚辞集注》："枉者自以为直，又群众而聚合，则其党盛，而反欲揉直以为枉也。"

[8] 偷，苟且。偷合，迎合世俗。谓有人偷合于世，苟且进取。

[9] 隐居深藏，谓有人修行德义，隐藏深山。

[10] 称，指轻重。量，指多少。

[11] 权，秤锤。概，平斗的木板。衡，犹平。王逸《楚辞章句》："言患

苦众人，称物量谷，不知审其多少，同其称平，以失情实，则使众人怨也。”以见楚王之不辨贤愚。

[12] 迻（yí 移），迁徙，通“移”。推移，犹随顺。谓有人承顺君意，苟合取容。

[13] 谔谔（è 鄂），直言的样子。谓有人直言敢谏，匡正君非。

[14] 诚是，是非之实。

[15] 纫（rèn 任），将两缕捻成单绳。纫茅丝，把茅草与丝线合起来捻成绳。王夫之《楚辞通释》：“茅丝并纫，茅必伤丝。贤佞并进，佞必害贤矣。”所以伤也。

[16] 眩，迷惑。谓当今之世，君主不明，黑白不分，善恶莫辨。

[17] 放，犹弃。玉生于山，龟出于渊。

[18] 砾，小石。谓世人弃昆山之玉、深渊之龟，互相以小石为珍贵。以见其贵谗佞，贱忠直。

[19] 梅伯，传说殷纣的忠臣，以数谏为纣所杀。

[20] 来革，传说殷纣的佞臣。顺志，指顺从纣意。用国，持国政。

[21] 仁人，指梅伯。

[22] 小人，指来革。贼，犹害。谓梅伯为来革所谗，被杀害。

[23] 流、源，此二字应互倒，为“背源而流竭”。王逸《楚辞章句》即云：“背其源泉。”

[24] 重躯，以生命为重。虑难，顾虑危难。谓自己不是重身躯而顾虑危难，痛惜的是伤身而不能成功。王夫之《楚辞通释》云：“且吾所为惜屈子，而欲其远引者，非畏祸难而偷生也。梅、比死而殷亡，屈子沉而楚灭，无救于国，徒陨其躯，亦何益邪！”

以上叙述楚国的政治现实。

已矣哉！独不见夫鸾凤之高翔兮[1]，乃集大皇之野[2]。
循四极而回周兮，见盛德而后下[3]。
彼圣人之神德兮[4]，远浊世而自藏。
使麒麟可得羁而系兮，又何以异乎犬羊！

[1] 鸾凤，鸾鸟、凤凰。

[2] 集，犹止。大皇之野，王逸《楚辞章句》："大荒之薮。"

[3] 盛德，指大德之君。此谓鸾鸟高翔于广远无人之地，回旋于四极，见仁圣之王而后来集。以喻贤者宜处山林之中，周流观望，见盛德之君，乃归之。

[4] 彼圣人之神德以下四句，皆袭用《吊屈原》赋："所贵圣人之神德兮，远浊世而自臧。使麒麟可系而羁兮，岂云异夫犬羊！"谓此类神智之鸟，犹若圣人之品性，天下无道则隐。如果麒麟可得羁而畜之，则与犬羊何异？王夫之《楚辞通释》云："圣人远屈伸以利用，无道则隐。屈子远游之志不终，自投于渊，无救于楚，徒以轻生，谊所为致惜也。其哀屈子至矣！其为屈子谋周矣！然以为知屈子则未也。"

吊屈原

《吊屈原》是西汉贾谊所作。贾谊赋今天保存的有《惜誓》(见《楚辞章句》)、《吊屈原》、《鹏赋》(见《史记·屈原贾生列传》)、《旱云赋》(见《古文苑》)、《簴赋》(不全,见《艺文类聚》四十四)。其中最好的是《吊屈原》,但不知为什么王逸《楚辞章句》中未收,到朱熹《楚辞集注》才把它增补进去。

贾谊一生的遭际和屈原很相似。十八岁便以能诵《诗》属文闻名于洛阳。后被文帝召为博士,一年之中超迁至太中大夫。他请改正朔,易服色,制法度,兴礼乐等。文帝又想让他做公卿,遭到臣僚们的谗害和反对。据《史记·屈原贾生列传》说:“绛、灌、东阳侯、冯敬之属尽害之,乃短贾生曰:‘雒阳之人,年少初学,专欲擅权,纷乱诸事。’于是天子后亦疏之,不用其议,乃以贾生为长沙王太傅。贾生既辞往行,闻长沙卑湿,自以寿不得长,又以適(同谪)去,意不自得。及渡湘水,为赋以吊屈原。”贾谊和屈原的命运是相同的,而且又谪居屈原自沉之乡,他在思想感情上和屈原产生了强烈的共鸣。所以,他刚渡湘水,便为文吊屈原。这表现了他对屈原的深切的追念和哀悼,也抒发了对自己遭遇的不平和愤慨。在他身上,我们看到屈原精神的巨大影响。

恭承嘉惠兮[1]，竢罪长沙[2]。
仄闻屈原兮[3]，自湛汨罗[4]。
造托湘流兮[5]，敬吊先生。
遭世罔极兮[6]，乃陨厥身[7]。
乌虖哀哉兮[8]，逢时不祥！
鸾凤伏窜兮[9]，鸱鸮翱翔[10]。
阘茸尊显兮[11]，谗谀得志；
贤圣逆曳兮[12]，方正倒植[13]。
谓随夷溷兮[14]，谓跖蹻廉[15]；
莫邪为钝兮[16]，铅刀为铦[17]。
于嗟默默生之亡故兮[18]，斡弃周鼎宝康瓠兮[19]。
腾驾罢牛骖蹇驴兮[20]，骥垂两耳服盐车兮[21]。
章父荐屦渐不可久兮[22]，嗟苦先生独离此咎兮[23]！

[1] 嘉惠，指皇帝的旨令。

[2] 竢，古“俟”字，《史记》作“俟”，等待。竢罪长沙，指受命被贬谪为长沙王太傅。

[3] 仄，古“侧”字，《史记》作“侧”。仄闻，犹传闻。

[4] 湛，古“沈”字，《史记》作“沈”。

[5] 造，往。造托湘流，去托湘流以致哀吊。

[6] 罔极，变化无常。这里指谗人的诽谤。

[7] 陨身，丧失生命。

[8] 虖，古“乎”字，《史记》作“呼”。

[9] 伏窜，隐藏。

[10] 鸱鸮，即猫头鹰，古人认为是不祥之鸟。鸮，《史记》作“枭”。

[11] 阘茸（tà róng 榻戎），猥贱之称，这里指不成材的小人。

[12] 逆曳，不顺。这句是说圣贤处于不顺之境地。

[13] 方正，指正直的人。植，同“置”。这句是说贤者和小人颠倒

易位。

[14] 随，卞随，夏朝的贤者。《史记·伯夷列传》说他能辞让天下。夷，伯夷，殷朝末年孤竹国君的长子，因为反对周武王灭殷，不食周粟而饿死。古人把他看作清高有节操的人物。随夷溷，《史记》作"伯夷贪"。

[15] 跖，盗跖。蹻，庄蹻。二人都是古代著名的奴隶起义领袖，旧时视为恶人的代表。跖蹻廉，《史记》作"盗跖廉"。

[16] 莫邪，古代著名宝剑名，吴国所造。钝，《史记》作"顿"。

[17] 铅刀，不锋利的刀。铦（xiān 先），锋利。

[18] 默默，《史记》作"嘿嘿"，不自得之意。生，指屈原。亡，《史记》作"无"。亡故，无故遭祸。

[19] 斡（wò 卧），转。周鼎，周朝的传国鼎。康瓠，破罂。这句是说舍弃周鼎而珍惜康瓠。

[20] 罢，通"疲"。蹇，跛。

[21] 骥，骏马。服，古代一车驾四马，中间的两匹叫服。这里用作动词，同"驾"。用骏马拉盐车，说明屈才。《战国策·楚策》云："夫骥服盐车上太行，……外阪迁延，负棘而不能上，伯乐下车攀而哭之。"骏马善跑，却让它负重，才非所用，所以伯乐痛哭。

[22] 父，同"甫"，《史记》作"甫"。章父，殷朝的冠名。荐，藉、垫。屦（jù 据），用麻或葛制的鞋。帽子原应戴在头上，却拿它垫鞋，说明上下颠倒，以喻贤愚倒置。渐，销蚀。渐不可久，不久销蚀。

[23] 离此咎，遇此难。这句是说屈原独劳苦而遭此难。以上六句之"兮"字，《史记》都在句中。

讯曰[1]：已矣，国其莫吾知兮，子独壹郁其谁语[2]？
凤缥缥其高逝兮[3]，夫固自引而远去[4]。
袭九渊之神龙兮[5]，沕渊潜以自珍[6]。
偭蟂獭以隐处兮[7]，夫岂从虾与蛭螾[8]？
所贵圣人之神德兮[9]，远浊世而自藏[10]。
使麒麟可系而羁兮[11]，岂云异夫犬羊！

般纷纷其离此邮兮[12]，亦夫子之故也[13]！
历九州而相其君兮[14]，何必怀此都也[15]？
凤皇翔于千仞兮[16]，览德辉而下之[17]；
见细德之险微兮[18]，遥增击而去之[19]。
彼寻常之汙渎兮[20]，岂容吞舟之鱼[21]！
横江湖之鳣鲸兮[22]，固将制于蝼蝗[23]。

[1] 谇（suì 岁），即《离骚》之“乱”，尾声。《史记》作“讯”。

[2] 子，指屈原。壹郁，犹怫郁，《史记》作“堙郁”，义同。

[3] 缥缥，同“飘飘”，轻快的样子。逝，《史记》作“遰”。

[4] 引，《史记》作“缩”。

[5] 袭，重，用作动词，深藏的意思。九渊，最深的渊。

[6] 沕（mì 密），潜伏的样子。渊，《史记》作“深”。自珍，自我珍爱。指龙幽隐深藏，不与俗类同游。

[7] 偭，背弃。蟂（xiāo 枭），蛟。獭（tǎ 塔），水獭。偭蟂獭，《史记》作“弥融爚”。

[8] 蝦，《史记》作“蛭”。蛭（zhì 质），马蟥。螾（yǐn 引），蚯蚓。这两句是说神龙离蟂獭而隐藏，怎能从蝦和蛭螾游。

[9] 圣之神德，《史记》作“圣人之神德”。

[10] 臧，同“藏”。《史记》作“藏”。

[11] 麒麟，古代传说中似鹿而牛毛一角的瑞兽，或云即长颈鹿。《史记》作“骐骥”。系而羁，《史记》作“系羁”。

[12] 般（bān 班），《史记》作“般”，盘桓。邮，《史记》作“尤”，罪过。

[13] 夫子，指屈原。这两句是说屈原不如麟凤之高翔远逝，而盘桓不去，故遭灾祸。

[14] 历，经过。《史记》作“瞝”。相，观察、选择。相其君，《史记》作“相君”。

[15] 此都，指郢都。

[16] 仞，八尺为仞。千仞，《史记》作“千仞之上”。

[17] 德，指德政。

[18] 细德,苛细的贪婪追求,指奸佞者辈的行为。险微,《文选》作“险徵”,奸险的验征。

[19] 遥增击,《史记》作“摇增翮”。翮,鸟羽毛的翎管,这里指翅膀。这两句是说凤凰看见奸险的验征出现,便奋然鼓翼而飞去。而去,《史记》作“逝而去”。

[20] 寻常,八尺为寻,十六尺为常。汙,积水。渎,小水沟。

[21] 吞舟之鱼,特大的鱼,能够吞舟。岂容,《史记》作“岂能容”。

[22] 鳣(zhān 毡),鳇鱼。无鳞,长达四五米。鲸,《史记》作“鱏”(xún 寻)。

[23] 蝼,蝼蛄。螘,同“蚁”。蝼螘,《史记》作“螘蝼”,叶韵,可从。《庄子·庚桑楚》:“夫寻常之沟,巨鱼无所还其体,而鲵鳍为之制。”借喻国小,忠臣无所容,反被谗佞小人所陷害。

招隐士

本篇作者，据王逸《序》说："淮南小山之所作也。"淮南小山究竟是谁？王逸说"小山之徒"云云，显然是指一部分人的名称。然王逸又说："昔淮南王安，博雅好古，招怀天下俊伟之士。自八公之徒，咸慕其德，而归其仁，各竭才智，著作篇章，分造辞赋，以类相从，故或称小山，或称大山。其义犹《诗》有《小雅》、《大雅》也。"则又似乎是指辞赋体制之名。王逸的意见自相矛盾，不足据。但我们推测当以指淮南王刘安所招致之宾客中一部分辞人为更可信。

本篇的写作意旨是什么？王逸认为是"闵伤屈原"，然屈原并非隐士，何以悯伤？其说不可取。王夫之《楚辞通释》认为"义尽于招隐，为淮南召致山谷潜伏之士，绝无闵屈子而章之之意"。结合篇中之"王孙兮归来，山中兮不可以久留"的辞语，与王逸谓刘安"招怀天下俊伟之士"是一致的。可见王夫之的说法是正确的，即招天下在野之文士。作品着重描写山林中某些孤独、恐怖的景与物，并加以渲染，创造一种危险的境界，以启发隐士从山中归来。

桂树丛生兮山之幽，偃蹇连蜷兮枝相缭[1]。

山气巃嵸兮石嵯峨[2]，谿谷崭岩兮水曾波[3]。
猿狖群啸兮虎豹嗥[4]，攀援桂枝兮聊淹留[5]。
王孙游兮不归[6]，春草生兮萋萋[7]。
岁暮兮不自聊[8]，蟪蛄鸣兮啾啾[9]。

[1] 偃蹇（yǎn jiǎn 眼简），树枝长的样子。连蜷（quán 泉），弯曲的样子。缭，纠缠。

[2] 巃嵸（lóng sǒng 龙耸），《文选》五臣注："云气貌。"嵯峨，五臣注："高貌。"

[3] 崭（chán 禅）岩，《文选》五臣注："险峻貌。"曾，与"层"通。层波，水波层层。

[4] 狖（yòu 又），长尾猿。嗥（háo 豪），野兽叫。

[5] 淹留，滞留、停留。此谓猿猴虎豹在桂树枝上栖息。

[6] 王孙，称隐士。谓隐士遨游山林乐而忘归。

[7] 萋萋，草盛的样子。

[8] 聊，赖、依托。不自聊，指情感没有依托，精神空虚。

[9] 蟪蛄，寒蝉。

以上是招者借写景抒发一己之情。

坱兮轧，山曲岪[1]，心淹留兮恫慌忽[2]。
罔兮沕，憭兮栗，虎豹穴[3]，丛薄深林兮人上慄[4]。
嵚岑碕礒兮[5]，碅磳磈硊[6]。
树轮相纠兮[7]，林木茷骫[8]。
青莎杂树兮[9]，薠草靃靡[10]。
白鹿麏麚兮[11]，或腾或倚。
状貌崟崟兮峨峨[12]，凄凄兮漇漇[13]。
猕猴兮熊罴[14]，慕类兮以悲[15]。
攀援桂枝兮聊淹留。

虎豹斗兮熊罴咆，禽兽骇兮亡其曹[16]。

王孙兮归来，山中兮不可以久留！

[1] 坱（yǎng 仰）轧，王夫之《楚辞通释》："山气郁蒸之貌。"形容云雾弥漫。山曲，山之曲。岪（fú 拂），山势曲折的样子。此谓云雾弥漫山势盘旋曲折。

[2] 恫（tōng 通），痛苦。恫慌忽，《文选》五臣注："忧思深也。"

[3] 罔沕（mì 密）、憭（liáo 寥）慄，王夫之《楚辞通释》："罔沕，疑也。憭慄，惧也。游行经虎豹之穴，心疑惧也。"

[4] 丛薄，洪兴祖《楚辞补注》："深草曰薄。"上，动词。慄，战慄。此谓山中草薄林深，令人惊惧。

[5] 嵚岑（qīn cén 侵涔），山高险的样子。碕礒（qí yǐ 奇以），山形。

[6] 硱磳（jūn zēng 君曾）、磈硊（kuǐ wěi 傀萎），洪兴祖《楚辞补注》："并石貌。"形容山石的各类形状。

[7] 树轮，树的横枝。纠，纠缠。

[8] 茷骫（fá wěi 罚萎），树木枝叶盘屈的样子。

[9] 青莎，洪兴祖《楚辞补注》："《本草》云：'莎，……此草根名香附子，荆襄人谓之莎草。'"

[10] 薠（fán 烦），草名，似莎而大。靃（suǐ 髓）靡，王夫之《楚辞通释》："凌杂覆道貌，草卉弥漫，径路绝也。"

[11] 麏（jūn 君），鹿的一种。麚（jiā 加），牡鹿。腾，走。倚，立。

[12] 崯崯（yín 寅）、峨峨，头角峥嵘的样子。

[13] 凄凄、漇（xǐ 徙）漇，毛色濡泽的样子。王夫之《楚辞通释》："禽兽纵横，不避人而行立自如，以相逼也。"

[14] 罴，熊的一种，即马熊。

[15] 慕类以悲，思慕同类而悲鸣。《文选》五臣注："言山中之兽，犹慕俦类，而悲哀放弃独处，实难为心也。"

[16] 曹，犹类。亡其曹，离群而跑。

以上叙述山林倾危，草木繁茂，虎豹争斗，熊罴怒号，其他禽兽皆惊惧失群而跑，隐逸之士岂可以长久淹留于此乎！王夫之《楚辞通释》云："但于空山岑寂孤危之情景三致意焉，盖深体贤士不得已之情，而恻然为之恤念所由。……且其辞致磅礴弘肆，而意唯一致，真得骚人之遗韵。"

七　谏

王逸《序》云："《七谏》者，东方朔之所作也。谏者，正也。谓陈法度以谏正君也。"东方朔是汉武帝时之辞赋家。据《汉书》本传，他字曼倩，平原厌次人。为人好谐谑，善调笑，被武帝视为俳优一类人物，"然时观察颜色，屡直言切谏"。曾谏阻武帝起上林苑，从中显示了开明的政治见解，因此被擢为太中大夫、给事中。后常为郎，不被重用，作《答客难》抒发怀才不遇之情，又作《非有先生论》，劝谕武帝纳谏、励精图治。《七谏》之作，据王逸《序》称："东方朔追悯屈原，故作此辞，以述其志，所以昭忠信，矫曲朝也。"全篇用代言体，是东方朔代屈原抒情。从内容到形式都摹仿《九章》。所谓《七谏》者，王逸认为："古者，人臣三谏不从，退而待放。屈原与楚同姓，无相去之义，故加为七谏。"

初　放

平生于国兮[1]，长于原野[2]。
言语讷譅兮[3]，又无强辅[4]。
浅智褊能兮[5]，闻见又寡。

数言便事兮[6]，见怨门下[7]。
王不察其长利兮[8]，卒见弃乎原野。
伏念思过兮[9]，无可改者。
群众成朋兮[10]，上浸以惑[11]。
巧佞在前兮[12]，贤者灭息[13]。
尧舜圣已没兮[14]，孰为忠直[15]？
高山崔巍兮，流水汤汤。
死日将至兮，与麋鹿同坑[16]。
块兮鞠[17]，当道宿[18]。
举世皆然兮，余将谁告[19]？
斥逐鸿鹄兮，近习鸱枭。
斩伐橘柚兮，列树苦桃[20]。
便娟之修竹兮[21]，寄生乎江潭。
上葳蕤而防露兮[22]，下泠泠而来风[23]。
孰知其不合兮，若竹柏之异心[24]。
往者不可及兮[25]，来者不可待[26]。
悠悠苍天兮，莫我振理[27]。
窃怨君之不寤兮[28]，吾独死而后已。

[1] 平，屈原名。假托屈原口吻，故自称名。

[2] 长，此指长期生活在原野。王逸《楚辞章句》："言屈原少生于楚国，与君同朝，长大见远，弃于山野，伤有始而无终也。"

[3] 讷，犹钝。謘，即滞涩。讷謘，谓语言不流利。

[4] 强辅，坚强的辅助。

[5] 褊（biǎn 扁），王逸《楚辞章句》："狭也。"犹小。

[6] 便事，有利于国家的事。

[7] 门下，谓国君亲近之人。

[8] 长利，指所进忠言之能安国利民。

[9] 思过，自省。

[10] 群众，佞人之群人多。成朋，结成朋党。

[11] 上，指国君。浸，犹稍、渐。浸以惑，谓国君逐渐受其迷惑。

[12] 在前，在国君之前。

[13] 灭，犹消。此谓贤者心怀恐惧，不敢说话，没有声息。

[14] 尧舜圣，一本无“圣”字。

[15] 为，即是。谓尧舜圣明已不复存在，谁还是忠直之臣？

[16] 坑，王逸《楚辞章句》：“陂池曰坑。”即水坑。与麋鹿同坑，即与“麋鹿为伍”之意。王逸《楚辞章句》：“言已年岁衰老，死日将至，不得处国朝，辅政治，而与麋鹿同坑，鸟兽为伍，将坠陷坑井，不复久也。”

[17] 块兮鞠，一作“块鞠”，王逸《楚辞章句》：“块，独处貌。匍匐为鞠。”

[18] 当道宿，当路卧宿。王逸《楚辞章句》：“言已孤独无耦，块然独处，鞠然匍匐，当道而踬卧，无所栖宿也。”

[19] 余将谁告，我的忠信之情向谁倾诉。

[20] “列树苦桃”以上四句，以喻君王亲近贪贼奸佞之人，而远贤良忠信之士。

[21] 便娟，美好，形容修竹姿态。

[22] 葳蕤，草木花叶茂盛的样子。防，犹蔽。

[23] 泠泠，清凉的样子。王逸《楚辞章句》：“屈原以竹自喻……言竹被润泽，上则葳蕤而防蔽雾露，言能有所覆也。下则泠泠清凉，可休庇也。以言已德上能覆盖于君，下能庇荫于民。”

[24] 竹柏异心，竹心空、柏心实，故云异心。自谓与君王之不合，犹若竹柏之异心。

[25] 往者，指尧、舜、禹、汤、文、武等圣明之王。不可及，赶不上。

[26] 来者，指未来的贤君。不可待，等不到。

[27] 振，犹救。理，理曲使直。谓没有解救我的冤屈的人。忧愁幽思，无可奈何，则呼苍天。

[28] 怨君不寤，王逸《楚辞章句》：“言已私怨怀王用心闇惑，终不觉寤，令我独抱忠信，死于山野之中而已。”

沉　江

惟往古之得失兮[1]，览私微之所伤[2]。
尧舜圣而慈仁兮，后世称而弗忘。
齐桓失于专任兮[3]，夷吾忠而名彰[4]。
晋献惑于孋姬兮[5]，申生孝而被殃[6]。
偃王行其仁义兮[7]，荆文寤而徐亡[8]。
纣暴虐以失位兮，周得佐乎吕望[9]。
修往古以行恩兮[10]，封比干之丘垄[11]。
贤俊慕而自附兮[12]，日浸淫而合同[13]。
明法令而修理兮[14]，兰芷幽而有芳[15]。

[1] 得失，指治理国家之得与失，王逸《楚辞章句》："言己思念古者，人君得道则安，失道则危，禹、汤以王，桀、纣以亡。"

[2] 私，亲近。微，犹贱，指奸佞者辈。伤，犹害。谓观国君亲近奸佞之危害。

[3] 齐桓，即齐桓公。专任，指齐桓公不听管仲的意见，而任竖刁以国政。

[4] 夷吾，管仲名。王逸《楚辞章句》："管仲将死，戒桓公曰：'竖刁自割，易牙烹子，此二臣者不爱其身，不慈其子，不可任也。'桓公不从，使专国政。桓公卒，二子各欲立其所傅公子。诸公子并争，国乱无主，而桓公尸不棺，积六十日，虫流出户，故曰失于专任，夷吾忠而名著也。"

[5] 晋献，即晋献公。孋姬，即骊姬，晋献公的宠妃。

[6] 申生，晋献公的太子，当时称"孝子"。献公信骊姬之谗，逼申生自杀。

[7] 偃王，王逸《楚辞章句》："徐，偃王国名也。"

[8] 荆，即楚国。荆文，即楚文王。王逸《楚辞章句》："言徐偃王修行

仁义，诸侯朝之三十余国，而无戒备。楚文王见诸侯朝徐者众，心中觉悟，恐为所并，因兴兵击之而灭徐也。”

[9] 周得佐吕望，谓周得吕望的辅佐而有天下。

[10] 修，学习、遵循。

[11] 比干，殷时贤臣，被纣王杀害。丘垄，指坟墓。王逸《楚辞章句》：“言武王修先古之法，敬爱贤能，克纣，封比干之墓以彰其德，宣示四方也。”

[12] 自附，自己来归附。

[13] 浸淫，盛多的样子。合同，合而为一。谓天下贤能英俊，咸慕周德，渐来亲附，日益盛多，以致天下统一。

[14] 修理，修明法令，理顺朝政。

[15] 兰芷，以喻隐逸之士。王逸《楚辞章句》：“言周家选贤任士，官得其人，法令修理，故幽隐之士皆有嘉名也。”

苦众人之妒予兮，箕子寤而佯狂[1]。
不顾地以贪名兮[2]，心怫郁而内伤[3]。
联蕙芷以为佩兮，过鲍肆而失香[4]。
正臣端其操行兮，反离谤而见攘[5]。
世俗更而变化兮，伯夷饿于首阳[6]。
独廉洁而不容兮，叔齐久而逾明[7]。
浮云陈而蔽晦兮，使日月乎无光。
忠臣贞而欲谏兮，谗谀毁而在旁。
秋草荣其将实兮，微霜下而夜降。
商风肃而害生兮[8]，百草育而不长。
众并谐以妒贤兮[9]，孤圣特而易伤[10]。
怀计谋而不见用兮，岩穴处而隐藏。
成巧牍而不卒兮[11]，子胥死而不葬[12]。
世从俗而变化兮[13]，随风靡而成行[14]。

信直退而毁败兮[15]，虚伪进而得当[16]。
追悔过之无及兮[17]，岂尽忠而有功[18]。
废制度而不用兮[19]，务行私而去公[20]。
终不变而死节兮，惜年齿之未央[21]。
将方舟而下流兮，冀幸君之发曚[22]。
痛忠言之逆耳兮，恨申子之沉江[23]。
愿悉心之所闻兮[24]，遭值君之不聪。
不开寤而难道兮[25]，不别横之与纵[26]。
听奸臣之浮说兮[27]，绝国家之久长。
灭规矩而不用兮，背绳墨之正方。
离忧患而乃寤兮，若纵火于秋蓬[28]。
业失之而不救兮[29]，尚何论乎祸凶。
彼离畔而朋党兮[30]，独行之士其何望[31]！
日渐染而不自知兮[32]，秋毫微哉而变容[33]。
众轻积而折轴兮[34]，原咎杂而累重[35]。
赴沅湘之流澌兮[36]，恐逐波而复东。
怀沙砾而自沉兮，不忍见君之蔽壅[37]。

[1] 箕子，王逸《楚辞章句》："箕子，纣之庶兄，见比干谏而被诛，则披发佯狂以脱其难也。"谓苦于自己之忠直为众人所妒，乃效箕子披发佯狂以避祸害。

[2] 不顾地，不顾念楚国之地。

[3] 怫郁，心情不舒畅。谓自己佯狂而去，不顾念楚国，唯贪忠直之名，内心伤痛而怫郁。

[4] 鲍肆，卖鲍鱼的处所。肆，市集贸易之处。谓仁者身服蕙芷，过鲍鱼之肆，便失去芳香。洪兴祖《楚辞补注》："古人云：'与不善人居，如入鲍鱼之肆。'谓恶人之行，如鲍鱼之臭也。"

[5] 攘（rǎng），排斥。见攘，被排斥。

[6] 首阳,山名,在今山西永济市南,相传是伯夷、叔齐饿死处。

[7] 叔齐,伯夷的弟弟。逾,一作“愈”。王逸《楚辞章句》:“言己独行廉洁,不容于世,虽饥饿而死,幸若叔齐久而有荣名也。”

[8] 商风,即西风。肃,严急。谓西风严急而害生物。

[9] 并,一起。谐,合。

[10] 孤圣特,一作“圣孤特”。圣,圣明之才。孤特,孤立无援。谓虽有圣明之才,然孤立无援,仍易被伤害。

[11] 隳(huī 麾),毁坏。卒,犹终。

[12] 子胥死不葬,子胥为吴伐楚破郢,成功后被谗,赐剑弃死。洪兴祖《楚辞补注》:“吴王取子胥尸,盛以鸱夷革,浮之江中,故曰死而不葬也。”

[13] 从俗变化,指从俗变心。

[14] 风靡,顺风倾倒。成行,聚众成行。

[15] 信直,真诚正直之臣。

[16] 当,当显要之职。

[17] 悔过,指退信直,进虚伪。

[18] 尽忠,自谓。王逸《楚辞章句》:“言君进用虚伪之臣,则国倾危,追而自悔,亦无所及也。己欲尽忠直之节,终不能成其功也。”

[19] 废制度,指废先王的制度。

[20] 行私去公,循行私利,背离公正。

[21] 未央,未穷尽。自称死忠直终不变节,深惜年岁还少。

[22] 朦,愚昧无知。发朦,洪兴祖《楚辞补注》:“《素问》曰:‘发朦解惑,未足以论。’”

[23] 申子,王逸《楚辞章句》:“申子,伍子胥也。吴封之于申,故号为申子也。”

[24] 悉,犹尽。谓愿竭尽自己之所闻以陈奏。

[25] 道,一作“导”。难导,难于开导。

[26] 横纵,缯布的经纬线,纬为横,经为纵。不别横纵,以喻贤愚莫辨。

[27] 浮说,虚伪话。

[28] 纵火秋蓬,谓国君遭忧患,方才觉寤。像放火于秋蓬,不可挽

救了。

[29] 业，犹已。谓国君已经失道，身陷倾危，还谈什么国家祸凶，岂不晚矣。

[30] 离畔，指谗佞之辈。

[31] 独行之士，指特立独行之人。其何望，还有什么指望？

[32] 渐染，王逸《楚辞章句》："稍积为渐，汙变为染。"

[33] 秋毫，鸟兽的毛，秋季更生，细而末尖，叫秋毫。王逸《楚辞章句》："言君用谗邪，日以渐染，随之变化，而不自知，若秋毫更生，其容微眇，而日长大也。"

[34] 众轻积折轴，车载许多轻微之物，而折车轴。

[35] 原咎杂而累重，由于重累杂载众多的原因。洪兴祖《楚辞补注》："《战国策》云：'积羽沉舟，群轻折轴。'"此借喻国君任用奸佞之言，败坏国法，而自倾危矣。

[36] 流澌，即流水。谓自己欲赴湘、沅，与流水俱浮，恐怕逐波涛而东去。

[37] 壅，即塞。谓自己怀沙自沉，缘于不忍见国君长久为谗佞者所壅蔽。

怨　世

世沉淖而难论兮[1]，俗岭峨而嵾嵯[2]。
清泠泠而歼灭兮[3]，溷湛湛而日多[4]。
枭鸮既以成群兮，玄鹤弭翼而屏移[5]。
蓬艾亲入御于床笫兮[6]，马兰踸踔而日加[7]。
弃捐药芷与杜衡兮[8]，余奈世之不知芳何[9]。
何周道之平易兮[10]，然芜秽而险戏[11]。
高阳无故而委尘兮[12]，唐虞点灼而毁议[13]。
谁使正其真是兮[14]，虽有八师而不可为[15]。

[1] 沉淖(nào 闹),没溺,王逸《楚辞章句》:“沉,没也。淖,溺也。”犹没落。谓当今社会堕落难以评说。

[2] 岭(qián 虔)峨、嵾嵯(cēn cuó 参瘥),皆高低不齐的样子。这里是比喻人们对是非毁誉不同。王逸《楚辞章句》:“言时世之人沉没财利,用心淖溺,不论是非,不别忠佞,风俗毁誉,高下嵾嵯,贤愚合同,上不任贤,化使然也。”

[3] 泠泠,清凉、冷清的样子。清泠泠,这里比喻洁白。

[4] 溷(hùn 混),混乱。湛湛,浓重的样子。溷湛湛,这里比喻贪浊。王逸《楚辞章句》:“言泠泠清洁之士,尽弃销灭,不见论用;贪浊之人,进在显位,日以盛多。”

[5] 玄鹤,一种神鸟。洪兴祖《楚辞补注》:“《山海经》:‘雷山有玄鹤,粹黑如漆。其寿满三百六十岁,则色纯黑。昔黄帝习乐于昆仑山,有玄鹤飞翔。’”弭翼,收敛羽翼。屏,排除。枭鹗,比喻贪狼之人。玄鹤,比喻廉洁之士。谓贪狼之人,成群并进,廉洁之士,敛节退缩。

[6] 蓬艾,蓬蒿、萧艾。笫(zǐ 籽),竹编的床席。这里也指床。

[7] 马兰,恶草。踸踔(chěn chuō 跨戳),恶草暴长的样子。谓蓬蒿、萧艾入御房中,马兰之草踸踔暴长。

[8] 药,一作“兰”。兰芷,兰草和白芷,皆香草。

[9] 余奈世之不知芳何,谓弃捐香草,我怎奈世人不知何芳。

[10] 周道平易,《诗经·小雅·大东》:“周道如砥,其直如矢。”周道即大道。平易,畅行无碍。

[11] 险戏,险阻崎岖,喻艰难。谓周道何其平易,现在则荒芜而艰险。

[12] 高阳,古代帝王颛顼。委尘,王逸《楚辞章句》:“坋尘也。言帝颛顼圣明克让,然无故被尘翳。言与帝共工争天下也。”无故委尘,即无故被诬蔑。

[13] 唐虞,古代帝王陶唐氏尧和有虞氏舜。点灼,王逸《楚辞章句》:“点,污也。灼,灸也。犹身有病,人点灸之。言尧舜至圣,道德扩被,尚点灸谤毁。言有不慈之过,卑父之累也。”

[14] 谁使正其是,当使谁来正其是非。

[15] 八师,王逸《楚辞章句》:“谓禹、稷、卨(xiè 泻)、皋陶、伯夷、倕、

益、夔也。”不可为,王逸《楚辞章句》:“言尧、舜有圣贤之臣八人,以为师傅,不能除去虚伪之谤乎!”

皇天保其高兮[1],后土持其久[2]。
服清白以逍遥兮[3],偏与乎玄英异色[4]。
西施媞媞而不得见兮[5],嫫母勃屑而日侍[6]。
桂蠹不知所淹留兮[7],蓼虫不知徙乎葵菜[8]。
处溷溷之浊世兮[9],今安所达乎吾志[10]。
意有所载而远逝兮[11],固非众人之所识[12]。
骥踌躇于弊輂兮[13],遇孙阳而得代[14]。
吕望穷困而不聊生兮[15],遭周文而舒志[16]。
甯戚饭牛而商歌兮[17],桓公闻而弗置[18]。
路室女之方桑兮[19],孔子过之以自侍[20]。

[1] 皇天,尊言天。

[2] 后土,尊言地。谓天高地久。

[3] 服,义同“行”。

[4] 玄英,纯黑色。以喻贪浊。谓自己行修清白,偏与贪浊者辈异行。

[5] 西施,春秋时美女。媞(tí 啼)媞,美好的样子。

[6] 嫫(mó 馍)母,古代传说中的丑女。勃屑,跛行的样子。王逸《楚辞章句》:“言西施媞媞,仪容姣好,屏不得见。嫫母丑恶,反得媻姗而侍左右也。以言亲近小人,斥逐君子也。”

[7] 桂蠹,吃桂的蠹。以喻食禄之臣。王逸《楚辞章句》:“言桂蠹食芬香,居高显,不知留止,妄欲移徙,则失甘美之木,亡其处也。”

[8] 蓼虫,吃蓼的虫。王逸《楚辞章句》:“言蓼虫处辛烈,食苦恶,不能知徙于葵菜,食甘美,终以困苦而癯瘦也。以喻己修洁白,不能变志易行,以求禄位,亦将终身贫贱而困穷也。”

[9] 溷(hūn 昏)溷,同“涽涽”,即浑浊。

[10] 安,何所。谓自己处于浑浊之世,何所实现自己之志向?

[11] 意有所载，指胸怀大志。

[12] 识，犹知。谓自己胸怀大志，要远走高飞，本来不是众人所了解的。

[13] 弊辇，破败的车。

[14] 孙阳，伯乐姓名，春秋时善相马者。谓人们不识骐骥，以驾破败之车，则踌躇不前，遇见伯乐，知骐骥之才力，以好车代之，而任千里。此以骐骥自喻，以待伯乐也。

[15] 吕望，即太公望。

[16] 周文，即周文王。谓吕望穷困无以求生，遇到周文王得以施展大志。

[17] 甯戚，春秋时卫国人。商歌，悲痛的歌，歌辞曰："南山矸（gàn 干），白石烂，生不逢尧与舜禅，短布单衣适到骭（gàn 干），从昏饭牛薄夜半，长夜曼曼何时旦？"（《三齐记》）

[18] 桓公，齐桓公。弗置，不弃置，即任用。

[19] 路室，王逸《楚辞章句》："路室，客舍也。"

[20] 侍，在尊长者旁边陪侍。自侍，自己整肃、恭敬对方。王逸《楚辞章句》："言孔子出游，过于客舍，其女方采桑，一心不视，喜其贞信，故以自侍。"

吾独乖剌而无当兮[1]，心悼怵而耄思[2]。
思比干之怦怦兮[3]，哀子胥之慎事[4]。
悲楚人之和氏兮[5]，献宝玉以为石。
遇厉武之不察兮[6]，羌两足以毕斮[7]。
小人之居势兮[8]，视忠正之何若[9]？
改前圣之法度兮，喜嗫嚅而妄作[10]。
亲谗谀而疏贤圣兮，讼谓闾娵为丑恶[11]。
愉近习而蔽远兮[12]，孰知察其黑白。
卒不得效其心容兮，安眇眇而无所归薄[13]。
专精爽以自明兮[14]，晦冥冥而壅蔽[15]。

年既已过太半兮，然埳轲而留滞[16]。
欲高飞而远集兮，恐离罔而灭败[17]。
独冤抑而无极兮[18]，伤精神而寿夭[19]。
皇天既不纯命兮[20]，余生终无所依。
愿自沉于江流兮，绝横流而径逝[21]。
宁为江海之泥涂兮，安能久见此浊世？

[1] 乖，犹违。剌，犹邪。乖剌，即违背、相反。

[2] 悼怵(chù 触)，悲伤悽惕。耄(mào 贸)，王逸《楚辞章句》："耄，乱也，九十曰耄。言古贤俊皆有遭遇，我独乖差，与时邪剌，故心中自伤怵惕，而思志为耄乱。"

[3] 怦(pēng 怦)怦，王逸《楚辞章句》："忠直之貌。"

[4] 慎事，犹敬事。洪兴祖《楚辞补注》："子胥慎事吴王而见杀，故哀之。"

[5] 和氏，指楚人卞和。

[6] 厉武，楚厉王、楚武王。春秋时楚国的国君。

[7] 斮(zhuó 酌)，即斩。洪兴祖《楚辞补注》："刘向《新序》云：'荆人卞和，得玉璞而献之荆厉王，使工尹相之，曰：石也。王以和为谩，而断其左足。厉王薨，武王即位，和复奉玉璞而献之武王，王使工尹相之，曰：石也。又以为谩，而断其右足。武王薨，共王即位，和乃奉玉璞而哭于荆山中，三日三夜，泣尽而继之以血。共王闻之，乃使人理其璞而得宝焉。'"以楚王玉、石不别，喻忠、佞不分，屈原所以获罪。

[8] 居势，身居高位。

[9] 视忠正何若，谓视忠正之士当何如乎？

[10] 嗫嚅(niè rú 聂儒)，王逸《楚辞章句》："小语谋私貌也。"谓小人在位，改变前代圣人的法度，相与谋私，妄作胡为。

[11] 讼，即争。闾娵(zōu 邹)，古美女名，洪兴祖《楚辞补注》："韦昭云：'梁王魏瞿之美女。'"

[12] 愉，即悦。近习，国君的亲近。蔽远，蔽远方的贤能之士。谓君

王近谄谀，远贤良，故黑白莫辨。

[13] 安，犹乃。眇眇，渺茫的样子。薄，王逸《楚辞章句》："薄，附也。"谓自己终不得为君王效力，前途渺茫无所归附。

[14] 精爽，即明亮，指忠心耿耿。

[15] 冥冥，晦暗、昏昧。此指谗佞之人当权。

[16] 埳轲，即坎坷，道路不平的样子。这里比喻仕途不顺利。留滞，指坎坷沉滞，无所逢遇。

[17] 罔，王逸《楚辞章句》："罔以喻法。"离罔，犹触犯法网。谓自己想远走高飞，怕遭受处罚而身败名裂。

[18] 冤抑无极，即冤屈无穷。

[19] 寿夭，王逸《楚辞章句》："寿命夭也。"即短命早死。

[20] 不纯命，反复无常。

[21] 绝，自绝。径，一作"远"。王逸《楚辞章句》："言己思委命于江流，沉为泥涂，不忍久见贪浊之俗也。"

怨 思

贤士穷而隐处兮，廉方正而不容。
子胥谏而靡躯兮[1]，比干忠而剖心。
子推自割而飤君兮[2]，德日忘而怨深。
行明白而曰黑兮[3]，荆棘聚而成林[4]。
江离弃于穷巷兮[5]，蒺藜蔓乎东厢[6]。
贤者蔽而不见兮，谗谀进而相朋[7]。
枭鸮并进而俱鸣兮[8]，凤皇飞而高翔[9]。
愿一往而径逝兮[10]，道壅绝而不通[11]。

[1] 靡躯，死后找不到尸体。

[2] 子推，即介子推。飤（sì 祀），以食食人，同"饲"。据《左传・僖公二十四年》记载，介子推是春秋时晋国的贤臣，曾跟随晋文公在外

流浪十九年,一次途中没有吃的,他割下自己腿上的肉给晋文公充饥。回国后,晋文公赏赐流亡时的从属,他未得到提名,就和母亲逃隐在绵山中。后来文公想起了他,派人去找,他不肯出山,便放火烧山,他坚持不出,结果抱木烧死。即"德日忘而怨深"。

[3] 行明白,指自己操行清白。

[4] 荆棘,以喻谗佞之辈。

[5] 江离,香草名,以喻贤良之士。

[6] 葵藜,恶草名,多刺,以喻谗佞之人。东厢,王逸《楚辞章句》:"廧序之东为东厢。以言贤者弃捐闾巷,小人亲近左右也。"

[7] 相朋,朋比为奸。

[8] 枭鸮俱鸣,指奸佞者辈相与而论议。

[9] 凤皇高翔,指贤智之人皆高飞隐藏。

[10] 愿一往径逝,想一见君王尽忠言即远走。

[11] 道壅绝不通,道路阻绝不通。

自　悲

居愁勤其谁告兮[1],独永思而忧悲。
内自省而不惭兮[2],操愈坚而不衰[3]。
隐三年而无决兮[4],岁忽忽其若颓[5]。
怜余身不足以卒意兮[6],冀一见而复归[7]。
哀人事之不幸兮,属天命而委之咸池[8]。
身被疾而不间兮[9],心沸热其若汤[10]。
冰炭不可以相并兮[11],吾固知乎命之不长。
哀独苦死之无乐兮[12],惜予年之未央[13]。
悲不反余之所居兮,恨离予之故乡。
鸟兽惊而失群兮[14],犹高飞而哀鸣。
狐死必首丘兮[15],夫人孰能不反其真情[16]。
故人疏而日忘兮,新人近而俞好[17]。

莫能行于杳冥兮[18]，孰能施于无报[19]？

[1] 勤，一作"苦"。谓自己身在山泽，愁苦而无所告诉。

[2] 自省，省察自己之行为。不惭，于心无愧。

[3] 操，即操持，秉持。谓坚守素志而不衰懈。

[4] 隐三年，指放在山泽已三年。无决，无君王召回的命令。

[5] 颓，坠落。谓时光迅疾像物体下坠，年岁将老。王逸《楚辞章句》："古者人臣三谏不从，待放三年，君命还则复，无则遂行也。"

[6] 卒意，即尽意，实现自己的愿望。

[7] 一见，一见于君。谓希望再见君王一次，陈述忠言而返回故乡。

[8] 咸池，王逸《楚辞章句》："咸池，天神也。"洪兴祖《楚辞补注》："言己遭时之不幸，无可奈何，付之天命而已。……属，音烛，付也。"委之咸池，即委置天神。

[9] 间，洪兴祖《楚辞补注》："间，瘳也，音谏。"病愈为瘳。不间，病未愈。

[10] 汤，开水。谓心中焦躁像汤之沸腾。

[11] 冰炭不相并，以喻忠佞不能并处。

[12] 哀独苦死无乐，谓孤苦无乐而死之可哀。

[13] 未央，未尽。谓痛惜自己死年尚少。

[14] 鸟兽失群，洪兴祖《楚辞补注》："《礼记》云：'今是大鸟兽失丧其群匹，越月踰时焉，则必反巡过其故乡，翔回焉，鸣号焉，蹢躅焉，踟蹰焉，然后乃能去之。'"

[15] 首，犹向。丘，丘穴。

[16] 真情，王逸《楚辞章句》："真情，本心也。"孰能不反其真情，即谁能不思故乡？

[17] 俞，同"愈"。王逸《楚辞章句》："言旧故忠臣，日以疏远，谗谀新人，日近而见亲也。"

[18] 杳冥，昏暗，引申为暗中。行于杳冥，行不求人知。

[19] 施于无报，施不望报。王逸《楚辞章句》："言皆苟且而行，以求利也。"

苦众人之皆然兮[1]，乘回风而远游。
凌恒山其若陋兮[2]，聊愉娱以忘忧[3]。
悲虚言之无实兮，苦众口之铄金[4]。
过故乡而一顾兮，泣歔欷而沾衿。
厌白玉以为面兮[5]，怀琬琰以为心[6]。
邪气入而感内兮，施玉色而外淫[7]。
何青云之流澜兮[8]，微霜降之蒙蒙[9]。
徐风至而徘徊兮[10]，疾风过之汤汤[11]。
闻南藩乐而欲往兮[12]，至会稽而且止[13]。
见韩众而宿之兮[14]，问天道之所在[15]。
借浮云以送予兮，载雌霓而为旌[16]。
驾青龙以驰骛兮，班衍衍之冥冥[17]。
忽容容其安之兮[18]，超慌忽其焉如[19]。
苦众人之难信兮[20]，愿离群而远举。
登峦山而远望兮[21]，好桂树之冬荣[22]。
观天火之炎炀兮[23]，听大壑之波声[24]。
引八维以自道兮[25]，含沆瀣以长生[26]。
居不乐以时思兮，食草木之秋实。
饮菌若之朝露兮[27]，构桂木而为室。
杂橘柚以为囿兮，列新夷与椒桢[28]。
鹍鹤孤而夜号兮[29]，哀居者之诚贞[30]。

[1] 众人皆然，指众人皆行为苟且。谓苦于众人唯利是求，所以自己乘风远游。

[2] 凌，登、升高。恒山，即北岳，在山西省北部。陋，王逸《楚辞章句》："陋，小也。"

[3] 愉娱，悦乐。

[4] 众口铄金，谓众口所毁，令金销熔。喻人言可畏。

[5] 厌，王逸《楚辞章句》："厌，著也。"

[6] 琬琰（wǎn yǎn 惋衍），美玉。著白玉为面，怀琬琰为心，说明自己表里一致。

[7] 淫，王逸《楚辞章句》："淫，润也。"谓谗邪之言入内，而己志不变，表现出像玉一样的光润来。

[8] 流澜，散布、遍布。谓为何青云散布。

[9] 蒙蒙，形容霜之微。谓微霜蒙蒙而降。

[10] 徘徊，形容风之徐。

[11] 汤汤，形容风之疾。

[12] 南藩，南方边地。王逸《楚辞章句》："藩，蔽也。南国诸侯为天子藩蔽，故称藩也。"

[13] 会稽，山名，在今浙江省绍兴市东南。谓听说南国快乐而前往，至会稽山且休息。

[14] 韩众，众一作"终"。仙人名。

[15] 天道，王逸《楚辞章句》："天道，长生之道也。"谓见韩众而停宿，请教有关长生之道。

[16] 雌霓，也作"雌蜺"，虹的一种，色淡，也叫副虹。

[17] 班衍衍，皆形容词，王逸《楚辞章句》："言极疾也。"

[18] 容容，流动起伏的样子，形容"载雌霓"的形状。

[19] 慌忽，不真切。安之、焉如，不知所之。

[20] 难信，难于置信，言而无信。

[21] 登峦山，一作"登峦"。峦，小山。

[22] 好桂树冬荣，喜好桂树冬天开花。

[23] 天火，谓日。炀（yàng 样），《说文》："炀，炙燥也。"即烘烤。

[24] 大壑，谓海。谓仰观天火，俯睹海水。

[25] 八维，东、西、南、北四方，东南、西南、东北、西北四隅，合称八维。王逸《楚辞章句》："天有八维，以为纲纪也。"道，通"导"。

[26] 沆瀣，清露。谓揽持八维以自导引，吸取清露以求长生。

[27] 茵，香草名，即薰草，《广雅·释草》："茵，薰也，其叶谓之蕙。"

[28] 列，依序栽培。新夷，即辛夷。桢，即女贞，木名。谓园囿中种有

橘、柚、辛夷和椒桢。

[29] 鹍鹤，指鹍鸡、鸧鹤。

[30] 居者，隐居山泽的人，指屈原。谓鹍鹤深夜哀号，痛惜屈原之诚信正直而不被任用。

哀 命

哀时命之不合兮[1]，伤楚国之多忧。
内怀情之洁白兮，遭乱世而离尤[2]。
恶耿介之直行兮[3]，世溷浊而不知[4]。
何君臣之相失兮，上沅湘而分离[5]。
测汨罗之湘水兮[6]，知时固而不反[7]。
伤离散之交乱兮[8]，遂侧身而既远[9]。
处玄舍之幽门兮[10]，穴岩石而窟伏[11]。
从水蛟而为徒兮，与神龙乎休息[12]。
何山石之崭岩兮[13]，灵魂屈而偃蹇[14]。
含素水而蒙深兮[15]，日眇眇而既远[16]。
哀形体之离解兮[17]，神罔两而无舍[18]。
惟椒兰之不反兮[19]，魂迷惑而不知路[20]。
愿无过之设行兮[21]，虽灭没之自乐[22]。
痛楚国之流亡兮[23]，哀灵修之过到[24]。
固时俗之溷浊兮，志瞀迷而不知路[25]。
念私门之正匠兮[26]，遥涉江而远去。
念女嬃之婵媛兮[27]，涕泣流乎於悒[28]。
我决死而不生兮，虽重追吾何及[29]。
戏疾濑之素水兮[30]，望高山之蹇产[31]。
哀高丘之赤岸兮[32]，遂没身而不反。

[1] 时命,时代与命运。时命不合,即生不逢时。

[2] 尤,罪过。离尤,遭受罪过。

[3] 耿介,光明正大。

[4] 世溷浊不知,谓时世黑暗不辨善恶。

[5] 上沅湘,指逆沅湘而上。分离,指与国君分离。

[6] 汨罗之湘水,汨罗水下注湘水。测,测量汨罗、湘水之深浅,即沉身江中。

[7] 固而不反,决不回还。

[8] 交乱,互相怨恨。谓君臣之间互相怨恨而离散。

[9] 侧身,戒慎恐惧,不敢安身。谓心中恐惧不安而远走。

[10] 玄舍、幽门,都是黑暗的居室。指自己放逐后之处境。

[11] 穴,动词。岩,王逸《楚辞章句》:“岩,穴也。”窟,土室。谓隐居于石穴土室之中。

[12] 从水蛟、与神龙,谓与蛟龙游息。

[13] 崭岩,险峻的样子。

[14] 偃蹇,困顿。谓山石险峻,非自己所居,灵魂困顿,欲离去之。

[15] 素水,王逸《楚辞章句》:“素水,白水也。”即洁净的水。

[16] 眇眇,遥远的样子。王逸《楚辞章句》:“言虽远行,不失清白之节也。”

[17] 离解,解一作“懈”,即懈怠。形体离懈,谓精疲力竭。

[18] 罔两,王逸《楚辞章句》:“罔两,无所据依貌也。”舍,即止。谓自己神思恍惚而无所舍止。

[19] 椒兰,王逸《楚辞章句》:“椒,子椒也。兰,子兰也。”椒兰之不反,子椒、子兰不准自己回去。

[20] 不知路,王逸《楚辞章句》:“言子椒、子兰不肯反己,魂魄迷惑,不知道路当如何也。”

[21] 设行,犹施行,依照自己的意志行事。

[22] 灭没,指身败名灭。谓愿依照自己的意志行事,终无过错,虽身败名灭,犹自乐不改。

[23] 流亡,即危亡。

[24] 灵修,指怀王。到,洪兴祖《楚辞补注》:“到,至也。”过到,过错促

成的。

[25] 瞀(mào 贸)迷,紊乱迷惑。谓自己心志迷茫而不知路。

[26] 私门,权臣之门。匠,王逸《楚辞章句》:"匠,教也。言己念众臣皆营其私,相教以利,乃以其邪心欲正国家的事,故己远去也。"

[27] 女媭,屈原的姐姐。婵媛,眷恋。

[28] 於悒,王逸《楚辞章句》:"於悒,增叹貌也。"

[29] 追,追还。重追,多次追还。吾何及,我也无所复还。

[30] 濑(lài 赖),湍急的水。谓自己戏游于急流清水之中。

[31] 蹇产,高出的样子。

[32] 高丘、赤岸,王逸《楚辞章句》:"言己哀楚有高丘之山,其岸峻崄,赤而有光明,伤无贤君,将以阽危,故沉身于湘流而不还也。"

谬　谏

怨灵修之浩荡兮[1],夫何执操之不固[2]。
悲太山之为隍兮[3],孰江河之可涸[4]!
愿承间而效志兮[5],恐犯忌而干讳[6]。
卒抚情以寂寞兮,然怊怅而自悲[7]。
玉与石其同匮兮[8],贯鱼眼与珠玑[9]。
驽骏杂而不分兮[10],服罢牛而骖骥[11]。
年滔滔而自远兮[12],寿冉冉而愈衰[13]。
心悇憛而烦冤兮[14],蹇超摇而无冀[15]。

[1] 浩荡,大水横流的样子,这里比喻怀王之恣意妄为。

[2] 操,王逸《楚辞章句》:"操,志也。"执操不固,秉执意志不坚固,经常改变。

[3] 隍,王逸《楚辞章句》:"隍,城下池也。"洪兴祖《楚辞补注》:"《说文》:'城池有水曰池,无水曰隍。'"谓悲太山颓为池塘。

[4] 涸,洪兴祖《楚辞补注》:"涸,水竭也。"哪有长江大河可枯竭的?

[5] 间，间隙。

[6] 犯忌、干讳，王逸《楚辞章句》："所畏为忌，所隐为讳。干，触也。言己愿承君闲暇之时，竭效忠言，恐犯上忌，触众人之讳，而见刑诛也。"

[7] 怊怅，犹惆怅，失意感伤的样子。

[8] 匮（kuì 溃），王逸《楚辞章句》："匮，匣也。"

[9] 珠玑（jī 基），圆者为珠，不圆者为玑。玉与石同匮，鱼眼与珠玑同贯，说明忠佞不分。

[10] 驽，顿马。骏，良马。

[11] 服、骖，在辕为服，外骓为骖。罢牛，疲惫的老牛。骥，千里马。王逸《楚辞章句》："言君选士用人，杂用驽骏，不异贤愚，若驾罢牛，骖以骐骥。"

[12] 年，年光、岁月。滔滔，行进的样子。

[13] 寿，寿命。冉冉，渐进的样子。此自伤不遇，年渐衰老。

[14] 悇憛（tú tán 途坛），忧愁的样子。

[15] 蹇，副词，竟。超摇，王逸《楚辞章句》："超摇，不安也。"谓自己年渐衰老，心中忧愁不安，终无所冀望。

固时俗之工巧兮[1]，灭规矩而改错[2]。
却骐骥而不乘兮，策驽骀而取路[3]。
当世岂无骐骥兮，诚无王良之善驭[4]。
见执辔者非其人兮，故驹跳而远去[5]。
不量凿而正枘兮[6]，恐矩矱之不同[7]。
不论世而高举兮[8]，恐操行之不调[9]。
弧弓弛而不张兮[10]，孰云知其所至？
无倾危之患难兮[11]，焉知贤士之所死[12]？
俗推佞而进富兮[13]，节行张而不著[14]。
贤良蔽而不群兮[15]，朋曹比而党誉[16]。
邪说饰而多曲兮[17]，正法弧而不公[18]。

直士隐而避匿兮，谗谀登乎明堂[19]。
弃彭咸之娱乐兮[20]，灭巧倕之绳墨[21]。
菎蕗杂于黀蒸兮[22]，机蓬矢以射革[23]。
驾蹇驴而无策兮，又何路之能极？
以直针而为钓兮，又何鱼之能得？
伯牙之绝弦兮[24]，无钟子期而听之。
和抱璞而泣血兮，安得良工而剖之[25]？

[1] 工巧，善于取巧。

[2] 规矩，木工的用具。这里指法度。改错，改变措施。

[3] 驽、骀，皆劣马，以喻庸才。

[4] 王良，春秋时善御马的人，《淮南子·览冥训》："昔者王良，造父之御也。上车摄辔，马为整齐而敛谐，投足调匀，劳逸若一。"高诱注："王良，晋大夫御无恤子良也，所谓御良也。一名孙无政，为赵简子御。"谓当世并非无良马，而是无王良之善驾驭的人。

[5] 驹，少壮的马。

[6] 凿，木孔。枘（ruì 锐），木楔。

[7] 矩矱（jǔ yuē 举约），规则法度，引申为尺寸。谓不度量凿的大小，来削正枘的形状，恐怕尺寸就不会相合。

[8] 论世，观察世道。高举，指崇尚优良品德。

[9] 操行不调，指操守品行与世俗不谐调。谓不了解世风的贪浊，而标榜高尚的情操，恐怕不和于俗，而见憎于众。

[10] 弧，木弓。弛，即解。王逸《楚辞章句》："言弧弓虽强，弛而不张，谁知其力之所至乎？以言贤者不在职位，亦不知其才德也。"

[11] 倾危，指国家危亡。

[12] 贤士所死，即贤士为国家危难而死。洪兴祖《楚辞补注》："《老子》云：'国家昏乱有忠臣。'"

[13] 推佞、进富，王逸《楚辞章句》："言世俗之人推佞以为贤，进富以为能。"

[14] 节行，良好的节操和品行。著，显，指地位。张而不著，谓节行高

者得不到地位。

[15] 蔽而不群，指被排斥而孤立。

[16] 朋曹，是主语。比而党誉，是表语。《史记·游侠列传》："朋党宗强比周。"谓谗佞者结党营私互相称誉。

[17] 饰而多曲，粉饰邪说而非正理。

[18] 弧，喻枉。弧而不公，枉曲正当之法而不公正。

[19] 明堂，王逸《楚辞章句》："明堂，布政之宫也。"

[20] 彭咸之娱乐，洪兴祖《楚辞补注》："彭咸以伏节死义为乐，而时人弃之。"

[21] 巧倕（chuí 垂），古代传说中的巧匠。绳墨，工匠以绳濡墨打直线的工具。

[22] 菎蕗（kūn lù 昆路），香草名。黀（zōu 邹），麻秸。蒸，细小的木柴。王逸《楚辞章句》："言持菎蕗香直之草，杂于黀蒸，烧而燃之，则不识于物也。"

[23] 机，弩机。弓上发箭的装置。蓬矢，用蓬蒿做的箭。革，皮革，这里指用犀牛皮做的盾。王逸《楚辞章句》："言张强弩之机，以蓬蒿之箭，以射犀革之盾，必摧折而无所能入也。"

[24] 伯牙，春秋时人，善鼓琴。《吕氏春秋·本味》记载，伯牙善鼓琴，唯钟子期知音。钟子期死，伯牙破琴绝弦，不再鼓，因为世无知音者。

[25] 剖，犹治。谓卞和怀玉璞而泣血，怎样得到良工琢出宝玉？

以上皆言自己不遇识忠直之国君，因此不得其任用。

同音者相和兮，同类者相似[1]。
飞鸟号其群兮[2]，鹿鸣求其友[3]。
故叩宫而宫应兮[4]，弹角而角动。
虎啸而谷风至兮[5]，龙举而景云往[6]。
音声之相和兮[7]，言物类之相感[8]。
夫方圆之异形兮[9]，势不可以相错[10]。
列子隐身而穷处兮[11]，世莫可以寄托[12]。

众鸟皆有行列兮，凤独翔翔而无所薄[13]。
经浊世而不得志兮，愿侧身岩穴而自托[14]。
欲阖口而无言兮[15]，尝被君之厚德[16]。
独便悁而怀毒兮[17]，愁郁郁之焉极。
念三年之积思兮[18]，愿一见而陈词[19]。
不及君而骋说兮[20]，世孰可为明之[21]。
身寝疾而日愁兮[22]，情沉抑而不扬[23]。
众人莫可与论道兮[24]，悲精神之不通[25]。

[1] 同音相和、同类相似，即《易》所谓“方以类聚，物以群分”之意。
[2] 群，朋辈为群。
[3] 友，同志为友。
[4] 宫、角，五音中之二音。叩宫宫应，弹角角动，谓同音相和，所叩者应，所弹者动。
[5] 谷风，山谷之风。虎啸谷风至，即《易》所谓“风从虎”。
[6] 景云，王逸《楚辞章句》：“景云，大云而有光者。”龙举景云往，即《易》所谓“云从龙”。
[7] 音声，指鸟兽的鸣叫声。
[8] 物类，指龙虎。王逸《楚辞章句》：“言鸟兽相呼，云龙相感，无不应其类而从其耦也。”
[9] 方圆异形，方与圆形状不同。
[10] 相错，犹相杂。
[11] 列子，即列御寇，战国郑人。洪兴祖《楚辞补注》：“列子，名御寇，其书曰《子列子》。穷，容貌有饥色，居郑圃四十年，人无识者。”
[12] 寄托，指寄命托身。谓时世混浊无处托身。
[13] 薄，止息。无所薄，无处止息。
[14] 岩穴自托，隐居岩洞以自托身。
[15] 阖，即闭。
[16] 尝被君厚德，谓曾受君王之厚德，又不能缄口不言。

[17] 便悁，忧愁。毒，怨毒。便悁而怀毒，所以愁恨无穷。

[18] 三年积思，按《卜居》："屈原既放，三年不得复见。"即三年积聚忧思。

[19] 一见陈词，见国君一面而陈述忠言。

[20] 不及君，遇不见国君。骋说，尽情发挥自己的意见。

[21] 孰可为明之，对谁去说明。

[22] 寝，即卧。

[23] 沉抑，潜伏压抑。

[24] 论道，指论议治国之道。

[25] 悲精神不通，王逸《楚辞章句》："哀我精神所志，而不得通于君也。"

乱曰[1]：鸾皇孔凤日以远兮[2]，畜凫驾鹅[3]。
鸡鹜满堂坛兮[4]，鼃黾游乎华池[5]。
要褭奔亡兮[6]，腾驾橐驼[7]。
铅刀进御兮[8]，遥弃太阿[9]。
拔搴玄芝兮[10]，列树芋荷[11]。
橘柚萎枯兮，苦李旖旎[12]。
甂瓯登于明堂兮[13]，周鼎潜乎深渊[14]。
自古而固然兮，吾又何怨乎今之人[15]！

[1] 乱曰，七章终了，结以乱辞。《九怀》、《九思》也同此体式。

[2] 鸾皇孔凤，一作"鸾孔凤皇"，即鸾凤孔雀。

[3] 凫，野鸭。驾鹅，洪兴祖《楚辞补注》："郭璞云：'驾鹅，野鹅也。'"畜凫驾鹅，谓野鸭野鹅畜养于家中，鸾凤孔雀则离家日益远。

[4] 鹜(wù 勿)，鸭，又叫舒凫。

[5] 鼃(wā 蛙)，青蛙。黾(měng 蒙)，蛙的一种。华池，芳华之池。鸡鹜鼃黾，皆喻谗谀的人。

[6] 要褭(niǎo 鸟)，要一作"騕"。洪兴祖《楚辞补注》："并音杳。应劭

曰：'騕褭，古之骏马，赤喙玄身，日行五千里。'"

[7] 槖驼，即骆驼。行动缓慢，所以与"要褭"对比。

[8] 铅刀，以铅为刀，说明其钝，喻才力微薄之辈。进御，进献给君王。

[9] 太阿，古宝剑名，王逸《楚辞章句》："太阿，利剑也。"喻明智之士。

[10] 玄芝，王逸《楚辞章句》："玄芝，神草也。"

[11] 芋荷，即芋头和荷花。

[12] 苦李，李之别种，味苦。旖旎，繁盛的样子。王逸《楚辞章句》："言君乃拔去芝草，贱弃橘柚，种殖芋荷，养育苦李，爱重小人，斥逐君子也。"

[13] 甂瓯（biān ōu 边欧），一种瓦盆。

[14] 周鼎，周朝传国的九鼎。谓瓦器列于明堂，周鼎却藏于深渊。说明小人任政，贤良隐匿。

[15] 自古固然，吾又何怨，谓往古固已嫉贤妒能，我何独怨今世之人乎？

哀时命

本篇据王逸《序》说："《哀时命》者，严夫子之所作也。"严夫子，即庄忌。庄忌的生卒年不可考，其简略的事迹附见于《汉书·邹阳传》中。他原姓庄，因避明帝讳，改姓严，名忌，吴人。他好辞赋，然非景帝所好，因而不得志，便投奔吴王刘濞。不久，吴王的刘濞谋反，他自知不可规劝，即去吴至梁，深受梁孝王器重，与邹阳、枚乘同列，被尊称为夫子，故世号严夫子。本篇之作，王逸《序》说："忌哀屈原受性忠贞，不遭明君而遇暗世，斐然作辞，叹而述之，故曰《哀时命》也。"

哀时命之不及古人兮[1]，夫何予生之不遘时[2]！
往者不可扳援兮[3]，来者不可与期[4]。
志憾恨而不逞兮[5]，抒中情而属诗[6]。
夜炯炯而不寐兮[7]，怀隐忧而历兹[8]。
心郁郁而无告兮，众孰可与深谋[9]？
欿愁悴而委惰兮[10]，老冉冉而逮之[11]。

[1] 古人，指古代圣贤。

[2] 遘，遭遇。生不遘时，即生不逢时。

[3] 扳，洪兴祖《楚辞补注》："扳，与攀同，引也。"扳援，即攀援。

[4] 期，期待。谓前代圣王不可攀援，后世明君也不可期待。正抒写其生不逢时。

[5] 憾恨，怨恨。逞，犹通。

[6] 属诗，即作诗，谓连缀文字而成诗。谓心中怨恨不得通解，唯以诗歌抒发情感。

[7] 炯炯，形容有心事，犹耿耿。

[8] 历兹，历时至今。

[9] 孰可与深谋，指谁可与谋划。

[10] 欿(kǎn 坎)，愁苦的样子。委惰，王逸《楚辞章句》："委惰，懈倦也。"

[11] 逮，犹及。谓自己愁苦憔悴而懈倦，逐渐衰老，而志不得申。

以上感叹生不逢时，老之将至。

居处愁以隐约兮[1]，志沉抑而不扬[2]。
道壅塞而不通兮，江河广而无梁[3]。
愿至昆仑之悬圃兮[4]，采钟山之玉英[5]。
揽瑶木之橝枝兮[6]，望阆风之板桐[7]。
弱水汩其为难兮[8]，路中断而不通[9]。
势不能凌波以径度兮[10]，又无羽翼而高翔。
然隐悯而不达兮[11]，独徙倚而彷徉。[12]
怅惝罔以永思兮[13]，心纡轸而增伤[14]。
倚踌躇以淹留兮[15]，日饥馑而绝粮[16]。
廓抱景而独倚兮[17]，超永思乎故乡[18]。
廓落寂而无友兮[19]，谁可与玩此遗芳[20]！
白日晼晚其将入兮[21]，哀余寿之弗将[22]。
车既弊而马罢兮，蹇邅徊而不能行[23]。
身既不容于浊世兮，不知进退之宜当[24]。
冠崔嵬而切云兮[25]，剑淋离而从横[26]。

衣摄叶以储与兮[27]，左袪挂于榑桑[28]。
右衽拂于不周兮[29]，六合不足以肆行[30]。
上同凿枘于伏戏兮[31]，下合矩矱于虞唐[32]。
愿尊节而式高兮[33]，志犹卑夫禹汤[34]。
虽知困其不改操兮，终不以邪枉害方[35]。
世并举而好朋兮，一斗斛而相量[36]。
众比周而肩迫兮[37]，贤者远而隐藏。

[1] 隐约，隐蔽而简约。

[2] 沉抑，潜伏压抑。

[3] 梁，即桥。

[4] 悬圃，神话中的山名，在昆仑山顶。

[5] 钟山，在昆仑山西北，洪兴祖《楚辞补注》："《淮南》云：'钟山之玉，炊以炉炭，三日三夜而色泽不变，则至德天地之精也。"

[6] 瑶木，应即瑶树，《淮南子·地形训》："掘昆仑墟以下地，中有增城九重……绛树在其南，碧树瑶树在其北。"唐陈子昂《感遇诗》之六："昆仑有瑶树，安得采其英。"橝（tán 潭），通"覃"，犹长。橝枝，即长枝。

[7] 阆风，神话中山名，在昆仑山上。板桐，也是山名，在阆风之上。洪兴祖《楚辞补注》："《博雅》云：'昆仑虚有三山，阆风、板桐、玄圃。'"

[8] 弱水，洪兴祖《楚辞补注》："师古曰：弱水，谓西域绝远之水，乘毛车以渡者耳，非张掖弱水也。"汩（gǔ 古），水流迅疾的样子。其为难，与我为难。

[9] 断，一作"绝"。王逸《楚辞章句》："言己想得登神山，顾以娱忧，迫弱水不得涉渡，路绝不通，所为无可也。"

[10] 凌波，冒着波浪。

[11] 隐悯，伤心的样子。

[12] 徙倚，犹低徊。彷徉，徘徊游荡的样子。谓自己内心忧伤不得抒发，只好独自徘徊游荡。

[13] 怅惘(chǎng 昶)罔,失意的样子。

[14] 纡轸(yū zhěn 迂诊),隐痛连心,抽掣着痛。

[15] 淹留,指长久隐身山泽。

[16] 饥馑,就年而言。绝粮,就人而言。都说明自己穷困之景况。

[17] 廓,孤独空虚。抱景,面对山景。独倚,犹独处。

[18] 永思故乡,长久思念楚国。

[19] 廓落,孤独。

[20] 玩此遗芳,玩赏这些香草。

[21] 晼(wǎn 晚)晚,日暮。

[22] 将,犹长。谓白日西沉,天时不可留,哀叹自己寿命之不能长久了。

[23] 蹇,发语词。邅徊,徘徊、周旋不进。王逸《楚辞章句》:"言己周行四方,车以弊败,马又罢极,蹇然邅徊,不能复前。"

[24] 进退之宜当,进与退怎样才合宜。

[25] 崔嵬,高耸的样子。切云,冠名。

[26] 淋离,长的样子。谓戴切云之高冠,佩淋离之长剑。朱熹《楚辞集注》:"言己虽不见容,犹整饰冠剑,与众异也。"

[27] 摄叶,宽广的样子。储与,拘束的样子,不得舒展。

[28] 袪(qū 趋),衣袂。榑桑,即扶桑,神木名,传说日出其下。

[29] 衽,衣襟。不周,神话中的山名。

[30] 六合,天地四方。肆,纵恣、放肆。谓衣服宽大难以舒展,左袖挂在扶桑树上,右襟拂着不周神山,以六合为小,不足以纵恣而行。

[31] 凿枘,圆凿方枘的略称。伏戏,即伏羲。

[32] 矩矱,规则法度。虞唐,即虞舜、唐尧,都是古帝名。谓自己的德能,上可辅伏羲,同其规矩,下宜佐尧、舜,同其法度。

[33] 尊节,尊崇节操。式高,规格高尚的品德。

[34] 禹汤,夏禹、商汤。谓自己尊崇高尚的节操,而志向仍不及禹汤。

[35] 不以邪枉害方,不用邪枉危害方正的操行。

[36] 一斗斛相量,指善恶不分,用一个标准衡量。王逸《楚辞章句》:"言今世之人,……持其贪佞之心,以量清洁之士。"

[37] 比周,王逸《楚辞章句》:"比,亲也。周,合也。"即结党营私。肩,

并。迫,近。肩膀靠得很近。谓众人朋比为奸,贤者远逝而藏匿。

以上谓远游无路,还要避世隐藏。

为凤皇作鹑笼兮[1],虽翕翅其不容[2]。
灵皇其不寤知兮[3],焉陈词而效忠?
俗嫉妒而蔽贤兮,孰知余之从容[4]?
愿舒志而抽冯兮[5],庸讵知其吉凶[6]?
璋珪杂于甑窐兮[7],陇廉与孟娵同宫[8]。
举世以为恒俗兮[9],固将愁苦而终穷。
幽独转而不寐兮,惟烦懑而盈胸[10]。
魂眇眇而驰骋兮[11],心烦冤之忡忡[12]。
志欿憾而不憺兮[13],路幽昧而甚难。
块独守此曲隅兮[14],然欿切而永叹[15]。
愁修夜而宛转兮[16],气涫沸其若波[17]。
握剞劂而不用兮[18],操规榘而无所施[19]。
骋骐骥于中庭兮[20],焉能极夫远道[21]?
置猨狖于櫺栏兮[22],夫何以责其捷巧[23]?
驷跛鳖而上山兮[24],吾固知其不能升。
释管晏而任臧获兮[25],何权衡之能称[26]?
莞篨杂于廢蒸兮[27],机蓬矢以射革。
负檐荷以丈尺兮[28],欲伸要而不可得[29]。
外迫胁于机臂兮[30],上牵联于矰弋[31]。
肩倾侧而不容兮[32],固陿腹而不得息[33]。

[1] 鹑笼,鹌鹑笼子。

[2] 翕(xī 犀),收敛。谓做鹌鹑笼子给凤凰栖息,凤凰虽收敛羽翼也

难容其形体。

[3] 皇,即君。灵皇,指怀王。谓怀王不觉悟,自己无所效忠心。

[4] 从容,举止行动。孰知余之从容,有谁了解自己的忠信作为?

[5] 冯,愤懑。

[6] 庸,语气副词。讵,犹岂。谓自己想抒发志意和愤懑,怎知是吉是凶?

[7] 璋珪,玉器名。甑窐(guī圭),瓦器名。

[8] 陇廉,古代丑妇名。孟娵,古代美女名。玉器与瓦器杂陈,丑妇与美女同室,说明世人善恶不分。

[9] 恒,犹常。谓世人不识善恶为常俗。

[10] 懑,犹闷。谓深夜愁思展转不能入睡,心中烦闷而气结满胸。

[11] 眇眇,无一定的样子。

[12] 忡(chōng充)忡,忧愁不安的样子。

[13] 欿憾,未得到满足,引以为恨。憺,安定。谓心中欿恨而不安。

[14] 块,孤独。曲隅,偏僻的角落。

[15] 欿切,王逸《楚辞章句》:“心为切痛。”谓自己块然独处于山曲,内心切痛而长叹。

[16] 愁修夜宛转,忧心宛转而不能入睡,愁夜之长。

[17] 涫(guàn惯)沸,水沸腾的样子。谓气沸腾,有若水波。

[18] 剞劂(jī jué基倔),王逸《楚辞章句》:“剞劂,刻镂刀也。”洪兴祖《楚辞补注》:“应劭曰:‘剞,曲刀。劂,曲凿。’《说文》:‘剞劂,曲刀也。’”

[19] 规榘,圆形方形的器具。王逸《楚辞章句》:“言己怀德不用,若工握剞劂而无所刻镂,持方圆而无所错也。”

[20] 中庭,犹庭院。

[21] 极,即穷。谓骐骥在庭院中奔跑,不可能穷远道。

[22] 櫺(líng玲),窗或栏杆上雕有花纹的木格子。

[23] 何以责其捷巧,谓把猨狖放在棂栏上,怎能要求它灵巧?

[24] 驷,即驾。跛鳖,跛脚的乌龟。

[25] 管晏,即管仲和晏婴,都是春秋时齐国的名相。臧获,即奴婢,洪兴祖《楚辞补注》:“《方言》云:‘臧获,奴婢贱称也。’”

[26] 何权衡之能称，王逸《楚辞章句》:“言君欲为政，反置管仲、晏婴，任用败军贱辱系获之士，何能称权衡兴至治乎?”

[27] 莔簵杂于黀蒸二句，见《七谏》注。

[28] 负檐荷，负是以背载物；檐荷是用肩挑起。丈尺，形容行进迟缓。

[29] 要，同“腰”。谓身处乱世，有若背肩荷担，不敢伸腰。

[30] 机臂，王逸《楚辞章句》:“弩身也。”迫胁于机臂，为弓弩所威胁。

[31] 矰(zēng 增)，一种丝绳系住射飞鸟的短箭。弋，以绳系箭而射。牵联于矰弋，与短箭联在一起。王逸《楚辞章句》:“言己居常怖惧，若附强弩机臂，畏其妄发，上恐牵联于弋射，身被矰缴也。”

[32] 肩倾侧，即倾肩侧背。

[33] 陿，同“狭”，狭隘。陿腹，令腹狭小，即弯腰曲背之意。谓自己倾肩侧背而不见容，因此弯曲腰背而难喘息。

以上叙述世俗蔽贤妒能，自己之不见容。

务光自投于深渊兮[1]，不获世之尘垢[2]。
孰魁摧之可久兮[3]，愿退身而穷处[4]。
凿山楹而为室兮[5]，下被衣于水渚[6]。
雾露濛濛其晨降兮，云依斐而承宇[7]。
虹霓纷其朝霞兮，夕淫淫而淋雨[8]。
怊茫茫而无归兮[9]，怅远望此旷野[10]。
下垂钓于谿谷兮，上要求于仙者[11]。
与赤松而结友兮[12]，比王侨而为耦[13]。
使枭杨先导兮[14]，白虎为之前后。
浮云雾而入冥兮[15]，骑白鹿而容与[16]。

[1] 务光，人名，王逸《楚辞章句》:“务光，古清白之士也。”相传汤要把天下让给他，他不受，自投水死。

[2] 不获世之尘垢，不为浊世之尘垢沾污。

[3] 魁，汤勺，《说文》:“魁，羹斗也。”摧，即折。魁摧，汤勺断不可把，

喻不好用，哪可久？

[4] 退身穷处，即隐身而穷居独处。

[5] 楹，柱。山楹，指山上的岩壁。谓凿岩壁为室。

[6] 渚，王逸《楚辞章句》："渚，水涯也。"被衣，浴毕换衣服。

[7] 依斐，朱熹《楚辞集注》："依斐，云貌。"形容云朵浓密。承宇，承接屋霤。

[8] 淫淫，淋雨的样子。

[9] 怊（chāo 绰），心无所依，失意的样子。

[10] 怅，失意、恼恨的样子。王逸《楚辞章句》："言己幽居遇雨，愁思茫茫，无所依归，但见旷野草木盛茂也。"

[11] 求于仙者，访求仙人。

[12] 赤松，即赤松子，传说中的仙人。

[13] 王侨，即仙人王子乔。为耦，结伴。

[14] 枭杨，王逸《楚辞章句》："枭杨，山神名，即狒狒也。"洪兴祖《楚辞补注》："《说文》：'周成王时，州靡国献狒，人身反踵，自笑，笑则上唇掩其目，食人。'"

[15] 冥，高远。

[16] 容与，安逸自得的样子。王逸《楚辞章句》："言己与仙人俱出，则山神先道，乘云雾，骑白鹿而游戏。"

以上叙述愿隐居山泽，结交仙人。

魂眐眐以寄独兮[1]，汨徂往而不归[2]，
处卓卓而日远兮[3]，志浩荡而伤怀[4]。
鸾凤翔于苍云兮[5]，故矰缴而不能加[6]。
蛟龙潜于旋渊兮[7]，身不挂于罔罗[8]。
知贪饵而近死兮[9]，不如下游乎清波[10]。
宁幽隐以远祸兮，孰侵辱之可为[11]？
子胥死而成义兮[12]，屈原沉于汨罗[13]。
虽体解其不变兮，岂忠信之可化[14]？

志怦怦而内直兮[15]，履绳墨而不颇[16]。
执权衡而无私兮[17]，称轻重而不差。

[1] 眐（zhēn 珍）眐，王逸《楚辞章句》："眐眐，独行貌也。"

[2] 汩，迅疾的样子。徂往，去到。谓自己神魂眐眐独行，迅疾前去而不归。

[3] 卓卓，高远的样子。

[4] 浩荡，纵恣放肆，心无所主的样子。谓随从仙人，上游居处，日益高远，心志纵恣而悲伤。

[5] 苍云，青云。

[6] 矰缴，系有丝绳用以射鸟的短箭。谓鸾凤飞翔于青云之中，矰缴射不到。

[7] 旋渊，至深之渊，洪兴祖《楚辞补注》："《淮南》云：'藏志乎九旋之渊。'注云：'九回之渊，至深也。'"

[8] 罔，一作"网"。谓蛟龙藏于深渊，罗网无所施加。

[9] 饵，糕饼。

[10] 清波，清洁之流。谓了解贪吃香饵有必死之危险，不如游荡于清波之中。朱熹《楚辞集注》："言以贪饵而得死者，固不可为，若以忠义而死，则不惮也。"

[11] 孰侵辱之可为，谓隐身远祸，侵辱便无所施。

[12] 子胥死而成义，伍子胥，春秋时楚人，父兄都被楚平王杀害，为了报仇，他逃到吴国，与孙武共佐吴王阖闾伐楚，大败楚国。吴王夫差伐越，又大败越王勾践，越请和，夫差许诺，子胥谏阻，不从，夫差听伯嚭谗言，逼迫子胥自杀。

[13] 屈原沉于汨罗，全篇都是庄忌代屈原抒情，以屈原的口吻叙述其身世、理想，此处不应当直称屈原。

[14] 化，变化。谓忠信之心不可变化。

[15] 怦（pēng 烹）怦，忠诚的样子。内直，内心正直。

[16] 绳墨，比喻法度。颇，偏邪。

[17] 权衡，称量物体轻重的工具。王逸《楚辞章句》："言己如得执持

权衡，能无私阿，称量贤愚，必不过差，各如其理也。”

以上抒写高深藏，不贪图香饵，忠正之心不变。

概尘垢之枉攘兮[1]，除秽累而反真[2]。
形体白而质素兮[3]，中皎洁而淑清[4]。
时厌饫而不用兮[5]，且隐伏而远身[6]。
聊窜端而匿迹兮[7]，嘆寂默而无声[8]。
独便悁而烦毒兮[9]，焉发愤而抒情[10]。
时暧暧其将罢兮[11]，遂闵叹而无名[12]。
伯夷死于首阳兮[13]，卒夭隐而不荣[14]。
太公不遇文王兮[15]，身至死而不得逞[16]。
怀瑶象而佩琼兮[17]，愿陈列而无正[18]。
生天地之若过兮[19]，忽烂漫而无成[20]。
邪气袭余之形体兮，疾憯怛而萌生[21]。
愿一见阳春之白日兮，恐不终乎永年[22]。

[1] 概（gài 盖），《说文》：“涤也。”即洗涤。枉攘，王逸《楚辞章句》：“枉攘，乱貌。”谓洗涤尘垢与混乱。

[2] 秽累，污浊堆积。反真，恢复淳真。王逸《楚辞章句》：“言己又欲概激浊乱之臣，使君除去秽累，而反于清明之德。”

[3] 形白质素，谓表里都皎洁。

[4] 淑清，明朗、纯净。谓内心纯净。

[5] 厌饫，饮食饱足。以喻君王厌倦他的忠直之言。

[6] 隐伏远身，隐居山泽，自远己身。

[7] 窜端，藏头匿足，朱熹《楚辞集注》：“窜端，藏其端绪，不使人少见之也。”

[8] “嘆”（mò 莫）与“默”二字应互倒，当作“默寂寞”，王逸《楚辞章句》：“执守寂寞”，是寂寞连用，可证。

[9] 便悁，忧愁。烦毒，烦恼愤恨。谓独自忧愁烦恼。

[10] 焉发愤抒情，无所抒发愤懑。

[11] 暧(ài 艾)暧，昏暗不明的样子。罢，尽，终了。谓时已昏暗，一天即过去。

[12] 闷叹无名，烦闷感伤无美名流传后世。

[13] 伯夷，商朝孤竹君之子。首阳，山名。相传孤竹君遗命死后立次子叔齐为继承人。及其死，叔齐让位给伯夷，伯夷不受，逃至周。周武王伐纣，他叩马谏阻。武王不听，灭商，他耻食周粟，逃到首阳山，饿死在山中。

[14] 夭，少壮而死。隐而不荣，没能显其荣宠。谓伯夷夭命而死，未能显其荣宠。

[15] 太公，太公望。文王，周文王。太公姓吕，名尚，相传他钓于渭滨，周文王出猎遇见他，和他交谈，大悦之，载与同归，立为师。

[16] 逞，犹通，通达。谓太公望不遇文王，至死不得通达。

[17] 瑶、琼，都是美玉。这里用以比喻美的品德。怀瑶象而佩琼，指自己具有优秀的德能。

[18] 无正，正，犹平。朱熹《楚辞集注》："无正，言无人能知己之贤而平其是非也。"

[19] 过，经过，不停留。

[20] 烂漫，王逸《楚辞章句》："烂漫，犹消散也。"谓自己生于天地之间过如烟云，忽然消散而无所成功。

[21] 憯怛(cǎn dàn 惨旦)，忧伤痛苦。谓邪气侵袭自己的身体，使自己忧伤痛苦而生病。

[22] 不终永年，不得终其寿命。王逸《楚辞章句》："言己被疾忧惧，恐随草木徂落，不能至阳春见白日，不终年命，遂委弃也。"

以上感叹自己一生不遇，没世而不见知。

九　怀

本篇据王逸《序》说："《九怀》者，谏议大夫王褒之所作也。"王褒，字子渊，蜀人。汉宣帝时，因益州刺史王襄的举荐，被征召，受诏作《圣主得贤臣颂》，擢升为谏议大夫。后受诏去益州祭致金马碧鸡之宝，病死道中。《九怀》之作，王逸说："褒读屈原之文，嘉其温雅，藻采敷衍，执握金玉，委之污渎，遭世溷浊，莫之能识。追而愍之，故作《九怀》，以裨其词。"他认为是王褒对屈原的追愍。此作从句式上看，完全摹拟《九歌》，从文意上看，则是《离骚》"吾将上下而求索"一句的推衍。

匡　机

极运兮不中[1]，来将屈兮困穷[2]。
余深愍兮惨怛[3]，愿一列兮无从[4]。
乘日月兮上征，顾游心兮鄗酆[5]，
弥览兮九隅[6]，彷徨兮兰宫[7]。
芷闾兮药房[8]，奋摇兮众芳[9]。
菌阁兮蕙楼[10]，观道兮从横[11]。
宝金兮委积，美玉兮盈堂。
桂水兮潺湲[12]，扬流兮洋洋[13]。

著蔡兮踊跃[14]，孔鹤兮回翔[15]。
抚槛兮远望[16]，念君兮不忘[17]。
佛郁兮莫陈[18]，永怀兮内伤[19]。

[1] 极运，穷极运作，意即竭尽规劝。中，正。王逸《楚辞章句》："周转求君，道不合也。"

[2] 来，来日。屈兮困穷，委屈忍受贫穷。

[3] 愍，忧伤。惨怛，忧伤、悲痛。

[4] 一列，全部陈列。无从，即无由。王逸《楚辞章句》："欲陈忠谋，道隔塞也。"

[5] 鄗，同"镐"（hào号），古地名，在今陕西省西安市长安区西南，是周武王的京城。酆，亦古地名，在今陕西省西安市鄠（hù）邑区境内，是周文王的京城。游心酆镐，即顾念酆、镐二京。

[6] 弥览，遍览。九隅，即九州。

[7] 兰宫，兰香氤氲的宫廷。

[8] 间，一作"室"。芷间，香芷的庭室。药，香草名，又叫白芷。药房，白芷的房屋。

[9] 奋摇，指花蓬勃开放。

[10] 菌，薰草，《广雅·释草》："菌，薰也。其叶谓之蕙。"

[11] 观道，楼观旁的道。从横，纵横交错。

[12] 桂水，应指桂花香水。潺湲，水流的样子。

[13] 洋洋，水远流的样子。

[14] 著（shī失）蔡，著，当作"耆"，即老。洪兴祖《楚辞补注》："《淮南》云：'大蔡神龟。'注云：'大蔡，元龟所出地名，因名其龟为大蔡。'"

[15] 孔鹤，孔雀、仙鹤。此谓灵龟灵鸟都踊跃飞翔。

[16] 抚槛远望，指登楼凭栏远望郢都。

[17] 念君不忘，指思念怀王而时刻不忘。

[18] 佛郁，愤懑，心情不舒畅。佛郁莫陈，愤懑无所陈诉。

[19] 永怀内伤，谓长久思念而中心伤痛。

通　路

天门兮地户，孰由兮贤者[1]？
无正兮溷厕[2]，怀德兮何睹[3]？
假寐兮愍斯[4]，谁可与兮寤语[5]？
痛凤兮远逝，畜鴳兮近处[6]。
鲸鱏兮幽潜[7]，从虾兮游陼[8]。
乘虬兮登阳[9]，载象兮上行[10]。
朝发兮葱岭[11]，夕至兮明光[12]。
北饮兮飞泉[13]，南采兮芝英[14]。
宣游兮列宿[15]，顺极兮彷徉[16]。
红采兮骍衣[17]，翠缥兮为裳[18]。
舒佩兮綝纚[19]，竦余剑兮干将[20]。
腾蛇兮后从[21]，飞駏兮步旁[22]。
微观兮玄圃[23]，览察兮瑶光[24]。
启匮兮探筴[25]，悲命兮相当[26]。
纫蕙兮永辞[27]，将离兮所思[28]。
浮云兮容与，道余兮何之[29]？
远望兮仟眠[30]，闻雷兮阗阗[31]。
阴忧兮感余[32]，惆怅兮自怜[33]。

[1] 孰由贤者，谓哪条路应是贤人涉足。

[2] 无正，无正之世。溷厕，浊乱。王逸《楚辞章句》："邪佞杂乱，来并居也。"

[3] 怀德，怀德之人。谓处于混浊的时代，自己的品德有谁能识别？

[4] 假寐，王逸《楚辞章句》："不脱冠带而卧曰假寐。"

[5] 寤，醒寤，理解。谓自己和衣而卧无限忧伤，与谁去讲自己心里话。

[6] 鴳，通“鷃”（yàn 艳），小鸟。凤远逝、鴳近处，以喻弃贤良而亲谗佞。

[7] 鲸，鲸鱼。鱏（xún 巡），即鲟鱼。鲸鱏幽潜，以喻贤良隐匿。

[8] 从虾，从鱼的虾。陼，一作“渚”，水中的陆地。从虾游陼，以喻小人并进。

[9] 阳，指天。古人认为天为阳，地为阴。

[10] 载，即驾。谓驾龙乘象而登天。

[11] 葱岭，山名，在新疆西南境，地势极高，有“世界屋脊”之称。

[12] 明光，指丹峦。王逸《楚辞章句》：“旦发西极之高山也，暮宿东极之丹峦也。”

[13] 飞泉，神话中的泉名。洪兴祖《楚辞补注》：“张揖云：‘飞泉在昆仑西南。’”

[14] 芝英，灵芝花。

[15] 宣，洪兴祖《楚辞补注》：“宣，遍也。”同“遍”。列宿，即二十八宿。

[16] 彷徉，徘徊、游荡。王逸《楚辞章句》：“遍历六合，视众星也。周绕北辰，观天庭也。”

[17] 红采，王逸《楚辞章句》：“古本：‘虹采兮霓衣。’”单色不当称采，以古本为是。骍，红色的马，这里作形容词，红色的。

[18] 缥（piào 票），淡青色的帛。翠缥，指青云。谓以虹霓为衣，青云为裳。

[19] 绯缅（lín lì 林历），盛饰的样子。王逸《楚辞章句》：“缓带徐步，五玉鸣也。”

[20] 竦，执。干将，古剑名。相传春秋时吴人干将与妻莫邪善铸剑。铸有二剑，锋利无比，一名干将，一名莫邪，献给吴王阖闾。

[21] 腾，即飞。一作“螣”，螣蛇，神话中的神蛇，洪兴祖《楚辞补注》：“《荀子》云：‘螣蛇无足而飞。’《文子》曰：‘腾蛇无足而腾。’郭璞云：‘螣，龙类，能兴云雾而游其中。’”后从，一作“从后”，跟从其后。

[22] 駏（jù 句），駏驉（xū 需），形体像骡的动物。洪兴祖《楚辞补注》：

"《淮南》云：'北方有兽，其名曰蹶，常为蛩蛩駏驉取甘草，蹷有患，蛩蛩駏驉必负而走。'郭璞曰：'邛邛似马而青。'《穆天子传》：'邛邛距虚，日走五百里。'"步旁，飞步于身旁。

[23] 微观，暗暗地伺察。玄圃，传说昆仑山顶，有金台五所，玉楼十二，为神仙所居。

[24] 瑶光，北斗七星第七星名。《淮南子·本经训》："瑶光者，资粮万物者也。"注："瑶光谓北斗杓第七星也。"

[25] 匮，匣子。筴，古时占卜用的蓍草。

[26] 悲命相当，可悲的命运与卦上相同。王逸《楚辞章句》："发匣引筹，考禄相也。不获富贵，值流放也。"

[27] 纫蕙永辞，结草为誓，表示长期决绝。

[28] 将离所思，离别所思念的君王和家乡。

[29] 道余何之，谓浮云犹疑不定，不知引导我向何方。

[30] 仟眠，暗昧不明的样子。王逸《楚辞章句》："遥视楚国，闇未明也。"

[31] 阗（tián甜）阗，象声词，形容雷声之大。

[32] 感，通"撼"。阴忧感余，内心的忧愁震撼自己。

[33] 惆怅自怜，王逸《楚辞章句》："怅然失志，嗟厥命也。"

危俊

林不容兮鸣蜩[1]，余何留兮中州[2]？
陶嘉月兮总驾[3]，搴玉英兮自修[4]。
结荣茝兮逶逝[5]，将去烝兮远游[6]。
径岱土兮魏阙[7]，历九曲兮牵牛[8]。
聊假日兮相佯[9]，遗光耀兮周流[10]。
望太一兮淹息[11]，纡余辔兮自休[12]。
晞白日兮皎皎[13]，弥远路兮悠悠[14]。
顾列孛兮缥缥[15]，观幽云兮陈浮[16]。

钜宝迁兮砏磤[17],雉咸雊兮相求[18]。
泱莽莽兮究志[19],惧吾心兮懤懤[20]。
步余马兮飞柱[21],览可与兮匹俦[22]。
卒莫有兮纤介[23],永余思兮怞怞[24]。

[1] 蜩(tiáo 迢),蝉。鸣蝉不见容于林中。

[2] 中州,即中国。余何留中州,王逸《楚辞章句》:"我去诸夏,将远逝也。"

[3] 陶,疑误,或原作"敶",安排的意思。嘉月,吉日、良辰。总,结、系。驾,驾车于马。

[4] 搴玉英自修,采摘琼英,以自修饰。

[5] 结荣茝,即结系花草,所以自饰。逶逝,纡曲远逝。

[6] 去,离去。烝,即众。王逸注以烝为君,非。此谓离开众人而远游。

[7] 岱,即太山。岱土,谓高山之地。魏阙,又称象魏。洪兴祖《楚辞补注》:"许慎云:'巍巍高大,故曰魏阙。'"这是泛指山势高大像阙,如伊阙龙门之类。

[8] 九曲,犹九天。王逸《楚辞章句》:"过观列宿,九天际也。"牵牛,星名,属天鹰星座。

[9] 聊,姑且。相佯,与"徜徉"同意,即徘徊。

[10] 遗光,光彩照人。周流,周转流行。

[11] 太一,天的最尊贵的神。淹息,停留歇息。

[12] 纡(yū 迂),缓。纡余辔,即缓我马勒。

[13] 晞(xī 昔),天将亮时的日光。洪兴祖《楚辞补注》:"晞,明之始升也。"皎皎,洁白明亮。

[14] 弥,极尽。悠悠,遥远。

[15] 孛(bèi 备),彗星。缥缥,即光。王逸《楚辞章句》:"邪视彗星,光瞥瞥也。"

[16] 幽云,山中的云。陈浮,犹漂浮。

[17] 钜宝,太岁星。砏磤(pīn yīn 拼音),石声。王逸《楚辞章句》:"太

岁转移,声磕硙也。"

[18] 雊雊(gòu 垢),野鸡叫。相求,谓雌雄相求。

[19] 泱(yāng 央)莽莽,旷远的样子。究,穷极。志,心意。王逸《楚辞章句》:"周望率土,远广大也。"

[20] 懤懤(chóu 稠),忧愁的样子。惧吾心懤懤,惧怕自己心中又生忧愁。

[21] 飞柱,神山名。

[22] 匹俦,二人为匹,四人为俦。谓徘徊飞柱山上,观察谁可作自己的伴侣。

[23] 纤介,细微的意思。

[24] 怞怞(yóu 由),忧思的样子。王逸《楚辞章句》:"众皆邪佞,无忠直也。愁心长虑,忧无极也。"

昭　世

世溷兮冥昏[1],违君兮归真[2]。
乘龙兮偃蹇[3],高回翔兮上臻[4]。
袭英衣兮缇䌷[5],披华裳兮芳芬[6]。
登羊角兮扶舆[7],浮云漠兮自娱[8]。
握神精兮雍容[9],与神人兮相胥[10]。
流星坠兮成雨[11],进瞵盼兮上丘墟[12],
览旧邦兮滃郁[13],余安能兮久居[14]!
志怀逝兮心懰慄[15],纡余辔兮踌躇[16]。
闻素女兮微歌[17],听王后兮吹竽[18]。
魂悽怆兮感哀,肠回回兮盘纡[19]。
抚余佩兮缤纷[20],高太息兮自怜[21]。
使祝融兮先行[22],令昭明兮开门[23]。
驰六蛟兮上征,竦余驾兮入冥[24]。

历九州兮索合[25]，谁可与兮终生[26]？
忽反顾兮西囿[27]，睹轸丘兮崎倾[28]。
横垂涕兮泫流[29]，悲余后兮失灵[30]。

[1] 冥昏，黑暗。

[2] 违，离去。违君，指离开怀王。归真，返璞归真。

[3] 偃蹇，迴翔灵活的样子。

[4] 臻，到达。王逸《楚辞章句》："行戏遨游，遂至天也。"

[5] 袭，穿衣、加衣。英衣，美丽如花的衣服。缇（tí 啼），丹黄色的丝织品。緁（qiè 惬），缝缀衣边，同"緁"，通作"缉"。缇緁，用丹黄色的布帛缘边。

[6] 华裳，与"英衣"互文同义。

[7] 羊角，旋风，曲旋上行如羊角。扶舆，一作"扶与"，即"扶摇"的音转，洪兴祖《楚辞补注》："《庄子》：'抟扶摇羊角而上者九万里。'"羊角言其形，扶舆举其名。

[8] 云漠，疑是"云汉"之误。云汉，即天河。谓浮云汉而游戏。

[9] 神精，人的精神。雍容，容仪温文儒雅。王逸《楚辞章句》："握持神明，动容仪也。"

[10] 神人，即仙人。胥，待、须。与仙人相待为伴侣。

[11] 流星坠成雨，谓流星陨坠之多，形状如雨之降。《春秋·庄公七年》："星陨如雨。"

[12] 瞵（lín 林）盼，顾盼、瞻望。丘墟，空虚之地。谓顾盼之间进入空虚之地。

[13] 旧邦，指楚国。滃（wěng 蓊）郁，云气涌起。

[14] 余安能久居，王逸《楚辞章句》："将背旧乡，之九夷也。"

[15] 懰慄（liǔ lì 柳丽），悲伤，凄凉。谓意欲远去而心中伤悲。

[16] 踌躇，犹徘徊。

[17] 素女，即仙女名。微，犹妙。微歌，妙歌。

[18] 王后，王逸《楚辞章句》解为"伏妃"，即宓妃。

[19] 回回，纡曲。盘纡，盘回纡曲。形容心中烦乱的样子。

[20] 佩，玉带。缤纷，繁盛的样子。

[21] 高太息，犹长太息。

[22] 祝融，高辛氏火正，相传死后为火神。

[23] 昭明，夏禹的臣子。谓使祝融前驱，令昭明开天门。

[24] 竦，肃敬，引申为振作。

[25] 索合，寻求志同道合的人。

[26] 谁可与终生，谓可与终生为友。王逸《楚辞章句》："周遍天下，求双匹也。莫足与友，为亲密也。"

[27] 西囿，传说中西方的园圃。

[28] 轸丘，洪兴祖《楚辞补注》："轸丘，犹《九章》言轸石也。"轸石，方石。崎倾，倾侧。

[29] 泫（xuàn 炫），涕流的样子。垂涕泫流，王逸《楚辞章句》："悲思念国，泣双下也。"

[30] 余后，我的君王。失灵，失掉灵性。谓痛惜君王昏庸糊涂。

尊　嘉

季春兮阳阳[1]，列草兮成行。
余悲兮兰生[2]，委积兮从横[3]。
江离兮遗捐[4]，辛夷兮挤臧[5]。
伊思兮往古[6]，亦多兮遭殃[7]。
伍胥兮浮江[8]，屈子兮沈湘[9]。
运余兮念兹[10]，心内兮怀伤。
望淮兮沛沛[11]，滨流兮则逝[12]。
榜舫兮下流[13]，东注兮礚礚[14]。
蛟龙兮导引，文鱼兮上濑[15]。
抽蒲兮陈坐[16]，援芙蕖兮为盖[17]。
水跃兮余旌[18]，继以兮微蔡[19]。
云旗兮电骛[20]，倏忽兮容裔[21]。

河伯兮开门，迎余兮欢欣。
顾念兮旧都[22]，怀恨兮艰难[23]。
穷哀兮浮萍[24]，汎淫兮无根[25]。

[1] 阳阳，清明和暖的样子。

[2] 生，一作“萃”，草丛生的样子。

[3] 委积，堆积。王逸《楚辞章句》：“哀彼香草，独陨零也。”

[4] 江离，香草名，也作“江蓠”，又名“蘼芜”。遗捐，抛弃。以喻忠正之士被捐弃。

[5] 辛夷，香木名。树高二三丈，叶似柿叶而狭长，花似莲而小如盏，色紫，香气馥郁，初出时，苞长半寸，尖如笔头，因此又名木笔。挤臧，洪兴祖《楚辞补注》：“挤，排也。臧，匿也。”以喻仁智之士遭排挤。

[6] 伊，句首助词。思往古，指思念往古之贤俊。

[7] 多遭殃，即多遭祸患。

[8] 伍胥，即伍子胥，被吴王逼迫自杀，弃尸江中。

[9] 屈子，屈原遭谗，被放逐，怀沙自沉湘江。

[10] 运余，回想自己。王逸《楚辞章句》：“转思念此，志烦冤也。”

[11] 淮，即淮水，今称淮河。沛沛，水流盛大的样子。

[12] 滨流，傍水。谓望淮河水势盛大，欲傍河水而远逝。

[13] 榜，船桨，这里用作动词，榜舫，乘船。流，动词。下，副词。

[14] 磕（kē 颗）磕，船行水声。王逸《楚辞章句》：“涛波踊跃，多险难也。”

[15] 文鱼，鲤鱼。濑，急流。上濑，逆急流而上。

[16] 蒲，水草，可作席。陈坐，设坐席。

[17] 芙蕖，荷花的别名。这里指荷叶。王逸《楚辞章句》：“拔草为席，处薄单也。引取荷华以覆身也。”

[18] 水跃余旌，水波翻滚，摇动我的旗幡。

[19] 蔡，洪兴祖《楚辞补注》：“蔡，草也。”微蔡，微小的草芥。王逸《楚辞章句》：“续以草芥入己船也。”

[20] 云旗，以云为旗。电骛（wù 勿），风驰电掣的意思。

[21] 容裔，起伏的样子。谓乘风雷，起伏前进。

[22] 旧都，即楚的郢城。

[23] 怀恨艰难，心怀怨恨，以回归为艰难。

[24] 浮萍，所以自喻。

[25] 汎淫，洪兴祖《楚辞补注》："相如赋云：'汎淫泛滥。'汎，音冯，浮也。"汎淫，即漂浮，谓可怜自己犹如浮萍，随水漂浮，而无根蒂。

蓄　英

秋风兮萧萧，舒芳兮振条[1]。
微霜兮眇眇[2]，病殀兮鸣蜩[3]。
玄鸟兮辞归[4]，飞翔兮灵丘[5]。
望谿兮滃郁[6]，熊罴兮呴嗥[7]。
唐虞兮不存[8]，何故兮久留[9]？
临渊兮汪洋[10]，顾林兮忽荒[11]。
修余兮袿衣[12]，骑霓兮南上。
乘云兮回回，亹亹兮自强[13]。
将息兮兰皋[14]，失志兮悠悠[15]。
蒶蕴兮徽䵳[16]，思君兮无聊[17]。
身去兮意存[18]，怆恨兮怀愁[19]。

[1] 舒芳振条，使花舒展草木动摇。

[2] 眇眇，微小。谓霜凝微薄。

[3] 病殀鸣蜩，王逸《楚辞章句》："飞蝉卷曲而寂默也。"

[4] 玄鸟，燕子。辞归，因天寒而辞别北方回归南方。

[5] 灵丘，王逸《楚辞章句》以为"神山"。谓燕子飞翔于神山之上。

[6] 谿，山间的沟壑。望谿滃郁，看见云气弥漫山谷。

[7] 呴（hǒu 吼），同"吼"。嗥（háo 豪），野兽叫。

[8] 唐虞不存，谓今天已无尧舜。

[9] 何故久留，不应久留于此，王逸《楚辞章句》："宜更求君，之他国也。"

[10] 汪洋，形容渊水之广大无涯。

[11] 忽荒，形容山林迷蒙未分的元气。

[12] 袿（guī 规）衣，妇女的上衣。洪兴祖《楚辞补注》："《释名》：'妇人上服曰袿，其下垂者上广下狭，如刀圭。'"

[13] 亹（wěi 委）亹，勤勉不倦的样子。谓自己乘云霓纡曲上升，勤勉不倦地庄敬自强。

[14] 兰皋，生长兰草的岸边。

[15] 失志，欠考虑。谓休息于兰草岸边，深思考虑不周。

[16] 蒶蕴（fén yùn 坟运），洪兴祖《楚辞补注》："蒶蕴，蕴积也。"黴（méi 眉）黧，洪兴祖《楚辞补注》："'黴，物中久雨青黑。黧，黑黄。"王逸《楚辞章句》："愁思蓄积，面垢黑也。"

[17] 君，指怀王。无聊，精神无所寄托。

[18] 身去意存，谓身虽远去意犹思念。

[19] 怆恨怀愁，王逸《楚辞章句》："心中忧恨，内悽恻也。"

思　忠

登九灵兮游神[1]，静女歌兮微晨[2]。
悲皇丘兮积葛[3]，众体错兮交纷[4]。
贞枝抑兮枯槁[5]，枉车登兮庆云[6]。
感余志兮惨慄[7]，心怆怆兮自怜[8]。
驾玄螭兮北征[9]，向吾路兮葱岭[10]。
连五宿兮建旄[11]，扬氛气兮为旌[12]。
历广漠兮驰骛[13]，览中国兮冥冥。
玄武步兮水母[14]，与吾期兮南荣[15]。
登华盖兮乘阳[16]，聊逍遥兮播光[17]。

抽库娄兮酌醴[18]，援爬瓜兮接粮[19]。
毕休息兮远逝，发玉轫兮西行[20]。
惟时俗兮疾正[21]，弗可久兮此方[22]。
寤辟摽兮永思[23]，心怫郁兮内伤[24]。

[1] 九灵，九天。游神，舒畅精神。王逸《楚辞章句》："想登九天，放精神也。"

[2] 静女，神女。微晨，犹凌晨。谓神女凌晨歌声清彻。

[3] 皇，大。皇丘，即大丘。积葛，生长成堆的葛草。

[4] 交纷，交错缤纷。形容葛草的茂盛。

[5] 贞，正。贞枝，正直的枝条。

[6] 枉，弯曲、不正。枉车，弯曲的装车。庆云，洪兴祖《楚辞补注》："《汉·天文志》：'若烟非烟，若云非云，郁郁纷纷，萧索轮囷，是谓庆云。'"王逸《楚辞章句》："庆云，喻尊显也。言葛有正直之枝，抑弃枯槁而不见采。枉坏恶者，满车升进，反见珍重，御尊显也。"

[7] 感余志，动我心志。惨慄，悲痛之极。

[8] 怆怆，忧伤悲痛。自怜，自我怜惜。

[9] 玄螭，山神，王逸《楚辞章句》："将乘山神而奔走也。"

[10] 葱岭，古代对今天帕米尔高原和昆仑山、天山西段的统称。

[11] 五宿，五个星宿。谓连续五星以为旗旌。

[12] 氛，通"雰"(fēn 分)，雾气。谓扬布云雾以为旌表。

[13] 广漠，广大、辽阔。

[14] 玄武，龟的别名。水母，水神。

[15] 南荣，南方冬温，草木繁茂，故曰南荣。王逸《楚辞章句》："天龟水神侍送余也。与已为誓，会炎野也。"

[16] 华盖，北斗群星名。洪兴祖《楚辞补注》："《大象赋》云：'华盖于是乎临映。'注云：'华盖七星，其柢九星，合十六星，如盖状，在紫微宫中，临勾陈上，以荫帝坐。'"乘阳，上天。

[17] 播光，应是摇光之误。摇光，北斗的第七星。即逍遥于北斗。

[18] 库娄，都是星名。洪兴祖《楚辞补注》："《晋·天文志》：'库楼十

星，六大星为库，南四星为楼。’按：库楼形似酌酒之器，故云。”

[19] 瓟（bó博）瓜，星名。洪兴祖《楚辞补注》：“《洛神赋》注引《史记》曰：‘四星，在危（危宿）南。’”《史记·天官书》“索隐”：“匏瓜一名天鸡，在河鼓东。匏瓜明，岁则大熟。”故云援瓟瓜以接粮。

[20] 轫（rèn刃），刹住车轮的木头。故车启行曰发轫。玉，装饰词。

[21] 惟，思。时俗疾正，世俗疾恨正直。

[22] 此方，犹此土。

[23] 辟，王逸《楚辞章句》：“辟，拊心貌。”摽（biāo标），击。洪兴祖《楚辞补注》：“摽，惊心也。”谓日夜抚胸长久愁思。

[24] 怫郁，愤懑。谓自己忧思积结，肝肺损伤。

陶　壅

览杳杳兮世惟[1]，余惆怅兮何归[2]？
伤时俗兮溷乱，将奋翼兮高飞。
驾八龙兮连蜷[3]，建虹旌兮威夷[4]。
观中宇兮浩浩[5]，纷翼翼兮上跻[6]。
浮溺水兮舒光[7]，淹低佪兮京沶[8]。
屯余车兮索友[9]，睹皇公兮问师[10]。
道莫贵兮归真[11]，羡余术兮可夷[12]。
吾乃逝兮南娭[13]，道幽路兮九疑[14]。
越炎火兮万里[15]，过万首兮嶷嶷[16]。
济江海兮蝉蜕[17]，绝北梁兮永辞。
浮云郁兮昼昏[18]，霾土忽兮塺塺[19]。
息阳城兮广夏[20]，衰色罔兮中怠[21]。
意晓阳兮燎寤[22]，乃自謼兮在兹[23]。
思尧舜兮袭兴[24]，幸咎繇兮获谋[25]。
悲九州兮靡君[26]，抚轼叹兮作诗。

[1] 杳杳，深远幽暗的样子。惟，谋。杳杳世惟，即时世黑暗。

[2] 惆怅何归，罔然失志，无所依附。

[3] 连蜷，回环曲折的样子。

[4] 威夷，即逶蛇（yí 怡），旌旗飘动舒卷的样子。

[5] 中宇，宇中，天下。浩浩，旷远的样子。

[6] 翼翼，整齐的样子。跻，登。上跻，上升。

[7] 溺，与"弱"同。弱水，在西方绝远处。舒光，焕发光彩。

[8] 淹，久留。低徊，徘徊。泜（chí 迟），王逸《楚辞章句》："水中可居为洲，小洲为渚，小渚为泜。京泜，即高洲也。"谓舒展光彩于弱水，徘徊流连于高洲。

[9] 屯，集聚。索，求。索友，王逸《楚辞章句》："住我之驾，求松、乔也。"

[10] 皇公，王逸《楚辞章句》解为"天帝"。问师，请教学习。

[11] 归真，还其本性、返璞归真。

[12] 夷，犹喜。羡余术可夷，王逸《楚辞章句》："念己道艺，可悦乐也。"

[13] 南娭（xī 僖），犹《思忠》篇之"南荣"。

[14] 道，动词，经过。九疑，九嶷山。谓经过九嶷山幽暗的道路。

[15] 炎火，王逸《楚辞章句》解为"积热弥天"。

[16] 万首，万山之首，万峰。嶷（nì 逆）嶷，高峻的样子。

[17] 蝉蜕，蝉所蜕的壳。以喻解脱。梁，梁津。王逸《楚辞章句》："遂渡大水，解形体也。超过海津，长诀去也。"

[18] 郁，蕴结。昼昏，白日昏暗。

[19] 霾，大风杂尘土而下，动词。塺（méi 梅）塺，尘土飞扬的样子。

[20] 阳城，春秋时楚地名，宋玉《登徒子好色赋》："嫣然一笑，惑阳城、迷下蔡。"夏，同"厦"。谓休息于阳城广厦中。

[21] 衰色罔，疑作"色衰罔"。谓身神懈怠而疲劳。

[22] 晓阳，疑为"晓明"之讹。按"阳"字古也写作"昜"，形与"明"字相近，是形近而讹。燎（liǎo 潦），《释文》作"憭"。憭窹，理解。谓心中明白而理解。

[23] 譀（zhěn 枕），洪兴祖《楚辞补注》："譀，视也，当作'诊'。"王逸

《楚辞章句》:“心中燎明,内自觉也。徐自省视,至此处也。”

[24] 袭,承。思尧舜袭兴,思念尧舜传承而兴起。

[25] 咎繇,即皋陶。幸咎繇获谋,希望遇到皋陶获得良谋。

[26] 靡君,无圣主。伤天下无圣主贤君,因此抚轼浩叹而作诗。

株 昭

悲哉于嗟兮,心内切磋[1]。
款冬而生兮[2],凋彼叶柯[3]。
瓦砾进宝兮[4],捐弃随和[5]。
铅刀厉御兮[6],顿弃太阿[7]。
骥垂两耳兮[8],中坂蹉跎[9]。
蹇驴服驾兮[10],无用日多[11]。
修洁处幽兮[12],贵宠沙劘[13]。
凤皇不翔兮,鹑鴳飞扬。
乘虹骖蜺兮[14],载云变化[15]。
鷦鵬开路兮[16],后属青蛇[17]。
步骤桂林兮[18],超骧卷阿[19]。
丘陵翔舞兮[20],谿谷悲歌[21]。
神章灵篇兮[22],赴曲相和[23]。
余私娱兹兮[24],孰哉复加[25]。
还顾世俗兮,坏败罔罗[26]。
卷佩将逝兮[27],涕流滂沲[28]。

[1] 切磋,古时加工骨器称切,加工象牙称磋。此处比喻内心恻痛。

[2] 款,洪兴祖《楚辞补注》:“款,叩也。”款冬,植物名,以其凌寒叩冰而生,故名。

[3] 柯,枝条。谓款冬凌寒而生,枝叶都受损伤。

[4] 瓦砾,瓦片碎石。以瓦砾为宝贝进献。

[5] 随,随侯之珠。和,和氏之璧。谓将真正的国宝抛弃。

[6] 铅刀,以铅为刀,言其钝。御,用。厉御,积极进用。以喻才力微薄者被任用。

[7] 顿,委置。太阿,利剑名。相传春秋时,楚王命欧冶子、干将铸龙渊、太阿、工布三剑。楚王持太阿率众击破敌军。以喻忠贞之士被斥逐。

[8] 骥,千里马。

[9] 坂,山坡。蹉跎,失足。谓千里马疲惫而垂双耳,爬到山坡失足跌倒。

[10] 蹇驴,跛脚的驴。服,辕中的两服马。王逸《楚辞章句》:"驽钝之徒,为辅翼也。"

[11] 无用日多,这些无能者辈之被任用日益多。

[12] 修洁处幽,遵循廉洁者深居幽僻之处。

[13] 沙劘(mó 磨),叠韵字,犹摩挲,弄权的样子。贵宠沙劘,即贵宠弄权。

[14] 乘骖,犹驾驭。虹蜺,虹有雌雄之别,色鲜盛者为雄,色暗淡者为雌。雄叫虹,雌叫蜺。

[15] 载云变化,王逸《楚辞章句》:"讬驾神气而远征也。"

[16] 鷦鵬,一作"焦明"。洪兴祖《楚辞补注》:"《博雅》:'鷦鵬,凤也。'"以鷦鵬为先导。

[17] 属,跟,随。以青蛇随后。

[18] 步,慢行。骤,疾走。步骤,即快慢。桂林,桂树林。

[19] 骧,昂首奔驰的马。超骧,即腾越。卷,曲。阿,大陵。腾越险峻山岗。

[20] 翔舞,指丘陵之势。

[21] 悲歌,指谿谷中的水声。

[22] 神章灵篇,谓古歌曲。

[23] 赴,投入。赴曲,乐曲并奏。王逸《楚辞章句》:"宫商并会,应琴瑟也。"

[24] 余私娱兹,我心中以此为乐。

[25] 孰哉复加，天下没有比此时更欢乐的了。

[26] 罔罗，喻网维。王逸《楚辞章句》以为“废弃仁义，修谄谀也”。

[27] 佩，古时系于衣带上的饰物。卷佩，即收拾行装。

[28] 滂沲，同“滂沱”。谓自己要整装远逝而思君念国涕泗横流。

乱曰：皇门开兮照下土[1]，株秽除兮兰芷睹[2]。

四佞放兮后得禹[3]。

圣舜摄兮昭尧绪[4]，孰能若兮愿为辅[5]。

[1] 皇门，王门。王逸《楚辞章句》：“王门启辟，路四通也。”而能光照四方。

[2] 株，泛指草木。株秽除兰芷睹，谓秽草除掉，兰芷才能显现出来。

[3] 四佞，指尧时四个佞臣。四佞放，即流共工于幽州，放驩兜于崇山，窜三苗于三危，殛鲧于羽山。

[4] 摄，摄政，代国君处理国政。绪，前人留下的事业。昭尧绪，彰明尧的事业。

[5] 若，如此。谓谁能像尧舜，我愿辅佐之。

九　叹

《九叹》是刘向所作。刘向(公元前77年——前6年)是汉高祖刘邦同父异母少弟楚元王刘交的四世孙,字子政,本名更生,是西汉的大经学家和文学家。他经历宣帝、元帝、成帝三朝,宣帝时招选名儒俊材,他“以通达能属文辞”(《汉书·楚元王传》)进见对话,献赋颂凡数十篇。他的赋今天仅存《九叹》一篇。元帝即位,被擢为散骑宗正给事中,他多次上书弹劾宦官弘恭、石显,被废十余年。成帝即位,又进用,改名向,召拜中郎,任光禄大夫,诏领校《五经》秘书。官终中垒校尉。他一生主要的政治活动是反对宦官、外戚专权,主要的学术活动是校理古书。长期对古书的校理,对我国文化史作出了重要贡献,开校雠学、目录学之先。所著有《洪范五行传论》、《五经通义》、《列女传》、《新序》、《说苑》、《七略》、《别录》。

《九叹》之作,王逸《序》说:“向以博古敏达,典校经书,辩章旧文,追念屈原忠信之节,故作《九叹》。”何为“九叹”?他又说:“叹者,伤也,息也。言屈原放在山泽,犹伤念君,叹息无已,所谓赞贤以辅志,骋词以曜德者也。”通篇代屈原抒情。

逢纷

伊伯庸之末胄兮[1]，谅皇直之屈原[2]。
云余肇祖于高阳兮[3]，惟楚怀之婵连[4]。
原生受命于贞节兮[5]，鸿永路有嘉名[6]。
齐名字于天地兮[7]，并光明于列星[8]。
吸精粹而吐氛浊兮[9]，横邪世而不取容[10]。
行叩诚而不阿兮[11]，遂见排而逢谗。
后听虚而黜实兮[12]，不吾理而顺情[13]。
肠愤悁而含怒兮[14]，志迁蹇而左倾[15]。
心慌慌其不我与兮[16]，躬速速其不吾亲[17]。
辞灵修而陨志兮[18]，吟泽畔之江滨[19]。
椒桂罗以颠覆兮[20]，有竭信而归诚[21]。
谗夫蔼蔼而漫著兮[22]，曷其不舒予情[23]。

始结言于庙堂兮[24]，信中涂而叛之[25]。
怀兰蕙与衡芷兮[26]，行中野而散之[27]。
声哀哀而怀高丘兮[28]，心愁愁而思旧邦[29]。
愿承闲而自恃兮[30]，经淫曀而道壅[31]。
颜黴黧以沮败兮[32]，精越裂而衰耄[33]。
裳襜襜而含风兮[34]，衣纳纳而掩露[35]。
赴江湘之湍流兮[36]，顺波凑而下降[37]。
徐徘徊于山阿兮[38]，飘风来之汹汹[39]。
驰余车兮玄石[40]，步余马兮洞庭[41]。
平明发兮苍梧[42]，夕投宿兮石城[43]，芙蓉盖而菱华车兮[44]，紫贝阙而玉堂[45]。
薜荔饰而陆离荐兮[46]，鱼鳞衣而白霓裳[47]。
登逢龙而下陨兮[48]，违故都之漫漫[49]。
思南郢之旧俗兮[50]，肠一夕而九运[51]。
扬流波之潢潢兮[52]，体溶溶而东回[53]。
心怡怅以永思兮[54]，意晻晻而日颓[55]。
白露纷以涂涂兮[56]，秋风浏以萧萧[57]。
身永流而不还兮[58]，魂长逝而常愁[59]。

叹曰：譬彼流水[60]，纷扬磕兮[61]。
波逢汹涌[62]，濆滂沛兮[63]。
揄扬涤荡[64]，漂流陨往，
触崟石兮[65]，龙邛脟圈[66]，
缭戾宛转，阻相薄兮[67]。
遭纷逢凶[68]，蹇离尤兮[69]。
垂文扬采[70]，遗将来兮。

[1] 伊，句首助词。末胄，后裔。

[2] 谅，信。皇，大，美。谓自己是伯庸的后代，信有忠直美德的屈原。

[3] 肇，始。肇祖，始祖。高阳，古代帝王颛顼的别号。

[4] 楚怀，楚怀王。婵（chán 禅）连，连续不断，王逸《楚辞章句》："婵连，族亲也。言屈原与怀王俱颛顼之孙，有婵连之族亲，恩深而义笃也。"

[5] 贞，正。节，节度。受命于贞节，即受阴阳正气而降生。

[6] 鸿，大。永，长。路，道路。嘉名，美名。体合大道，因此长有美名。

[7] 齐名字于天地，王逸《楚辞章句》："谓名平，字原也。"

[8] 并光明于列星，谓美名之光可比天上众星。

[9] 吸精粹，吸取天地清明之气。氛，王逸《楚辞章句》："氛，恶气也。"

吐氛浊，吐出恶浊污秽之气。所以保持内心的洁净。

[10] 横邪世，专横邪恶之世道。谓自己守廉洁之行，不取容横邪贪枉之时世。

[11] 叩诚，款诚，真诚。阿，曲，徇私。谓自己行为真诚无私，遂遭谗毁、被排斥。

[12] 后，君王。听虚黜实，听信假话废弃真言。

[13] 不吾理而顺情，王逸《楚辞章句》："不理我言，而顺邪伪之情。"

[14] 愤悁(juān 涓)，愤恨。谓心中愤恨而恼怒。

[15] 志迁蹇而左倾，一作"志徙倚而左倾"。徙倚，行动不定的样子。左，偏。左倾，意志颓丧不振之意。

[16] 悦慌，王逸《楚辞章句》："悦慌，无思虑貌。"心悦慌，指君王。不我与，不肯与我谋议。

[17] 速速，王逸《楚辞章句》："速速，不亲附貌也。"不吾亲，君王不与我亲近。

[18] 灵修，指怀王。陨志，失意。

[19] 畔，边侧。滨，涯。王逸《楚辞章句》："言已与怀王辞诀，志意堕落，长吟江泽之涯而已。"

[20] 椒桂，喻贤者。罗，列。颠，顿。覆，仆。谓贤者多颠仆而被祸。

[21] 竭信，竭尽忠信。归诚，归心于诚。谓虽被祸，犹竭尽忠诚之心而不变。

[22] 谗夫，谗佞之人。蔼蔼，王逸《楚辞章句》："蔼蔼，盛多貌也。"谩，犹水漫的"漫"。漫著，谓漫著君王之心。

[23] 曷，何。曷其不舒予情，为何不让我表忠情。

[24] 结言，犹约言。庙堂，朝廷。

[25] 信，指信用谗言。涂，通"途"。谓尝与已成约言于明堂之上，中途信谗言而背之。

[26] 兰蕙、衡芷，以喻美的品德。

[27] 中野，荒野中。将自己优秀的品德散弃荒野之中。王逸《楚辞章句》："伤不见用也。"

[28] 高丘，指君王都城。

[29] 旧邦，故国。

[30] 承闲，谓承君王闲暇。自恃，自行肩负职责。

[31] 淫噎（yì 邑），闇昧。壅，堵塞。王逸《楚辞章句》："言己思承君闲暇，心中自恃，冀得竭忠，而径路闇昧，遂以壅塞。"

[32] 黴（méi 眉），面垢黑。黧，色黑而黄，沮，坏。面色黧黑而败坏。

[33] 越裂，分散的样子。耄（mào 贸），老。精神散漫而衰老。

[34] 襜（chān 搀）襜，洪兴祖《楚辞补注》："襜，衣动貌。"

[35] 纳纳，王逸《楚辞章句》："纳纳，濡湿貌也。言己放行山野，下裳襜襜而含疾风，上衣濡湿而掩霜露，单行独处，身苦寒也。"

[36] 湍流，急流。

[37] 凑，聚合。波凑，波浪聚合之势。

[38] 山阿，山的曲处。

[39] 汹汹，洪兴祖《楚辞补注》："汹，水势。"

[40] 玄石，王逸《楚辞章句》："玄石，山名。"

[41] 洞庭，洪兴祖《楚辞补注》："谓洞庭之山。"

[42] 苍梧，山名，即九嶷山，在今天湖南省宁远县境。

[43] 石城，王逸《楚辞章句》："石城，山名也。"

[44] 芙蓉盖，以荷叶为盖。菱，果类植物，生于池塘，叶浮水面，夏季开花，花黄白色，结实成二角、三角或四角，可吃。菱华车，以菱花装饰的车。

[45] 紫贝，蚌蛤类软体动物，产于海中，壳有紫花纹。紫贝的楼台，白玉的厅堂。

[46] 陆离，疑是香草，如江离之类，而非王逸所谓"美玉"。江离水生，类江离而陆生的即名陆离。因此举以与薜荔为类。荐，卧席。谓以薜荔为装饰，以陆离为卧席。

[47] 衣、裳，上称衣，下称裳。如鱼鳞文的衣，如白霓色的裳。

[48] 逢龙，王逸《楚辞章句》："逢龙，山名。"陨，从高处向下坠落。这里指从上往下看。

[49] 违，离。漫漫，路远的样子。

[50] 南郢，即郢都。旧俗，邑里故俗。

[51] 运，转。

[52] 潢（huáng 皇）潢，水深广的样子。

[53] 体，流波之体。溶溶，波浪盛大的样子。

[54] 怊怅，犹惆怅。永思，长久思虑。

[55] 晻（yǎn眼）晻，消沉的样子。日颓，日益颓唐。

[56] 涂涂，王逸《楚辞章句》："涂涂，厚貌。"纷涂涂，形容露的重。

[57] 浏，王逸《楚辞章句》："浏，风疾貌也。"浏萧萧，形容风的凉。

[58] 身永流不还，谓身随水长流而不返。

[59] 魂长逝而常愁，谓魂魄永去而常愁念楚国。

[60] 譬彼流水，好像那流水。

[61] 礚（kē科），同"磕"，水声。王逸《楚辞章句》："水性清洁平正，顺而不争，故以喻屈原也。"

[62] 汹涌，水波盛大貌。

[63] 濆（fén坟），涌起的高浪。滂沛，水盛大的样子。王逸《楚辞章句》："言水逢风纷乱，扬波滂沛，失其本性。以言屈原志行清白，遭逢贪佞，被过放逐，亦失其本志也。"

[64] 揄扬，扬起，挥扬。涤荡，动摇的样子。

[65] 崟（yín吟），王逸《楚辞章句》："崟，锐也。"崟石，锐利的岩石。谓风波扬起，水流下注，触锐利的岩石。

[66] 龙邛，动荡的样子。脟（liè劣）圈，曲细的样子。

[67] 缭戾，绕曲的样子。薄，击。谓风吹流水动荡回旋与险阻相击。

[68] 遭纷逢凶，逢纷乱凶恶之世。

[69] 蹇，竟。离，罹。尤，罪过，过失。竟遭祸患。

[70] 垂，流传。文采，即文章。王逸《楚辞章句》："将垂典雅之文，扬美藻之采，以遗将来贤君，使知己志也。"

离　世

灵怀其不吾知兮[1]，灵怀其不吾闻[2]。
就灵怀之皇祖兮[3]，愬灵怀之鬼神[4]。
灵怀曾不吾与兮[5]，即听夫人之谀辞[6]。
余辞上参于天地兮[7]，旁引之于四时[8]。

指日月使延照兮[9]，抚招摇以质正[10]。
立师旷俾端词兮[11]，命咎繇使并听[12]。
兆出名曰正则兮[13]，卦发字曰灵均[14]。
余幼既有此鸿节兮[15]，长愈固而弥纯[16]。
不从俗而诐行兮[17]，直躬指而信志[18]。
不枉绳以追曲兮，屈情素以从事[19]。
端余行其如玉兮[20]，述皇舆之踵迹[21]。
群阿容以晦光兮[22]，皇舆覆以幽辟[23]。
舆中涂以回畔兮[24]，驷马惊而横奔。
执组者不能制兮[25]，必折轭而摧辕[26]。
断镳衔以驰骛兮[27]，暮去次而敢止[28]。
路荡荡其无人兮[29]，遂不御乎千里[30]。

身衡陷而下沉兮[31]，不可获而复登[32]。
不顾身之卑贱兮，惜皇舆之不兴[33]。
出国门而端指兮[34]，冀一寤而锡还[35]。
哀仆夫之坎毒兮[36]，屡离忧而逢患。
九年之中不吾反兮，思彭咸之水游[37]。
惜师延之浮渚兮[38]，赴汨罗之长流[39]。
遵江曲之逶移兮[40]，触石碕而衡游[41]。
波澧澧而扬浇兮[42]，顺长濑之浊流[43]。
淩黄沱而下低兮[44]，思还流而复反[45]。
玄舆驰而并集兮[46]，身容与而日远[47]。
櫂舟杭以横沥兮[48]，济湘流而南极[49]。
立江界而长吟兮[50]。愁哀哀而累息[51]。
情慌忽以忘归兮[52]，神浮游以高厉[53]。

心蛩蛩而怀顾兮[54],魂眷眷而独逝[55]。

叹曰:余思旧邦,心依违兮[56]。
日暮黄昏,羌幽悲兮[57]。
去郢东迁,余谁慕兮?
谗夫党旅[58],其以兹故兮[59]。
河水淫淫[60],情所愿兮。
顾瞻郢路[61],终不返兮。

[1] 灵怀,指已死的怀王。不吾知,不知道自己的忠诚。

[2] 不吾闻,不了解自己的廉洁。

[3] 皇祖,先祖。

[4] 愬,犹诉。愬灵怀之鬼神,即诉怀王的鬼神于其先祖。

[5] 曾不吾与,谓怀王的心意曾不与自己相合。

[6] 即,洪兴祖《楚辞补注》:"即,就也。"夫人,那种人,指谗谀之人。

[7] 参,验证。上,包括上下。谓自己的话可上参于天,下验于地。

[8] 旁引四时,并旁引四时为验证。

[9] 延,长。谓指日月使长照自己的心。

[10] 招摇,星名,在北斗杓间。谓抚北斗杓柄,使证明自己的志。

[11] 立,置。师旷,春秋时晋国乐师,字子野。生而目盲,善辨声乐。端,正。请师旷证明自己的言词。

[12] 咎繇,即皋陶。命皋陶一同听自己的话语。

[13] 兆,古时占卜,在龟板或兽骨上钻刻,再用火灼,看裂纹来定吉凶,预示吉凶的裂纹,叫兆。谓炙龟得名叫正则。

[14] 卦,古时占卜用的符号。用阳爻"—"和阴爻"--"配合而成。基本有八卦,每一卦代表同一属性的事物,八卦互相排列组合成六十四卦。此处的卦,指卦象。谓卜卦得字为灵均。

[15] 鸿节,大节度。

[16] 长愈固而弥纯,长大修行更坚固纯正。

[17] 诐(bì 必),偏颇,诐行,偏邪不正的行为。

[18] 指,通“恉”,旨意。直躬指,身正意坚。信,读作“申”。信志,志得申展。

[19] 情素,素志,一贯的志向。

[20] 端余行如玉,端正自己操行如玉之纯洁无瑕。

[21] 述,遵循。皇舆,君王所乘的车,用以比喻国家。王逸《楚辞章句》:“以承述先王正治之法,继续其业而大之也。”

[22] 群,指群小。阿容,阿谀以求容。晦,冥。光,明。晦光,蔽君王的聪明。

[23] 幽辟,阘昧。谓朝政昏暗,国家即将倾覆。

[24] 回畔,反背,中道转折。

[25] 执组者,即执辔者。制,控制,驾驭。

[26] 軛(è 厄),驾车时套在牲口脖子上的曲木。

[27] 镳(biāo 标),马衔的两端,在马口旁。衔,马的勒口,在口内。

[28] 暮去次,王逸《楚辞章句》:“暮,夜也。次,舍也。”谓暮夜经过旅舍没有制止之者。

[29] 荡荡,空旷的样子。

[30] 御,禁。谓无人禁羁遂奔跑千里。

[31] 衡,王逸《楚辞章句》:“衡,横也。”衡陷,即横陷。

[32] 不可复登,不可能再次登路。王逸《楚辞章句》:“言已远去千里,身必横陷沉没,长不可复得登引而用之也。”

[33] 惜皇舆不兴,哀痛楚国不能复兴。

[34] 端,正,直。端指,正心直指。

[35] 锡,通“赐”。谓希望君王觉悟赐自己归还。

[36] 坎毒,愤恨。可哀仆夫为我屡遭忧患而愤恨。

[37] 思彭咸水游,流放九年而不返,思念沈江与彭咸同游。

[38] 师,乐官。延,其名。殷纣时的乐官,《韩非子·十过》:“师旷曰:‘此师延之所作,与纣为靡靡之乐也。及武王伐纣,师延东走,至于濮水而自投。’”渚,水中小块陆地。谓痛惜师延身浮濮水之中。

[39] 赴汨罗长流,王逸《楚辞章句》:“言已复贪慕师延自投于水,身浮渚涯,冀免于刑诛,故遂赴汨水长流而去也。”

[40] 遵江曲之逶移，一作“遵曲江之逶虵”。逶移，曼长的样子。

[41] 碕（qí 奇），洪兴祖《楚辞补注》：“碕，曲岸。”衡，通“横”。

[42] 澧（lǐ 礼）澧，波声。浇，王逸《楚辞章句》：“回波为浇也。”

[43] 濑，湍急之水。

[44] 黄沱，王逸《楚辞章句》：“黄沱，江别名也，江别为沱也。”

[45] 思还流复反，谓乘船凌江流而下，心想回还而又旋返。

[46] 玄，王逸《楚辞章句》：“玄者，水也。”玄舆，水车。并集，与船并集。谓以水为车与船并奔流。

[47] 容与，起伏的样子。日远，日益远。

[48] 櫂（zhào 赵），划船拨水的桨。杭，一写作“航”。舟杭，犹舟船。沥（lì 厉），涉水。

[49] 南极，渡湘水南极其源。

[50] 界，一作“介”。江介，江岸。谓站在江岸上长吟。

[51] 累息，声声叹息。

[52] 慌忽，不明白，不真切。

[53] 厉，振奋。高厉，极其振奋。

[54] 蛩（qióng 邛）蛩，王逸《楚辞章句》：“蛩蛩，怀忧貌。”

[55] 眷（juàn 倦）眷，依恋向往的样子。王逸《楚辞章句》：“言己心中蛩蛩，常怀大忧，内自顾哀，则魂神眷眷，独行无有还意也。”

[56] 依违，迟疑不决。心依违，谓心中迟疑不能远去。

[57] 幽悲，忧思而悲愁。

[58] 旅，众。党旅，犹党群。

[59] 以兹故，以谗夫朋党众多的原因，被放逐离开郢都东去，而非有所思慕。

[60] 淫淫，水流的样子。

[61] 顾瞻，回头看望。王逸《楚辞章句》：“言河水淫淫，流行日远，诚我中心之所愿慕也。观视楚郢之道路，终不复还反，内自哀伤也。”

怨　思

惟郁郁之忧毒兮[1]，志坎壈而不违[2]。

身憔悴而考旦兮[3]，日黄昏而长悲。
闵空宇之孤子兮[4]，哀枯杨之冤雏[5]。
孤雌吟于高墉兮[6]，鸣鸠栖于桑榆[7]。
玄蝯失于潜林兮[8]，独偏弃而远放[9]。
征夫劳于周行兮[10]，处妇愤而长望[11]。
申诚信而罔违兮[12]，情素洁于纽帛[13]。
光明齐于日月兮[14]，文采耀于玉石[15]。
伤压次而不发兮[16]，思沉抑而不扬。
芳懿懿而终败兮[17]，名靡散而不彰[18]。

背玉门以奔骛兮[19]，蹇离尤而干诟[20]。
若龙逢之沈首兮[21]，王子比干之逢醢[22]。
念社稷之几危兮[23]，反为雠而见怨[24]。
思国家之离沮兮[25]，躬获愆而结难[26]。
若青蝇之伪质兮[27]，晋骊姬之反情[28]。
恐登阶之逢殆兮[29]，故退伏于末庭[30]。
孽臣之号咷兮[31]，本朝芜而不治[32]。
犯颜色而触谏兮[33]，反蒙辜而被疑[34]。
菀蘼芜与菌若兮[35]，渐藁本于洿渎[36]。
淹芳芷于腐井兮[37]，弃鸡骇于筐簏[38]。
执棠谿以刜蓬兮[39]，秉干将以割肉[40]。
筐泽泻以豹鞹兮[41]，破荆和以继筑[42]。
时溷浊犹未清兮，世殽乱犹未察[43]。
欲容与以竢时兮[44]，惧年岁之既晏[45]。
顾屈节以从流兮，心巩巩而不夷[46]。
宁浮沅而驰骋兮，下江湘以邅回[47]。

叹曰：山中槛槛[48]，余伤怀兮。

征夫皇皇[49]，其孰依兮[50]。

经营原野[51]，杳冥冥兮[52]。

乘骐骋骥，舒吾情兮。

归骸旧邦[53]，莫谁语兮。

长辞远逝[54]，乘湘去兮。

[1] 毒，怨恨。忧毒，忧愁怨恨。

[2] 坎壈（lín临），即坎坷，遭遇不顺利。不违，指不违忠信。

[3] 考旦，王逸《楚辞章句》："考，犹终也。旦，明也。言己心忧憔悴，从夜终明，不能寝寐。"

[4] 孤，无父称孤。闵空宇孤子，可怜空室中的茕茕孤子。

[5] 冤雏，鹓雏，一种小鸟。冤雏巢于枯杨，形势危殆。王逸《楚辞章句》："言己有孤子之忧，冤鹑之危也。"

[6] 雌，母鸟。墉，墙。孤雌吟高墉，谓冤雏生时，其父早丧，其母寡居，吟于高墙之上。

[7] 桑榆，两种树木名。鸣鸠栖桑榆，谓鸠鸟栖于茂木之上，鼓翼而鸣。

[8] 玄蝯，黑猿。以喻才力敏捷的人。潜林，高深的树林。失于潜林，离开了树林。

[9] 独偏弃远放，独被放弃到远方。

[10] 周行（háng杭），大路。

[11] 处妇，对征夫而言，居家的妇女。谓征夫疲劳于大路而不归，其妇愦滛而企望。王逸《楚辞章句》："以言己放在山泽之中，曾无思之也。"

[12] 申、罔，王逸《楚辞章句》："申，重也。罔，无也。"谓重申不违背诚信。

[13] 情素，衷诚，本心。纽帛，即束帛。谓情志比束帛还洁净。

[14] 光明，应指自己的品德。齐于日月，与日月齐光。

[15] 文采，指文章词采。耀于玉石，像玉石闪亮。

[16] 压次，王逸《楚辞章句》：“压，镇压也。次，失次也。”自伤受到压抑不得舒展。

[17] 懿懿，芳香的样子。

[18] 靡散，消灭。王逸《楚辞章句》：“言己有芬芳懿美之德，而放弃不用，身将终败，名字消灭，不得彰明于后世也。”

[19] 玉门，指君门，谓背君门奔驰而去。

[20] 蹇，竟。诟，耻辱。自己以忠信遭祸自取耻辱。

[21] 龙逢，即关龙逢。古史传说夏朝的贤臣，夏桀无道，为酒池糟丘。关龙逢极谏，桀囚而杀之。沈首，即沉首，被杀害之意。

[22] 比干，殷纣王叔伯父。纣王淫乱，比干犯颜强谏，纣王怒，剖其心而死。醢，将人剁成肉酱的暴行。

[23] 几，几乎，副词。几危，极其危险。

[24] 为雠，成仇。谓自己念及国家十分危殆，正言极谏，反为众人所仇怨。

[25] 沮，败坏，毁坏。离沮，遭毁坏。

[26] 获愆，获罪。结难，结成患难。

[27] 青蝇，《诗经·小雅·青蝇》：“营营青蝇，止于樊。岂弟君子，无信谗言。”后代以喻谗人。伪，变。变质，即变白为黑，变黑成白。指谗人像青蝇一样变化。

[28] 骊姬，春秋时骊戎国君之女。晋献公伐骊戎，获骊姬，立为夫人，生奚齐，其娣生卓子。后谮杀太子申生，立奚齐为太子，并逐群公子。反情，指谗人像晋骊姬以申生之孝，反而认为悖逆，将他杀害。

[29] 登阶，登殿、坛的台阶。逢殆，遭遇危险。

[30] 末，王逸《楚辞章句》：“末，远也。言己思欲登君阶陛，正言直谏，恐逢危殆，故复退身于远庭而窜伏也。”

[31] 孽臣，妖孽之臣。号咷，大声欢呼。

[32] 芜而不治，王逸《楚辞章句》：“国将倾危，朝用芜秽而不治也。”

[33] 犯颜色，犯君王的颜色。触谏，触禁而谏。

[34] 蒙辜，蒙罪。被疑，被猜疑。

[35] 菀（yù 郁），王逸《楚辞章句》：“菀，积。”蘼芜，香草名，又名江蓠，

叶似芹叶，花白而香。菌若，应亦香草名。

[36] 渐，浸。藁本，《说文》："稾，秆也。""秆，禾茎也。"洿（wū污）渎，小沟。谓积蘼芜与菌若，而浸渍其茎秆于洿渎。

[37] 淹，沉浸。腐，臭。把香草浸于臭水井中。

[38] 鸡骇，王逸《楚辞章句》："鸡骇，文犀也。"犀牛之一种，这里指犀牛角。洪兴祖《楚辞补注》："《战国策》：'楚献鸡骇之犀、夜光之璧于秦。'《援神契》云：'神灵滋液，则犀骇鸡。'宋衷曰：'角有光，鸡见而骇也。'"筐簏（lù鹿），竹器。把珍贵的犀角弃于竹器内。以上二句都是说贤智之士被遗弃。

[39] 棠谿，春秋楚地名，以铸剑而有名，后世即以为剑的代称。刜（fú福），斫。蓬，蓬蒿。

[40] 干将，利剑名。用棠谿刜蓬、干将割肉，以喻使贤智之士为仆隶，所用不当。

[41] 筐，动词，盛，装。泽泻，王逸《楚辞章句》："泽泻，恶草也。"鞹（kuò括），即革。豹鞹，用豹皮做的口袋。《论语·颜渊》："虎豹之鞹。"谓用豹皮口袋装野草。

[42] 荆和，荆楚和氏璧。筑，王逸《楚辞章句》："筑，大杵也。"捣物大棒槌。谓用大杵舂破和氏璧。王逸《楚辞章句》："以言取贤人刑伤使执厮役，亦害忠良，失其宜也。"

[43] 殽，混杂。察，明。对世杂乱未明。

[44] 竢时，等待时机。

[45] 晏，晚。

[46] 巩巩，忧惧的样子。夷，悦。

[47] 邅回，王逸《楚辞章句》："邅回，运转也。言己不能随俗，宁浮身于沅水，驰骋而去，遂下湘江，运转而行也。"

[48] 槛槛，车声，《诗经·王风·大车》："大车槛槛。"谓山中的车声使自己伤心。

[49] 征夫，自谓。皇皇，心不安的样子。

[50] 孰依，无所依附。

[51] 经营，王逸《楚辞章句》："南北为经，东西为营。"

[52] 杳冥冥，空旷高远的样子。谓自己放行原野，空旷而无人烟。

[53] 骸，骸骨。旧邦，指楚国。谓死后愿尸骨回归楚国而无所告诉。

[54] 长辞远逝，王逸《楚辞章句》：“故复长诀，乘水而欲远去也。”

远 逝

志隐隐而郁怫兮[1]，愁独哀而冤结[2]。
肠纷纭以缭转兮[3]，涕渐渐其若屑[4]。
情慨慨而长怀兮[5]，信上皇而质正[6]。
合五岳与八灵兮[7]，讯九魁与六神[8]。
指列宿以白情兮[9]，诉五帝以置词[10]。
北斗为我折中兮[11]，太一为余听之[12]。
云服阴阳之正道兮[13]，御后土之中和[14]。
佩苍龙之蚴虬兮[15]，带隐虹之逶虵[16]。
曳彗星之皓旰兮[17]，抚朱爵与鵕鸃[18]。
游清灵之飒戾兮[19]，服云衣之披披[20]。
杖玉华与朱旗兮[21]，垂明月之玄珠[22]。
举霓旌之墆翳兮[23]，建黄纁之总旄[24]。
躬纯粹而罔愆兮[25]，承皇考之妙仪[26]。

惜往事之不合兮[27]，横汨罗而下沥[28]。
乘隆波而南渡兮[29]，逐江湘之顺流。
赴阳侯之潢洋兮[30]，下石濑而登洲[31]。
陵魁堆以蔽视兮[32]，云冥冥而闇前[33]。
山峻高以无垠兮[34]，遂曾闳而迫身[35]。
雪雰雰而薄木兮[36]，云霏霏而陨集[37]。
阜隘狭而幽险兮[38]，石嵾嵯以翳日[39]。
悲故乡而发忿兮[40]，去余邦之弥久[41]。

背龙门而入河兮[42]，登大坟而望夏首[43]。
横舟航而济湘兮[44]，耳聊啾而戃慌[45]。
波淫淫而周流兮[46]，鸿溶溢而滔荡[47]。
路曼曼其无端兮，周容容而无识[48]。
引日月以指极兮[49]，少须臾而释思[50]。
水波远以冥冥兮，眇不睹其东西[51]。
顺风波以南北兮，雾宵晦以纷纷[52]。
日杳杳以西颓兮，路长远而窘迫[53]。
欲酌醴以娱忧兮[54]，蹇骚骚而不释[55]。

叹曰：飘风蓬龙[56]，埃坲坲兮[57]。
草木摇落，时槁悴兮[58]。
遭倾遇祸，不可救兮。
长吟永欷[59]，涕究究兮[60]。
舒情陈诗，冀以自免兮[61]。
颓流下陨[62]，身日远兮。

[1] 隐隐，忧愁的样子。郁怫（fú 福），心情不舒畅。

[2] 独哀冤结，独自哀伤并结下冤仇。

[3] 纷纭，杂乱的样子。缭转，弯曲回旋。

[4] 渐渐，王逸《楚辞章句》："渐渐，泣流貌也。"若屑，涕泪交流的样子。

[5] 慨慨，感慨叹息。长怀，长久怀想。

[6] 信，通"申"，申述，表明。上皇，王逸《楚辞章句》："上皇，上帝也。"质正，就上帝正其是非。

[7] 五岳，指东岳泰山、西岳华山、南岳衡山、北岳恒山、中岳嵩山。八灵，王逸《楚辞章句》："八灵，八方之神也。"

[8] 魁（qí 奇），星名。王逸《楚辞章句》："九魁，谓北斗九星也。"洪兴

祖《楚辞补注》:"北斗七星,辅一星,在第六星旁。又招摇一星,在北斗杓端。"六神,说法不一,或谓指日、月、星、水旱、四时、寒暑诸神。王逸《楚辞章句》:"言己忠直而不见信用,愿合五岳与八方之神,察己之志,上问九魁六宗之神,以照明之也。"

[9] 列宿,指二十八宿。白情,表述自己的心情。

[10] 五帝,王逸《楚辞章句》:"五方之帝。"即东方太皞、南方炎帝、西方少昊、北方颛顼、中央黄帝。谓向五帝倾诉真情。

[11] 北斗,二十八宿之一,七星排列在北天,成斗形,称北斗。折中,公平判断。

[12] 太一,星名,天的尊神。为余听之,太一为自己听讼,辨别善恶。

[13] 服,顺从。阴阳,王逸《楚辞章句》:"阳为仁也,阴为义也。"

[14] 御,治理。中和,中正和平。王逸《楚辞章句》:"言群神劝我承天奉地,服循仁义,处中和之行,无有违离也。"

[15] 佩,系物于衣带上叫佩,由佩带在身上引申为具有。下文的带、曳、抚亦同此义。蚴虬,龙盘曲的样子。

[16] 隐,王逸《楚辞章句》:"隐,大也。"逶虵,漫长的样子。

[17] 曳,引。彗星,也叫孛星,俗名扫帚星。以曳长尾如彗,而得名。晧旰(hào gàn 浩干),光亮的样子。

[18] 朱爵、鵔鸃(jùn yí 俊移),王逸《楚辞章句》:"朱爵、鵔鸃,皆神俊之鸟也。言己动以神物自喻,诸神劝我行当如苍龙,能屈能伸;志当如大虹,能扬文采;精当若彗星,能耀光明;举当若鵔鸃,飞能冲天也。"

[19] 清灵,谓太空。飒戾,王逸《楚辞章句》:"飒戾,清凉貌。"

[20] 披披,王逸《楚辞章句》:"披披,长貌。"

[21] 杖,持。玉华,玉的精华。谓手持美玉之花与红旗。

[22] 明月,珠名。玄,同"悬"。古"玄"字本是悬系之象。珠悬则光明周彻,故云垂。

[23] 墆翳(dì yì 帝易),王逸《楚辞章句》:"墆翳,蔽隐貌。"谓举遮天蔽日的虹霓旌。

[24] 黄纁(xūn 熏),王逸《楚辞章句》:"黄纁,赤黄也。天气玄黄,故曰黄纁。"总,合。旄,竿顶用旄牛尾为饰的旗。谓置五彩缤纷

之旌。

[25] 愆，过失，罪过。罔愆，没有过失。

[26] 皇考，对亡父的尊称。仪，容止，仪法。王逸《楚辞章句》："言己行度纯粹而无过失，上以承美先父高妙之法，不敢解也。"

[27] 惜往事不合，谓痛惜从前与君王意见不合。

[28] 沥（lì 丽），涉水。下沥，涉水而下。

[29] 隆波，大的波浪。

[30] 阳侯，水波之神。潢洋，波澜壮阔貌。

[31] 石濑，水激石间而成的急流。洲，水中陆地。

[32] 陵，大丘陵。魁堆，王逸《楚辞章句》："魁堆，高貌。"蔽视，陵高遮蔽视线。

[33] 冥冥，晦暗。阇前，使面前昏昧。

[34] 无垠，无边无际。

[35] 曾闳，王逸《楚辞章句》："曾，重也。闳，大也。言己所在之处，前有高陵，蔽不得视，后有峻大之山，迫附于己。"

[36] 雰雰，大雪纷降的样子。薄，迫近。薄木，压在树木之上。

[37] 霏霏，纷飞的样子。陨，坠落。陨集，云纷飞向下会集。

[38] 阜，大丘陵。隘狭幽险，形容山势的险峻。

[39] 嵾嵯，不齐的样子。翳，蔽。翳日，指山石蔽日。

[40] 发忿，抒发怨恨。

[41] 余邦，指楚国。

[42] 龙门，王逸《楚辞章句》："龙门，郢东门也。"

[43] 大坟，高丘。夏首，王逸《楚辞章句》："夏水之口。"

[44] 舟航，犹舟船。湘，湘水。济湘，横渡湘水。

[45] 聊，耳鸣。啾，状声。悦慌，失意的样子。

[46] 淫淫，水流的样子。

[47] 鸿溶，深广的样子。溢，满。滔荡，王逸《楚辞章句》："滔荡，广大貌。"

[48] 容容，流动起伏的样子。识，辨。谓周回流荡起伏难以辨识。

[49] 极，王逸《楚辞章句》："极，中也，谓北辰星也。"

[50] 释思，解除忧思。王逸《楚辞章句》："言己施行正直，愿引日月使

照我情，上指北辰，诉告于天，冀君觉寤，且解忧思须臾之间也。”

[51] 眇，仔细看。

[52] 雾宵晦，雾氛晦冥，白昼如夜。纷纷，浓厚的样子。

[53] 路长远而窘迫，王逸《楚辞章句》：“言日已西颓，年岁卒尽，道路长远，不得复还，忧心迫窘，无所舒志也。”

[54] 醴，甜酒。酌醴娱忧，即酌酒以自娱乐。

[55] 蹇，竟。骚骚，烦忧的样子。谓心中的烦忧仍不可解。

[56] 飘风，回风。蓬龙，回转的样子。

[57] 坲（fú 福）坲，尘埃飞扬的样子。

[58] 槁悴，王逸《楚辞章句》：“槁，枯也。悴，病也。”

[59] 欷（xī 希），哭泣时抽咽声。

[60] 究究，王逸《楚辞章句》：“究究，不止貌也。言已遭倾危之世而遇患祸，不可复救，故长叹歔欷而涕滂流，不可止也。”

[61] 冀以自免，希望以此诗抒情陈志得免于祸患。

[62] 颓流下陨，谓身随流水而下日益远，难得回还了。

惜贤

览屈氏之《离骚》兮，心哀哀而怫郁。
声嗷嗷以寂寥兮[1]，顾仆夫之憔悴[2]。
拨谄谀而匡邪兮[3]，切淟涊之流俗。[4]
荡渨涹之奸咎兮[5]，夷蠢蠢之溷浊。[6]
怀芬香而挟蕙兮[7]，佩江蓠之斐斐[8]。
握申椒与杜若兮[9]，冠浮云之峨峨[10]。
登长陵而四望兮，览芷圃之蠡蠡[11]。
游兰皋与蕙林兮[12]，睨玉石之嵾嵯[13]。
扬精华以眩耀兮[14]，芳郁渥而纯美[15]。
结桂树之旖旎兮[16]，纫荃蕙与辛夷[17]。
芳若兹而不御兮[18]，捐林薄而菀死[19]。

驱子侨之奔走兮[20]，申徒狄之赴渊[21]。
若由夷之纯美兮[22]，介子推之隐山[23]。
晋申生之离殃兮，荆和氏之泣血。
吴申胥之抉眼兮[24]，王子比干之横废[25]。
欲卑身而下体兮[26]，心隐恻而不置[27]。
方圜殊而不合兮[28]，钩绳用而异态[29]。
欲竢时于须臾兮，日阴曀其将暮[30]。
时迟迟其日进兮[31]，年忽忽而日度[32]。
妄周容而入世兮[33]，内距闭而不开[34]。
竢时风之清激兮[35]，愈氛雾其如壂[36]。
进雄鸠之耿耿兮[37]，谗介介而蔽之[38]。
默顺风以偃仰兮[39]，尚由由而进之[40]。
心懭悢以冤结兮[41]，情舛错以曼忧[42]。
搴薜荔于山野兮，采撚支于中洲[43]。
望高丘而叹涕兮[44]，悲吸吸而长怀[45]。
孰契契而委栋兮[46]，日晻晻而下颓[47]。

叹曰：江湘油油[48]，长流汩兮[49]。
挑揄扬汰[50]，荡迅疾兮。
忧心展转[51]，愁怫郁兮。
冤结未舒，长隐忿兮[52]。
丁时逢殃[53]，可奈何兮。
劳心悁悁[54]，涕滂沲兮[55]。

[1] 嗷（áo 敖）嗷，王逸《楚辞章句》："嗷嗷，呼声也。"寂寥，王逸《楚辞章句》："空无人民之貌也。"

[2] 仆夫憔悴，仆人瘦弱萎靡。王逸《楚辞章句》："言己思为屈原讼理

冤结，噭噭而呼，山野寂寥，空无人民，顾视仆御，心皆憔悴而有忧色也。”

[3] 拨、匡，王逸《楚辞章句》：“拨，治也。匡，正也。”

[4] 切，王逸《楚辞章句》：“切，犹概也。”概，通“溉”，洗涤。枚乘《七发》：“澡概胸中，洒练五藏。”淟涊（tiǎn niǎn 忝捻），污垢。

[5] 荡，涤。渨涹（wēi wō 微窝），洪兴祖《楚辞补注》：“《博雅》：‘渨，秽也。涹，浊也。’”奸咎，咎义为灾，不当与奸连用。咎，古音“晷”，是“宄”的同音假借字。《说文》：“宄，姦也，外为盗，内为宄。”也同音借作“轨”字。《左传·成公十七年》：“乱在外为奸，在内为轨。”谓涤荡污浊的奸宄之辈。

[6] 夷，灭。蠢蠢，王逸《楚辞章句》：“蠢蠢，无礼义貌也。”谓灭除贪残无礼义之人。

[7] 蕙，香草名，以生于湖南永州市零陵区的最著名，因此又名零陵香。

[8] 江蓠，香草名，又称蘼芜。斐（fēi 非）斐，往来的样子。洪兴祖《楚辞补注》：“《说文》：‘往来斐斐貌。’”

[9] 椒，香木名。申椒，或为申地所产的椒。杜若，香草名，又名杜蘅。叶广披作针形，味辛香。

[10] 浮云，犹切云，冠名。峨峨，高耸的样子。《涉江》：“冠切云之崔嵬。”

[11] 芷，香草名，又叫白芷。芷圃，香芷之园。蠡蠡，王逸《楚辞章句》：“蠡蠡，犹历历，行列貌。”

[12] 兰皋，兰草之岸。蕙林，蕙草之林。

[13] 睨（nì 逆），斜视。

[14] 精华，王逸《楚辞章句》：“耳目之精。”眩耀，光彩夺目。

[15] 芳，芳华。郁，茂盛。渥，厚。

[16] 旖旎，繁盛的样子。

[17] 荃蕙，皆香草名。辛夷，香木名，树高二三丈，叶似柿叶而狭长。花似莲而小，色紫，香气馥郁，初出时，苞长半寸，尖如笔头，因此又名木笔。

[18] 御，用。

[19] 捐，弃。林薄，木丛叫林，草丛叫薄。菀（yù 郁），压抑。王逸《楚辞章句》："言己扬耳目之精，其明炫耀，姿质纯美，犹复结桂枝，索兰蕙，修善益固，德行弥盛也。……修行众善若此，而不见用，将弃林泽菀积而死，恨功不立而志不成也。"

[20] 王子乔，传说古仙人，周灵王太子，名晋，游伊、洛之间，道士浮丘公引上嵩山，修炼二十年，后在缑氏山巅，乘白鹤仙去。

[21] 申徒狄，殷末贤者，屡次进谏，纣王不听，抱石投河而死。谓欲驰驱随王子乔奔走以学道成仙，并仰慕申徒狄以强谏投渊。

[22] 由夷，许由和伯夷。许由，古传说中的高士，字武仲，颍川人。尧把天下让给他，他不接受，逃隐于箕山。伯夷，商孤竹君之长子。相传其父遗命要立次子叔齐为继承人。孤竹君死，叔齐让位给伯夷，伯夷不受，叔齐也不肯继位，二人都逃到周。武王灭商，他们耻食周粟，逃到首阳山，采薇而食，饿死在山中。

[23] 介子推，春秋晋人。传说晋文公回国，赏赐流亡时的从属，他未得到提名，便与其母隐居于绵上山中。文公为逼他出来，放火烧山，他坚持不出而被烧死。谓要像许由、伯夷那样辞让天下国家，隐居山林而饿死，像介子推那样逃文公之赏，隐身深山被烧死。他们都无爵位而有高名。

[24] 吴申胥，即伍子胥。抉（jué 厥），挖出。抉眼，《史记·伍子胥列传》载，伍子胥临死时说："抉吾眼悬吴东门之上，以观越之灭吴也。"

[25] 横废，指遭遇意外的灾祸而死。

[26] 卑身下体，卑躬屈节。

[27] 隐恻，隐痛。置，放下。谓欲卑躬屈节以从俗，心恻隐而不能。

[28] 方圜殊，方与圆规矩不同。

[29] 钩绳异态，钩曲绳直，形体殊异。以喻忠佞异志，不可以合。

[30] 日，以喻君王。阴曀（yì 抑）。王逸《楚辞章句》："阴曀，阇昧也。"谓自己想等待美好时光，然君王阇昧，已近暮年。

[31] 迟迟，形容时光徐缓前进。

[32] 忽忽，倏忽。王逸《楚辞章句》："言天时转运日进，迟迟而行，己年忽去，日以衰老也。"

[33] 周容，苟合取容。

[34] 距，通“拒”。内距闭不开，心中拒闭而意不通。

[35] 风，以喻政。激，王逸解作“感”，与“清”义不相属，当作“澈”。“时风清澈”与下句“氛雾如塺”相对。

[36] 氛雾，雾气。塺（méi 梅），王逸《楚辞章句》：“塺，尘也。”以待时政之清澈，相反而如尘土之雾气益浓重。

[37] 耿耿，诚信的样子。

[38] 介介，分隔，离间。谓自己想进雄鸠般小节的诚信，却遭到谗人的离间障蔽。

[39] 偃仰，俯仰。顺风偃仰，随从世风时俗。

[40] 由由，王逸《楚辞章句》：“由由，犹豫也。”谓自己犹豫不肯随世俗俯仰。

[41] 懭悢（kuàng lǎng 框朗），失意怅惘。冤结，指心中怨恨郁结。

[42] 舛（chuǎn 喘），错乱。曼忧，指情绪错乱而长期忧苦。

[43] 揽支，王逸《楚辞章句》：“揽支，香草也。”

[44] 高丘，指阆风，神话中的山名，在昆仑山上。这里以喻郢都。

[45] 吸吸，上气不接下气。

[46] 契契，忧苦的样子。委栋，王逸《楚辞章句》“委其梁栋之谋”，以喻献身。谓有谁像自己之忧国念君，欲献栋梁之谋于国家。

[47] 晻（yǎn 晏）晻，日光渐暗的样子。太阳逐渐昏暗陨落。王逸《楚辞章句》：“然日颓暮，伤不得行也。”

[48] 油油，水流的样子。江湘，指湘水。

[49] 汩（gǔ 古），水流迅疾的样子。

[50] 挑，《说文》“挠也”，搅动。揄，《说文》：“引也。”汰（tài 太），水波。江水扬波飞荡迅疾奔流。

[51] 展转，不寐貌。《诗经·周南·关雎》：“辗转反侧。”心中愁闷，展转怫郁，不能入睡。

[52] 隐忿，潜藏忿恨。结冤未得舒发，长怀愤恨。

[53] 丁，王逸《楚辞章句》：“丁，当也。”生当遭遇祸殃，无可奈何。

[54] 悁悁，忧闷的样子。

[55] 滂沲，涕泗横流的样子。《诗经·陈风·泽陂》：“涕泗滂沱。”劳心忧闷，涕泪滂沱。

忧　苦

悲余心之悁悁兮，哀故邦之逢殃[1]。
辞九年而不复兮[2]，独茕茕而南行[3]。
思余俗之流风兮[4]，心纷错而不受[5]。
遵野莽以呼风兮[6]，步从容于山廋[7]。
巡陆夷之曲衍兮[8]，幽空虚以寂寞[9]。
倚石岩以流涕兮，忧憔悴而无乐。
登巑岏以长企兮[10]，望南郢而阒之[11]。
山修远其辽辽兮[12]，涂漫漫其无时[13]。
听玄鹤之晨鸣兮[14]，于高冈之峨峨。
独愤积而哀娱兮[15]，翔江洲而安歌[16]。
三鸟飞以自南兮[17]，览其志而欲北[18]。
愿寄言于三鸟兮，去飘疾而不可得[19]。

欲迁志而改操兮[20]，心纷结其未离[21]。
外彷徨而游览兮，内恻隐而含哀[22]。
聊须臾以时忘兮[23]，心渐渐其烦错[24]。
愿假簧以舒忧兮[25]，志纡郁而难释[26]。
叹《离骚》以扬意兮[27]，犹未殚于《九章》[28]。
长嘘吸以於悒兮[29]，涕横集而成行。
伤明珠之赴泥兮[30]，鱼眼玑之坚藏[31]。
同驽骡于乘驵兮[32]，杂班駮与阘茸[33]。
葛藟虆于桂树兮[34]，鸱鸮集于木兰[35]。
偓促谈于廊庙兮[36]，律魁放乎山间[37]。

恶虞氏之箫《韶》兮[38]，好遗风之《激楚》[39]。
潜周鼎于江淮兮[40]，爨土鬵于中宇[41]。
且人心之持旧兮[42]，而不可保长[43]。
邅彼南道兮[44]，征夫宵行。
思念郢路兮，还顾睠睠[45]。
涕流交集兮，泣下涟涟[46]。

叹曰：登山长望，中心悲兮。
菀彼青青，泣如颓兮[47]。
留思北顾[48]，涕渐渐兮。
折锐摧矜[49]，凝泛滥兮[50]。
念我茕茕，魂谁求兮[51]？
仆夫慌悴[52]，散若流兮。

[1] 故邦，指楚国。

[2] 辞九年，辞别君王九年。

[3] 茕茕，孤独的样子。

[4] 流风，风气。

[5] 纷错，纷乱。王逸《楚辞章句》："言己念我楚国风俗余化，好行谗佞，心为愦乱，不能受其邪伪也。"

[6] 遵野莽呼风，循行山野迎风呼唤。

[7] 廋（sōu 搜），王逸《楚辞章句》："廋，隈也。"山水弯曲处。

[8] 陆夷、曲衍，王逸《楚辞章句》："大阜曰陆。夷，平也。衍，泽也。"巡行高山平地之曲泽。

[9] 幽，幽静。谓所巡行幽静空虚，寂无人声。

[10] 巑岏（cuán wán 攒玩），峻峭的山峰。企，踮起脚跟而立。

[11] 闚（kūi 窥），视。王逸《楚辞章句》："言己乃登高锐之山，立而长望，顾视南郢楚邦，悲且思也。"

[12] 辽辽,遥远的样子。

[13] 漫漫,长远无边际的样子。无时,王逸《楚辞章句》:“道路漫漫,诚无时至也。”

[14] 玄鹤,古代传说,鹤千年化为苍,又千年变为黑,谓之玄鹤。谓听玄鹤晨鸣于高峻山岗之上。

[15] 愤积而哀娱,愤恨中有悲哀也有欢乐。

[16] 翔江洲,游行于江中之洲。安歌,适意歌唱。

[17] 三鸟,即三青鸟。洪兴祖《楚辞补注》:“《博物志》:‘王母来见武帝,有三青鸟如乌大,夹王母。三鸟,王母使也。’”

[18] 览其志欲北,三鸟自南方飞来,观察它的意图,要飞向北方。

[19] 飘疾,犹迅疾。王逸《楚辞章句》:“言己既不得北归,愿因三鸟寄善言以遗其君,去又急疾而不可得,心为结恨也。”

[20] 迁志改操,改变意志和节操。

[21] 纷结,乱结。未离,未离忠信。

[22] 恻隐,隐痛。谓外表徘徊游览,内心则痛苦悲哀。

[23] 须臾以时忘,欲片刻忘掉忧愁。

[24] 渐渐其烦错,心中错乱不堪。

[25] 篪,乐器名。

[26] 纡郁,郁结。

[27] 叹《离骚》以扬意,咏叹《离骚》来抒怀。

[28] 犹未殚于《九章》,却难读完《九章》。

[29] 嘘吸,啼泣的样子。於悒,哽咽的样子。王逸《楚辞章句》:“言己吟叹《九章》未尽,自知言不见省用,故长嘘吸而啼,涕下交集,自闵伤也。”

[30] 赴泥,投入泥中。

[31] 鱼眼玑,以鱼眼为珠。谓将明珠投入泥土,以鱼眼为宝予以保藏,令人悲伤。

[32] 乘駔(zǎng 葬上声),王逸《楚辞章句》:“乘駔,骏马也。”

[33] 班駮(bó 博),杂色马。阘(tà 拓)茸,驽弱。王逸《楚辞章句》:“阘茸,驽顿也。”以喻劣马。驽骡、阘茸为劣,乘駔、班駮为良。谓君王不明智,混同优劣。

[34] 藟(lěi 磊),葛蔓。虆(léi 雷),葛蔓攀缘。

[35] 集,止。葛蔓缘桂树,鸱鸮集木兰,以喻小人进用,贪佞升迁。

[36] 偓促,王逸《楚辞章句》:"偓促,拘愚之貌。"这里指贪谗者辈。廊,殿四周的廊;庙,太庙。都是古代帝王和大臣议论朝政的地方,后世因称朝廷为廊庙。

[37] 律,《说文》"均布也",徐锴曰:"十二律均布节气,故有六律六均。"这里的用法用今天的话说为规律。魁,《说文》"羹斗也",谓斗为魁,这里的用法用今天的话说为调和。律魁,义为明彻规律与调和鼎鼐之人。说明偓促登于朝,律魁放于野。

[38] 箫《韶》,虞舜的乐名,《尚书·皋陶谟》:"箫《韶》九成。"

[39] 激楚,楚乐歌名。好遗风之《激楚》,即爱好《激楚》乐之遗风。谓恶雅音好俗调。

[40] 潜,没。周鼎,周朝的传国鼎,即夏禹所铸之九鼎。

[41] 爨(cuàn 窜),炊灶。鬵(xín),大釜,古代用的锅。中宇,犹中庭。藏九鼎于江淮,而炊土锅于中庭。以喻弃贤智而近愚顽。

[42] 人心持旧,人的心志在坚守旧有的信义。

[43] 不可保长,而不可能保持长久。

[44] 邅,转换方向。转向南去的道路,像征夫一样昼夜奔走。

[45] 睠睠,反顾的样子。

[46] 涟涟,泪流不断的样子。

[47] 菀(wǎn 婉),茂盛的样子。青青,指草木。谓看到草木茂盛而涕泣交流。

[48] 留思北顾,王逸《楚辞章句》:"言己所以留精思,常北顾而视郢都,……故涕渐渐而下流。"

[49] 锐,利兵。矜,矛柄。所以喻自己的志意节操。

[50] 凝,止。泛滥,犹沉浮。谓不能摧折自己的意志节操而从俗沉浮。

[51] 魂谁求,谁是求的受语。谓自己孑然一身,灵魂把谁寻求。

[52] 慌,王逸《楚辞章句》:"慌,亡也。"悴,忧伤。谓仆人也感怀忧伤,散亡如流。

愍命

昔皇考之嘉志兮[1]，喜登能而亮贤[2]。
情纯洁而罔薉兮[3]，姿盛质而无愆[4]。
放佞人与谄谀兮，斥谗夫与便嬖[5]。
亲忠正之悃诚兮[6]，招贞良与明智。
心溶溶其不可量兮[7]，情澹澹其若渊[8]。
回邪辟而不能入兮[9]，诚愿藏而不可迁[10]。
逐下袟于后堂兮[11]，迎宓妃于伊洛[12]。
刜谗贼于中霤兮[13]，选吕管于榛薄[14]。
丛林之下无怨士兮，江河之畔无隐夫。
三苗之徒以放逐兮[15]，伊皋之伦以充庐[16]。

今反表以为里兮，颠裳以为衣。[17]
戚宋万于两楹兮[18]，废周邵于遐夷[19]。
却骐骥以转运兮[20]，腾驴骡以驰逐[21]。
蔡女黜而出帷兮[22]，戎妇入而彩绣服[23]。
庆忌囚于阱室兮[24]，陈不占战而赴围[25]。
破伯牙之号钟兮[26]，挟人筝而弹纬[27]。
藏瑉石于金匮兮[28]，捐赤瑾于中庭[29]。
韩信蒙于介胄兮[30]，行夫将而攻城[31]。
莞芎弃于泽洲兮[32]，瓟蠡蠹于筐簏[33]。
麒麟奔于九皋兮[34]，熊罴群而逸囿[35]。
折芳枝与琼华兮，树枳棘与薪柴[36]。
掘荃蕙与射干兮[37]，耘藜藿与蘘荷[38]。

惜今世其何殊兮[39],远近思而不同[40]。
或沉沦其无所达兮[41],或清激其无所通[42]。
哀余生之不当兮[43],独蒙毒而逢尤[44]。
虽謇謇以申志兮[45],君乖差而屏之[46]。
诚惜芳之菲菲兮[47],反以兹为腐也[48]。
怀椒聊之蔎蔎兮[49],乃逢纷以罹诟也[50]。

叹曰:嘉皇既殁,终不返兮[51]。
山中幽险,郢路远兮[52]。
谗人戋戋[53],孰可愬兮。
征夫罔极[54],谁可语兮。
行吟累欷[55],声喟喟兮[56]。
怀忧含戚[57],何侘傺兮[58]。

[1] 嘉志,美的意志。

[2] 登能亮贤,即举能荐贤。

[3] 薉,洪兴祖《楚辞补注》:"薉,与秽同。"

[4] 姿质,通"资质",指才能、品质。姿盛质,即资质盛,天赋的才能丰富。愆,过失。王逸《楚辞章句》:"言己受先人美烈,情性纯厚,志意洁白,身无瑕秽,姿质茂盛,行无过失也。"

[5] 便嬖,阿谀逢迎受君王宠信的近臣。谓君王使自己执政,则将远放巧佞谄谀之人,斥逐谗夫与邀宠之近臣。

[6] 悃(kǔn 捆)诚,至诚。谓亲近至诚忠正之士,招致贞良明智之人。

[7] 溶溶,宽广的样子。

[8] 澹澹,水波动荡的样子。

[9] 回邪,即邪曲。辟,动词,辟除。

[10] 诚愿,即诚谨。藏,动词,蓄藏。谓自己心志清白,回邪之言辟除而不能入,诚谨之行坚守终不可移。

[11] 下袟(zhì 志),王逸《楚辞章句》:"下袟,谓妾御也。"后堂,犹后宫。

[12] 宓妃,洛水的女神。伊洛,伊水和洛水。逐下袟,以免其乱政;迎宓妃,以求益于教化。

[13] 中廇(liù 溜),洪兴祖《楚辞补注》:"廇,中庭也。"这里指朝廷。

[14] 吕管,即吕尚、管仲。榛,榛莽。薄,丛薄。这里指民间。

[15] 三苗,王逸《楚辞章句》:"三苗,尧之佞臣也。《尚书》曰:'窜三苗于三危。'"

[16] 伊皋,即伊尹、皋陶。充,满。王逸《楚辞章句》:"言放逐佞谀之徒若三苗者,置之四裔,进用伊尹、皋陶之徒,使满国庐,则谗邪道塞也。"洪兴祖《楚辞补注》:"自此以上,皆言皇考之美。自此以下,言今之不然也。"

[17] 颠,倒。裳衣,上曰衣,下曰裳。

[18] 戚,亲。宋万,王逸《楚辞章句》:"宋万,宋闵公之臣也。与闵公博,争道,以手搏之,绝其脰(即颈项)。"楹,堂前直柱。两楹,殿堂的中间。《礼记·檀弓》:"予畴昔之夜,梦坐奠于两楹之间。"《注》:"两楹之间,南面鄉明,人君听治正坐之处。"王逸《楚辞章句》:"两楹之间,户牖之前,尊者所处也。"

[19] 周邵,即周公旦、邵公奭。遐,远。遐夷,远方夷狄之地。

[20] 却,退。转运,转拉载重的车。

[21] 腾,驾。以骐骥负重,驴骡奔驰,以喻对贤智之士和愚顽之人任用不当。

[22] 蔡女,王逸《楚辞章句》:"蔡女,蔡国贤女也。"黜,贬斥。

[23] 戎妇,戎狄的妇女。彩绣,是服的定语。谓蔡女美好,却被贬黜出帷帐;戎狄丑妇,反入椒房被彩绣之服。

[24] 庆忌,春秋吴王僚之子,以勇武著名。吴公子光(阖闾)遣专诸刺王僚,夺取王位,时庆忌在卫,光以为患,使要离刺杀之。阱,陷阱。

[25] 陈不占,王逸《楚辞章句》:"陈不占,齐臣,有义而怯。闻其君战,将赴之,饭则失匕,上车失轼。既至,闻钟鼓之声,因怖而死。"赴围,去解除围困。将像庆忌般的勇士囚禁于陷阱,令如陈不占那

样怯懦者为解围而战。以见其任用颠倒。

[26] 伯牙,春秋时人,以精于琴艺著名。号钟,琴名。洪兴祖《楚辞补注》:"《轩辕本纪》云:'黄帝之琴名号钟。'傅玄《琴赋》云:'齐桓公有鸣琴曰号钟。'《长笛赋》云:'号钟高调。'"

[27] 挟,持。人筝,不成义,"人"字误,洪兴祖《楚辞补注》:"《文选》注引'挟秦筝而弹徽。'"以秦筝为是。纬,王逸《楚辞章句》:"纬,张弦也。"谓持秦筝张弦弹奏。

[28] 瑉(mǐn闵)石,像玉的一种美石。匮,犹匣。

[29] 赤瑾,美玉。藏瑉石,捐赤瑾,以见其善恶不分。

[30] 韩信,汉朝名将,淮阴人。初从项羽,后归刘邦,拜为大将。介胄,披甲戴盔。蒙于介胄,即为士卒。

[31] 行夫,行伍之夫。将,领兵。谓令韩信般的猛将披甲戴盔为士卒,使行伍怯夫将兵攻城。以见失其所用。

[32] 莞芎(guān xiōng关兄),王逸《楚辞章句》:"莞,夫离也。芎,芎穷也。皆香草也。"

[33] 瓟蠡,王逸《楚辞章句》:"瓟,匏也。蠡,瓢也。"洪兴祖《楚辞补注》:"《方言》:'蠡,陈、楚、宋、魏之间或谓之瓢。'"蠹,同"囊",这里用作动词。筐簏,盛物的竹器,方为筐,圆为簏。将香草弃于水泽之中,置匏瓢于筐簏之内,以喻憎君子而爱小人。

[34] 九皋,深远的水泽淤地。

[35] 逸,逸游。囿,苑。谓麒麟窜于九皋之地,熊罴游逸于苑囿之中,以喻远仁德之士,养贪残之辈。

[36] 枳(zhǐ只)棘,枳木和棘木,两种木皆多刺,以喻违命作梗的人。

[37] 射(yè叶)干,香草名。洪兴祖《楚辞补注》:"《荀子》曰:'西方有木焉,名曰射干,茎长四寸,生于高山之上,而临百仞之渊,木茎非能长也,所立者然也。'"

[38] 藜藿,藿,豆叶。藜,又名莱。都是贫穷人所吃的野菜。蘘(ráng穰)荷,草名,叶尖长类姜。夏天开淡黄色花,由地下茎而生,嫩芽可食用。王逸《楚辞章句》:"言折弃芳草及与玉华,列种柴棘,掘拔射干,而耨耘藜藿,失其所珍也。"

[39] 何殊,指贤愚何其不同。

[40] 远近思，指思虑或远或近。

[41] 沉沦，汩没，埋没。

[42] 清激，清明感激。洪兴祖《楚辞补注》："此言沉沦于世俗者，困而不能达。清激以自厉者，介而不能通。"

[43] 不当，谓不当清明之世。

[44] 蒙毒，蒙受苦难。逢尤，遭遇罪过。

[45] 謇（jiǎn 俭）謇，忠贞的样子。

[46] 乖差，背离。屏，排除，除去。谓虽忠贞耿耿申述自己的心志，但仍与君王之心相左，而被屏弃，不肯任用。

[47] 菲菲，香气很浓。

[48] 腐，臭。谓君王以其被服芳香为腐臭。

[49] 椒聊，王逸《楚辞章句》："椒聊，香草也。"蔎（shè 社）蔎，香的样子。

[50] 逢纷罹诟，逢乱世并遭辱骂。谓自己修身洁行，反被谗害。

[51] 嘉皇，王逸《楚辞章句》："嘉，美也。皇，君也。以言怀王不用我谋，以殁于秦。"不返，谓怀王不返。

[52] 山中幽险，谓自己被放在深险之山泽，距离郢路很远。

[53] 戋（jiān 煎）戋，王逸《楚辞章句》："戋戋，谗言貌也。"巧言善辩的样子。

[54] 征夫罔极，自谓像征夫一样远行没有尽头。可愬、可语，都是动词。

[55] 累，重。欷，即歔欷，悲叹的样子。

[56] 喟，叹声。

[57] 怀忧含戚，即心怀忧戚。

[58] 侘傺（chà chì 差翅），失意。王逸《楚辞章句》："言己行常歌吟，增叹累息，怀忧含戚，怅然侘傺而失意也。"

思　古

冥冥深林兮，树木郁郁。

山参差以崭岩兮[1]，阜杳杳以蔽日[2]。

悲余心之悁悁兮[3]，目眇眇而遗泣[4]。
风骚屑以摇木兮[5]，云吸吸以湫戾[6]。
悲余生之无欢兮，愁倥偬于山陆[7]。
旦徘徊于长阪兮[8]，夕彷徨而独宿[9]。
发披披以鬤鬤兮[10]，躬劬劳而瘏悴[11]。
魂俇俇而南行兮[12]，泣沾襟而濡袂[13]。
心婵媛而无告兮[14]，口噤闭而不言[15]。
违郢都之旧闾兮[16]，回湘沅而远迁[17]。
念余邦之横陷兮[18]，宗鬼神之无次[19]。
闵先嗣之中绝兮[20]，心惶惑而自悲[21]。
聊浮游于山陿兮[22]，步周流于江畔[23]。
临深水而长啸兮，且倘佯而泛观[24]。

兴《离骚》之微文兮[25]，冀灵修之一悟[26]。
还余车于南郢兮，复往轨于初古[27]。
道修远其难迁兮[28]，伤余心之不能已。
背三五之典刑兮[29]，绝《洪范》之辟纪[30]。
播规矩以背度兮[31]，错权衡而任意[32]。
操绳墨而放弃兮[33]，倾容幸而侍侧[34]。
甘棠枯于丰草兮[35]，藜棘树于中庭[36]。
西施斥于北宫兮[37]，仳惟倚于弥楹[38]。
乌获戚而骖乘兮[39]，燕公操于马圉[40]。
蒯聩登于清府兮[41]，咎繇弃而在野[42]。
盖见兹以永叹兮，欲登阶而狐疑[43]。
乘白水而高骛兮[44]，因徙弛而长词[45]。

叹曰：倘佯垆阪[46]，沼水深兮[47]。
容与汉渚[48]，涕淫淫兮[49]。
钟牙已死[50]，谁为声兮[51]？
纤阿不御[52]，焉舒情兮？
曾哀凄欷[53]，心离离兮[54]。
还顾高丘[55]，泣如洒兮。

[1] 崭(chán 蝉)岩，险峻的样子。

[2] 阜，丘陵。杳杳，深远幽暗的样子。谓山阜高峻以蔽日。

[3] 悁(yuān 渊)悁，忧闷的样子。

[4] 眇眇，远视的样子。遗，落。遗泣，落泪。

[5] 骚屑，风摇木声。

[6] 吸吸，云浮动的样子。湫(jiǎo 徼)戾，王逸《楚辞章句》："湫戾，犹卷戾也。"洪兴祖《楚辞补注》："戾，曲也。"谓浮云的飘动舒卷。王逸《楚辞章句》云："言己心既忧悲，又见疾风动摇草木，其声骚屑，浮云吸吸卷戾而相随，重愁思也。"

[7] 倥偬(kǒng zǒng 空总)，困苦。陆，高平地。愁苦于山陆中。

[8] 阪，山坡。长阪，长的山坡。

[9] 仿偟，徘徊，也作彷徨、傍偟。旦夕徘徊而独宿，以见其忧愁之深。

[10] 披披，散乱的样子。鬤(ráng 瓤)鬤，毛发乱的样子。

[11] 劬(qú 衢)劳，辛勤，劳苦。瘏(tú 途)，病。谓履涉风霜，头发散乱，劳顿致病。

[12] 偟偟(guàng 逛)，惶恐，心神不定的样子。

[13] 濡(rú 如)袂，泪湿衣袖。

[14] 婵媛，牵持不舍的样子。

[15] 噤，《说文》："口闭也。"谓心中牵引而痛，无所告诉，只好闭口不说。

[16] 违，离开。旧闾，故乡。

[17] 回，环绕，经过。

[18] 横陷，倾危。

[19] 宗，王逸《楚辞章句》："同姓为宗。"宗鬼神，即宗族的鬼神。无次，王逸《楚辞章句》："次，第也。已之宗族先祖鬼神，失其次第而不见祀也。"

[20] 闵，哀伤。嗣，继续。先嗣，先祖事业的继续。

[21] 惶惑，疑惧。王逸《楚辞章句》："言己伤念先祖，乃从屈瑕建立基功，子孙世世承而继之，至于己身而当中绝，心为惶惑，内自悲哀也。"

[22] 陋，洪兴祖《楚辞补注》："与峡同。"

[23] 周流，周行各地。畔，界。

[24] 徜徉，徘徊。泛，广泛。临水长啸，徘徊观望，以舒发思念楚国之情。

[25] 微文，隐约讽谕之文。

[26] 灵修，指君王。

[27] 轨，车辙。谓自己作《离骚》之文以讽谏君王，希望君王醒悟，能令自己车回郢都，仍遵循古先王之辙迹不改。

[28] 道修远，谓郢路长远。难迁，难得回还。

[29] 三五，王逸《楚辞章句》谓"三皇五帝"。或谓刘向时只有五帝及夏、商、周三王。典，常。刑，法。

[30] 洪范，王逸《楚辞章句》："《洪范》，《尚书》篇名，箕子所为武王陈五行之道也。"辟纪，法纪。自此以下皆写昏君之作为。

[31] 播，弃。规矩，画圆形的工具为规，画方形的工具为矩。即法度、准规。

[32] 错，置。权衡，测量物体轻重的器具，权是秤锤，衡是秤杆。谓背离先王的法度，弃置量物的权衡，而任意施行。

[33] 绳墨，工匠以绳濡墨打直线的工具。以喻规矩、法度。

[34] 倾，动词，尽其所有。容幸，名词，容悦宠幸，指谄佞嬖宠之人。谓操执法度之人被放逐，倾尽容悦宠幸者辈反得亲于旁侧。

[35] 甘棠，木名。棠，乔木，有赤、白两种。赤者称杜，白者称棠。白棠即甘棠，也称棠梨，果食酸美可吃。

[36] 藜棘，两种有刺的草木。庭，堂下称庭。枯甘棠，种藜棘，以喻远仁贤近谗贼。

[37] 斥,弃。北宫,后宫。

[38] 仳倠(pí suī 陂虽),古代丑女名。《淮南子·修务训》:"曼颊皓齿,形夸骨佳,不待脂粉芳泽而性可悦者,西施、阳文也。……虽粉白黛黑,弗能为美者,嫫母、仳倠也。"倚于弥楹,倚立满楹柱之间。斥西施亲仳倠,以喻美丑颠倒。

[39] 乌获,战国时秦之力士,以勇力仕秦武王。戚,亲近。骖乘,坐在车右边的警卫。

[40] 燕公,王逸《楚辞章句》:"燕公,邵公也。封于燕,故曰燕公也。"圉(yǔ 羽),养马。马圉,养马的地方。乌获近侍骖乘,燕公执役养马,皆任用失当。

[41] 蒯聩(kuǎi kuì 扸愧),王逸《楚辞章句》:"蒯聩,卫灵公太子也,不顺其亲,欲害其后母。"清府,犹明堂,清是美辞。

[42] 咎繇,即皋陶。升蒯聩于明堂,弃皋陶于外野。时政所以危乱。

[43] 登阶,进身。狐疑,多疑无决断。王逸《楚辞章句》:"言已见君亲爱恶人,斥逐忠良,诚欲进身登阶,竭尽谋虑,意中狐疑,恐遇患害也。"

[44] 高骛,高驰。

[45] 徙弛,却退的样子。因为怕登阶被祸,便欲高驰远游,徙弛却退而永诀了。

[46] 倘佯,王逸《楚辞章句》:"倘佯,山名也。"垆,黄黑色土。垆阪,黄黑色土的山坡。

[47] 沼,池。

[48] 汉,水名。渚,水边。

[49] 淫淫,流的样子。谓自己徘徊于汉水之滨,心中悲哀而涕泪流淌。

[50] 钟牙,即钟子期、伯牙,春秋时人,皆精于音律。伯牙鼓琴,志在高山流水,子期听而知之。子期死,伯牙谓世无知音者,乃绝弦破琴,终身不复鼓琴。

[51] 谁为声,谁弹妙音。

[52] 纤阿,王逸《楚辞章句》:"纤阿,古善御者。"谓纤阿不驾驭车马,马怎能舒情尽力。

[53] 曾,通“增”。

[54] 离离,王逸《楚辞章句》:“离离,剥裂貌。”

[55] 高丘,指郢都。王逸《楚辞章句》:“言己不遭明君,无御用者,重自哀伤,悽怆累息,心为剥裂,顾视楚国,悲戚泣下,如水洒地也。”

远 游

悲余性之不可改兮,屡惩艾而不遂[1]。
服觉晧以殊俗兮[2],貌揭揭以巍巍[3],
譬若王侨之乘云兮[4],载赤霄而凌太清[5]。
欲与天地参寿兮[6],与日月而比荣[7]。
登昆仑而北首兮[8],悉灵圉而来谒[9]。
选鬼神于太阴兮[10],登阊阖于玄阙[11]。
回朕车俾西引兮[12],褰虹旗于玉门[13]。
驰六龙于三危兮[14],朝西灵于九滨[15]。
结余轸于西山兮[16],横飞谷以南征[17]。
绝都广以直指兮[18],历祝融于朱冥[19]。
枉玉衡于炎火兮[20],委两馆于咸唐[21]。
贯澒濛以东朅兮[22],维六龙于扶桑[23]。

周流览于四海兮,志升降以高驰。
征九神于回极兮[24],建虹采以招指[25]。
驾鸾凤以上游兮,从玄鹤与鷦明[26]。
孔鸟飞而送迎兮[27],腾群鹄于瑶光。[28]
排帝宫与罗囿兮[29],升县圃以眩灭[30]。
结琼枝以杂佩兮[31],立长庚以继日[32]。

凌惊雷以轶骇电兮[33]，缀鬼谷于北辰[34]。
鞭风伯使先驱兮[35]，囚灵玄于虞渊[36]。
溯高风以低徊兮[37]，览周流于朔方[38]。
就颛顼而陈词兮[39]，考玄冥于空桑[40]。
旋车逝于崇山兮[41]，奏虞舜于苍梧[42]。
济杨舟于会稽兮[43]，就申胥于五湖[44]。
见南郢之流风兮[45]，殒余躬于沅湘[46]。
望旧邦之黯黮兮[47]，时溷浊其犹未央[48]。
怀兰茝之芬芳兮，妒被离而折之[49]。
张绛帷以襜襜兮[50]，风邑邑而蔽之[51]。
日暾暾其西舍兮[52]，阳焱焱而复顾[53]。
聊假日以须臾兮[54]，何骚骚而自故[55]。

叹曰：譬彼蛟龙，乘云浮兮。
汎淫澒溶[56]，纷若雾兮。
潺湲轇轕[57]，雷动电发，馺高举兮[58]。
升虚凌冥[59]，沛浊浮清[60]，入帝宫兮。
摇翘奋羽[61]，驰风骋雨，游无穷兮。

[1] 惩艾（yì易），被惩治而戒惧，也指从失败中吸取教训。不逐，谓心性不变。

[2] 觉皓，王逸《楚辞章句》："觉，较也。皓，犹明也。"觉皓，犹鲜明。谓服饰鲜明与世俗不同。

[3] 揭揭，轩昂的样子。巍巍，高大的样子。谓形貌轩昂而高大。

[4] 王侨，即仙人王子侨。

[5] 霄，云表。太清，高空，神仙所居。王逸《楚辞章句》："言己志意高大，上切于天，譬若仙人王侨乘浮云载赤霄，上凌太清，游天庭也。"

[6] 参寿，同寿。

[7] 比荣，争光。

[8] 首，向。北首，北向。

[9] 悉，尽。灵圉，王逸《楚辞章句》："灵圉，众神也。"谓登昆仑山上，北向天门，众神灵都来谒见。

[10] 太阴，极盛的阴气。

[11] 阊阖，天门。玄阙，天帝所居。王逸《楚辞章句》："言已乃选择众鬼神之中行中正者，与俱登于天门，入玄阙，拜天皇，受敕诲也。"

[12] 引，导。西引，西行。

[13] 褰，同"搴"，举。虹旗，以虹为旗。玉门，王逸《楚辞章句》："玉门，山名也。"谓举虹旗登上玉门山。

[14] 三危，神话中的仙山。《山海经·西山经》："又西二百二十里曰三危之山，三青鸟居之。"

[15] 朝，王逸《楚辞章句》："朝，召也。"西灵，西方的神。九滨，九曲水滨。谓召西方之神会于大海九曲之滨。

[16] 结，王逸《楚辞章句》："结，旋也。"轸，车后横木，这里指车。

[17] 飞谷，神话中飞泉之谷。王逸《楚辞章句》："日所行道也。"

[18] 绝，横绝。都广，神话中的地名。王逸《楚辞章句》："都广，野名也。《山海经》曰：'都广在西南，其城方三百里，盖天地之中也。'"直指，直向前。

[19] 历，经过。祝融，洪兴祖《楚辞补注》："南海之神曰祝融。"朱冥，《庄子·逍遥游》："南冥者，天池也。"朱，南方色，故云朱冥。谓经过祝融之神于朱冥之野。

[20] 枉，回转。玉衡，饰以玉的车辕前的横木。这里指车。炎火，神话中的山名。谓从炎火山转车。

[21] 委，曲。馆，舍。咸唐，王逸《楚辞章句》："咸唐，咸池。"两馆咸唐，曲意两次在咸池止宿。

[22] 澒濛（hòng méng 哄蒙），宇宙未形成之前的混沌之气。竭（jiē 皆），离去。

[23] 维，系。扶桑，神木名。谓穿过混沌之气而东去，系六龙于扶桑之木。

[24] 征，召。九神，九魁，谓北斗九星。回极，王逸《楚辞章句》："回，旋也。极，中也。"谓征召北斗九星会于天之中。

[25] 虹采、招指，王逸《楚辞章句》："虹，采旗也。招指，指麾也。"谓会北极之星，举虹旗指麾四方。

[26] 玄鹤，黑鹤。鹪明，神鸟、凤凰之类。从玄鹤、鹪明，即玄鹤、鹪明跟从。

[27] 孔鸟，孔雀。

[28] 鹄，天鹅。瑶光，洪兴祖《楚辞补注》："瑶光，北斗杓星也。"谓群鹄飞腾于北斗杓星之间。

[29] 排，推开。罗囿，王逸《楚辞章句》："罗囿，天苑。"推开天宫入天苑。

[30] 县圃，昆仑山之巅曰县圃，上通于天，传说神仙所居。眩灭，《说文》："眩，目无常主也。""灭，尽也。"即目眩魂消。登县圃山而望，则目眩魂消。

[31] 杂，合，配合。系玉枝合玉佩。

[32] 长庚，星名。长庚继日，王逸《楚辞章句》："立长庚之星，以继日光，昼夜长行。"

[33] 凌，凌驾。轶，超轶。谓乘驾惊雷追逐闪电。

[34] 缀，王逸《楚辞章句》："缀，系也。"即束缚，捆绑。鬼谷，众鬼所居，这里指众鬼。北辰，北极星。谓系众鬼于北极星。

[35] 风伯，风神。鞭策风神开路。

[36] 灵玄，王逸《楚辞章句》："灵玄，玄帝也。"传说北方之帝，即黑帝。虞渊，王逸《楚辞章句》："日所入也。"《淮南子·天文训》："日至于虞渊，是谓黄昏。"神话日落之处。

[37] 溯，逆流而上。溯高风，迎着高风。低徊，徘徊。

[38] 朔方，北方。周遍流行于北方。

[39] 颛顼，古帝名，相传是黄帝之孙。

[40] 玄冥，王逸《楚辞章句》："玄冥，太阴之神，主刑杀也。"空桑，山名。王逸《楚辞章句》："考问玄冥之神于空桑之山，何故害贤也。"

[41] 旋车，回转车。崇山，王逸《楚辞章句》："驩兜所放山也。"

[42] 苍梧，舜葬苍梧之野。谓去崇山见驩兜，至苍梧告诉圣舜。

[43] 杨舟，杨木舟。会稽，山名。

[44] 申，申诉。胥，伍子胥。就五湖之中向伍子胥申诉。以上陈词颛顼，考问玄冥，启奏虞舜，就申子胥，都是倾诉自己遭谗被放之不平和痛苦。

[45] 南郢流风，指郢都流行之腐败政治风气。

[46] 殒，死亡，坠落。谓自己甘心沉于沅湘。

[47] 黯黮（dàn 旦），王逸《楚辞章句》："黯黮，不明貌也。"

[48] 未央，未尽。

[49] 被离，与披离同义，挑拨离间。谓忌妒者挑拨离间。之，指代兰茝。

[50] 绛，大赤色。帷，帷幕。襜（chān 搀）襜，摇动的样子。

[51] 邑邑，王逸《楚辞章句》："邑邑，微弱貌也。言君张朱帷，襜襜鲜明，宜与贤者共处其中，而政令微弱，适以自蔽者也。"

[52] 暾（tūn 吞）暾，明亮，炽盛。西舍，犹西下。

[53] 焱（yàn 彦）焱，光彩闪烁的样子。谓太阳明亮炽盛即将西降，其余光尚闪烁而欲回还。以喻自己年已衰老，仍想还归故乡。

[54] 须臾，叠韵字，同"逍遥"，音之转。即《离骚》"聊须臾以相羊"的须臾。

[55] 骚骚，烦忧的样子。谓自己年命不长，且假日游戏逍遥，何必愁思如故呢？

[56] 汎淫，漂浮。这里形容云浮泛不定。澒溶，水深广的样子，这里指云层的浓厚。

[57] 潺湲，水流的样子。轇轕（jiāo gé 蛟格），参差纵横。

[58] 馺（sà 飒），《说文》："马行相及也。"马行迅疾的样子。翋高举，联翩高举。王逸《楚辞章句》："言蛟龙升天，其形潺湲，若水之流，纵横轇轕，遂乘雷电而高举也。"

[59] 虚，天空。冥，指天之高远，如青冥、苍冥。

[60] 沛，一作"弃"。谓龙登虚无，凌清冥，弃浊秽，浮清气，而入天帝之宫。

[61] 翘（qiáo 桥），鸟尾的长羽毛，这里指龙尾。谓龙既升天，奋摇翘羽，驰使风雨，遨游于无穷之太空。

九　思

《九思》是王逸所作。王逸是东汉文学家，据《后汉书·文苑传》，他字叔师，南郡宜城（今湖北宜城市）人。安帝元初中为校书郎，顺帝时为侍中。所著《楚辞章句》是最早的《楚辞》注本。另有诗、赋、诔、书、论、杂文之作，多亡佚。今存《九思》，《楚辞章句》题"汉侍中南郡王逸叔师作"，则当作于汉顺帝时。

《九思》之作，他于《序》中说："逸与屈原同土共国，悼伤之情与凡有异。窃慕向、褒之风，作颂一篇，号曰《九思》，以裨其辞。未有解说，故聊叙训谊焉。"文章吟咏屈原的事迹，乃代屈原抒发忧愤之情。关于本篇的注释，洪兴祖《楚辞补注》云："逸不应自为注解，恐其子延寿之徒为之尔。"

逢　尤

悲兮愁，哀兮忧。
天生我兮当阇时[1]，被诼谮兮虚获尤[2]。
心烦愦兮意无聊[3]，严载驾兮出戏游[4]。
周八极兮历九州[5]，求轩辕兮索重华[6]。

世既卓兮远眇眇[7]，握佩玖兮中路躇[8]。
羡咎繇兮建典谟[9]，懿风后兮受瑞图[10]。
愍余命兮遭六极[11]，委玉质兮于泥涂[12]。
遽傽遑兮驱林泽[13]，步屏营兮行丘阿[14]。
车轨折兮马虺颓[15]，惷怅立兮涕滂沲[16]。
思丁文兮圣明哲，哀平差兮迷谬愚[17]。
吕傅举兮殷周兴，忌嚭专兮郢吴虚[18]。
仰长叹兮气噎结[19]，悒殟绝兮咶复苏[20]。
虎兕争兮于廷中[21]，豺狼斗兮我之隅[22]。
云雾会兮日冥晦，飘风起兮扬尘埃。
走鬯罔兮乍东西[23]，欲窜伏兮其焉如[24]？
念灵闺兮隩重深[25]，愿竭节兮隔无由[26]，
望旧邦兮路逶随[27]，忧心悄兮志勤劬[28]。
魂茕茕兮不遑寐[29]，目眽眽兮寤终朝[30]。

[1] 阇时，昏暗时代。

[2] 诼谮，毁谤诬陷。虚，无事实根据。获尤，遭受罪过。

[3] 烦愦（kuì 愧），心烦意乱。

[4] 严，紧急。紧急出游，所以消释忧愤。

[5] 八极，八方极远的地方，《淮南子 · 地形训》："八纮之外，乃有八极。"九州，古代中国设立九个州，即冀、豫、雍、扬、兖、徐、梁、青、荆。后来九州泛指中国。

[6] 轩辕，即黄帝，居于轩辕之丘，因称轩辕。重华，古帝舜，名重华。

[7] 卓，王逸《楚辞章句》："卓，远也。"眇眇，遥远的样子。

[8] 玖，黑色像玉的美石。躇，犹踌躇，即徘徊、犹豫。谓欲求访前圣，但前圣时代遥远而不可得，因此手握玉佩中途徘徊不进。

[9] 咎繇，即皋陶。典谟，制度谋略。或谓取义于《尚书》的《尧典》、《皋陶谟》。

[10] 懿，美词。风后，相传是黄帝相。瑞图，祥瑞的图书，王逸《楚辞章句》：“风后，黄帝师，受天瑞者也。”谓自己羡慕皋陶之建立典谟，称美风后之受天瑞。

[11] 慜，忧伤。六极，六种凶险的事，《尚书·洪范》：“六极，一曰凶短折，二曰疾，三曰忧，四曰贫，五曰恶，六曰弱。”

[12] 委玉质泥涂，谓自己被放逐，犹被弃泥涂之中。

[13] 倖遑，惊慌失措的样子。洪兴祖《楚辞补注》：“《集韵》：‘倖徨，行不正。’”

[14] 屏营，惶恐的样子。丘阿，曲隅、曲处。谓惶恐地驱驰向荒林水泽，奔走于山丘曲隅。

[15] 轨（yuè 悦），车辕前端与车衡衔接处的销钉。这里指车辕。虺（huī 灰）颓，疲病的样子。由于奔走驰骋，而车折马病。

[16] 惷（chōng 充），王逸《楚辞章句》：“一作惆，一作怊。”都是失意的样子。由于失意忧伤而涕泪滂沱。

[17] 丁，指商王武丁。文，指周文王。平，指楚平王。差，指吴王夫差。

[18] 吕，即吕望。傅，即傅说。忌，楚大夫费无忌。嚭，吴大夫宰嚭。谓商王武丁举傅说，周文王用吕望，贤臣辅明君，殷周所以兴；楚平王信费无忌，吴王夫差任宰嚭，佞臣谗阍主，楚吴所以为丘虚。

[19] 噎（yē 耶），气闷。噎结，气塞咽喉。

[20] 悒，忧郁。殟（wēn 温）绝，突然昏迷。咶（huài 坏），喘息。谓忧郁愤怒以致死而复苏。

[21] 兕（sì 四），犀牛。

[22] 隅，王逸《楚辞章句》：“隅，旁也。”虎兕争、豺狼斗，以喻奸佞之臣的互相争斗。

[23] 鬯（chàng 畅），洪兴祖《楚辞补注》：“距也，蹋也。”走鬯罔，走投无路的样子。

[24] 窜伏，逃匿隐藏。如，往。焉往，向何处逃匿。

[25] 灵，谓怀王。灵闺，王逸《楚辞章句》：“谓怀王闺阁也。”即怀王宫殿。隩（ào 奥），一作“奥”。深的意思。隩重深，谓宫殿深而又深，不得通达。

[26] 竭节，竭尽忠诚。隔无由，无理受阻。

[27] 逶随，王逸《楚辞章句》："逶随，迂远也。"曲折遥远。

[28] 悄，王逸《楚辞章句》："悄，犹惨也。"劬（qú 瞿），勤劳。志勤劬，心志修炼不止，引申为心志不变。

[29] 茕茕，孤独的样子。遑（huáng 皇），闲暇，不遑寐，没有闲暇睡觉。

[30] 脈（mò 沫）脈，凝视的样子。寤终朝，王逸《楚辞章句》："终朝，自旦及夕，言通夜不能瞑也。"

怨　上

令尹兮謷謷[1]，群司兮譨譨[2]。
哀哉兮淈淈[3]，上下兮同流。
菽藟兮蔓衍[4]，芳虈兮挫枯[5]。
朱紫兮杂乱[6]，曾莫兮别诸[7]。
倚此兮岩穴[8]，永思兮窈悠[9]。
嗟怀兮眩惑[10]，用志兮不昭[11]。
将丧兮玉斗，遗失兮钮枢[12]。
我心兮煎熬，惟是兮用忧[13]。
进思兮仇荀[14]，复顾兮彭务[15]。
拟斯兮二踪[16]，未知兮所投[17]。
谣吟兮中野[18]，上察兮璇玑[19]。
大火兮西睨[20]，摄提兮运低[21]。
雷霆兮硠礚[22]，雹霰兮霏霏[23]。
奔电兮光晃[24]，凉风兮怆悽。
鸟兽兮惊骇，相从兮宿栖。
鸳鸯兮噰噰[25]，狐狸兮徽徽[26]。
哀吾兮介特[27]，独处兮罔依。

蝼蛄兮鸣东[28]，蟊蠹兮号西[29]。
蛓缘兮我裳[30]，蠋入兮我怀[31]。
虫豸兮夹余[32]，惆怅兮自悲。
伫立兮忉怛[33]，心结縎兮折摧[34]。

[1] 令尹，王逸《楚辞章句》："令尹，楚官掌政者也。"春秋时楚国最高的官职。謷（áo 敖）謷，王逸《楚辞章句》："謷謷，不听话言而妄语也。"

[2] 群司，王逸《楚辞章句》："群司，众僚。"即文武百官。譨（nóng 农）譨，洪兴祖《楚辞补注》："多言也。"王逸《楚辞章句》："言皆竞于佞也。"

[3] 淈（gǔ 鼓）淈，流浊的样子。王逸《楚辞章句》："一国并乱也。"

[4] 菽藟（lěi 垒），小草。蔓衍，广泛滋长延伸。

[5] 芳虈，香草名。挫枯，王逸《楚辞章句》："挫枯，弃不用也。"

[6] 朱紫，谓间色乱正色。《论语·阳货》："恶紫之夺朱也。"《集解》："朱，正色；紫，间色之好者。恶其以邪好而乱正色。"后代以朱紫喻正邪、是非、优劣等。

[7] 莫，无人。诸，代词，之。王逸《楚辞章句》："君不识贤，使紫夺朱，世无别知之者。"

[8] 倚此岩穴，独倚此深山岩洞。

[9] 窈悠，指道路遥远。谓思君念国而路途悠远。

[10] 怀，谓怀王。眩惑，迷乱。指怀王为诸佞臣所蒙蔽。

[11] 用志，行忠信之志的人。不昭，不能彰显。

[12] 玉斗、钮枢，王逸《楚辞章句》："钮枢、玉斗，皆所宝者。"丧玉斗，失钮枢，以喻放逐贤能之士。

[13] 惟，思。是，代词，指代放逐贤能之士。用忧，因此忧愁。

[14] 仇荀，洪兴祖《楚辞补注》："仇荀，谓仇牧、荀息。"《左传·庄公十二年》："宋万弑其君捷，及大夫仇牧。"《僖公十年》："晋里克弑晋君卓，及大夫荀息。"

[15] 彭务，王逸《楚辞章句》："彭，彭咸；务，务光。皆古介士，耻受污

辱，自投于水而死也。”

[16] 拟，则，效法。二踪，彭咸、务光二人的踪迹。谓愿效彭务之行迹，自沉江中。

[17] 未知所投，不知投向何方。

[18] 谣吟中野，谓未得死所，且彷徨吟咏于荒野。

[19] 璇玑，北斗魁第四星。

[20] 大火，即心星，一年中自秋季开始，向西流，故又称流火。睨（nì 逆），斜视。

[21] 摄提，星名，《史记·天官书》：“大角者，天王帝廷，其两旁各有三星，鼎足句之，曰摄提。”属亢宿，共六星，位于大角星两侧，左三星曰左摄提，右三星曰右摄提。运低，指摄提星运行向下，表明时当夜半。王逸《楚辞章句》：“璇玑天中，故先察之。大火西流，摄提运下，夜分之候。愁思不寐，起视星辰，以解戚者也。”

[22] 硠磕（láng kē 郎颗），雷声。司马相如《子虚赋》：“礧石相击，硠硠磕磕，若雷霆之声。”以石相击，声若雷霆。这里直用作雷声。

[23] 霰（xiàn 线），小雪珠。霏霏，纷飞的样子，《诗经·小雅·采薇》：“今我来思，雨雪霏霏。”

[24] 光晃，电光耀眼。

[25] 噰（yōng 佣）噰，和鸣声。

[26] 黴（méi 眉）黴，相随的样子。

[27] 介特，耿直孤独。

[28] 蝼蛄，一种昆虫，雄者能鸣，昼常穴居土中，夜出飞翔。

[29] 蟊（máo 毛），食草根的昆虫。蠽（jié 节），茅蜩，似蝉而小，青色。

[30] 螆（cì 伺），洪兴祖《楚辞补注》：“《说文》云：‘毛虫有毒，螫人。’”

[31] 蠋（zhú 竹），蛾蝶一类的幼虫。

[32] 虫豸（zhì 志），有足叫做虫，无足叫做豸。夹余，夹攻我。王逸《楚辞章句》：“言已独处山野，与众虫为伍，心悲感也。”

[33] 伫，停。忉怛（dāo dàn 刀旦），忧伤的样子。

[34] 絠（gǔ 骨），洪兴祖《楚辞补注》：“絠，结也。”结絠，即郁结。折摧，即摧折，悲痛沮丧。谓内心郁结而悲痛。

疾 世

周徘徊兮汉渚[1]，求水神兮灵女[2]。
嗟此国兮无良[3]，媒女诎兮謰謱[4]。
鴳雀列兮譁讙[5]，鸲鹆鸣兮聒余[6]。
抱昭华兮宝璋[7]，欲衒鬻兮莫取[8]。
言旋迈兮北徂[9]，叫我友兮配耦。
日阴曀兮未光[10]，阒睄窕兮靡睹[11]。
纷载驱兮高驰[12]，将谘询兮皇羲[13]。
遵河皋兮周流[14]，路变易兮时乖[15]。
濿沧海兮东游[16]，沐盥浴兮天池[17]。
访太昊兮道要[18]，云靡贵兮仁义。
志欣乐兮反征[19]，就周文兮邠岐[20]。
秉玉英兮结誓[21]，日欲暮兮心悲[22]。
惟天禄兮不再[23]，背我信兮自违[24]。
踰陇堆兮渡漠[25]，过桂车兮合黎[26]。
赴崑山兮馽騄[27]，从邛遨兮栖迟[28]。
吮玉液兮止渴[29]，齧芝华兮疗饥[30]。
居嵺廓兮尠畴[31]，远梁昌兮几迷[32]。
望江汉兮濩渃[33]，心紧絭兮伤怀[34]。
时咄咄兮旦旦[35]，尘莫莫兮未晞[36]。
忧不暇兮寝食[37]，吒增叹兮如雷[38]。

[1] 汉渚，汉水之滨。

[2] 灵女，水中神女。

[3] 此国，即楚国。

[4] 诎，拙。謰謱（lián lóu 连楼），洪兴祖《楚辞补注》：“謰謱，语乱也。”

[5] 鴳（yàn 宴）雀，鹑类、小鸟。譁讙（huān 欢），犹喧哗。

[6] 鸲鹆（qú yù 瞿玉），即八哥。聒，喧扰。聒余，喧扰我。以喻小人列位，竞为谄佞，声音聒耳。

[7] 昭华，玉名。洪兴祖《楚辞补注》：“《淮南》云：‘尧赠舜以昭华之玉。’”宝，动词，珍藏。璋，一种形如半圭的玉器。

[8] 衒鬻（xuàn yù 眩玉），夸耀货色以求出售。莫，代词，无人。谓抱玉怀圭欲出售，而无人买。以喻自己竭忠信而不见用。

[9] 言，句首助词。旋，顷刻，不久。徂，往。谓自己不见用，并呼唤好友为伴。

[10] 曀（yì 义），阴暗。

[11] 阒（qù 去），空寂。睄（shào 少）窕，王逸《楚辞章句》：“幽冥也。”昏暗深远的样子。靡睹，看不清。

[12] 纷，首句助词。《诗经 · 小雅 · 皇皇者华》：“载驰载驱，周爰咨询。”是此二句所本。

[13] 谘询，访问。皇羲，即伏羲。

[14] 河皋，河岸，河边。

[15] 时乖，谓与伏羲时代背离。

[16] 濿，渡水。

[17] 沐，洗发。盥（guàn 贯），洗手。浴，洗身。天池，王逸《楚辞章句》：“天池，则沧海也。”

[18] 太昊（hào 浩），王逸《楚辞章句》：“太昊，东方青帝也。”道要，天道之要务。谓访太昊问天道之要，太昊说没有比仁义更贵重的了。

[19] 反征，上句说东游，这里说反征便是西行。

[20] 就，动词，趋向。周文，周文王。邠（bīn 宾），在今陕西省邠州市。岐，在今陕西省岐山县东北。都是周朝的领土。谓听说唯仁义为贵，因此欣喜地又回还向西方，求教周文王。

[21] 玉英，玉的精华。以玉英为见面礼物与文王约信。

[22] 日欲暮，以喻年将老。心悲，心中悲不见用。

[23] 天禄，天赐的福禄。天禄不再，福禄不再来。

[24] 背我信自违，若背我诚信，是违已心。

[25] 陇堆，王逸《楚辞章句》："陇堆，山名。"漠，沙漠。

[26] 桂车、合黎。王逸《楚辞章句》："桂车、合黎，皆西方山之名。"

[27] 崑山，即昆仑山。馽（zhí 直），洪兴祖《楚辞补注》："馽，绊马也。"騄（lù 路），洪兴祖注以为騄耳。这里馽騄并举，都是良马。

[28] 邛（qióng 穷），王逸《楚辞章句》："邛，兽名。"遨，游。栖迟，游息。谓渡陇堆，过桂车、合黎，至昆仑，取骏马，并从邛遨游栖息。

[29] 吮，用口含吸。玉液，王逸《楚辞章句》："琼蘂之精气。"

[30] 齧，咬。芝华，灵芝的花。

[31] 嵺（liáo 辽）廓，王逸《楚辞章句》："嵺廓，空洞而无人也。"尠，少。畴，匹。

[32] 梁昌，王逸《楚辞章句》："梁昌，陷据失所也。"即进退无据。谓独处深山，进退失据而颠倒迷惑。

[33] 江汉，长江、汉水。濩渃（huò ruò 获若），王逸《楚辞章句》："濩渃，大貌也。还见江、汉水大也。"

[34] 紧絭（juàn 倦），王逸《楚辞章句》："紧絭，纠缭也。"洪兴祖《楚辞补注》："缠绵也。"谓望故乡心纠缭而悲伤。

[35] 昢（pò 破）昢，天方明时，光尚微弱。旦旦，将旦，即日将出。

[36] 尘，这里谓雾，莫莫，王逸《楚辞章句》："莫莫，合也。"尘雾聚集的样子。晞，犹消散。

[37] 不暇寝食，即废寝忘餐。

[38] 吒（zhà 炸），愤怒声。谓愤怒叹息之声如雷。

悯　上

哀世兮睩睩[1]，谗谗兮嗌喔[2]。
众多兮阿媚[3]，骩靡兮成俗[4]。
贪枉兮党比[5]，贞良兮茕独[6]。
鹄窜兮枳棘[7]，鹈集兮帷幄[8]。

蒻蓱兮青葱[9]，槀本兮萎落[10]。
睹斯兮伪惑[11]，心为兮隔错[12]。
逡巡兮圃薮[13]，率彼兮畛陌[14]。
川谷兮渊渊[15]，山阜兮峉峉[16]。
丛林兮崯崯[17]，株榛兮岳岳[18]。
霜雪兮漼溰[19]，冰冻兮洛泽[20]。
东西兮南北，罔所兮归薄[21]。
庇荫兮枯树[22]，匍匐兮岩石[23]。
踡跼兮寒局数[24]，独处兮志不申，年齿尽兮命迫促[25]。
魁垒挤摧兮常困辱[26]，含忧强老兮愁不乐[27]。
须发苎颜兮颢鬓白[28]，思灵泽兮一膏沐[29]。
怀兰英兮把琼若[30]，待天明兮立踯躅。
云蒙蒙兮电儵烁[31]，孤雌惊兮鸣呴呴[32]。
思怫郁兮肝切剥[33]，忿悁悒兮孰诉告[34]。

[1] 睩（lù 路）睩，王逸《楚辞章句》："睩睩，视貌，贤人不用，小人持势也。"洪兴祖《楚辞补注》："目眎谨也。"即谨视的样子。谓可悲的是世俗看人畏惧谨慎。

[2] 谗（jiàn 贱）谗，王逸《楚辞章句》："谗谗，窃言。"巧言善辩，进谗言的样子。嗌喔（yì wò 义沃），王逸《楚辞章句》："嗌喔，容媚之声。"恭维奉承的腔调。

[3] 阿，曲从，依顺。媚，逢迎。谓众人多喜欢曲从逢迎。

[4] 骫（wěi 伟）靡，王逸《楚辞章句》："委靡，面柔也。"委随的样子。

[5] 贪枉，贪残邪恶之辈。党比，朋比为奸。

[6] 贞良，忠贞贤良之人。茕独，孤独。

[7] 鹄，天鹅。枳（zhǐ 指）棘，枳木和棘木。

[8] 鹈（tí 啼），即鹈鹕，水鸟。帷幄，宫室中的帷幕。王逸《楚辞章句》："言大人处卑贱，小人在尊位也。"

[9] 蒴蒘(jí rú 即如),都是草名。青葱,葱绿色。王逸《楚辞章句》:“见养有光色也。”

[10] 槀本,香草名,萎落,枯谢。王逸《楚辞章句》:“喻贤愚易所。”

[11] 伪惑,欺诈惑乱。

[12] 隔错,王逸《楚辞章句》:“隔错,失其性也。”谓目睹这些欺诈惑乱的现象,感到失其本来的心性。

[13] 逡巡,迟疑徘徊。圃薮,种植果树瓜菜和生长野草的园地。

[14] 率,遵循。畛(zhěn 枕)陌,田间小路。

[15] 渊渊,渊深的样子。

[16] 峉(é 娥)峉,山高大的样子。

[17] 崟(yín 银)崟,繁茂的样子。

[18] 株,草木。榛,丛木。岳岳,挺立的样子。

[19] 漼溰(cuǐ yí 璀移),积聚的样子。

[20] 洛泽,也写作“洛泽”,结冰的样子。

[21] 罔,无。所,处。薄,近,附。谓走遍东西南北,无所依附。

[22] 庇荫,覆盖、保护。庇荫枯树,即在枯树下栖身。

[23] 匍匐,伏地而行。匍匐岩石,即隐伏于岩洞。

[24] 踡跼(quán jū 泉居),屈曲,不能伸直。寒局数,王逸《楚辞章句》:“一云踡跼兮寒风数。”洪兴祖《楚辞补注》:“数,音促。”即迫促。此句前后有脱文,只剩此六字,谓自己蜷缩于寒风之中。

[25] 命迫促,寿命短促。

[26] 魁垒,洪兴祖《楚辞补注》:“魁垒,盘结也。”挤摧,王逸《楚辞章句》:“挤摧,折屈也。”谓命运坎坷常受困辱。

[27] 强老,王逸《楚辞章句》:“愁早老曰强。”谓担忧年老而愁苦。

[28] 苎(zhù 伫)、颔、颤(piāo 漂),洪兴祖《楚辞补注》:“苎,草乱也。颔,颇颔也。颤,发乱也。”谓须发蓬乱两鬓斑白。

[29] 灵泽,王逸《楚辞章句》:“灵泽,天之膏润也。盖喻德政也。”膏沐,妇女用以润泽头发的油脂。

[30] 兰英,兰花。琼若,如玉的杜若。

[31] 儵烁,闪烁。

[32] 雌,王逸《楚辞章句》:“雌,一作雏。”呴(gòu 垢)呴,鸟鸣声。

[33] 怫郁，愤懑。肝切剥，肝胆欲裂。

[34] 悁悒（yuān yì 冤义），忧郁。谓心中的愤怒忧郁向谁诉说。

遭厄

悼屈子兮遭厄，沈玉躬兮湘汨[1]。
何楚国兮难化[2]，迄于今兮不易[3]。
士莫志兮羔裘[4]，竞佞谀兮谗阋[5]。
指正义兮为曲，訿玉璧兮为石[6]。
鸱雕游兮华屋[7]，鵔鸃栖兮柴蔟[8]。
起奋迅兮奔走，违群小兮謑訽[9]。
载青云兮上升，适昭明兮所处[10]。
蹑天衢兮长驱[11]，踵九阳兮戏荡[12]。
越云汉兮南济[13]，秣余马兮河鼓[14]。
云霓纷兮晻翳[15]，参辰回兮颠倒[16]。
逢流星兮问路，顾我指兮从左[17]。
侹娵觜兮直驰[18]，御者迷兮失轨[19]。
遂踢达兮邪造[20]，与日月兮殊道[21]。
志阏绝兮安如[22]，哀所求兮不耦[23]。
攀天阶兮下视[24]，见鄢郢兮旧宇[25]。
意逍遥兮欲归，众秽盛兮杳杳[26]。
思哽饐兮诘诎[27]，涕流澜兮如雨[28]。

[1] 玉躬，犹玉体。

[2] 化，教化。难化，难以教化。

[3] 不易，指政教荒废，不可改变。

[4] 莫，代词，无人。羔裘，古代诸侯以羔裘为朝服。这里指富贵的官职。

[5] 阋(xì 细),争斗。谗阋,为进谗言而争斗。谓士人没有不追求富贵,竞相谄媚取宠为进谗言而争斗。

[6] 訿(zǐ 子),訾毁,说坏话。

[7] 鸡,一作"鹘"(gǔ 骨),鸷鸟,能伏击鸠鸽。雕,一种猛禽。

[8] 鵔鸃(jùn yí 峻仪),有文彩的赤雉。蔟(cù 促),同簇,丛聚。柴蔟,即木柴聚集处。

[9] 违,离开。謑訽(xǐ gòu 玺垢),辱骂。谓自己要奋起奔走,避开群小的辱骂。

[10] 昭明,王逸《楚辞章句》:"昭明,日晖。""终无所舒情,故欲乘云升天,就日处矣。"

[11] 天衢,天街。衢,四通八达的道路。

[12] 踵(zhǒng 肿),追逐。九阳,王逸《楚辞章句》:"九阳,日出处也。"戏荡,放纵游戏。谓在天街上驰骋,在日出处游戏。

[13] 云汉,银河。南济,南渡。

[14] 秣(mò 漠),喂养。河鼓,王逸《楚辞章句》:"河鼓,牵牛别名。"洪兴祖《楚辞补注》:"《晋志》曰:'河鼓三星,在牵牛北。'"

[15] 晻(ǎn 俺)翳,遮蔽。指遮蔽日光。

[16] 参辰,二星宿名。辰星也叫商星。参在西方,辰在东方,此出彼没,永不相见。颠倒,参辰运转颠倒。

[17] 顾我指,回头看我指出从左方向。

[18] 侄,通"径",小路。娵觜(zōu zī 邹兹),又作诹訾,星次名,其位置相当于现代天文学上黄道十二宫中的双鱼宫。

[19] 失轨,迷失轨道。谓途经娵觜星次而奔驰,车夫偏离轨道而迷失方向。

[20] 遂,终究。踢(tī 梯)达,错过。造,就,往。邪造,不由正道。

[21] 与日月殊道,谓驱车乱走,不由正道,与日月的方向背离。

[22] 阏(è 厄),遮壅,阻塞。如,往。

[23] 耦,合。谓心志壅塞向何处去?可叹所求者得不到耦合。

[24] 天阶,星名,《晋书·天文志上》:"三台为天阶,太一蹑以上下。"

[25] 鄢郢,王逸《楚辞章句》:"鄢郢,楚都也。言上天所求不得,意欲还,下视见旧居也。"

[26] 众秽,以喻谗佞之人。杳杳,深远昏暗的样子。

[27] 哽饐,同"哽咽",悲泣而气结喉塞。诘诎(jié qū 洁曲),屈曲,曲折。泣不成声而内心冤屈。

[28] 流澜,散布。涕泪散布如雨。

悼乱

嗟嗟兮悲夫[1],殽乱兮纷挐[2]。
茅丝兮同综[3],冠屦兮共絇[4]。
督万兮侍宴[5],周邵兮负刍[6]。
白龙兮见射[7],灵龟兮执拘[8]。
仲尼兮困厄[9],邹衍兮幽囚[10]。
伊余兮念兹[11],奔遁兮隐居[12]。
将升兮高山,上有兮猴猿。
欲入兮深谷,下有兮虺蛇。
左见兮鸣鵙[13],右睹兮呼枭[14]。
惶悸兮失气[15],踊跃兮距跳[16]。
便旋兮中原[17],仰天兮增叹。
菅蒯兮野莽[18],雚苇兮仟眠[19]。
鹿蹊兮躖躖[20],貒貉兮蟫蟫[21]。
鹯鹞兮轩轩[22],鹑鹌兮甄甄[23]。
哀我兮寡独[24],靡有兮齐伦[25]。
意欲兮沉吟[26],迫日兮黄昏[27]。
玄鹤兮高飞,曾逝兮青冥[28]。
鸧鹒兮喈喈[29],山鹊兮嘤嘤[30]。
鸿鸬兮振翅[31],归雁兮于征[32]。
吾志兮觉悟[33],怀我兮圣京[34]。

垂屣兮将起[35]，跓竢兮硕明[36]。

[1] 嗟嗟，叹词，《诗经·周颂·臣工》："嗟嗟臣工。"

[2] 殽（xiáo 崤）乱，错杂混乱。纷挐（rú 如），牵持杂乱。王逸《楚辞章句》："君任佞巧，竟疾忠信，交乱纷挐也。"

[3] 茅，茅草。丝，蚕丝。综，丝缕经线与纬线交织曰综。

[4] 屦（jù 具），鞋子。絇（qú 瞿），鞋头上的装饰，鞋梁上有孔，可以穿结鞋带。谓茅草与蚕丝一起编织，礼帽与鞋子共同装饰。

[5] 督万，王逸《楚辞章句》："华督、宋万二人，宋大夫，皆弑其君者也。"侍宴，侍从君王的宴会。

[6] 周邵，即周公、邵公。负刍，担荷柴薪。谓楚王使忠良如周公、邵公者负刍，而令弑君如华督、宋万者侍宴。

[7] 白龙，灵物，洪兴祖《楚辞补注》："河伯化为白龙，羿射之，眇其左目。"

[8] 灵龟，神物。灵龟执拘，洪兴祖《楚辞补注》："神龟见梦于宋元君，曰：'予为清江使河伯之所，渔者余且得予。'"

[9] 仲尼困厄，圣人孔子受穷困于陈、蔡。

[10] 邹衍幽囚，贤人邹衍，为佞邪所摄，被囚于齐国。

[11] 伊，句首助词。兹，此。念兹，想到这些。

[12] 奔遁隐居，奔逃隐身，以避祸。

[13] 鶪（jú 局），伯劳，又叫䴗鴂。

[14] 枭（xiāo 消），即鸮，俗称猫头鹰。

[15] 惶悸，惊惧。失气，王逸《楚辞章句》："失气，晻然而将绝。"即惊恐得气欲绝。

[16] 踊跃、距跳，犹《左传·僖公二十八年》的"距跃"、"曲踊"。顾炎武《补正》："距跃，为直跳。曲踊，为横跳。"谓横直跳跃以抒泄愤懑。

[17] 便旋，立刻转身。中原，原野中。

[18] 菅（jiān 兼），草的一种，又称菅茅、苞子草。蒯（kuǎi 扌乚），草的一种，多年生长。野莽，荒野草木丛生。

[19] 雚（guàn 惯），草的一种。仟眠，茂密的样子。

[20] 鹿蹊，鹿走的蹊径。躖（tuán 团）躖，洪兴祖《楚辞补注》：“《说文》：‘禽兽所践处也。’”行走迅速的样子。

[21] 貒（tuān 湍），野猪。貉（hé 合），像狸的一种动物。蟫（yín 银）蟫，王逸《楚辞章句》：“相随之貌。”

[22] 鸇（zhān 沾），猛禽。鹞（yào 要），也是猛禽，似鹰而较小。轩轩，高举的样子。

[23] 鹑鹌，俗称鹌鹑，头小尾秃，像鸡雏。甄甄，王逸《楚辞章句》：“小鸟飞貌。”

[24] 寡独，孤独。

[25] 齐，偶。伦，同“辈”。靡有齐伦，即没有伴侣。

[26] 沉吟，犹豫不决。

[27] 迫日黄昏，王逸《楚辞章句》：“望又促暮，当栖宿也。”

[28] 青冥，即太清，天空。

[29] 鸧鹒，即黄莺，也叫黄鹂。喈喈，鸟鸣声。

[30] 山鹊，即喜鹊。嘤（yīng 英）嘤，鸟鸣声。

[31] 鸬（lú 芦），即鸬鹚，一种水鸟，形似鸦而稍大。鸿鸬，大鸬。振翅，将要飞翔。

[32] 于，助词。征，远行。

[33] 觉悟，醒悟。

[34] 圣京，即郢都。怀我圣京，怀念圣京郢都。

[35] 屣（xǐ），鞋子。垂屣，拖着鞋子。将起，将起身而去。

[36] 跓（zhù 住），伫立。竢（sì 四），同“俟”，等待。硕，一作“须”。谓伫立以待天明。

伤　时

惟昊天兮昭灵[1]，阳气发兮清明[2]。
风习习兮和暖，百草萌兮华荣。
堇荼茂兮扶疏[3]，蘅芷彫兮莹嫇[4]。
愍贞良兮遇害[5]，将夭折兮碎糜[6]。

时混混兮浇饡[7]，哀当世兮莫知[8]。
览往昔兮俊彦[9]，亦诎辱兮系累[10]。
管束缚兮桎梏[11]，百贸易兮傅卖[12]。
遭桓缪兮识举[13]，才德用兮列施[14]。
且从容兮自慰，玩琴书兮游戏。
迫中国兮迮陿[15]，吾欲之兮九夷[16]。
超五岭兮嵯峨[17]，观浮石兮崔嵬[18]。
陟丹山兮炎野[19]，屯余车兮黄支[20]。
就祝融兮稽疑[21]，嘉己行兮无为[22]。
乃回朅兮北逝[23]，遇神孈兮宴娭[24]。
欲静居兮自娱，心愁戚兮不能。
放余辔兮策驷[25]，忽飙腾兮浮云[26]。
蹠飞杭兮越海[27]，从安期兮蓬莱[28]。
缘天梯兮北上，登太一兮玉台[29]。
使素女兮鼓簧[30]，乘戈和兮讴谣[31]。
声噭誂兮清和[32]，音晏衍兮要婬[33]。
咸欣欣兮酣乐，余眷眷兮独悲[34]。
顾章华兮太息[35]，志恋恋兮依依[36]。

[1] 昊天，王逸《楚辞章句》："昊天，夏天也。"昭，光明。灵，神灵。谓夏天光明神灵。

[2] 阳气，对阴气而言，《释名·释天》："阴，荫也，气在内奥荫也；阳，扬也，气在外发扬也。"谓阳气发扬而景象清明。

[3] 堇（jǐn 锦），蔬类植物，通称堇菜。荼，也是蔬类植物，俗称苦菜。扶疏，茂盛的样子。

[4] 蘅芷，即杜蘅和白芷，都是香草。彫，同"凋"。莹嫇（míng 冥），凋谢的样子。

[5] 愍,哀怜。

[6] 糜,通“靡”,即烂。谓哀怜贞良之士遇害,将夭折而糜烂。

[7] 饡(zàn 赞),以羹和饭。浇饡,用羹浇饭,羹饭混在一起,以喻时世的混浊。王逸《楚辞章句》:“言如浇饡之乱也。”

[8] 当世莫知,谓当时无人了解自己。

[9] 俊彦,才智杰出的人。

[10] 诎辱,冤屈受辱。系累,拘囚。

[11] 管,即管仲。桎梏,刑具,即手铐脚镣。王逸《楚辞章句》:“管仲为鲁所囚,齐桓释而任之。”

[12] 百,即百里奚。傅,一作“传”,转授。洪兴祖《楚辞补注》:“《淮南》云:‘伯里奚转鬻。’注云:‘伯里奚知虞公不可谏,转行自卖于秦,为穆公相。’”

[13] 桓缪,即齐桓公、秦缪公。缪,同“穆”。

[14] 才,才能。德,一作“得”。列施,全面施展,充分发挥。谓管仲、百里奚受到齐桓公、秦穆公的举用,才能得到充分发挥。

[15] 迮(zé 择),狭窄。陿(xiá 侠),狭隘。迫中国迮陿,为中国国土狭窄所迫。王逸《楚辞章句》:“无所用志,故云迮陿。”

[16] 九夷,古时对东方各民族的统称。欲之九夷,王逸《楚辞章句》:“子欲居九夷,疾时之言也。”

[17] 超,越。五岭,山名,此泛指。嵯峨,山高峻的样子。

[18] 浮石,王逸《楚辞章句》:“东海有浮石之山。”崔嵬,山高耸的样子。谓将之九夷,先经过五岭,观赏浮石。

[19] 陟,登。丹山,南方山名。炎野,南方地名。王逸《楚辞章句》:“丹山、炎野,皆在南方也。”

[20] 屯,驻守。黄支,国名,王逸《楚辞章句》:“南极国名也。”谓又之南方丹山、炎野,并屯车于黄支。

[21] 祝融,南方赤帝之神。稽,王逸《楚辞章句》:“稽,合。所以折谋。”谓就赤帝考证疑问。

[22] 嘉己行无为,赤帝赞许自己之所处。

[23] 朅,去。回朅,回转离去。

[24] 孈(xié 携),王逸《楚辞章句》:“孈,北方之神名也。”娭(xī 僖),嬉

戏。谓又旋至北方,遇神嬉宴戏而待之。

[25] 辔,马缰。放余辔,放开我的马缰。策驷,鞭马向前。

[26] 飙腾兮浮云,狂风飞腾卷起浮云。

[27] 蹠(zhí 直),践。杭,通“航”。蹠飞杭越海,乘飞船渡海。

[28] 安期,安期生,古仙人。《史记·封禅书》记载汉武帝听方士李少君言,遣使入海求蓬莱仙人安期生。从安期蓬莱,跟从安期生到蓬莱仙山。谓前去求仙。

[29] 太一,神名,《史记·封禅书》:“天神贵者太一。”王逸《楚辞章句》:“太一,天帝所在,以玉为台也。”登玉台所以谒见天帝。

[30] 素女,仙女。簧(huáng 皇),乐器中有弹性的薄片,用以振动发声。这里指笙、竽等管乐器。

[31] 乘戈和兮讴谣,王逸《楚辞章句》:“乘戈,仙人也。和素女而歌也。”

[32] 噭誂(jiào tiǎo 教窕),王逸《楚辞章句》:“噭誂,清畅貌。”

[33] 晏衍,悠长的样子。要婬(yín 寅),柔婉的样子。

[34] 眷(juàn 倦)眷,依恋向往的样子。余眷眷独悲。谓大家都尽情欢乐,自己则独怀悲哀。

[35] 章华,王逸《楚辞章句》:“章华,楚台名也。”

[36] 恋恋、依依,心中依恋章华即楚国也。

哀岁

旻天兮清凉[1],玄气兮高朗[2]。
北风兮潦洌[3],草木兮苍唐[4]。
蛜蚗兮噍噍[5],蝍蛆兮穰穰[6]。
岁忽忽兮惟暮[7],余感时兮悽怆[8]。
伤俗兮泥浊[9],矇蔽兮不章[10]。
宝彼兮沙砾[11],捐此兮夜光[12]。
椒瑛兮湼污[13],葈耳兮充房[14]

摄衣兮缓带[15],操我兮墨阳[16]。
升车兮命仆[17],将驰兮四荒[18]。
下堂兮见虿[19],出门兮触蜂。
巷有兮蚰蜒[20],邑多兮蝗螂[21]。
睹斯兮嫉贼[22],心为兮切伤[23]。
俯念兮子胥[24],仰怜兮比干[25]。
投剑兮脱冕,龙屈兮蜿蟤[26]。
潜藏兮山泽,匍匐兮丛攒[27]。
窥见兮溪涧,流水兮沄沄[28]。
鼋鼍兮欣欣[29],鳣鲇兮延延[30]。
群行兮上下,骈罗兮列陈[31]。
自恨兮无友,特处兮茕茕[32]。
冬夜兮陶陶[33],雨雪兮冥冥[34]。
神光兮颎颎[35],鬼火兮荧荧[36]。
修德兮困控[37],愁不聊兮遑生[38]。
忧纡兮郁郁[39],恶所兮写情[40]。

[1] 旻(mín民),天,秋天。

[2] 玄,天之色。玄气,谓青天。

[3] 潦洌(lǎo liè老列),寒冷。

[4] 苍唐,唐,一作“黄”。草木开始凋落的样子。

[5] 蛜蚗(yī jué依厥),一种动物,即蟪蛄。噍(jiāo娇)噍,鸣声。

[6] 蝍蛆(jí jū即居),即蜈蚣。穰穰,王逸《楚辞章句》:“将变貌。”

[7] 岁暮,一年将尽之时。

[8] 悽怆,悲伤。

[9] 伤俗泥浊,感伤世俗如泥之浑浊。

[10] 矇,通“蒙”。矇蔽不章,诸事被蒙蔽不得显现。

[11] 砾(lì栗),小石。宝彼沙砾,即以沙石为宝。

[12] 夜光，王逸《楚辞章句》："夜光，明珠也。"捐此夜光，即抛弃夜光明珠。

[13] 椒瑛，椒花。涅，黑色染料，这里用作动词。谓椒花被污染。

[14] 葈(xǐ 喜)耳，王逸《楚辞章句》："葈耳，恶草名也。"充房，堆满房屋。

[15] 摄，提起，牵引。摄衣缓带，提起衣服，放松衣带。

[16] 墨阳，王逸《楚辞章句》："墨阳，剑名。"

[17] 升车，登车。仆，御。命仆，命令御者。

[18] 四荒，四方荒远的地方。

[19] 虿(chài 瘥)，一种螫人的毒虫。见虿、触蜂，以喻奸佞谗害贤良有如虿蜂之螫毒。

[20] 蚰蜒，节肢动物，俗称蓑衣虫。

[21] 螳螂，一种昆虫，绿色或褐色，有翅两对，前脚状如镰刀，捕食虫。

[22] 蛛贼，可憎恨为害社会之毒虫，指虿、蜂、蚰蜒、螳螂等。

[23] 切伤，极其悲伤。

[24] 子胥，即伍子胥，他与孙武共佐吴王阖闾伐越，越败，请和，子胥谏阻，不从。吴王夫差信伯嚭谗言，逼迫子胥自杀。

[25] 比干，殷纣王叔伯父，纣王淫乱，比干犯颜强谏，纣怒，剖其心而死。

[26] 蜿蟤(wān quán 剜泉)，王逸《楚辞章句》："蜿蟤，自迫促貌。"即卷曲的样子。谓有见于伍子胥、比干之遭际，自己则投剑脱帽，像龙那样卷曲不伸张。

[27] 匍匐，伏地而行。丛攒(cuán)，集聚林木。

[28] 沄(yún 云)沄，水流转的样子。

[29] 鼋(yuán 袁)，大鳖，背青黄色，头有疙瘩，俗称癞头鼋。鼍(tuó 驼)，一名鼍龙，又名猪婆龙。欣欣，喜乐自得的样子。

[30] 鳣(zhān 沾)，鳣鱼，即鲟鳇鱼。鲇(nián 年)，一种身滑无鳞的鱼。延延，长的样子。

[31] 骈罗，结对成双而罗列。

[32] 特，犹独。茕茕，孤零的样子。谓鼋鼍鳣鲇成群结伴，自得其乐，自恨没有友好而独行特处。

[33] 陶陶，漫长的样子。

[34] 冥冥，昏暗。

[35] 神光，王逸《楚辞章句》："神光，山川之精，能为光者也。"颎(jiǒng炯)颎，光耀的样子。

[36] 荧荧，微光闪烁的样子。

[37] 困控，王逸《楚辞章句》："言无引已也。"修德困控，谓修养品德，却无人引荐。

[38] 遑，暇。愁不聊遑生，谓愁苦无聊虚度时光。

[39] 纡，屈曲，回旋。忧纡郁郁，忧思回旋郁闷。

[40] 恶所，何处。写，抒发。如何抒发自己的情志。

守　志

陟玉峦兮逍遥[1]，览高冈兮峣峣[2]。
桂树列兮纷敷[3]，吐紫华兮布条[4]。
实孔鸾兮所居[5]，今其集兮惟鸮[6]。
乌鹊惊兮哑哑[7]，余顾瞻兮怊怊[8]。
彼日月兮闇昧[9]，障覆天兮祲氛[10]。
伊我后兮不聪[11]，焉陈诚兮效忠[12]。
摅羽翮兮超俗[13]，游陶遨兮养神[14]。
乘六蛟兮蜿蝉[15]，遂驰骋兮升云。
扬彗光兮为旗[16]，乘电策兮为鞭[17]。
朝晨发兮鄢郢[18]，食时至兮增泉[19]。
绕曲阿兮北次[20]，造我车兮南端[21]。
谒玄黄兮纳贽[22]，崇忠贞兮弥坚。
历九宫兮遍观[23]，睹秘藏兮宝珍[24]。
就傅说兮骑龙[25]，与织女兮合婚[26]。
举天毕兮掩邪[27]，彀天弧兮射奸[28]。

随真人兮翱翔[29]，食元气兮长存[30]。
望太微兮穆穆[31]，睨三阶兮炳分[32]。
相辅政兮成化[33]，建烈业兮垂勋。
目瞥瞥兮西没[34]，道遐迥兮阻叹[35]。
志蓄积兮未通[36]，怅敞罔兮自怜[37]。

[1] 峦，小而锐的山。玉是定语。逍遥，安闲自得的样子。

[2] 峣（yáo 摇）峣，高峻的样子。

[3] 纷敷，王逸《楚辞章句》："纷错敷衍。"即错杂纷披。

[4] 紫华，即紫花。桂树花紫色。布条，王逸《楚辞章句》："布敷条枝。"即枝叶繁茂。

[5] 孔，孔雀。鸾，凤凰。

[6] 集，止。鹗，猛禽，俗称猫头鹰。王逸《楚辞章句》："以言名山宜神鸟处之，犹朝廷宜贤者居位，而今惟小人，故云鹗萃之也。"

[7] 乌，乌鸦。鹊，喜鹊。哑哑，乌鹊惊叫声。

[8] 顾瞻，回头望。怊（chāo 超）怊，怅恨的样子。

[9] 阇（àn 暗）昧，昏暗。

[10] 祲（jīn 金），阴阳二气相侵形成的象征不祥的云气。障天祲氛，不祥云气遮蔽天空。王逸《楚辞章句》："日月无光，云雾之所蔽。人君昏乱，佞邪之所惑。"

[11] 伊，句首助词。后，君。聪，听、听觉。不聪，受蒙蔽。

[12] 陈诚效忠，进献忠诚。焉，疑问副词。

[13] 摅（shū 殊），舒展。羽翮（hé 曷），鸟翼。超俗，超越尘世。

[14] 陶遨，王逸《楚辞章句》："陶遨，心无所系。"谓无所效其忠诚，故飞腾而去。

[15] 蛟，无角的龙。蜿蝉，盘屈行动，形容六蛟行动的样子。

[16] 彗光，彗星的光芒。

[17] 电策，电的光道。谓挥扬彗星的光芒为旗帜，秉持闪电的光道为马鞭。王逸《楚辞章句》："复欲升天，求仙人也。"

[18] 鄢，水名，在今湖北宜城市境。郢，楚都。鄢郢，即指楚国都城。

[19] 增泉,王逸《楚辞章句》认为"天汉",从下句说"绕曲阿"看,不当是天汉,应是传说中的水名。谓早晨从郢都出发,吃午饭时即到达增泉。

[20] 曲阿,地名,战国楚云阳邑,秦始皇以其地有王气,使凿北阬山,截其直道使曲而阿,因改名曲阿。次,止、停留。

[21] 造车,驾车。谓绕过曲阿在北方停留,又驾车去南方。

[22] 玄,天。黄,地。王逸《楚辞章句》认为"玄黄,中央之帝也"。不确。纳,贡献。贽(zhì 志),初见尊长时所送的礼品。向天、地奉献礼物,表示自己崇尚忠贞之志更坚定。

[23] 九宫,王逸《楚辞章句》:"九宫,天之宫也。"

[24] 秘藏,神秘珍藏。

[25] 傅说,星名,在箕、尾二星之间,相传为殷王武丁贤相傅说死后升天所化。

[26] 织女,星名,在银河西,与河东牵牛星相对。

[27] 毕,星名,二十八宿之一,有八星。掩邪,王逸《楚辞章句》:"毕有因奸名,故欲以掩取邪佞之人。"毕为田罔,所以举以掩邪。

[28] 彀(gòu 垢),张满弓弩。弧,星名,位于天狼星东南,共九星,形似弓箭,故名。弧矢以射,所以彀以射奸。

[29] 真人,仙人。

[30] 元气,即天地未分之前混一之气,《汉书·律历志上》:"太极元气,函三为一。"

[31] 太微,星垣名,三垣之一。《史记·天官书》:"南宫朱鸟,权、衡。衡,太微,三光之廷。"王逸《楚辞章句》:"太微,天之中宫。"穆穆,清明柔和的样子。

[32] 三阶,王逸《楚辞章句》:"太微之阶。"指太微星垣的三阶。炳,光明,显著。炳分,显著分明。

[33] 辅政成化,王逸《楚辞章句》:"当与众仙共辅天帝,成化而建功也。"

[34] 瞥(piē 撇)瞥,很快看见。西没,天庭向西沉没。

[35] 遐迥,遥远。阻叹,日暮途远,故艰难而悲叹。

[36] 蓄积,积聚。志未通,抱负不得发挥。

[37] 敞罔，失意的样子。怅敞罔，怅惘失意。王逸《楚辞章句》："迫而不通，故使志不展而自伤也。"

乱曰：天庭明兮云霓藏[1]，三光朗兮镜万方[2]。
斥蜥蜴兮进龟龙[3]，策谋从兮翼机衡[4]。
配稷契兮恢唐功[5]，嗟英俊兮未为双[6]。

[1] 天庭，星垣名，也作天廷。

[2] 三光，即日、月、星。镜，照耀。王逸《楚辞章句》："天清则云霓除，日月星辰昭，君明下理，贤愚得所也。"

[3] 蜥蜴(xī yì 西易)，爬行动物，四肢，尾细长，俗称四脚蛇。

[4] 翼，辅助。机衡，即璇玑、玉衡，北斗七星中的两颗星。王逸《楚辞章句》："璇玑玉衡，以喻君能任贤，斥去小人，以自辅翼也。"

[5] 配，匹、比。恢，恢宏，扩大。唐，唐尧，此兼指尧舜。王逸《楚辞章句》："稷、契，尧佐也。言遇明君，则当与稷、契恢夫尧、舜之善也。"

[6] 双，匹。英俊未为双，英雄俊杰未得匹俦，所以慨叹。